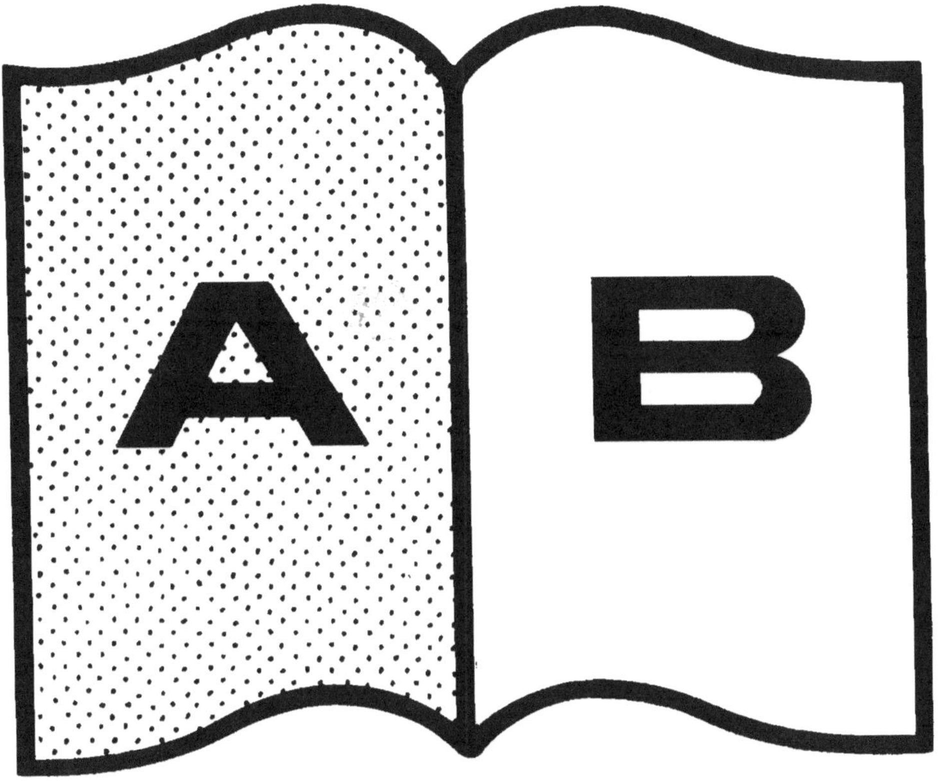

Contraste insuffisant

NF Z 43-120-14

Condé

Commencement.

RODOGVNE,

HISTOIRE ASIATIQVE ET ROMAINE.

PAR

Monsieur d'Aigue d'Iffremont.

A PARIS,

Chez ESTIENNE LOYSON, au Palais,
à l'entrée de la Galerie des Prisonniers,
au Nom de IESVS.

M. DC. LXVII.
AVEC PRIVILEGE DV ROY.

AV LECTEVR.

QVOY que le nom de Roman, que l'on donne aux Ouurages de la nature de celuy-cy, ne merite pas vne Préface; neant-moins, comme ils sont exposez à la Censure aussi bien que les autres, il doit estre permis à ceux qui les ont composez, de tâcher autant qu'ils le peuuent à préuenir l'Esprit des Critiques. Les Sçauans, qui ont tant de respect pour l'Antiquité; les beaux Esprits versez dans l'Histoire, disent qu'on l'altere & qu'on la des-honore: ils

s'ofençent des libertez du Poëme
Epique, ils ne veulent plus les
soufrir; & les Personnes vertueu-
ses que de hautes Vertus n'exem-
ptent pas de quelques foiblesses,
s'écrient contre tous les Poëtes; &
regardent comme des Liures em-
poisonnez, tous ceux où les Passions sont traitées auec quelque
sorte d'éclat. Que la délicatesse des
vns soit vn peu trop scrupuleuse,
& que le zele des autres soit assez
indiscret, ie le laisse à juger aux
Doctes qui ne font pas vanité de
leur Sçauoir, & aux Sages qui ne
donnent pas leurs foiblesses pour des
Maximes. La Cassandre, la Cleopatre, le Grand Cyrus, la Clelie,
& le Faramond, n'ont encore fait
nul desordre dans l'Empire des
Lettres, & n'en feront iamais, quoy

que la Posterité s'en diuertisse.
Alexandre paroist toûjours le Conquérant de l'Asie, quelque valeur
que l'on ait prestée à son Riual.
Auguste est toûjours le Maître
du Monde, quelques nouuelles couleurs que l'on ait données à son
Regne. Nostre Grand Cyrus se
trouue possible plus grand & plus
digne de foy que celuy d'Herodote
& de Xenophon; Nostre Clelie aussi
vertueuse dans le Roman que dans
Tite-Liue; & Faramond mieux
connu qu'il n'estoit. Cét Ecriuain
si heroïque que la Mort nous a trop
tost enleué: Cette admirable Personne que l'on peut apeler la merueille de son Sexe, & qui sçait exprimer d'vne façon si noble, si douce
& si ingénieuse, les tendres &
grands sentimens: Enfin ces rares

ã iij

Génies, ausquels nous sommes re-deuables de tant de beaux Ouura-ges, n'ont rien gâté en se joüant sur l'Histoire, rien suprimé ni rien ajoû-té qui la rende diforme : rien décou-uert auec violance ; & *toute seuere qu'elle est, peut-estre qu'elle se feroit tort en les desauoüant. Pour les Mœurs, ie ne vois pas qu'il y ait plus à craindre. Ie doute fort que quelqu'vn ait esté empoisonné par cette lecture ;* & *si ce malheur est ariué, le poison luy estoit préparé d'ailleurs ;* & *il auoit en soy des dispositions à en trouuer par tout,* & *qui eußent agy sans ce secours. Nous ne sommes plus dans vn Siecle où l'on ait besoin d'vn Art pour aprendre à aimer, cela estoit bon à la naißance du Monde : il est trop vieux maintenant pour*

AV LECTEVR.

aler en aprentiſſage ; & le cœur
de l'Homme ſçait plus de ſecrets
pour faillir qu'il n'y en a dans
tous les Liures. Combien de Gens
deſordonnez, qui n'ont iamais leu
de Romans ni d'Hiſtoires ? &
combien d'honneſtes Gens qui les
liſent & qui s'y plaiſent ? C'eſt
proprement auoir peur de ſon Ombre, que d'en détourner ſes regards ;
& les Critiques qui déclament
auec tant d'éfort contre cette lecture, ont vne grande défiance
d'eux-meſmes, ou vne fort mauuaiſe opinion de leur prochain.
Le Poëme heroïque qu'on ne chante
que pour la Gloire, ne mene ni à
l'impureté ni à l'infamie. Il eſt
au deſſus de la terre & de la matiere : tous ſes excés ne ſont que
des excés de vertu ; & c'eſt juſque

là que l'imagination du Poëte
doit aler pour former le Héros. S'il
y paroiſt des déreglemens & des
crimes, c'eſt pour donner plus de
jour & d'éclat aux Actions illuſtres & vertueuſes : c'eſt quelquefois
auſſi pour ne pas démentir des veritez trop connuës ; & c'eſt toûjours pour peindre la Nature qui
ne ſeroit pas reconnoiſſable dans
ces ſortes de Tableaux, s'il n'y
auoit des Vices triomphans &
des Vertus oprimées. Mais la fin
rectifie tous ces deſordres ; & beaucoup mieux que l'Histoire veritable qui laiſſe les choſes comme elles
ont eſté, le Poëme heroïque qui
prend le party de la Vertu, prend
auſſi le ſoin de la couronner aprés
l'auoir épurée par de longues ſou-
frances. Par là, il inſpire de l'a-

mour pour elle à ceux qui la voyent
sur le Trône; & la punition des
Coupables qu'il renuerse & qu'il
précipite ne manque iamais à donner de l'horreur pour le Crime. Ces
Romans que ie viens de nommer,
& qui par la magnificence & la
pompe des choses qu'ils racontent,
ont rendu si glorieux ce nom de
Roman qu'on trouuoit autresfois
si méprisable, lors qu'il ne seruoit
qu'à nous debiter des Fables im-
portunes, & à representer des
Monstres ou des Grotesques; La
Cassandre, dis-je, le Grand Cyrus,
& tous les autres Ouurages de ce
ce genre sublime, n'ont point eu
d'autre but; & sans choquer la
bienseance ni les Veritez histori-
ques, les Passions y sont traitées
auec tant d'art & de jugement,

qu'on pouroit peut-estre soûtenir,
qu'il n'y a pas moins d'vtilité que
de plaisir à les lire. Ie ne suis pas
assez présomptueux pour vous promettre, ô Lecteur, que vous trouuerez en celuy-cy, ce que vous
auez sans doute admiré en ceux-
là. Quoy que ie me sois reglé sur
sur ces grands Modeles, ie ne prétens pas auoir fait vn chef-d'œu-
ure; & c'est beaucoup si cette Copie
vous paroist raisonnable. Mais ie
puis du moins vous asseurer que
vous n'y trouuerez rien qui vous
empoisonne; & que vostre innocence ne court aucun danger en la
lisant, lors qu'en vous la donnant,
ie me mets peut-estre au hazard
d'estre blâmé d'auoir eu pour elle ce
trop de complaisance, que les Do-
cteurs reprochent aujourd'huy,

'AV LECTEVR.

comme vne demangeaison d'amour
propre, à ceux qui se diuertissent à
écrire. Le Siécle que i'ay choisy est
plein de grands éuenemens. Ce ne
sont que Roys détrônez, dont les
chûtes sont bien memorables dans
l'Histoire ; & le nom que i'ay
donné à tout l'Ouurage n'est pas
inconnu en France. Ce fameux
Poëte qui a porté si haut la gloire
des Muses Françoises, & qui les
fait aler de pair auec les Grecques
& les Latines : ce grand Homme
qui nous a tantost representé sur
le Theatre toutes les Passions, &
de la maniere la plus forte, la plus
touchante & la plus riche que
l'Esprit Humain puisse imaginer ;
enfin l'Illustre Monsieur de Cor-
neille en a fait vne Tragedie que
i'appellerois la plus acheuée de tou-

tes les Pieces que nous auons de
luy, s'il y auoit quelque chose à
souhaiter dans les autres, & s'il
n'estoit toûjours également admirable en tous ses Ouurages. Tout
le Monde a veu sa Rodogune :
mais encore que ce soit icy le mesme nom & la mesme Heroïne, ce
n'est pourtant pas la mesme chose;
& comme il a découuert luy-mesme
ce qu'il auoit changé de l'Histoire,
quelque respect que i'aye pour ses
fictions merueilleuses, ie n'ay pas
crû estre obligé de m'en seruir : outre
que le Poëme Epique a d'autres
mesures à prendre que le Poëme
Dramatique; & que ce qui con-
uient à l'vn, ne reüssiroit pas dans
l'autre. Ie me suis donc plus ataché que luy à la verité de l'Histoire, en ayant vne à composer &

AV LECTEVR.

non pas vne Fable. ſ Mais, ô Lecteur, il n'eſt pas temps de rendre
icy raiſon de ma conduite, parce
que ie reuélerois tout mon ſecret,
dont la recherche vous doit tenir en
ſuſpens & produire voſtre plaiſir.
Ce qu'il m'eſt permis de vous dire,
& que ie vous dois peut-eſtre perſuader, c'eſt que ie n'ay rien auancé
dans les principaux incidens que
ce que i'ay leu; & qu'ayant pour
guides Appian, Polybe, Ioſephe,
Iuſtin & Plutarque qui ne s'a-
cordent nullement, ie les ay tous
ſuiuis les vns & les autres ſelon
qu'ils ont eſté propres à mon deſſein. C'eſt vne choſe aſſez bizarre
que de les voir parler des meſmes
Perſonnes, des meſmes guerres &
des meſmes intereſts d'vne maniere
ſi diferente; & dans vn meſme

temps prendre le Frére pour le Fils,
& le Fils pour le Pére; confondre
jusqu'à leurs noms; donner la victoire à ceux qui furent vaincus;
changer l'ordre des Batailles & les
causes des querelles; & mettre à la
fleur de leur âge des Princes dans le
tombeau, qu'on retrouue plus loin
regnans jusque dans vne extréme
vieillesse. On peut juger par là
qu'il faut qu'il y ait eu vn grand
desordre dans l'Histoire du Siecle
que i'ay choisy; & il pourroit bien
estre ariué, ainsi que ie l'aprens
dans la grande Chronologie de
Dauid Chitræus, que les Romains
qui commençoient à prétendre à
l'Empire du Monde sous la Di-
ctature de Sylla, virent auec jalousie la grandeur de mon Héros;
& que n'ayant pas eu assez de

AV LECTEVR.

force pour le détruire, ils eurent
l'adreſſe aprés ſa mort de corrom-
pre tous les memoires qu'on auoit
de luy, & de mettre ſous le Regne
de pluſieurs Princes tout ce qui
s'eſtoit paſſé ſous le ſien. Quoy
qu'il en ſoit, il faut auoüer que
depuis luy les Peuples Orientaux
n'eurent plus de Conquerans. Ce
Prince fut comme le dernier éfort
de la Nature parmy les Aſiatiques.
Il ſemble qu'elle ne ſe trauailla plus
que pour la grandeur de Rome à
laquelle ils deuoient eſtre ſoûmis,
& qu'elle negligea tout le reſte
pour former les Ceſars. Voila,
Lecteur, ce que i'auois à vous dire;
& du reſte, ſi cette Premiere Partie
n'eſt pas deſagreable vous en aurez
auſſitoſt la ſuite. Mais s'il ariue,
comme cela peut ariuer ſans me

AV LECTEVR.

faire beaucoup d'injustice, que l'on trouue que ie n'ay pas la voix assez belle ni assez forte pour faire parler des Héros, ie ne vous ennuyeray pas dauantage; & ie me contenteray de donner à mon plaisir particulier, ce que ie croyois pouuoir donner au vostre.

ΦΦ

D'AIGVE D'IFFREMONT.

du
du
oyoit
glans de
A

RODOGVNE,
HISTOIRE
ASIATIQVE
ET ROMAINE.
PREMIERE PARTIE.

LIVRE PREMIER.

TOVT l'Orient fumoit du feu de la Guerre; & depuis les Riues du Gange jusqu'à celle du Tigre, on ne voyoit par tout que des restes sanglans de

A

Sieges & de Batailles. Malgré tant
de Citez détruites, & tant de Prouinces deſolées, la fierté des Vaincus,
peu diferente de celle du Vainqueur,
ne vouloit pas encore reconnoiſtre
ſes Victoires, que leurs armes auoient
tant de fois reconnuës. Ils ſe van-
geoient de luy par la ruine de leurs
Etats, ne pouuant l'entraîner par
leur propre chûte ; & dans les ſentimens farouches de leur deſeſpoir, en
épuiſant toute l'Aſie qu'ils voyoient
ſa Conqueſte, ils tâchoient d'en faire
vn horrible Deſert. Iamais cette
Partie du Monde la plus magnifique
n'auoit eſté trauaillée par des mouuemens ſi furieux ; & lors qu'autrefois l'Empire des Perſes vit ſortir ſes
Maiſtres du fonds de la Macedoine,
les choſes n'eſtoient pas tombées
dans cette extremité. Mais il eſt
vray qu'en ce temps là il ne s'agiſſoit
que de l'ambition d'vn Conquerant;

& que l'interest de sa gloire obligea
peut-estre les Macedoniens à ménager sur les Perses, ce que des raisons
de vengeance & d'amour ne permettoient pas aux Syriens d'épargner
contre les Parthes. La belle Reyne,
qui les animoit, & qui causoit si in-
nocemment tout ce grand desordre,
en ressentoit aussi injustement les
cruels éfets. Quelque part qu'elle
dût auoir aux Victoires, elle n'en
auoit iamais eu qu'au malheur des
Vaincus: Elle s'estoit veuë errante
& fugitiue auec eux, au milieu de ses
Royaumes; & depuis le commencement de la guerre, donnant tout à
leurs passions, sous pretexte de la
defendre & de la seruir, ils auoient
mis sa patience à de rudes épreuues.
Mais pour lors, comme ils ne pouuoient plus la garder eux-mesmes,
sans se mettre au hazard de la voir
arracher de leurs mains, elle se voyoit

en quelque façon deliurée de cette
tyrannie. Ils s'estoient enfin feparez
d'elle : La neceffité preffante auoit
gagné fur leurs ames cet éfort, que
rien n'y auoit pû gagner jufques la;
& fur quelques efperances qu'ils
auoient de trouuer de nouuelles ref-
fources en des Païs étrangers, ils y
faifoient conduire en fecret cette
Reyne infortunée, tandis qu'ils amu-
foient l'ennemy.　Tout leur foin
eftoit d'en dérober la connoiffance
à ce Vainqueur fi redoutable ; &
parce qu'il n'y auoit point de temps
à perdre, & qu'on ne pouuoit pas
l'éloigner auec toute la diligence
neceffaire, fans l'expofer à de grandes fatigües ; ni les injures de l'air,
ni les difficultez des chemins, ni les
Fleuues débordez, ni les tenebres,
n'eftoient pas capables d'arrefter
ceux qui l'emmenoient.

　　Il eftoit nuit, lors qu'elle arriua

fur les bords de l'Eufrate ; & quoy
qu'on ne vît plus d'objets que
ceux que l'horreur & l'éfroy font
paroiftre ; neantmoins comme la
courfe de cette grande & malheu-
reufe Princeffe ne deuoit pas finir en
cet endroit, elle eftoit toûjours auffi
précipitée qu'au commencement.
Prexafpe, qui en eftoit le Maiftre,
auoit mefme de beaucoup auancé la
marche de cette journée, dans le
deffein de paffer le Fleuue pendant
l'obfcurité. Il ne croyoit pas, pour
la feureté de fa proye, que ce fût
affez de l'éloigner des Villes & des
Lieux frequentez. Il auoit toûjours
fuiuy les Deferts autant qu'il auoit
pû ; & comme tout rencontre luy
fembloit dangereux au paffage de
l'Eufrate, il auoit choifi les tenebres
& le filence, afin de n'auoir rien à
craindre en le paffant. La nuit, fi
conforme à fon defir, ne luy caufoit

A iij

donc nulle frayeur. Il se trouuoit
assez satisfait des mesures qu'il auoit
prises; & ne voyant que d'épaisses
ombres autour de soy, lors qu'il auoit
dans le cœur tant de crainte d'estre
veu, il sentoit auec quelque sorte de
joye, que personne ne le pouuoit découurir à vne heure où il ne découuroit rien. Dans cette pensée, il
commençoit à tenter le passage; &
quoy que le Fleuue fut débordé selon sa nature, & que le bruit de ses
eaux retentit éfroyablement de tous
côtez, il auançoit neantmoins, dans
la resolution de passer outre. Les
premiers Cheuaux qui traînoient le
Chariot de la Reyne, le suiuoient, &
auoient déja de l'eau jusqu'aux flancs;
& pour peu qu'ils eussent encore
marché, cette illustre, autant qu'infortunée Princesse, alloit trouuer
dans les flots la fin de ses malheurs &
de sa vie. Elle estoit tellement aba-

tuë fous les vns, qu'elle n'auoit plus
aucun foin de l'autre; & fans dire
mot parmy les âfres de la nuit & les
horreurs de l'onde, elle fe laiffoit
conduire à l'aueugle paffion de Prexafpe. Mais les Dieux qui veilloient
pour elle, firent voir à ce guide malheureux le péril où elle eftoit. La
Lune, quoy qu'elle fût en fon de-
cours, fe leua claire & brillante, &
par fa clarté découurit à Prexafpe le
naufrage qu'il alloit faire.   Il vit
comme vne Mer deuant fes yeux,
lors qu'il croyoit les porter à l'autre
bord; & les Chartons qui menoient
le Chariot, voyans comme luy cette
vafte inondation, firent vn cry à cet
afpect, & retinrent la bride à leurs
Cheuaux.   Les dix Caualiers qui fer-
uoient d'efcorte, s'arrefterent de
mefme; & chacun enfin, par fa retenuë, fit fonger Prexafpe à ce qu'il
ofoit entreprendre. Il jetta les yeux

A iiij

sur le Fleuue aussi loin qu'il luy fut possible; il les leua en suite vers le Ciel, & soûpira deux fois de colere & d'impatience. Aprés quoy, il demeura quelque temps immobile; & enfin, dans cette perplexité d'esprit ayant fait reculer le Chariot, il se retira du Fleuue. La Reyne dans cet embarras où elle voyoit tout le monde, garda toûjours le silence; & sans se plaindre ni de ses peines, ni des périls où Prexaspe l'exposoit, elle le laissa dans vne entiere liberté d'agir à sa fantaisie. Quelques Caualiers se détacherent donc par l'ordre de ce Chef, pour aller reconnoistre des Cabanes qui paroissoient à la faueur des Astres; & comme ils sçauoient le seruir selon son humeur, ils en reuinrent aussitôt luy dire que le gué estoit vn peu au dessous: mais qu'outre que le Fleuue y estoit encore assez enflé, il y auoit des Rochers dans le fable qui le rendoient trop dangereux pour y hazarder la Reyne. Qu'vn des Peſcheurs, à qui ils venoient de parler, la paſſeroit dans ſa Barque; & que le Chariot & l'équipage prendroient le gué ſous la conduite de l'autre, auquel il fal-loit donner vn Cheual pour paſſer le premier. Sur ce raport, Prexaſpe ne raiſonna pas dauantage. Il commanda de marcher droit à ces Ca-banes, où priant la Reyne de deſ-cendre, il la fit entrer dans la Barque auec les trois Femmes de ſa ſuite, & deux Hommes de la ſienne. Il dit impérieuſement aux autres d'aller en diligence paſſer le gué, & auſſi tôt on commença de voguer. Ce fut pour lors que tous les Aſtres ſemble-rent r'alumer leurs feux & leurs clar-tez, pour éclairer au paſſage de cette grande Reyne; & le jeune Peſcheur qui la paſſoit, n'eſtoit pas plus étonné de cette auanture, que du beau jour que les feux de la Nuit r'amenoient fur le Fleuue. Il voyoit quelque chofe de trop extraordinaire à cette viue clarté qui brilloit au trauers des tenebres; & lorsqu'en ramant il leuoit les yeux fur la belle Perfonne pour laquelle il s'employoit, il fe fentoit faifi d'admiration & de crainte: Il n'ofoit prefque la regarder; & joignant en fa penfée la furprenante beauté de la Nuit & l'éclatante beauté de cette adorable Etrangere, il y auoit des momens où il croyoit que le Ciel faifoit vn miracle pour l'intereft d'vne Déeffe. Il n'eut donc pas plus de peine à gouuerner fa Barque, que s'il eût efté en plein jour. Il defcendit la Reyne à l'autre bord, auffi heureufement que Prexafpe le pouuoit fouhaiter; & peu aprés, ceux qui paffoient au gué arriuerent,

mais auec ce déplaifir pour Prexafpe, qu'vn des effieux du Chariot
s'eftoit rompu à la fortie du Fleuue.
Ce nouueau malheur luy fut vn coup
bien rud ; & la colere & l'impatience
luy arracherent encore des foûpirs.
Cependant il fongea aux moyens
neceffaires pour le reparer : mais
comme il donnoit tout à la fois des
ordres diferens, perfonne ne fçauoit à quoy il falloit le plutôr obeïr.
Il vouloit eftre aupres de la Reyne,
qui en refvant, s'éloignoit du bruit
que luy & fes gens faifoient. Il vouloit auffi demeurer aupres du Chariot, afin d'y faire trauailler auec plus
de diligence. Il fongeoit en mefme
temps à faire poignarder les Pef-
cheurs; de peur qu'ils ne diffent des
nouuelles de fa marche à ceux qui
le pourfuiuoient. Il les prioit neantmoins de mettre la main à l'ouurage
comme les autres. Enfin il eftoit

tantôt doux, & tantôt furieux; &
dans vne agitation continuelle, fouuent il s'opofoit luy-mefme à ce
qu'il venoit de commander. Quoy
qu'on l'eût auerty le jour précedent,
que l'Eufrate eſtoit débordé, il n'a-
uoit pû croire qu'il le trouueroit
ainſi ſur la fin d'vn Eſté, où les cha-
leurs exceſſiues deuoient plutôt cauſer vne grande ſechereſſe; & il auoit
jugé de la nature de ce Fleuue, par
celle des autres qu'il auoit paſſez ſans
difficulté. A peine meſme auoit il
eu le ſoin de s'informer préciſement
par quel endroit il eſtoit guéable;
& toutes les précautions qu'Arſame
luy auoit conſeillé de prendre, luy
auoient paru comme autant d'artifices pour retarder ſa fuite, & faci-
liter la déliurance de la Reyne: De
ſorte que, reconnoiſſant pour lors
que la précipitation s'embaraſſe
d'elle-meſme, il s'approcha d'Ar-

ſame ; & d'vne façon toute troublée, le conſulta ſur ce qu'il falloit faire. Apres quelques diſcours , Arſame fut d'auis de camper pour quelques heures en cet endroit, comme on auoit fait en pluſieurs autres ; & Prexaſpe ne voyant pas d'autre party à prendre, ne pût rejetter celuy-cy, quoy qu'il trouuât dans le conſeil d'Arſame vne nouuelle occaſion de le ſoupçonner. Il fit donc décharger les Cheuaux de ſomme qui portoient vn leger équipage pour la Reyne ; & en vn moment le Pauillon ſous lequel elle s'étoit déja tant de fois repoſée, ayant eſté attaché à quelques arbres qui bordoient vn Bocage où elle s'auançoit, elle alla s'y coucher ſur des carreaux qu'on y auoit jettez. Elle eſtoit extrémement affoiblie & de ſes longues veilles, & du trauail du chemin ; & elle commençoit meſme à ſe ſentir de quelque

indifpofition. Si bien qu'elle s'af-
foupit entre les bras d'vne de fes
Femmes; & peut-eftre s'y fût-elle
endormie tout à fait, fi les ennuis
de fon cœur luy euffent donné quelque relâche. Mais comme ils eftoient
d'vne nature opiniâtre & violente,
ils trouuoient par tout dequoy s'entretenir & dequoy s'irriter. Ni fa
laffitude, ni le fommeil, ne les pûrent charmer; & Prexafpe, qui luy
voyoit de momens à autres ouurir
& fermer les yeux, ouurit enfin fon
cœur à la compaffion, & le ferma,
pour ainfi dire, au fouuenir de fon
Maiftre. Madame, luy dit il, que
ie fuis malheureux, de vous voir dans
l'état où vous eftes! & que vos peines
font fouffrir vn long & cruel fuplice
à vn Homme de ma naiffance & de
mon humeur! Vous ne feriez rien
de ce que vous faites, ô Prexafpe, luy
répondit la Reyne fans fe mouuoir,

fi vous fentiez ce que vous dites; &
l'intereft de ma fanté & de ma vie,
que vous expofez à toute heure, vous
auroit fait fouuenir il y a longtemps
de ce que ie fuis, fi vous vous eftiez
toûjours fouuenu de ce que vous
eftes. Ah! Madame, repliqua Prexafpe, fi i'ay pû quelquefois m'oublier moy - mefme, ie n'ay iamais
oublié ce que ie vous dois; & quoy
que l'attachement que i'ay auec le
Prince de Perfe, m'ait jetté dans vn
party contraire à voftre inclination,
ie n'ay pourtant rien fait contre
vous. Et ce n'eft rien, interrompit
la Reyne, que de m'emmener malgré
moy où vous voulez? & lors que
vous commandez, & que ie fuis forcée de vous fuiure, dites-moy, Prexafpe, faites - vous voftre deuoir?
Madame, répondit-il, il eft vray qu'il
y a quelque chofe dans les apparences
qui ne m'eft pas fauorable : mais ie

suis seur aussi que dans le fonds il n'y a rien qui vous doiue irriter. Ie sers vn Prince qui vous adore; qui dans le desordre de vos Etats, m'a confié vostre personne; & qui dans celuy de ses affaires, ne pouuant vous defendre de vos ennemis, songe du moins à vous sauuer de leurs mains. Hé! Madame, ajoûta-t'il, vn jour arriuera peut-estre, où ce grand Prince, tout malheureux qu'il est, sera vostre Epoux. La voix des Peuples luy en donne l'esperance; son amour, & ses seruices, l'en rendent digne; & quand i'obeïs à ses ordres, c'est autant pour vostre interest, que pour le sien. Mais, Prexaspe, repartit assez brusquement la Reyne en changeant de posture, vous reglez trop tôt mes desseins & ma fortune; & vous deuriez vous contenter de regler mon voyage. C'est assez que vous m'ayez fait sortir d'Hécatompile;

pile ; que vous ayez ésté mon Rauiſſeur juſque dans le Trône, où ie ſuis
voſtre Reyne ; que vous m'ayez pro-
menée, comme vne vagabonde. dans
toute l'étenduë de mon Royaume ;
qu'aprés cela, vous me traîniez,
comme vne Eſclaue, dans des Prouinces étrangeres ; que par tout vous
faſſiez tout ce qui vous plaiſt ; &
que par tout il ne meſoit permis que
de ſoûpirer ; & ce n'eſt pas à vous
d'étendre la veuë juſque dans le fonds
de mon cœur. Conduiſez & ma perſonne, & ma fortune, tandis que ie
ſuis en vos mains ; & quand ie n'y
ſeray plus, ne vous mettez en peine,
ni de l'vne, ni de l'autre. Suiuez vos
volontez & vos inclinations, ſans
rien entreprendre ſur les miennes ;
& content du pouuoir que vous auez
maintenant ſur voſtre Reyne, ne
concluez rien pour elle dans l'auenir.
Ie feray quelque jour mon deuoir,

B

mieux que vous ne faites le vôtre; &
& ie sçauray pour lors me faire obeïr,
comme aujourd'huy vous obeïssez
au Prince Aquémene. Vous le seruez
en Sujet, parce que vous croyez qu'il
est vôtre Prince; & vous auez oublié
que ce Prince est mon Sujet luy-
mesme, aussi bien que vous. Les sentimens qui vous transportent en sa
faueur, vous font dégenerer du Sang
illustre dont vous sortez; & dans ces
transports, vous auez tout osé contre
vous, & contre moy. Mais le temps
nous fera raison à tous deux, de ce
que vous auez fait; & nous verrons
vn jour auec plus de loisir, si la reuolte d'Aquémene a pû autoriser la
vôtre; & obliger vn Sujet comme
vous, à deuenir le Persecuteur & le
Tyran de sa Reyne. Ah! Madame,
s'écria Prexaspe, pressé de ce discours,
ne me donnez pas des noms si cruels
& si injurieux; & songez que ie ne

me suis chargé de voſtre conduite,
que pour auoir l'honneur de vous
conſeruer; qu'vn autre eût fait pour
Aquémene, ce qu'il m'a prié de faire;
& qu'vn autre ne l'eût poſſible pas
fait comme moy. Qu'encore que
vous ſoyez dans tous les partis, le
prix deſiré du Victorieux, vous eſtiez
toûjours en danger parmy tant d'Armées diferentes; que le Prince de
Perſe a mieux aimé renoncer à l'honneur de vous garder, & à la joye de
vous voir, que de vous tenir dans l'é-
froy de la Guerre & des Batailles; que
par ſes ordres ie vous en ay aſſez heureuſement éloignée; qu'enfin ſi i'ay
eu de la fidelité pour luy, ie n'ay pas
eu moins de reſpect pour vous; &
que pendant voſtre fuite, ie vous ay
toûjours réuerée comme ma Reyne,
lors que ie le ſeruois comme ſon
Amy. Hé! Prexaſpe, reprit-elle, que
pouuiez-vous faire contre moy, au

dela de ce que vous auez fait? Vous suis-je redeuable de ce que vous n'auez pas ouuertement attenté à ma vie? & ne vous suffit-il pas de l'auoir exposée à tant de peines & tant de dangers? La santé que i'ay perduë; la langueur où ie suis, & qui ne finira peut-estre que par ma mort, ne sont-ce pas d'assez grands sujets pour me plaindre de vous? & vous dois-je enfin rendre graces de ce que vous n'auez pas joint la cruauté à l'insolence? Madame, repliqua doucement Prexaspe, ie ne dois pas toûjours répondre à ce que vous me dites, lors que vous dites tout ce qui vous plaist. Ie crois que vous ne me pouuez rien reprocher, sinon que i'ay esté trop fidelle au Prince Aquémene; & i'auoüeray moy-mesme, que ie suis criminel, si c'est vn crime que d'estre de ses Amis. Mais, Madame, estoit-il juste que Prexaspe abandonnât ce Prince, parce que la Fortune l'abandonnoit ? Et lors qu'il n'a plus que son courage & son amour qui le seruent, est-ce vn crime que de seconder les derniers éforts de l'vn, & les derniers soûpirs de l'autre? La vertu de ce Prince ne met-elle pas toutes mes actions à couuert? & ni luy, ni moy, auons-nous quelque chose de reprochable, que nôtre malheur ? Tous vos Peuples le plaignent, & font des vœux pour sa gloire; Ils ont encore cette esperance en sa valeur, qu'il les déliurera de l'opreßion des Syriens; & ils sçauent bien, Madame, il y a longtemps, que sans luy, la resistance de Xercés & de Phraâte, & le secours d'Vrcatide & d'Agaronça, leur auroient esté inutiles. Sans luy, Antiocus feroit leur Maistre absolu, & le Conquerant paisible de vos Etats; & ce Prince ambitieux & vindicatif, qui vous fait

B iij

la guerre, vous auroit déja fait voir
qu'il n'a iamais fongé qu'à la vengeance de fon Pere; & que maintenant il n'en veɩt à vôtre perfonne,
que pour s'affeurer la poffeffion d'vn
Empire qu'il croit vous auoir enleué.
Prexafpe commençoit à s'échaufer;
& foit que la Reyne fut laffe de l'entendre, ou que fa fanté ne luy permit
pas de fe tenir dauantage dans la pof-
ture où elle eftoit, elle remit fa tefte
entre les bras de celle qui la foûte-
noit; & dans ce moment fit quelque
action dédaigneufe.　Prexafpe, qui
auoit autant d'efprit que de courage,
s'en aperçût; & comme malgré fon
humeur violente, il eftoit d'vn naturel affez flateur ; & que de plus il
n'auoit pas accoûtumé de rien dire à
la Reyne qui luy pût déplaire, il ne
voulut pas la laiffer mécontente de
fon entretien. De forte que, reprenant la parole auec vn grand foûpir:

Mais, Madame, luy dit-il, de quelque
façon que soient les choses, ie pré-
uois qu'à la fin vous n'aurez pas lieu
de vous plaindre de ma conduite. En
voulant vous sauuer des mains d'Antiocus, ie vous ay empesché de tomber entre celles de Phraâte & d'Agaronça. Sans moy, vous seriez peut-
estre déja parmy les Scythes, ou bien
au fonds de l'Arabie. Ces deux Princes ne manquoient pas de gens, pour
vous mener à l'vne ou l'autre de ces
deux extrémitez du Monde : & pour
moy, Madame, ie vous amene au Païs
du Vainqueur des vôtres. Vous estes
déja dans la Palmirénie, qui est vn de
ses Royaumes ; & le Roy de Syrie
n'aura desormais la peine de vous
chercher que dans les Terres où il
prétend vous couronner. S'il vous a
cette obligation, repartit la Reyne,
vous seruez mal le Prince de Perse
vôtre Maistre ; & il aura lieu de vous
B iiij

faire de grands reproches. Mais, Prexaſpe, pourſuiuit-elle, vous luy auez
donné de trop belles marques de vôtre fidelité, pour vous ſoupçonner;
& il ſçait bien luy-meſme, que vous
ne venez en ce Païs, que parce que
vous ne pouuez plus aller ailleurs.
Il a fait, comme mes autres ennemis,
tout ce qui luy a eſté poſſible; Il a
vaincu ſa haine & ſa fierté, pour ſe
joindre à Phraâte. Phraâte a fait
tréue auec ſon ambition pour le receuoir; & Agaronca ne pouuant
plus combatre ſeul, a vaincu ſa jalouſie pour combatre auec eux. Ils
ſe ſont tous réconciliez pour me
perſecuter. Ils ont fait tous leurs
éforts enſemble; & Antiocus, ou
par ſa valeur, ou par ſa bonne fortune, les a tantôt reduits à l'extremité. Il les a chaſſez de la Perſe, de
la Bactriane, de l'Hyrcanie, de la
Medie, & de la Parthiene. Il leur a

fermé le paſſage de tous ces Païs. Il n'y
a plus que la Syrie qui leur eſt ouuerte. Antiocus les y pouſſe, comme
pour receuoir chez luy leurs hommages ; & nous y arriuons les premiers, ô Prexaſpe ! parce que, comme
ie l'ay déja dit, nous ne pouuons plus
aller autre part.

La belle Reyne des Parthes ſe defendoit ainſi de la fauſſe adreſſe de
Prexaſpe ; & ce Perſe ne ſçauoit plus
que luy répondre. Il cherchoit des
paroles pour combatre ſes raiſons ;
& il auoit bien de la peine à en trouuer d'aſſez puiſſantes. Mais la voix de
quelqu'vn, qu'il entendit derriere les
Arbres, où la Reyne eſtoit couchée,
le fit penſer à autre choſe. Il n'auoit
pas craint d'auoir des témoins de ſon
arriuée, dans les ſolitudes de la Palmirénie ; & il croyoit pour lors eſtre
dans vn endroit des plus ſolitaires ;
ſi bien que leuant la teſte du côté où

cette voix s'eſtoit éleuée, il examina
la diſpoſition de ce Bocage, autant
que la clarté de la Lune le luy pouuoit
permettre. Il reconnut d'abord que
ce lieu eſtoit ſouuent frequenté; &
comme il fixoit fortement ſa veuë au
trauers des ombres, il ſe trouua tout
ſurpris de découurir que ces Arbres
où le Pauillon de la Reyne eſtoit ac-
croché, ſoûtenoient le bas d'vne
Terraſſe faite de main d'Homme; &
que par le haut cette Terraſſe eſtoit
bordée d'vne Baluſtrade de pierre ou
de marbre. De ſorte que ne pouuant
qu'à peine reuenir de ſon étonnement, il manda à ceux qui trauail-
loient au Chariot de ſe taire, & de
ceſſer juſqu'à nouuel ordre. Apres
quoy, preſtant l'oreille dans ce profond ſilence, il oüit éfectiuement des
Hommes qui parloient en ſe promenant ſur la Terraſſe. Leurs voix eſtoient encor aſſez confuſes dans l'é-

Ioignement : mais à mesure qu'ils auançoient, on commença à les distinguer ; & la Reyne & ses Filles, & Prexaspe, entendirent qu'vn de ces Hommes éleuant sa voix, disoit aux autres : Quoy ? vous voulez que i'attende à me declarer, qu'on m'ait rauy ma Maistresse ? & que ie ne songe à la garder, que quand ie ne l'auray plus ? Ah ! mes Amis, s'écrioit-il, ie ne sçaurois suiure le conseil que vous me donnez. Mais, luy répondoit vn autre, surquoy fondez vous ce soupçon que Seleucus a dessein d'emmener la Princesse Herodias ? L'amour que vous auez pour elle, vous fait craindre vne chose à quoy peut-estre il ne songe point ; & si dans cette incertitude vous éclatez contre luy, comme ie le crois foible, il est peut-estre assez insolent pour se porter à de fâcheuses extrémitez. Il est vray, ajoûta vn troisiéme, que Se-

Ieucus, quoy que peu redoutable de
ſa perſonne, l'eſt d'vne autre maniere, puis qu'il peut icy tout ce qu'il
veut. Il eſt ſur ſes Terres; il a vn
grand nombre de Chaſſeurs à ſa
ſuite; & pour vous, Ariſtobule, vous
n'auez pas tous ces auantages; & vous
pouuez perdre ceux que vous auez,
en luy diſputant vn petit plaiſir qu'il
ſe fait de parler d'amour à la Princeſſe
Herodias. Encore vn coup, reprit
celuy qui auoit parlé le ſecond, laiſſez le faire, tandis qu'il ne fera que
ce que nous voyons; & par vne reſiſtance trop prompte, n'allumez
point en luy des feux qui ne le brû-
lent que médiocrement; & qui s'é-
teindront, ſans doute, à la premiere
partie de Chaſſe. Non, non, Ariſtobule, pourſuiuit le troiſiéme, croyez
nous, & n'en croyez pas à voſtre
chagrin. L'amour d'vn Chaſſeur
n'eſt pas vne amour de durée; c'eſt

fans deſſein que celuy-cy a troublé
vôtre ſolitude ; il ne ſçauoit peut-
eſtre pas que la Princeſſe Zenobie fût
icy auec ſa Fille ; il n'y eſt venu que
par hazard ; ſa Chaſſe l'y a conduit,
lors que peut-eſtre il vouloit aller
ailleurs ; il a veu Herodias ; il l'a trouuée belle, parce qu'elle l'eſt en éfet ;
& s il luy dit qu'il l'aime, c'eſt poſſible parce qu il a oüy dire qu'il faut
toûjours parler d'amour aux belles
perſonnes. Pour moy, continua ce
meſme Homme, ſi i'eſtois en vôtre
place, aimé d'Herodias comme vous
l'eſtes, il me ſemble que bien loin
d eſtre alarmé de la concurrence d'vn
Riual, comme Seleucus, ie pourrois
voir auec quelque plaiſir les ſoins
inutiles qu'il prend de luy plaire. Et
pour moy, répondit celuy qui s'a-
pelloit Ariſtobule, ie ne ſuis pas capable de prendre vn plaiſir de cette
nature ; & ſoit que ie ſois né jaloux,

ou que la perſonne de Seleucus ait
quelque choſe de particulier qui me
déplaiſe, ie ne pourray pas le voir icy
long-temps, ſans le faire expliquer du
deſſein qui l'y retient. Cette reſolution peut eſtre dangereuſe, repartit
l'autre ; & s'il ne faloit que du cœur
pour l'executer, ie ſuis bien perſuadé
que vous en ſortiriez à voſtre auantage : mais ce n'eſt pas aſſez que d'en
auoir, il faut eſtre en eſtat de s'en
pouuoir ſeruir. Seleucus eſt vn jeune
Prince qui fait le Roy & le Souuerain
dans Palmyre ; qui commande à toute
la Prouince ; & qui dans la Maiſon
de Zenobie, & aux enuirons, a des
Gardes & des Officiers qui pouroient
vous faire de la peine, & cauſer de
grands ennuis à la Princeſſe Herodias, s'ils le voyoient quereller par
des gens qu'ils croyent au deſſous de
luy. Pour l'amour d'elle, ô Ariſtobule! continua ce meſme Homme,

ſi ce n'eſt pour l'amour de vous, ayez de la modération dans cette conjon-cture; & ſi c'eſt vn Riual que la Fortune vous enuoye, armez-vous de patience, plutôt que de vous armer de colere. Ie me ſuis aſſez retenu, repliqua Ariſtobule; & la ſeule conſideration de ma Princeſſe m'auoit engagé à cette retenuë. Mais aujourd'huy, qu'elle-meſme ſe laſſe de l'importunité de Seleucus, elle me dit aſſez que ie dois l'en déliurer. S'il eſt Prince, ie ſuis Prince comme luy; s'il fait le Roy dans la Palmirénie, ce perſonnage qu'il jouë eſt ſans fondement; & ni luy, ni moy, nous n'auons point de Royaume. Il ſe dit de la Race des Belides Seleucides, Fils d'vn Alexandre prétendu Roy de Tyr; & pour moy ie ſuis de celle des Aſmonéans, Fils d'Hircane Prince Souuerain de Iudée; & il y a long-temps que ceux de ma Maiſon ont apris à ne pas redouter ceux de la ſienne. Ie vous ay déja raconté, comme il n'eſt à Palmire que depuis quelques mois; qu'il a eſté nourry dans le fonds de l'Egypte, comme vn Homme qui n'auoit point de rang à tenir dans le Monde, & que des raiſons d'Etat auoient fait ſuprimer; qu'il ne paroiſt en Syrie, qu'à l'ombre de ſa Mere Cleopatre, qui ſe vante d'en auoir épouſé le defunt Roy; que la puiſſance qu'il y exerce auec elle & le Satraphe Tiphon, eſt vne vſurpation; qu'elle ne doit durer que juſqu'au retour d'Antiocus, qui en eſt le Souuerain legitime; & que ce grand Prince, aprés auoir vengé la jeune Reyne des Parthes, dont il eſt amoureux, & conquis tout l'Orient, dans le cours de cette querelle, doit bientôt repaſſer l'Eufrate auec vne Armée triomphante. Et c'eſt ſur cela qu'il

faut

faut prendre patience, reprit celuy qui s'éforçoit de perfuader Ariſtobule; attendre, ou que Seleucus ſe retire comme il eſt venu, ou que cette vaine grandeur qui l'accompagne, ſoit diſſipée; & ſonger que dans l'abſence d'Antiocus, il peut trouuer bien des reſſources en ces lieux, qui ne ſont des deſerts que pour vous. Mais, ſi vous eſtes mes Amis, repartit Ariſtobule, qu'ay-je à craindre? & ma querelle peut-elle iamais eſtre mieux defenduë qu'auec des ſeconds comme vous? Comme vous ne me connoiſſez guere, répondit celuy des deux qui parloit le plus ſouuent, vous pouuez poſſible vous imaginer que ie ne vous exhorte à la modération, que parce que ie crains de partager le péril où vous courez. Mais, ô Ariſtobule! continua-t'il, ie me ſuis trouué dans quelques occaſions plus

C

dangereuſes que celle-cy ne ſçauroit
eſtre ; & ie porte vne épée, qui m'a
ſeruy juſqu'icy auec aſſez de ſuccés.
Ie n'oſerois en dire autant que vous,
interrompit l'autre ; & apres auoir
fait aſſez de bruit dans le Monde,
ſous vn nom qui n'eſt que trop
connu, ie me vois ſi malheureux
depuis quelques années, que ie ne
veux plus rien eſperer de la Fortune.
Mais, pourtant ajoûta-t'il, s'il faut
ſeruir Ariſtobule, ie puis luy dire que
i'ay vn cœur qui n'a iamais ſçeu ce
que c'eſt que de fléchir & de ſe rendre ;
& que ſi mes armes ont eſté abatuës,
ie vais encore au combat, comme il
y faut aller pour vaincre en peu de
temps.

L'éloignement de ces trois Hommes, qui s'auançoient du côté du
Fleuue, fit que la Reyne ne pût oüir
le reſte de leur conuerſation. Elle
auoit eſté ſurpriſe de les entendre

parler d'Antiocus & d'elle, mais d'vne surprise agreable; & ce qu'ils en auoient dit, auoit r'apellé quelque sorte de joye dans son cœur. Prexalpe, au contraire, estoit dans vne peine étrange. La promenade de ces Hommes luy déplaisoit; elle auoit réueillé vne partie de ses craintes; & quoy qu'il fût accoûtumé à se fier à son courage, il luy sembloit pour lors qu'il pouuoit arriuer bien des choses, où son épée ne sûfiroit pas pour garder au Prince Aquémene le précieux dépost qu'il luy auoit confié. Il ne parla de cette inquietude à personne : mais ayant dit à la Reyne, que le Chariot deuoit estre en état, il luy fit assez connoître le fonds de son ame. Elle se leua, dés qu'il eût témoigné qu'il le souhaitoit; & par vn petit mouuement de chagrin qu'elle tourna contre soy-mesme; elle ne voulut pas se faire

preſſer dauantage, quelque enuie
qu'elle eût de demeurer plus long-
temps en ce lieu. Mais apres cela,
le regardant d'vn œil plus vif que de
coûtume Ces gens que nous venons
d'entendre, luy dit-elle, vous ont
donné l'alarme ; & ſi vous auiez
aujourd'huy beſoin du ſecours de
quelqu'vn, ie ſuis certaine que ce ne
ſeroit pas le leur que vous iriez demander. A moy, Madame, repliqua
bruſquement Prexaſpe, ces gens ont
donné l'alarme? Si cela eſtoit, ie
ſerois alarmé de peu de choſe; & ie
ne me vois pas en état ni de les rechercher, ni de les craindre. Ie jugeois de vous par moy-meſme, répondit la Reyne ; & comme nos ſentimens ſont opoſez, ie penſois que
ce qui m'auoit donné vne legere
émotion d'eſperance, pouuoit vous
en auoir donné quelqu'vne de
crainte. Ils en eſtoient là ; & la belle

Reyne auoit déja receu la main de
Prexafpe pour retourner au Chariot,
lors que ces trois Hommes defcendi-
rent de la Terraffe, & tournerent
leurs pas vers le Bocage : vray fem-
blablement à caufe que le débordement du Fleuue auoit inondé la promenade qui pouuoit eftre fur fon
bord. Ils eftoient tous trois diferens
de taille, d'âge, & de couleur, comme on le remarqua peu aprés.   Le
plus haut, & qui eftoit d'vne hauteur
affez extraordinaire, auoit de longs
cheueux extrémement blonds, le
tein fort vif & fort beau, & paroiffoit vn Homme de vingt-fix ans.
Celuy dont la taille aprochoit le plus
de la fienne, en montroit dix plus
que luy; Il eftoit noir, portoit des
cheueux affez courts, auoit le tein
vn peu bazanné, l'air du vifage fort
mélançolique, mais plein de majefté
& de grandeur, auffi bien que l'autre :

C iij

Et le troisiéme, qui en comparaison
de ceux-cy, estoit le plus petit & le
plus jeune, auoit le poil châtain
brun, & la mine peu diferente de ses
Compagnons. Il estoit vétu à la
mode de Syrie; & des deux étrangers, l'vn l'estoit à la Grecque, &
l'autre à la Romaine. Comme là
Reyne les aperçût, dés qu'ils parurent, ils la virent aussi dans le mesme
moment; & ce Pauillon sous lequel
elle estoit, leur ayant inspiré quelque sorte de curiosité, ils s'auancerent aussitôt pour sçauoir ce que
c'estoit. En marchant, ils se firent
quelques ciuilitez, à qui passeroit le
premier; & les deux étrangers ayant
cedé tout l'honneur au plus jeune, il
vint à Prexaspe, qui de son côté fit
deux ou trois pas à sa rencontre. Qui
que vous soyez, luy dit-il en l'abordant fort ciuilement, comme ie vous
crois étranger en ce Pais,& que peut-

eſtre vous eſtes égaré de vôtre chemin, ie vous ofre mon ſeruice; &
juſques à ce que le jour ſoit venu,
vous pouuez venir paſſer le reſte de
la nuit dans vne Maiſon aſſez proche d'icy, où vous ſerez plus com-
modément qu'en ce lieu. Et qui que
vous ſoyez, repartit froidement
Prexaſpe, ie vous remercie de l'offre
que vous me faites. Ce Perſe, qui
répondoit à ſon chagrin, plutôt qu'à
la ciuilité d'Ariſtobule (& c'eſtoit le
nom de ce jeune Prince) ne luy en
en dit pas dauantage; & le regarda
meſme auec aſſez de fierté. Ariſtobule neantmoins ne s'en ôfença pas
d'abord; & imputant l'action de
Prexaſpe à quelque mauuaiſe humeur
dont il ne ſçauoit pas la cauſe: Ne
faites point de ceremonie, continua-
t'il en jettant les yeux ſur la Reyne:
Soit que vous ayez enuie de paſſer le
Fleuue, ou que vôtre chemin s'a-

C iiij

dreſſe d'vn autre côté, vous ne ſçauriez beaucoup auancer au clair de la
Lune ; & cette belle Dame attendra
le jour plus à ſon aiſe, dans la Maiſon
où ie vous conduiray. Prexaſpe, qui
ne cherchoit pas des gens ſi officieux,
& qui vouloit ſe déliurer de leur ciuilité, à quelque prix que ce fût :
Toute la grace que ie vous demande,
dit-il en remettant ſon Caſque, c'eſt
de vous retirer. Ie n'ay beſoin ni de
vôtre conſeil, ni de vôtre aſſiſtance ;
& ie feray bien, ſans vous, ce que i'ay
deſſein de faire. Il prononça ces paroles d'vn ton colere, & auec vne
action qui auoit quelque choſe de
fort rude ; & ces trois Hommes ſurpris le regardant tout a la fois, depuis les pieds juſqu'à la teſte : Hé ! de
quel Païs eſtes vous, reprit Ariſtobule, vous qui ſçauez ſi mal viure ?
Et eſt-ce ainſi qu'on reçoit la ciuilité
que vous fait vn Prince, ajouſta celuy

qui eſtoit vétu à la Grecque? Prince,
ou non, repliqua Prexaſpe, qui auoit
enuie de les congédier en les maltrai-
tant, & qui ſe croyoit le plus fort, il
ne m'importe; & pour vôtre ſeureté, ie vous conſeille de vous retirer. De ſeureté, repartit Ariſtobule?
Ah! s'il y a icy du danger, ce n'eſt que
pour vous; Et vous cherchéz cette
nuit à finir vos auantures, continua
celuy qui paroiſſoit Romain à ſon
habit, & qui eſtoit le plus âgé des
trois. Mais, Madame, dit l'autre en
s'aprochant de la Reyne auec tout le
reſpect que l'air de ſa perſonne toute
diuine inſpiroit à ceux qui la
voyoient, cet Homme vous apar-
tient-il? & ſeroit-il poſſible que
vous euſſiez des ſentimens conformes aux ſiens? La haute mine de cet
étranger fit ſon éfet auprés de la
Reyne, comme la majeſté de la
Reyne auoit produit le ſien auprés

de luy ; de ſorte que luy rendant ciuilité pour ciuilité ; & dans l'état de
ſa fortune, aimant mieux luy en rendre plus qu'elle ne croyoit luy en
deuoir : Ie pourois, Seigneur, luy dit-
elle, vous répondre en peu de paroles, ſi ie ſçauois qui vous eſtes. Madame, répondit celuy-cy, vous
voyez Ariſtobule Prince de Iudée ;
l'autre s'apelle Zoroaſte ; & pour
moy, on me nomme Theſée. Nous
ſommes tous deux étrangers en ce
Païs ; & pour vous en dire dauantage..... Et pour vous empeſcher
d'en dire dauantage , interrompit
bruſquement Prexaſpe en ſe mettant
au deuant de luy, ie vous chaſſeray
à coups d'épée, ſi vous ne vous retirez. Auſſitôt il cria aux armes à ſes
Compagnons ; & la Reyne ôfenſée
de l'inſolence de Prexaſpe : Et moy,
s'écria-t'elle, ie répondray à cet
étranger, que ie ſuis Rodogune

Reyne des Parthes, qu'vn Sujet re-
uolté emmene ie ne sçay où! Il n'en
faloit pas dauantage, pour aprendre
au genereux Thesée, & aux deux autres, ce qu'ils deuoient faire : Ils prie-
rent tous trois la Reyne de se retirer
sous sa Tente ; & comme Prexaspe
se tenoit deuant elle, le fer au poing,
le vaillant Zoroaste, de peur d'acci-
dent, se jetta par derriere entr'elle
& luy, & le força à quiter cette place
pour luy faire teste. Quoy qu'il n'eût
pour toutes armes qu'vne épée à la
main, des deux premïers coups qu'il
luy poussa, il le fit assez reculer, pour
décider cette querelle, loin de la
Reyne ; & cependant, le hardy Thesée, laissant ainsi Prexaspe aux mains
auec Zoroaste, vint aux Gardes qui
s'auançoient à pied, sous la conduite
d'Arsame. Soit qu'au cry de Prexaspe
ils se fussent emportez d'ardeur ; ou
qu'estant si proches de luy, ils n'eus-

sent pas voulu perdre de temps, ils n'auoient qu'vne partie de leurs armes; & venoient mesme assez en desordre. Ils se r'alierent pourtant pesle-mesle, & baisserent leurs jauelines: Mais Thesée & Aristobule en ayant coupé, ou rompu vne partie: ces Gardes, qui estoient des Soldats d'élite, tirerent leurs épées, & se laisserent aprocher de plus prés. Aussitôt le sang commença à couler de leur côté; & le braue Thesée ayant arraché le bouclier à l'vn d'eux, ils furent contraints de luy ouurir le passage, & de se partager sous la pesanteur de ses coups. Vne moitié se joignit à Prexaspe, contre qui Zoroaste, & sans cuirasse & sans écu, n'osoit s'emporter tout à fait, à moins que de s'exposer à vne mort certaine. Mais dans cette jonction, ce vaillant Homme ayant fait sur vn des Perses le mesme éfort que Thesée

auoit fait fur vn autre, il fe trouua
auec vn bouclier au bras gauche.
Alors, fecondé par Ariftobule, qui
s'eftoit auffi armé de celuy d'vn
Homme mort à fes pieds, ils pref-
ferent plus vigoureufement Prexafpe, & ceux qui le foûtenoient : &
malgré l'inégalité de la partie, la victoire commença à fe declarer pour
eux. Arfame de fon côté refiftoit fi
foiblement au braue Thefée, qu'il y
auoit grande aparence que fa défaite
en décideroit bientôt. Il n'auoit plus
que trois de fes Compagnons fur
pied ; & il y en auoit vn bleffé à mort,
& qui chanceloit déja, preft à tomber. De forte que tombant luy-
mefme fous vn coup qu'il receut fur
la tefte, & qui l'étourdit jufqu'à ne
fe pouuoir releuer qu'aprés le combat, les deux qui reftoient s'enfuyrent ; & Thefée dédaignant de les
pourfuiure, vint au fecours de fes

Amis. Ariſtobule eſtoit encore aux
mains auec deux Soldats de Prexaſpe,
qui tantôt reculoient, & tantôt
auançoient ſur ce jeune Prince ; &
pour Prexaſpe, il ſe debatoit en deſeſperé, ſous les éforts de Zoroaſte,
qui l'auoit ſaiſi au corps, & renuerſé
par terre. Comme éfectiuement ce
Perſe auoit beaucoup de cœur, il ne
vouloit pas ceder, quoy qu'il fut
abatu ; & il aimoit mieux mourir,
que de ſuruiure à ſa défaite. Il irritoit donc Zoroaſte par toute la reſiſtance qu'vn Homme peut faire
en l'état où il ſe trouuoit ; & quoy
qu'il eût les mains liées entre celles
de ſon ennemy, & que cet ennemy
luy tint le genou ſur la gorge, il s'a-
gitoit quelquesfois ſi puiſſamment,
que Zoroaſte eſtant bleſſé au bras
droit, ne ſçauoit comment le quiter,
pour le reprendre auec plus d'auantage. Mais enfin voulant auoir tout

feul la gloire de vaincre fans armes,
vn Homme armé de toutes pieces,
& qui s'eftoit batu en vaillant Homme, dés qu'il vit aprocher Thefée &
Ariftobule, qui n'auoient plus rien
à combatre, il fit heureufement ce
dernier éfort qu'il méditoit de faire.
Il laiffa aller vn des bras de Prexafpe,
fur lequel il mit le pied, dans l'inftant que ce Perfe l'étendoit pour
chercher fon épée qu'il auoit efté
forcé d'abandonner ; & luy tenant
toûjours l'autre, & continuant à
le fouler du genou, il reprit la fienne
de la main dont il eftoit bleffé. Ce
fut pour lors que la luy faifant briller
aux yeux, il le preffa de fe rendre.
Mais Prexafpe n'en voulut rien faire ;
& comme la fureur & le defefpoir
auoient faifi fon cœur : Tuë, tuë moy,
difoit-il à Zoroafte ; & en m'oftant
la Reyne, fais moy cette grace de
m'ofter la vie. Il proféroit ces paro-

les comme vn Homme qui defiroit
éfectiuement la mort : fi bien que
Zoroafte en eftant touché; Va, luy
dit-il, tu t'es affez bien défendu, pour
me contenter de la gloire de t'auoir
défarmé; & ie ne veux rien entreprendre fur ton defefpoir.   A ces
mots, il le laiffa en liberté; & Prexe-
xafpe s'eftant releué, s'éloigna auffi-
tôt de quelques pas. Mais ni fa douleur, ni fa rage, ne le quiterent point;
& tournant contre foy-mefme fon
épée qu'il auoit reprife, il fe la paffa
au trauers du corps. Ariftobule &
Thefée, qui virent fon action & fa
chute, coururent à luy; & luy dirent
tout ce qu'ils púrent pour détourner fa fureur. Mais l'ame de ce Perfe
eftoit dans vn trop grand defordre,
pour fe rendre aux raifons que luy
difoient des ennemis qui caufoient
tout fon defefpoir; & il n'y auoit
plus que fa propre foibleffe qui pou-

uoit

uoit s'oppoſer à ſa reſolution. Ils le laiſſerent donc à la garde de leurs Eſcuyers, que le bruit du Combat auoit apellés à leur ſecours; & Ariſtobule ayant renuoyé le ſien, pour amener vn des Chariots de Zenobie, auec ordre d'éueiller cette Princeſſe, & de luy dire ce qui eſtoit arriué, ils ſe r'aprocherent tous de la Reyne des Parthes. Zoroaſte, apres ſa victoire, eſtoit reuenu aupres d'elle le premier, & par ſa preſence, il auoit déja apaiſé en quelque façon les frayeurs que cette jeune Reyne auoit euës pendant le Combat.   Il luy auoit déja dit qu'elle eſtoit libre; & quoy qu'eſtant étranger en ce Païs, il n'eût rien à luy offrir, que ſon épée: Neantmoins il luy parloit de ſi bonne grace, & d'vn air ſi noble & ſi reſpectueux, qu'elle ne croyoit pas le payer aſſez, en luy donnant toute ſon eſtime. Elle ne ſe trouuoit plus comme vne perſonne

D

abandonnée, depuis qu'il auoit pris ſa
defenſe ; & dans des ſentimens pro-
portionnez au ſeruice qu'il luy venoit de rendre, elle alloit les luy expliquer particulierement, ſi elle n'eût
eſté obligée d'en faire part au braue
Theſée, & au Prince Ariſtobule, qui
venoient auſſi de combattre & de
vaincre pour ſa liberté. Elle leur diſoit donc ſans choix, comme ſans meſure, tout ce que ſa generoſité naturelle luy pouuoit faire conceuoir de
plus ſenſible & de plus obligeant ; &
ſoit par ſon action, par ſes regards, &
par ſes paroles, enfin elle s'employoit
toute entiere à les remercier. Ces
trois vaillan Hommes, trop glorieux
de l'auoir ſeruie, interrompoient ſes
remercimens, autant que le reſpect le
pouuoit permettre: Mais comme elle
eſtoit preſſée par ſa reconnoiſſance, &
que la haute mine de Theſée & de Zoroaſte, jointe à la hauteur de leur pro-

cedé, la perſuadoit aſſez, que leur condition n'eſtoit pas inferieure à celle du Prince Ariſtobule, elle continuoit malgré eux, de rendre ce qu'elle deuoit à leurs bons offices, & ce qu'elle croyoit deuoir à leur qualité. Si bien que les ciuilitez reciproques de ces illuſtres Perſonnes euſſent duré plus long-temps, ſi le Chariot de Zenobie ne fut arriué. Ariſtobule en fit les honneurs; & la Reyne y ayant pris ſa place, auec les trois Femmes qui l'accompagnoient, Zoroaſte & Theſée monterent comme luy ſur des Cheuaux qu'on leur auoit amenez. Quelques Officiers de ce Prince eurent ordre de viſiter les morts & les bleſſez, & de prendre ſoin de tout l'équipage de la Reyne; & comme elle auoit vne bonté égale à ſa grandeur, & à ſa beauté, elle eut celuy de recommander Prexaſpe, & Arſame. Elle voulut meſme en ſçauoir des nou-

D ij

uelles certaines; auant que de les quiter; & cela ayant encore confumé quelque temps, l'Aurore montroit fes premiers feux, lors que l'on commença de marcher.

La Maifon de Zenobie eftoit à quinze ou feize ftades éloignée de l'Eufrate; & cette Alée en Terraffe, toute bordée de Platanes, par où l'on conduifoit la Reyne, luy feruoit d'a-uenuë de ce côté là. Des trois autres il y en auoit de mefme, mais plantées d'Arbres diferens. Celle qui expofée au Midy, fe perdoit dans les folitu-des, auoit des Cedres d'vne hauteur prodigieufe; l'autre qui vers le Soleil couchant, conduifoit à Palmire, eftoit foûtenuë par des Palmiers; & celle qui regardoit le Septentrion, & qui s'étendoit jufqu'à la Fontaine de Daradague, eftoit couuerte de Sico-môres, au bout defquels il y auoit vn petit Temple, qui reprefentoit en ra-

courcy le superbe & fameux Temple de
Ierusalem. Toutes ces auenuës étoient
en terrasse ; & de plus assez éleuées sur
le terrain naturel, à cause que l'Eufrate y poussoit quelquefois son débordement ; & la Balustrade de pierre
qui estoit à celle des Platanes, regnoit
également par toutes les autres. Les
Iardins estoient de la mesme façon;
& soit que l'on considerât la quantité
d'Arbres fruitiers, leur disposition,
l'ordonnance des Parterres, la rareté
des Fleurs de cette Saison, la beauté
des Statuës, & celle des Iets d'eau, on
ne pouuoit rien voir de plus agreable,
ni de mieux entendu. La veuë qu'vne
haute fustaye, & la Forest de Palmire,
bornoient du côté du Couchant & du
Nort, estoit ouuerte des deux autres.
A l'Orient elle s'étendoit, à plusieurs
stades, au delà de l'Eufrate, où il y
auoit des Collines, & des Prairies de
diferens aspects : mais elle alloit bien

D iij

plus loin vers le Midy, sur les solitudes de Palmirénie, où la Nature auoit
fait vn Païsage delicieux, qui n'auoit
de bornes, que les Montagnes de l'A-
rabie deserte. C'estoit aussi de ce
côté là, que la Maison estoit tournée,
& que les Promenoirs estoient le
plus agreable. On auoit coupé des
routes, & fait des esplanades dans les
taillis, qui accompagnoient l'auenuë
des Cedres. On y auoit creusé des
Canaux, que la Fontaine abruuoit de
ses eaux claires & viues. On âloit des
vns aux autres, sur des arches couuertes de gazon; & d'espace, en espace, il y auoit des Grôtes, ou des Ca-
binets de verdure, pour la commo-
dité de ceux qui s'y promenoient, lors
que la pluye les surprenoit. Tout
ces canaux, auant que de se décharger
dans l'Eufrate, faisoient vne petite
Riuiere de mesme nom que la Fontaine; & sur ses bords, on voyoit plu-

sieurs habitations, où des Bergers, &
des Bergeres menoient entr'eux vne
vie douce & retirée, dont l'innocence
rendoit les solitudes assez fertiles
pour leurs besoins. Mais si les dehors
de cette Maison estoient beaux, les
dedans auoient quelque chose de plus
acheué. La Maison estoit admirable
d'elle-mesme; & Antipater, Prince
d'Iduméc, & le plus riche de tous les
Iuifs, auoit employé tout le temps de
son exil, à l'orner de ce qu'il auoit pû
trouuer de plus rare. La structure en
estoit quarrée; Ces deux ordres, le
Corinthien & l'Ionique, regnoient
par tout. Dans le milieu du Corps de
Logis, il y auoit vn Salon à la Per-
sienne, égal à celuy de Babilone, &
sur les aisles deux Galeries à la Me-
doise, pareilles à celles d'Egbatane,
où l'or, le jaspe, le porphire, & les
peintures, ne faisoient voir que des
chefs-d'œuures de l'Art. Du reste,

D iiij

les ameublemens y estoient propor-
tionnez, & les apartemens si spacieux
& en si grand nombre, qu'il y auoit
dequoy loger toute la Famille d'vn
grand Roy, auec vne bonne partie
de sa Cour.

Ce fut dans cette Maison, où apres
vne longue course, les Dieux donnerent vn peu de repos à la belle
Reyne des Parthes. La Princesse Zenobie, sur ce qu'Aristobule luy auoit
mandé, la receut à la clarté de cent
flambeaux, qu'elle auoit fait allumer,
quoy que le jour commençât à paroître. La Princesse Herodias sa fille,
& plusieurs Dames de Palmire, de
Tapsaque, ou de la Prouince, qui
estoient venuës la visiter à la mort
du Prince Antipater son Mary, l'a-
compagnerent en cette Ceremonie;
& quoy qu'elles fussent dans vn
des-habillé assez en desordre, comme
des personnes que l'on venoit d'é-

ueiller brufquement , neantmoins Zenobie fit toutes chofes de fi bonne grace : & celles de fa fuite la feconderent fi bien, que la Reyne fe trouua furprife de la belle reception qu'on luy faifoit à vne heure fi extraordinaire. On la mit dans vn Apartement, qui ne cedoit guere à ceux du Palais de Suze, quoy que ce ne fût pas le plus magnifique, parce que le Prince Seleucus y eftoit couché ; & dés qu'elle y fut entrée, Ariftobule, Zoroafte & Thefée, fe retirerent, afin de la laiffer en liberté. Zenobie & les Dames demeurerent aupres d'elle, pendant qu'on luy faifoit prendre vn peu de nourriture ; & les vnes & les autres , embraffans tous les petits foins dont elles fe pouuoient auifer, tâchoient de luy donner des marques de leurs refpects. Cette grande Princeffe de fon côté, ne fe ménageoit pas dans les ciuilitez qu'elle leur ren-

doit. Son humeur si douce, & si ca-
ressante, les auoit déja toutes inte-
ressées en sa fortune ; & il n'y en
auoit pas vne qui ne l'aimât de tout
son cœur. De sorte que pour ne la
pas fatiguer dauantage, Zenobie la
pressant de se mettre au lit, se mit
elle-mesme, auec la Princesse sa fille,
à la des-habiller ; & du reste n'oublia
rien de ce qu'elle pouuoit faire pour
la seruir selon sa qualité. Apres quoy
on la laissa en repos ; & toutes ces
belles Dames s'arestant ensemble dans
la Chambre de Zenobie, au lieu de
se recoucher, commencerent à s'entretenir de la beauté de la Reyne, &
à raisonner sur cette auanture. Le
Prince Aristobule leur racontoit ce
qu'il en auoit veu, & comme la chose
s'estoit passée ; & pour Zoroaste, il
s'estoit retiré, pour faire penser les
deux blesseures qu'il auoit au bras, &
à la main droite. Thesée qui auoit

déja contracté vne grande amitié auec luy, auoit voulu y voir mettre le premier âpareil ; & comme elles n'eſtoient pas fort conſiderables, ils ſe repoſoient tous deux dans vne Conùerſation peu diferente de celle, où les Dames eſtoient ôcupées.

Cependant le Prince Seleucus ayant âpris, à ſon réueil, ce qui eſtoit arriué cette nuit, ſe leua plûtôt que de coûtume ; & trouuant dans cette rencontre, vne grande matiere à ſa curioſité, voulut en ſçauoir toutes les circonſtances. Il fit parler aux Chartons de la Reyne, qui auoient amené ſon Chariot à la Maiſon de Zenobie. Il tâcha de faire parler les deux Gardes qui reſtoient de la défaite, & qui auoient ſuiuy Arſame, & Prexaſpe qu'on y auoit âportez à demy morts ; & il parla luy-meſme à Arſame, qui pour lors ne ſe trouuoit que legerement bleſſé ; ne pou-

uant parler à Prexafpe, qui eftoit en
grand danger de fa vie. Mais quoy
qu'il pût faire auec Sofybe, qui eftoit
fon Gouuerneur, & fon Fauory, il
ne tira pas grand éclairciffement. Les
vns luy auoüoient que c'eftoit la
Reyne des Parthes, & n'en difoient
pas dauantage; & les autres ne difoient rien du tout, & tâchoient
mefme à déguifer le nom & la qualité de Rodogune. Si bien que dans
cette contradiction, tout luy paroif-
fant d'autant plus myfterieux, il vint
à la Chambre de Zenobie, en mefme
temps que Thefée y entroit. Cette
illuftre Veuve ne luy fit pas vn fecret
de ce qu'elle fçauoit; & parce que le
jaloux Ariftobule ne vouloit point
de difcours auec ce Prince, Thefée
prit la parole, & luy raconta l'auanture de la Reyne des Parthes; auec ce
qu'elle leur auoit dit contre Prexafpe,
& ce qu'ils auoient fait pour la deli-

urer. Mais tout cela ne satisfit point le curieux Seleucus. Il eût bien voulu que Thesée luy eût dit positiuement, d'où venoit la Reyne des Parthes : pourquoy elle estoit entre les mains de Prexaspe ; où ce Perse pretendoit la mener ; & cent autres choses que Thesée ne sçauoit point, & qu'il ne pouuoit auoir âprises. De sorte que s'animant de soy-mesme dans sa curiosité, comme il estoit mieux informé des affaires de Rodogune, que ceux à qui il en demandoit des nouuelles, il dit à Zenobie, que l'arriuée de cette Princesse le mettoit en peine ; qu'il sçauoit bien qu'elle auoit esté depuis peu sur les Frontieres d'Armenie, où elle auoit porté la Guerre ; que les Princes Arsacides y auoient esté défaits, auec le Prince de Perse ; que son Frere d'a-liance le Prince Antiocus, les auoit déja poussez au deçà du Tigre ; & que

tous ſes Ennemis, & ſes Riuaux, r'aſ-
ſembloient leurs Troupes à Niſibe,
pour faire vn dernier éfort contre
luy: mais qu'il ne ſçauoit point s'ils
y auoient donné bataille, ni comment Rodogune, que l'on diſoit
eſtre entre les mains d'Antiocus,
pouuoit eſtre tombée en celles d'vn
Perſe qui l'amenoit, malgré elle, en
Palmirénie. Il ajoûtoit à cela, qu'il
en ſçauroit bien-tôt des nouuelles
certaines, & il parloit de ces choſes
auec tant d'aplication, qu'il paroiſſoit
bien, qu'il y prenoit grand intereſt,
& qu'il en faiſoit confidence. Ainſi
la Princeſſe Herodias n'eut pas de
peine, ce jour là à ſe defendre de ſa
galanterie. Il ne ſongeoit plus qu'à
la rencontre de la Princeſſe Rodogune; & ce fut dans vne impatience
extréme, qu'il âtendît juſques au ſoir,
qu'elle fût éueillée, pour luy rendre
vne viſite. Il ne l'auoit iamais veuë;

& cette premiere fois qu'il la vit, ce
ne fut qu'à la clarté des flambeaux, &
mefme dans fon lit, où on luy auoit
feruy à manger. Mais quoy que la
fatigue du voyage eût fait en elle
quelque defordre; neantmoins, comme elle eftoit vn peu repofée, il ne la
vit que trop belle, pour en eftre
bleffé. La Reyne, que la Princeffe
Zenobie auoit preparée à cette vifite,
le receut comme vn Prince de la Maifon des Seleucides. Elle répondit à
fes offres & à fes complimens auec fa
grace ordinaire; & Seleucus de fon
côté, tout orgueilleux qu'il affectoit
de paroiftre, abaiffa beaucoup fa contenance deuant elle. Leur Conuerfation fut courte; & la Reyne, qui
voyoit Ariftobule & Thefée parmy
les Dames, & qui les regardoit comme fes Liberateurs, s'âtacha particulierement à leur parler. Elle les remit
fur l'obligation qu'elle auoit à leur

generofité, & à leur valeur ; elle s'é-
tendit fur la reconnoiffance qu'elle
en auroit toute fa vie ; elle rehauffa
tout cela par la douceur de fes regards,
par la majefté de fon action, par le
charme de fa voix, & de fa parole :
Enfin elle fit voir à tous ceux qui l'é-
coutoient, qu'au fonds de fon ame il
y auoit autant de vertu, qu'il paroiffoit de grandeur en toute fa perfonne ; & elle n'oublia pas de demander des nouuelles de la fanté de Zoroafte, qui l'auoit auffi defenduë au
prix de fon fang. Thefée répondit
pour fon Amy, en fon abfence, &
rendit compte de fes deux bleffures;
& cette grande Reyne prenant de là
occafion de fe plaindre de fa mauuaife fortune, & des malheurs qu'elle
caufoit à tout le monde, raconta
quelques incidens de fa vie. Mais
comme elle ne parloit qu'en general,
Seleucus, quoy que fort âtentif à fon
discours,

difcours, n'âprit rien de ce qu'il defiroit. Il la plaignit d'affez bonne
grace, & luy renouuella les ôfres, &
les proteftations de feruice qu'il luy
auoit faites. Apres quoy, fuiuy de
Thefée, & d'Ariftobule, qui l'auoit
affez examiné aupres de la Reyne,
pour fe guerir de fa jaloufie, il fe retira, comme par refpect : Mais en
effet, c'eftoit parce qu'il eftoit dans
vn defordre extréme, qu'il ne pouuoit plus cacher ; & qu'il alla découurir à Sofybe dans fon Appartement.
L'arriuée de Rodogune, qu'il ne connoiffoit que de nom, auoit réueillé
dans fon efprit de grandes inquietu-
des ; & la beauté de Rodogune, qu'il
auoit confiderée, en produifoit pour
lors dans fon cœur de bien plus fen-
fibles. Il fe voyoit amoureux de
celle dont il croyoit eftre l'ennemy ;
& non pas d'vne amour legere, comme celle qu'il auoit témoignée à la

E

Princeſſe Herodias: mais d'vne paſſion tirannique & violente, qui dans
ſa naiſſance auoit déja détruit, ou
changé tous les projets ambitieux
dont il ſe flâtoit.   Cependant Zenobie, & la Princeſſe ſa fille, eſtoient aupres de la belle Reyne: & l'vne &
l'autre tâchoient de la diuertir juſqu'à
l'heure du repos. Il n'y auoit qu'elles
qui y fuſſent demeurées; & les Dames auoient crû leur deuoir laiſſer
quelques momens particuliers. La
Reyne ſeulement pour obliger la
Princeſſe Herodias, dont la preſence
luy plaiſoit beaucoup, auoit fait r'a-
peller Ariſtobule, ſur ce que Zenobie
luy auoit dit, qu'elle le regardoit,
comme celuy qui deuoit eſtre ſon
gendre; & ce Prince eſtoit ainſi de
leur Conuerſation. Zenobie entretenoit la Reyne de toutes ſes affaires
les plus ſecrettes, dans le deſſein de
l'engager à luy faire part des ſiennes;

& la Reyne de son côté, ne faisoit
aucun scrupule de se découurir à Zenobie; jusques là mesme, que dans
l'estime qu'elle auoit conceuë pour
cette illustre Veuve, elle luy racontoit déja les derniers malheurs de sa
vie. Mais comme il estoit tard, & que
Zenobie en vouloit sçauoir toute
l'Histoire dés le commencement, elle
prit la liberté de l'interrompre, & de
luy témoigner son enuie. Rodogune
eut d'abord quelque répugnance à
s'y accorder : mais Zenobie la pria si
tendrement ; & sa Fille joignit si
bien ses prieres aux siennes, qu'enfin
cette obligeante Reyne consentit que
Marsione (celle de ses Filles qu'elle
aimoit le mieux, & qui auoit eu le
plus de part au secret de ses affaires)
leur feroit le lendemain le recit qu'-
elles demandoient. Cela fut cause
que l'illustre Veuve d'Antipater,
toute mal saine qu'elle estoit depuis

E ij

la mort de son Mary, se leua de fort
bonne heure ; & par vn petit degré
dégagé, elle se rendit auec la Princesse
sa fille, & le Prince Aristobule, à la
Chambre où couchoit Marsione. Elle
trouua cette belle Fille debout, &
toute disposée à la satisfaire ; si bien
que les ciuilitez estant faites de part
& d'autre, Marsione commença ainsi
l'Histoire de Rodogune, en adressant la parole à Zenobie.

Il faut, Madame, que la Reyne,
ma Maîtresse, ait vne parfaite confiance en vous, pour vouloir que ie
satisfasse, sans reserue, à la priere que
vous luy auez faite. Il y a des choses
dans le commencement de sa vie, qui
ne se doiuent pas découurir à tout le
monde ; & qui demandent vne personne aussi sage que vous, pour estre
sainement expliquées. Quoy que sa
vertu ait triomphé de l'Enuie, elle ne
la doit pas aux premiers enseigne-

mens qu'elle a receus : Elle n'a esté éleuée que par des cruels, & par des méchans ; & il falloit bien qu'elle fut née toute vertueuse, puis que les dons naturels ont préualu sur vne si mauuaise éducation.   Cependant c'est vne Fille vnique, qui n'eut iamais de Frere, ny de Sœur ; & qui par sa qualité d'Heritiere de l'Empire des Parthes, meritoit bien qu'on eût soin de son enfance. Mais elle perdit trop tôt la Reyne sa Mere ; & le Roy son Pere, quoy qu'il l'aimât tendrement, auoit pour la Guerre vne passion si démesurée, qu'il eut toûjours plus de soin de donner des Batailles, que de gouuerner sa Maison & son Royaume.   Il est vray qu'il eut de grands ennemis, en la personne de ses deux Freres.   Il fut d'abord menacé par l'vn ; & fut ensuite cruellement trahy par l'autre ; & quoy que la reuolte ouuerte du Prince Artabane, n'ait esté rien en comparaiſon de la reuolte ſecrete du Prince Orode, neantmoins il eſt neceſſaire, pour l'intelligence de ce que i'ay à vous dire, Madame, que vous apreniez comment l'infortunée Rodogune eut ſes deux Oncles pour ennemis, dés qu'elle commença de voir le jour. Le Roy Arſace fut marié l'eſpace de dix ans, ſans auoir d'enfans. Les deux Princes ſes Freres, quoy que plus jeunes que luy, & mariez plus long-temps apres luy, étoient plus heureux. Artabane auoit déja deux Fils, & vne Fille; & Orode vn Fils, & deux Filles : mais dans cette égale fecondité de leurs Maiſons, ils n'auoient pas vne conduite égale. Orode en ce temps-là reconnoiſſoit encore ſon Frere & ſon Roy dans la Perſonne d'Arſace: ou du moins, il faiſoit ſemblant de le reconnoiſtre; & pour Artabane, il faiſoit vn peu le rebelle. La ſterilité

de la Reyne éleuoit ſes eſperances, &
la voix des Peuples flatoit ſon ambition. Il ne venoit plus à la Cour;
Il ſe tenoit toûjours à Hécatompile,
où la ſienne eſtoit beaucoup plus
groſſe que celle du Roy; & là, ſous
pretexte de veiller à ſon Gouuernement de la Parthiéne, il commençoit
à porter bien haut ſon rang d'Heritier
préſomptif de la Couronne. Mais le
Ciel n'eſtoit pas d'intelligence auec
luy. La Reyne deuint groſſe : Elle
âcoucha de la Princeſſe Rodogune;
& Artabane tomba de ce Trône imaginaire, où il auoit aſſez long-temps
regné. Quoy qu'il n'ait iamais eſté
capable de méditer aucun crime,
neantmoins, comme il eſtoit pour
lors plus impatient qu'il n'eſt aujour-
d'huy, il ne pût diſſimuler ſon chagrin. Il fut le ſeul qui ne vint point
à Suze, à la Naiſſance de la Princeſſe,
& qui n'y enuoya point; Il demeura

E iiij

dans Hécatompile ; il y receut tous les mécontens ; & Sapore Roy des Medes, qui auoit quelque chose à déméler auec Arsace, se seruant de la mauuaise humeur d'Artabane, pour faire agir la sienne, il l'anima si bien, qu'ils lierent la partie ensemble. Ils se donnerent des Ostages l'vn à l'autre ; Et le Prince Pacore, Fils aîné d'Artabane, passa en échange de celuy du Roy des Medes. Il falut ainsi prendre les armes au milieu de la joye, & la naissance de la Princesse, fut la naissance de la Guerre. Elle fut âpre, & sanglante : mais au bout de cinq ans Artabane, lassé de plusieurs défaites, eut recours à la bonté du Roy, qui luy pardonna ; si bien que la Paix fut concluë, & les Ostages rendus. Presqu'aussi-tôt la Reyne estant morte, sans laisser d'autre Enfant que la Princesse, cette perte acheua de les reconcilier. Arsace fit venir le Prince

Pacore à Suze, comme celuy qui deuoit eftre fon Succeffeur, en épou-
fant Rodogune. Ce Mariage fut
âreflé felon les Loix de l'Empire,
pour eftre executé quand ils feroient
en âge l'vn & l'autre; & dans la bonté
du Roy, Artabane trouua tant de
fujets de fatisfaction, qu'il n'a iamais
pû fe confoler de fa faute. Il n'a
traîné depuis qu'vne vie languif-
fante, âcablé de maladies, & de remors; & mefme aujourd'huy, toutes
les fois qu'il y penfe, il en témoigne
encore fon repentir. Cependant
Arface qui fçauoit bien que le Roy
des Medes auoit pouffé fon Frere à
leuer les armes contre luy, ne pût cacher plus long-temps le reffentiment
qu'il en auoit. Il rompit la Paix qu'il
n'auoit faite que pour retirer le Prince
Pacore de fes mains; & comme la
Princeffe femme d'Artabane mourut, & que la prefence de ce Prince

eſtoit neceſſaire à Hécatompile, pour
le Gouuernement de la Parthiéne qui
tient à la Medie, il confia l'éducation
de la Princeſſe Rodogune à la Princeſſe Roxane , femme d'Orode ſon
dernier Frere , qu'il laiſſa Viceroy à
Suze. Il ſe perſuadoit apres ce qu'il
venoit de reſoudre , qu'il n'y auoit
plus rien à craindre dans la Maiſon
Royale; & Orode,& Roxane auoient
toûjours parû dans la ſoûmiſſion.
Mais les maux paſſez n'eſtoient guere
conſiderables , par raport à ceux qui
arriuerent. L'inſolente Roxane auoit
crû pendant la reuolte d'Artabane,
que luy & ſes enfans eſtoient décheus
pour toute leur vie ; & que Phrâate
ſon Fils aîné regneroit en épouſant
la Princeſſe. De ſorte que les choſes
ayant changé de face ; & ne pouuant
rien entreprendre que d'inutile contre Pacore, parce qu'il auoit vn Frere
à Hécatompile, qui eût ſuccedé à ſa

place, elle tourna son desespoir contre l'innocente, de qui elle auoit tout
esperé. En l'éleuant, elle conjura de
la perdre ; & ne trouuant pas à propos
d'atenter à sa vie, pour luy ôter l'Empire, elle s'auisa d'atenter à sa vertu,
pour l'en rendre indigne. Trouuez
bon, Madame, que ie passe legerement sur ces choses, & que i'épargne
à la gloire de la Reyne les desordres de
son éducation. Roxane fit tout ce
qu'elle put pour en faire vne vitieuse
Personne ; & si elle n'y reüssit pas,
c'est que la beauté de son naturel
estoit incorruptible, & que les Dieux
eurent soin du plus beau de leurs ouurages. Comme elle auoit apris par
des exemples fameux de nostre Histoire, que la violence & l'orgueil sont
des defauts que les Parthes ne peuuent suporter dans les Femmes, elle
n'oublia rien de ce qui pouuoit dé-
prauer la douceur de ses Mœurs.

Toutes les inſtructions qu'elle luy donnoit, tendoient à l'inſolence & la cruauté ; & elle eſtoit aupres d'elle comme vne Lyonne qui forme ſes petitsau ſang & au carnage. Pour rendre icy vne partie de ce qui eſt deu à la Reyne, il faut que vous ſçachiez, Madame, que toute jeune qu'elle eſtoit, elle ſentoit vne extréme repugnance à des Maximes ſi criminelles ; & qu'elle eſtoit toûjours reuoltée contre Roxane. Mais cette artificieuſe ennemie trouuoit, dans la vertu de cet Enfant, dequoy noircir ſa reputation. Elle ſe plaignoit, ſans ceſſe, de l'humeur contrariante de Rodogune ; & l'aigriſſant d'autant plus qu'elle ſe defendoit le mieux, c'eſtoit alors qu'elle ſe ſeruoit de l'ocaſion, pour la faire paroître, ce qu'elle ne pouuoit la faire deuenir. Il eſt ſans doute, qu'il eût eſté plus aiſé à Roxane de luy ôter la vie, que la vertu ; mais la mort de Rodogune ne faiſoit pas ſes affaires comme ſa honte, & ſes vices, les pouuoient faire. Elle ſçauoit bien, la Cruelle, que cette Princeſſe n'eſtant plus, le Roy ſon Pere ne manqueroit pas de ſe remarier ; qu'il pourroit auoir des Enfans ; & que s'il n'en auoit point, Artabane, ou les ſiens, ſe ſaiſiroient de l'Empire, comme d'vn bien qui leur apartenoit. Elle ne vouloit pas que le droict d'aîneſſe aſſeurât au Prince Pacore, ce Diadéme qu'il n'eſ-peroit que par le droict d'Aliance auec la Princeſſe ; Elle n'épargnoit donc ſa vie, que pour mieux broüil-ler les choſes ; & elle ſe promettoit, qu'en la rendant indigne de regner, & les eſprits ſe diuiſans ſur ce ſujet, elle en auroit aſſez de ſon party, pour diſputer l'Empire à celle à qui on l'ôteroit, & à ceux qui le voudroient vſurper pendant ſa vie. C'eſtoit là le

secret de ſa Politique ; & pour en reuenir à l'éducation dangereuſe qu'-
elle donnoit à la Princeſſe, elle auoit
déja perſuadé vne partie du monde à
ſon deſauantage : & cette innocente
Pupille portoit déja dans l'opinion
commune tous les crimes de ſa Gou-
uernante. Le Prince Pacore eſtoit ſi
jeune, qu'il y eſtoit trompé comme
les autres. S'il ne condamnoit pas
l'humeur de la Princeſſe, parce qu'il
auoit du reſpect pour elle, Roxane
luy auoit aprisa en témoigner du regret ; & comme il eſtoit plus melan-
colique que ſon âge ne ſembloit le
permettre, cette méchante Femme ne
manquoit iamais d imputer ſa triſ-
teſſe à la compaſſion qu'il auoit de
Rodogune. On voyoit pourtant
bien qu'elle haïſſoit Pacore ; & quelque adreſſe qu'elle eût, il y auoit des
jours où elle employoit tant de ſoins,
pour rendre ſon Fils agreable à la

Princesse, qu'il n'estoit pas malaisé de connoître le secret de son cœur. Ce mal dura pres de six ans ; & il faut non seulement auoüer que c'est vn miracle que la vertu de la Reyne se soit conseruée dans vne Ecole si vicieuse: Mais il faut publier aujourd'huy que cette Ecole fut comme vn feu où sa vertu s'est épurée. Car enfin, Madame, il n'y eut iamais d'ame si moderée que la sienne; & toute belle que vous la voyez il y a cent fois plus de charmes dans son esprit que sur son visage. Comme la longue absence du Roy auoit fauorisé ce grand desordre, il sembloit que son retour y deuoit remedier : mais l'heureux succez de ses armes l'occupoit tellement ; & dans la necessité de retourner en Medie, il demeura si peu à Suze, qu'il n'eut pas le loisir de s'informer de tout ce qui s'y passoit. Il aprit seulement que Pacore & Phrâate

auoient ſouuent des démeſlez enſemble; & que Roxane apuyant toûjours le party de ſon Fils, ce Prince
s'échapoit quelquefois juſqu'à l'inſolence. Mais ne ſoupçonnant en
cela qu'vne tendreſſe de Mere, & vne
jalouſie de jeunes gens, qui ne ſçauoient pas encore leur deuoir, il ſe
contenta de commander à Phraâte
de reſpecter le Prince Pacore, comme
celuy qui deuoit eſtre ſon Roy : Et,
pour Pacore, qui paroiſſoit vn peu
trop moderé pour ſon âge, il luy
donna vne Compagnie de Gardes,
afin d'éleuer ſon courage; & de luy
apprendre de bonne heure à ſoûtenir la grandeur à laquelle il eſtoit
deſtiné au deſſus de Phraâte. Il en fit
autant pour la Princeſſe ſa Fille, &
créa tous les Officiers de ſa Maiſon.
Mais tout cela n'eût eſté qu'vn ſpe-
cieux dehors, qui n'eût pas tenu en
bride l'inſolente Roxane, s'il n'eût
laiſſé

laiffé à Suze le fage Bagofe, celuy de
fes Eunuques qui auoit le plus de
part à fon eftime & à fon affection.
La Princeffe eftoit dans fa douziéme
ánnée, lors que le Roy retourna à fa
conquefte; c'eft à dire que fa raifon,
& fa beauté fe perfectionnoient, lors
que Bagofe commença à la pratiquer:
les mauuaifes impreffions eftoient
pour lors dangereufes, & elle auoit
befoin de quelqu'vn qui luy aidât à
fe defendre de Roxane. Bagofe ne fut
pas long-temps fans découurir la
conduite de cette ennemie; & quoy
qu'il ne vît point encore d'éfets, il
crut deuoir préuenir tous ceux qu'~
elle pouuoit produire. Si bien qu'o-
pofant fa prudence & fon adreffe aux
artifices de Roxane, il renuerfa bientôt vne partie de fes deffeins. Il ne
fit d'abord que propofer de vertueux
fentimens, pour combatre les detef-
tables qu'elle auoit voulu infpirer; &

F

il n'eut pas de peine à détruire ceux-là, puis qu'il auoit à faire à vn esprit naturellement disposé à receuoir les siens. La Princesse trouua donc beaucoup de satisfaction dans l'entretien de ce sage Eunuque ; & dés lors, elle se sentit si redeuable aux soins qu'il prenoit de l'instruire, que depuis, soit dans les affaires, ou dans les malheurs qui luy sont arriuez, elle s'est toûjours seruie de luy pour son conseil, & pour sa consolation. Cependant Roxane voyant ainsi ses mesures principales rompuës par la prudence de Bagose, commençoit à perdre courage. La reprimande que le Roy auoit faite à son fils luy lioit les mains d'vn côté : L'inébranlable vertu de la Princesse l'auoit vn peu rebutée de l'autre ; & par dessus cela, ce sage & courageux Eunuque l'examinoit auec tant de soin, qu'elle n'osoit presque confier ses crimes à sa

propre penſée. Elle ſe faiſoit donc la
guerre à ſoy-meſme, ne pouuant plus
la faire aux autres ; & ſa haine & ſon
ambition qui luy auoient promis tant
de belles choſes, n'eſtoient plus dans
ſon cœur que des ſujets de chagrin,
lors que la Fortune r'anima toutes ſes
eſperances.   Le Prince Orode ſon
Mary, qui regnoit à Suze pendant
l'abſence du Roy, auoit des penſées
auſſi criminelles que les ſiennes ; &
comme il a paru depuis, il eſtoit plus
cruel, & plus dénaturé qu'elle : mais il
ſçauoit mieux ſe contraindre & diſſimuler. Il agiſſoit lentement afin d'a-
gir auec ſeureté ; & il eſtoit de ces lâches criminels qui ſe nourriſſent
dans la meditation du crime, & qui
n'oſent rien hazarder pour l'executer.   Ce Prince auſſi timide que
cruel, pour paruenir à ſes fins, atti-
roit des Grecs à ſon ſeruice : Il luy en
arriuoit de temps en temps de petites

Troupes ; & vn illuſtre Grec d'A-
chayé, nommé Telecle , qui eſtoit
banny de ſon Païs, les faiſoit venir
ſous des pretextes éloignez. Parmy
ceux qu'il amena luy-meſme, apres le
départ du Roy, il ſe trouua vn jeune
Etranger qui ſe diſoit Athenien, &
qui paroiſſoit accompagner ſon pere
dans ſon exil. Cet Etranger d'âge
pareil à celuy de nos jeunes Princes,
ſe nommoit Atis : Il eſtoit merueilleuſement beau, & bienfait de ſa perſonne ; & dans ſa contenance, & dans
toutes ſes actions, il y auoit vn certain caractere de grandeur, qui faiſoit aſſez juger que ſa naiſſance n'eſtoit pas commune. Auſſi n'eſtoit-il
pas dans la foule des autres Grecs. Son
Pere, nommé Ariſtide , logeoit à
Suze, dans la belle Maiſon qu'Orode
auoit donnée à Telecle : On l'y trait-
toit comme vn Homme de qualité ; &
Telecle luy-meſme, qui auoit eſté

Préteur des Achayens, auoit de la deference pour luy. Ces Grecs, sous la protection d'Orode, parurent d'abord à la Cour auec assez d'éclat; & Atis se meslant parmy nos Princes, & estant de tous leurs plaisirs, eut bientôt part à leur affection. Mais ensuite témoignant plus d'estime, & plus d'attachement pour Pacore, que pour Phrâate, & pour son Frere Vologése, ceux-cy commencerent à le mépriser; & il y eut entr'eux quelques paroles qui firent du desordre. Pacore apuya hautement l'interest d'Atis; & la Princesse qui ne croyoit pas pouuoir faillir, en se conformant aux sentimens de ce Prince qui deuoit estre son Mary, parla contre Phrâate; & soûtint le party de l'Etranger. Mais, Madame, pourquoy vous déguiserois-je la verité, puis que la Reyne m'a commandé de ne le pas faire? Ce ne fut pas seulement l'e-

xemple de Pacore qui l'obligea à se
declarer pour Atis : Sa propre inclination l'y portoit ; & en le voyant la
premiere fois, elle auoit senty pour
luy ie ne sçay quelle estime, que personne ne luy auoit encore inspirée.
Ie vous en dirois trop sur ce sujet, si
ie vous racontois tout ce qu'elle me
dit en cette rencontre ; & comment
elle me confia le premier sentiment
de son cœur.   Cependant comme
Roxane voulut se seruir de cét Etranger pour la perdre ; & comme c'est là
où à proprement parler, ie dois vous
commencer l'Histoire de sa vie, il
ne faut pas que ie vous fasse vn secret
d'vne chose si innocente, & qui ne
fut mal expliquée que par la méchanceté de Roxane.

    Marsione vouloit continuër, lors
qu'elle fut interrompuë par vn grand
bruit qui s'éleua dans la court.   Le
Prince Aristobule , & la Princesse

Herodias, ouurirent vne feneſtre, pour voir ce que c'eſtoit; & comme ils le demandoient, pluſieurs Hommes, que la peûr tranſportoit déja, s'écrierent qu'il paroiſſoit vn Corps d'Armée au delà de l'Eufrate, & que les Coureurs le paſſoient au gué, ou à la nage. On eſtoit ſi peu accoûtumé en ce Païs à entendre parler de guerre, que le tumulte augmenta en vn moment, & de telle ſorte, que tout le monde s'éueilla, & fut alarmé. Zoroaſte ſe leua auec vn bras en écharpe: Theſée ſe joignit auſſi-tôt à luy : Seleucus accompagné de Soſybe, en fit de meſme; & tous enſemble vinrent à l'Apartement de la Reyne des Parthes, où les Dames s'eſtoient déja renduës : & où le Prince Ariſtobule s'éforçoit en vain de les raſſeurer. La Reyne principalement paroiſſoit la plus éfrayée; & ſur ce qu'on diſoit que ces Troupes eſtoient compoſées

F iiij

de Perſes & d'Arabes, elle ne doutoît
point que Phraâte, Aquéméne, &
Agaronca, ne fuſſent à leur teſte.
Quelquefois elle vouloit croire qu'ils
fuyoient deuant Antiocus qui les
chaſſoit : & cette penſée eſtoit aſſez
douce; mais en quelque état qu'ils
fuſſent, comme il eſtoit toûjours fort
dangereux de ſe trouuer proche de
leur paſſage, elle ne ſe voyoit pas en
ſeureté dans la Maiſon de Zenobie,
& elle eût bien voulu en eſtre éloignée. Le ſeul nom de Phraâte l'é-
pouuantoit; & toutes les fois qu'elle
ſe repreſentoit ce cruel Prince, la
crainte de retomber en ſa puiſſance,
& d'y ſouffrir tout ce qu'elle y auoit
ſouffert, la mettoit dans vne deſola-
tion ſans pareille, dont tous ceux qui
la voyoient eſtoient eux-meſmes
deſolez. Le Prince Seleucus auoit
beau luy dire, qu'il n'y auoit rien à
craindre, & qu'il ſçauroit bien la de-

fendre. Elle qui ne prenoit pas courage ſur la haute valeur de Zoroaſte, &
de Theſée, qui luy eſtoit connuë, ne
pouuoit guere ſe repoſer ſur la hardieſſe que ce jeune Prince faiſoit paroître ; & quelques nombreuſes que
fuſſent les Compagnies de Gardes qui
ſuiuoient ſa Perſonne, il n'y auoit
pas d'apparence qu'elles ôſaſſent ſeulement ſe montrer deuant toute vne
Armée, que ſa victoire auoit renduë
inſolente, ou que ſa défaite auroit re-
duite au deſeſpoir. Par deſſus cela elle
ſçauoit bien que les Princes qui la
commandoient, ne cherchoient qu'-
elle, & n'en vouloient qu'à elle ; &
elle ne pouuoit pas ſe flâter de cette
penſée, que peut eſtre ils ne la ſuiuoient qu'au hazard, puis que c'eſtoit
Aquéméne luy-meſme qui auoit
marqué à Prexaſpe la route qu'elle
auoit tenuë. Auſſi n'oſoit-elle ſe
rien promettre dans la Maiſon de

Zenobie, qui n'eſtoit de nulle defenſe ; & Zoroaſte, & Theſée, qu'elle
écoutoit plus volontiers que les
autres, ne faiſoient plus qu'augmenter ſon impatience & ſa
peine, parce qu'ils vouloient qu'on
reconnût ces Troupes, auant que de
les craindre. De ſorte que pour moderer ſes frayeurs, le Prince Seleucus
s'offrit à la conduire où elle voudroit,
& luy propoſa vne retraite dans la
Ville de Palmire. La Reyne dans le
deſordre où cette alarme l'auoit miſe,
ne pût refuſer l'offre de ce Prince. Elle
répondit que tous lieux luy eſtoient
des aziles, pourueu qu'on l'éloignât
au plûtôt de ceux où Phraâte &
Aquéméne deuoient paſſer ; & ſur
cela Seleucus ſans perdre dauantage
de temps, donna ſes ordres à Soſybe
pour partir. Zenobie eût bien voulu
pouuoir âcompagner la Reyne ; & la
Reyne le deſiroit paſſionnément, ſoit

pour l'amour d'elle, ou parce que sans
elle, elle voyoit bien qu'elle ne pourroit pas auoir Thesée & Zoroaste, en
qui elle auoit déja beaucoup de confiance. Mais cette illustre Veuve
estoit si infirme, qu'à peine pouuoit-
elle quitter la chambre ; & Seleucus,
& Aristobule, & toutes les Dames,
luy remontroient que le passage de
ces Troupes n'estoit pas si dangereux
pour elle que le voyage de Palmire.
La Reyne donc se voyant contrainte
de la quiter, l'embrassa tendrement
auec la Princesse sa Fille, & les pria
toutes deux de se souuenir d'elle, &
de chercher comme elle les occasions
de se reuoir. En suite dequoy elle dit
adieu au Prince Aristobule, & le
traîta comme vn Prince à qui elle
estoit redeuable de sa liberté ; & pour
Zoroaste & Thesée, elle leur donna
tant de marques de son estime & de
son amitié, que ces deux braues In-

connus fentirent quelque chofe de
fort douloureux à cette feparation.
Quelques affaires qu'eût Thefée en
ce Païs, il l'eût de bon cœur accom-
pagnée jufques à Palmire; & Zoroafte
tout bleffé qu'il eftoit, eût fait la
mefme chofe: Mais dans cette conjonĉture, ils ne pouuoient de bonne
grace quiter Zenobie, ni fa Maifon;
& il eftoit trop jufte, qu'apres y auoir
efté fi bien receus, ils rendiffent foins
pour foins, & feruice pour feruice.
L'infortunée Rodogune fe mit donc
entre les mains de Seleucus : Elle
monta dans le chariot de ce Prince
efcorté par fix cens Cheuaux: La
plufpart des Dames la fuiuirent, les
vnes par affeĉtion, & les autres par la
crainte du danger ; & comme elle
auoit prié Seleucus de faire marcher
le plus vifte qu'il feroit poffible, elle
fut bien-tôt éloignée de la Maifon
de Zenobie, où elle laiffa tous ceux

qui y demeurerent, dans vne haute admiration de son esprit & de sa beauté, & dans vn sensible regret de son départ.

Mais il augmenta de beaucoup, lors que sur le soir on découurit qu'elle estoit partie sur vne fausse alarme. Le Prince Aristobule & Thesée, songeans à la seureté de Zenobie & de sa Maison, estoient allez pour reconnoître ces Troupes dont on auoit parlé : Quoy qu'ils eussent poussé assez loin par de là l'Eufrate, ils n'en auoient apris aucunes nouuelles ; Et les Bergers de la Daradague, chez qui l'on auoit dit que les Coureurs faisoient le dégast, n'auoient veu que les Archers de la Garde de Seleucus voltiger sur les bords du Fleuue, du côté de Tapsaque. Tout estoit calme depuis le départ de la Reyne ; & de la façon dont on contoit ce qui auoit parû, il n'estoit pas malaisé de con-

clure pour lors, que fi l'on eût fuiuy
le Confeil de Thefée & de Zoroaſte,
qui vouloient reconnoître le danger
auant que de craindre, on ne fe fût
pas laiſſé furprendre au bruit & à l'é-
pouuante de quelques Efclaues. Cette
connoiſſance attendrit tout le monde en faueur de la Reyne ; & chacun
renuoyoit fes defirs apres elle: Il n'y
auoit qu'Ariftobule qui arreftoit les
fiens en la perfonne d'Herodias ; & il
eſtoit fi content du départ de Seleucus, qu'il ne pouuoit prefque s'affliger
de celuy de Rodogune. C'eſtoit
pourtant luy qui auoit foin de Prexafpe, & qui le vifitoit tous les jours.
Il auoit mefme eu celuy de defendre
qu'on luy parlât de la retraite de la
Reyne ; & parce que les deux Gardes qu'Arfame auoit laiſſez pour le
feruir, difoient qu'il eſtoit vn des
Grands de Perfe, il luy épargnoit
cette mauuaife nouuelle, pour ne pas

retarder fa guerifon. Cependant comme des deux Hôtes qui reftoient chez
Zenobie, chacun auoit fes foucis particuliers, le foin de leurs propres
affaires commença à les inquieter. Il
y auoit déja quinze jours que la
Reyne des Parthes s'en eftoit allée; &
Zoroafte parfaitement guery, fe difpofoit à prendre congé de Zenobie:
comme auffi Thefée n'attendoit plus
que le retour d'vn de fes Efcuyers,
pour continuër fon voyage ; lors
qu'vn aprefdînée qu'ils parloient de
leur départ; & que la Princeffe Zenobie, & le Prince Ariftobule joi-
gnoient enfemble leurs prieres pour
les retenir, on vint leur dire, qu'il y
auoit vn grand Combat de l'autre côté
de l'Eufrate. D abord on fit peu de
cas de cette nouuelle, & l'on crût que
c'eftoit quelque chofe de femblable à
ces Gens de guerre qui auoient paru
l'autre fois. Mais enfin comme les

Efcuyers de Thefée, & de Zoroafte,
eurent dit qu'ils l'auoient veu commencer, en allant voir le Fleuue qui
s'eftoit retiré dans fon lit, leurs Maîtres, qui fçauoient que ces Hommes
nourris à la guerre, ne parloient pas
de ces fortes de chofes fur des aparences legeres, demanderent leurs
armes, & des Cheuaux.   Le Prince
Ariftobule en fit de mefme ; & tous
trois auffi-tôt monterent à cheual
fuiuis d'vne petite troupe.   Comme
ils alloient affez vîte par l'Allée des
Platanes, ils fe virent en peu de temps
à la veuë de l'Eufrate ; & le bruit du
combat, qu'ils commençoient éfectiuement à entendre du côté de
Tapfaque, les faifant defcendre au
galop le long du Fleuue, ils décou-
urirent plufieurs Efcadrons qui com-
batoient fi proche du gué, qu'il
eftoit aifé de juger, que les vns & les
autres fe difputoient le paffage du
Fleuue.

Fleuue. Ils paroiſſoient en tout ſix ou ſept mille Cheuaux ; & quoy qu'ils fuſſent tous mélés, on voyoit bien qu'il y en auoit plus d'vn côté que de l'autre : & que les Etendarts des Parthes, des Perſes, & des Arabes joints enſemble, eſtoient en plus grand nombre que ceux de Syrie, qui leur eſtoient oppoſez. Le Prince Ariſtobule qui les connoiſſoit tous, en montroit la diference à Zoroaſte & à Theſée ; & ces deux vaillans Inconnus, ſuiuant leur generoſité naturelle, prenoient déja le party des plus foibles. Ils ſongeoient meſme à paſſer le Fleuue, pour aller à leur ſecours ; & ils s'y alloient jetter à l'endroit où ils ſe trouuoient, ſi l'Eſcadron des Perſes, apres auoir vn peu plié ſous vn de Syrie qui le preſſoit, ne fut entré dans le gué, tandis que les Arabes amuſoient l'ennemy. Celuy qui paſſoit à leur teſte,

G

montoit vn puiſſant Cheual bay-
clair. Il auoit vn grand nombre de
Plumes bleuës ſur ſon Caſque : Son
Echarpe eſtoit de la meſme couleur;
& ſous vn large Bouclier qu'il portoit
au bras gauche, on voyoit vn grand
Soleil d'or, qui brilloit de quelques
pierreries. A peine ce Chef des Perſes
eût fait cent pas dans le Fleuue, que
l'Eſcadron des Arabes qui fauoriſoit
ſon paſſage, s'ouurit ſous l'effort des
Syriens ; & le Guerrier qui commandoit ceux-cy, paſſant parmy les autres qui le vouloient arreſter , ſemblable à la foudre qui renuerſe & qui
tuë tout ce qu'elle rencontre, ſe jetta
l'épée à la main dans le Fleuue. Il
montoit vn Cheual blanc : Son pan-
nache eſtoit de couleur de feu : Son
Echarpe de meſme, & ſon Ecu tout
parſemé de flâmes d'or , comme le
reſte de ſes armes. Il ſe fit bien-tôt
jour au trauers des Perſes qui paſ-

ſoient en deſordre ; & apres en auoir abatu vn grand nombre, enfin il ſe trouua en eſtat d'arreſter celuy qui les conduiſoit.   En meſme temps, deux autres arriuerent auſſi auantageuſement montez : Leurs armes eſtoient claires comme de l'argent : Ils auoient des Plumes & des Echarpes blanches ; & leurs Boucliers ſe faiſoient aſſez remarquer par les Vautours qui y eſtoient repreſentez. Ces deux derniers ſe joignirent au premier ; & tous trois enſemble commencerent à charger celuy qui portoit des flâmes d'or en ſes armes. Quoy que de l'air dont il ſe defendoit, il parût, ou plus fort, ou plus furieux qu'aucun de ſes Ennemis ; neantmoins ces trois qui n'en vouloient qu'à luy ſeul, l'âtaquoient auec tant d'auantage, & ſes Gens qui paſſoient apres luy eſtoient encore ſi éloignez de luy, & ſi occupez à com=

G ij

battre en paſſant, que vray-ſembla-
blement il ne pouuoit pas long-
temps ſe defendre, ſi Zoroaſte, Theſée & Ariſtobule ne fuſſent venus à
ſon ſecours. Ils auoient veu la fran-
chiſe & la hardieſſe de ſon procedé,
& déteſtoient la ſupercherie des autres qui tâchoient à l'enueloper; &
comme à des marques aſſez apparen-
tes, ils ſoupçonnoient que c'eſtoit
le Grand Antiocus, le ſouuenir de la
Reyne des Parthes ne leur permit pas
de balancer dauantage. Ils pouſſerent
donc leurs Cheuaux dans le Fleuue,
& ils les firent aller auec tant d'impe-
tuoſité juſqu'aux Combatans, que
ſous les flots qu'ils éleuerent, & dont
ils les couurirent auant que de les
joindre, ils les auoient déja ſeparez.
Le hardy Theſée fut le premier qui ſe
declara pour ce Prince, en luy criant
Victoire, & faiſant quelques reproches menaçans à ceux qu'il auoit en

teſte; & comme le vaillant Zoroaſte
& le Prince Ariſtobule ſe rangeoient
auſſi de ſon côté, vn autre du party
contraire qui portoit des Dragons
en ſes armes, & dont les couleurs eſtoient de feüille-morte, parut l'épée
haute, & rendit la partie égale. Ainſi
chacun commença à choiſir ſon Ennemy ; mais outre qu'il eſtoit malaiſé de combatre dans l'eau, parce que
les Roches qui ſont dans ce paſſage,
empéchoient les Cheuaux d'obeïr à
leurs Maîtres, leurs Troupes qui les
ſuiuoient en deſordre s'oppoſoient
ſi ſouuent à leur enuie, qu'ils furent
contraints de ſonger à paſſer le Fleuue. Alors, comme ſi la gloire eût eſté
à qui paſſeroit le premier, ils paſſerent
tous auec vne viteſſe inconceuable;
& s'éloignans du bord autant que
l'impatience & la fureur où ils étoient
le pouuoit permettre, ils commencerent à ſe meſurer les vns & les autres

G iij

auec plus d'adreſſe qu'ils n'auoient
fait dans le Fleuue. Le Guerrier aux
flâmes d'or ataqua celuy qui auoit vn
Soleil dans ſes armes. Le Prince Ariſtobule opoſa le troféequ'on voyoitdans
les ſiennes, à l'vn des deux qui portoiét
des Vautours. Theſée auec ce Croiſſât
qui faiſoit vne Deuiſe ſi orgueilleuſe
ſur ſon Bouclier, lia la partie auec
l'autre; Et Zoroaſte oppoſa ſes Lyons
aux Dragons du dernier venu. Le
Combat fut terrible de part & d'autre;
Et comme la Fortune auoit mis aux
mains ce qu'il y auoit de Princes les
plus vaillans dans l'Aſie, les riues
du Fleuue tremblerent ſous les pieds
des Cheuaux, & les Deſerts retenti-
rent de leurs coups. Quoy que Zoroaſte, Theſée & Ariſtobule, ne fuſſent animez que de leur propre vertu,
ils donnoient neantmoins vn rude
exercice à la fureur dont les autres
eſtoient poſſedez; & Zoroaſte & The-

fée principalement, comme les plus experimentez, ataquoient ceux qu'ils vouloient vaincre auec autant d'a- dreffe que de courage. Ils leur auoient déja tiré du fang ; & de cette façon ébauchant la victoire, ils paroiffoient bien dignes de feruir celuy dont ils auoient entrepris la defenfe. Ce grand Prince de fon côté, montroit bien qu'il meritoit d'auoir des Se- conds comme eux ; & fa jufte colere portant fa valeur encore plus loin que de coûtume, il chargeoit fon Ennemy auec tant de force & de furie, qu'à luy voir leuer le bras, il eftoit aifé de connoître que le defir de le perdre luy faifoit negliger le foin de fe conferuer. Dans cét em- portement il auoit receu quelques bleffeures, mais il en auoit fait de fort profondes. Le Chef des Perfes étour- dy fous la pefanteur de fes coups, eftoit fi occupé à fe defendre, qu'il ne

sçauoit comment l'attaquer. L'Ecu
dont il se couuroit, voloit en pieces;
Ce Soleil d'or qui en faisoit l'ornement n'estoit plus connoissable; &
dans vn si grand desordre, il eût esté
bien-tôt contraint de ceder, si trente
Caualiers Perses ne fussent venus le
secourir. Quelques vns donnerent sur
son Ennemy, & la pluspart l'entraîne-
rēt par leur impetuosité; & quoy qu'-
estant fier & opiniâtre, il tournât ses
armes contre ses propres Amis, neantmoins ils firent si bien qu'ils l'empé-
cherent de reuenir à vn Combat particulier. Ceux que Zoroaste, Aristobule & Thesée, auoient à combattre,
leur échaperent de la mesme façon;
& les Parthes, les Perses & les Arabes
que les Syriens batoient à la sortie du
Fleuue, voyans le desauantage de
leurs Maîtres, firent assez heureusement cette separation dans leur déroute. Cependant le Guerrier aux

flâmes d'or n'auoit rien diminué de
son ardeur par la retraite de son Ennemy,   Ces Caualiers qui luy déro-
boient sa victoire l'auoient irrité à
tel poinct, que leur nombre ne faisoit
qu'augmenter son courage ; & se
ruant parmy eux, apres auoir soûtenu
leur premier effort, il portoit déja la
mort ou l'effroy à tout ce qui se trouuoit sous sa main. Zoroaste & Thesée
qui ne songeoient qu'à son interest,
s'estoient r'alliez aupres de sa Personne ; & tous ensemble ils acheuoient de vaincre comme luy. D'ailleurs les Syriens échauffez par leur
exemple, poussoient déja des cris d'a-
legresse & de victoire ; & lors que les
deux Guerriers aux Vautours voulurent faire vne nouuelle charge à la
teste de leurs Escadrons, ce qui restoit
de Perses lâcha le pied si brusquement, que les autres épouuantez,
tournerent le dos, & s'enfuyrent du

côté d'Aſſure, ſans que les Chefs les pûſſent retenir. Le Vainqueur quoy que peu accoûtumé à pouſſer des Fuyards, auoit des raiſons trop importantes pour épargner ceux cy : & dans l'eſtat de ſes affaires, il les eût pourſuiuis juſqu'au bout du Monde. Tant de Batailles gagnées, tant de Peuples ſubjuguez, n'éleuoient à ſa gloire quede vains trophées, dont ſon cœur ne pouuoit eſtre ſatisfait ; & pour couronner toutes ſes Victoires, il falloit pouſſer celle cy juſqu'à la derniere goute du ſang des Vaincus. Il les pourſuiuoit donc auec vne viteſſe égale à ſes reſſentimens : mais les forces luy manquerent comme il eſtoit preſt de les rejoindre ; & les bleſſeures qu'il auoit receuës ne luy permirent que de leuer la viſiere de ſon Caſque pour reſpirer. Peu apres, l'air ne faiſant qu'augmenter ſa foibleſſe, il fut contraint de s'arreſter ; ſi

bien que commençant à perdre connoiſſance, & montrant déja vn viſage paſle & défait; O Ciel! s'écria-
t'il, Aquéméne, & Phrâate, m'écha-
peront encore aujourd'huy ? A ces
mots, il chancela dãs la ſelle, &il alloit
tomber de cheual à ce meſmé endroit
du riuage, où peu auparauant l'infortunée Rodogune auoit paſſé le
Fleuue ſous la conduite de Prexaſpe,
ſi Theſée qui le ſuiuoit, & qui auoit
appris que c'eſtoit effectiuement Antiocus Roy de Syrie, ne fût deſcendu
du ſien pour le receuoir. Auſſi-tôt la
pluſpart de ſes Chefs arriuerent en ſe
r'alliant; & tandis que les vns luy
délaçoient ſon Armet & ſa Cuiraſſe,
& que les autres alloient au Fleuue
puiſer de l'eau, on le coucha ſur des
Drapeaux que les Perſes auoient abandonnez. Mais comme le jour finiſſoit
& que le lieu n'eſtoit guere propre à
viſiter ſes playes, Zoroaſte fut d'auis

de le tranſporter au plûtôt, & de le mettre à couuert : De ſorte que les Lanciers de la Garde de ce Prince, qui adoroient ſa Perſonne & ſa Valeur, joignirent enſemble pluſieurs Boucliers ; & par l'Allée des Platanes, au bout de laquelle ils eſtoient, le porterent tour à tour à la Maiſon de Zenobie. Ce fut pour lors qu'elle ſe trouua pleine, toute ſpacieuſe qu'elle eſtoit ; & comme les trois mille Syriens qui auoient combatu en cette occaſion, eſtoient des Troupes choiſies, dans leſquelles il y auoit autant de Chefs & d'Officiers que de Soldats, il n'y eut que les Bleſſez qui demeurerent au Camp. Les autres également en peine de la ſanté du Roy, voulurent le voir, ou du moins le ſuiure pour en ſçauoir des nouuelles ; ſi bien que ce fut vne foule extréme dans la Chambre de ce Prince, lors qu'on le panſa. De trois coups qu'il auoit receus, les

deux qui eſtoient à la cuiſſe ne parurent pas fort conſiderables: mais pour
celuy qui eſtoit entré dans le corps,
au defaut de la hanche & de la cuiraſſe,
les Chirurgiens le trouuerent aſſez
dangereux, pour en remettre le jugement à la leuée du premier appareil.
Il auoit pourtant recouuert la veuë &
la connoiſſance, depuis qu'il eſtoit
couché ; & apres auoir demandé à ſes
Amis où il eſtoit, & ce qu'eſtoient deuenus les trois vaillans Hommes qui
l'auoient ſecouru : Comme ſon inquietude reuenoit auec ſes forces, il
demandoit encore des nouuelles d'A-
quéméne & de Phraâte ; De ſorte que
le repos luy eſtant neceſſaire, on luy
répondit en peu de paroles : & les
Chirurgiens faiſans retirer tout le
monde, ne laiſſerent aupres de luy
que ceux qui luy pouuoient eſtre
vtiles.   Apres quoy tous ces Chefs
vinrent ſaluër la Princeſſe Zenobie de

sa part, auec Zoroaste & Thesée, qui
marchoient deuant eux, comme pour
les introduire. C'estoient tous Grands
de Syrie, & les illustres Compagnons
des Conquestes d'Antiocus. Il y a-
uoit le jeune Odénat, Satrape de Palmirénie, qui estoit de l'âge du Roy,
& que son merite auoit éleué à la premiere place dans son esprit. Apres
luy les deux fils de Diodore, qui commandoit toute l'Armée à Nisibe :
dont l'vn, nommé Aryante estoit
pourueu du Gouuernement de Suze;
& l'autre, appellé Menecée, de celuy
de Babilone. Ensuite estoient Philippion, Prince de Calcis; Ptérelle,
Satrape de la Palestine; & Molon, de
la Celesirie : tous deux Lieutenans
Generaux de la Caualerie Syrienne.
Apres ceux-là on voyoit Pyracmon,
Satrape de Tripolis; Zeunexis, Gouuerneur des Osroens, & des Tinges;
Abissare, des Ancoarites; Laocoon,

Satrape d'Apamée; Statanor; Leontius; Theagéne, & plufieurs autres qui
n'étoient pointbleffez. Car pour ceux
qui l'eftoient, les vns eftoient demeurez au Camp : & les autres, comme les
deux Fils de Cendebée qui commandoit en Medie, s'eftoient mis au lit,
où les Chirurgiens n'auoient pas peu
d'occupation aupres d'eux. Odénat
portoit la parole au nom du Roy; &
la Princeffe Zenobie répondit à fa ciuilité, comme vne Perfonne qui meritoit bien l'honneur de receuoir vn
Hôte de cette importance. Mais
parce qu'elle eftoit fort en peine du
Prince Ariftobule qui ne reuenoit
point, elle ne put s'empécher deuant
tant de monde, de demander de fes
nouuelles à Zoroafte. & à Thefée. Ils
r'appellerent leur memoire l'vn &
l'autre, pour juger de ce qu'il eftoit
deuenu ; & ils commençoient à s'inquieter pour luy, lors que ce Prince

entra dans la Chambre : Il s'estoit engagé à la poursuite des Fuyards, auec
le jeune Callimander , & sa Troupe;
& ils les auoient poussez jusqu'au
Fort d'Assure : où ce qui restoit de
Parthes, de Perses & d'Arabes, tâchoit à se r'allier à la faueur de la
nuit. De sorte que les Satrapes de
Syrie apprenans par là que les Ennemis n'estoient qu'à dix ou douze
mille, on députa Molon, qui estoit
vn homme seuere & respecté des
Soldats, pour les tenir en leur deuoir,
& commander au Camp pendant
cette nuit. Il soupa neantmoins auec
ses Compagnons auant que de s'y retirer ; & Zoroaste & Thesée, qui voulurent estre de ce repas, auec le Prince
Aristobule qui en faisoit les honneurs pour Zenobie, prirent le dessus
parmy tant de fameux Capitaines.
Nul ne s'y opposa : mais tous en furent surpris; & Odénat, & Philippion,

&

& Ptérelle, & les deux Fils de Diodore & Zeunexis, s'attacherent fort
au procedé de ces Etrangers. Ils a-
uoient esté témoins de leur Valeur,
& auoient pour eux toute l'estime
qu'ils meritoient apres vn seruice si
important: mais dans cette conjon-
cture, ils ne s'accommodoient gueres
de cette ciuilité hautaine que Zoroaste & Thesée leur rendoient ; &
ils estoient tous dans vn rang, où ils
ne croyoient se deuoir soûmettre
qu'à des Testes couronnées. La chose
neantmoins se passa de la sorte; & Zoroaste & Thesée garderent le rang
qu'ils auoient pris. Il y eut quelques
regards, & quelques actions fieres de
part & d'autre, mais il y eust de l'honnesteté par tout: Si bien que chacun
se retira ciuilement à la Chambre qui
luy estoit preparée, apres qu'on eût
sceu de Lepante, le fidelle Escuyer
d'Antiocus, que ce Prince reposoit.

H

Le lendemain, comme sa blesseure, sur laquelle les Chirurgiens n'auoient rien osé prononcer, les tenoit tous en peine, ils se leuerent de bonne heure, & vinrent aux écoutes à la porte de sa Chambre. Il auoit mal passé la nuit, & les maux du corps luy permettant à peine de s'assoûpir, ceux de son ame l'auoient plongé dans vne resverie si profonde, qu'il n'auoit fait autre chose que s'inquieter : soit dans le souuenir de ses malheurs passez, soit dans la crainte de ceux qu'il se figuroit. Il se voyoit tout couuert de gloire, & de blesseures; & dans sa gloire, comme dans ses blesseures, il ne trouuoit que des sujets de douleur & d'affliction. Toutes ces Couronnes qu'il auoit ajoûtées à celles de ses Peres, ne luy paroissoient que d'illustres témoins de ses infortunes; & au milieu de la Victoire & du Triomphe, il se sentoit toûjours le plus malheureux de tous les Hommes. Il n'auoit iamais goûté ce doux plaisir qu'il y a de vaincre pour la Renommée. La vangeance d'vn Pere & d'vne Maîtresse auoit esté l'ame de tous ses desseins ; & ne regardant la Perse, la Parthiéne, la Bactriane, l'Hircanie, & la Medie, que comme des Lieux, où il auoit fait des Sacrifices & point de Conquestes, il se reprochoit quelquefois que ses ressentimens auoient des-honoré sa Valeur. Mais encore ces premieres reflexions s'adoucissoient assez par le témoignage secret que sa vertu luy rendoit. Celles de son amour n'estoient pas si traittables ; & l'image de Rodogune absente luy arrachoit des soûpirs cruels du plus profond de son cœur. Il trouue par tout ses Riuaux à combattre, & ne retrouue nulle part cette gráde Reyne pour laquelle il fait tant de choses. Il se voit comme vn Homme errant parmy le monde, qui donne par tout des Batailles pour vn prix qu'il ga- gne fouuent, & qu'il n'emporte ia- mais ; & lors que toute l'Afie tremble fous le bruit de fes armes , il eft reduit au trifte eftat de porter enuie à ceux qu'il a vaincus.   S'ils n'ont pas la Reyne en leur poffeffion, il croit toû- jours qu'elle eft en leur puiffance, & qu'ils fçauent bien où ils la doiuent rejoindre.   Il n'en a de nouuelles qu'en les pourfuiuant ; & il faut qu'il confulte & leur honte, & leur fuite, pour courir apres elle. Parmy tout cela, les maux qu'elle fouffre vien- nent redoubler les fiens. Il s'imagine qu'elle eft expofée à toutes fortes de peines & de dangers ; & fon amour échaufant fa pitié, à mefure que fa pitié embrafe fon amour, il eft des momens où il croit qu'il feroit heu- reux, s'il fçauoit qu'elle fût en repos. Il s'eftoit flaté de cette douce efperance, qu'il la reuerroit fur les bords de l'Eufrate ; que ce Fleuue deuoit borner fes trauaux & fes courfes ; & que s'il faloit combatre encore vne fois, du moins la Reyne eftoit au bout de la Victoire. Il ne fçauoit pas qu'elle eût paffé dans la maifon où il eftoit ; & comme les Amans fe font des joyes friuoles de tout ce qui a touché à la perfonne aimée, il fe fût peut eftre confolé en quelque façon, s'il eût fceu qu'elle auoit couché dans la mefme chambre, & dans le mefme lit où il fe trouuoit. Mais il eftoit bien éloigné d'vne penfée fi agreable ; & le defefpoir s'éleuant dans fon ame pendant fon affoupiffement, il regardoit déja les extremitez de l'Arabie, comme vn lieu où l'on emmenoit fa Maîtreffe, & comme vn nouueau champ de Bataille, où il falloit l'aller conquerir. Il eut donc vne fort mauuaife nuit,

tant par l'agitation de son ame, que
par le sentiment de ses blessures, &
l'operation des remedes qu'on y
auoit apliquez. De sorte que la Nature ne pouuant pas suporter tant de
choses, enfin il s'endormit; & lors
que ses Capitaines vinrent à la porte
de sa chambre, vn profond sommeil
auoit enseuely toutes ses douleurs &
toutes ses pensées. Lepante leur aprit
l'estat où il estoit, d'vn air qui leur
persuada assez que c'estoit vne bonne
nouuelle; & de peur de l'éueiller, on
imposa silence par toute la maison.
Les Grands de Syrie assez satisfaits,
descendirent aux Iardins, où se separant en diferentes troupes, Odénat, Aryante, Philippion, Prerelle,
& Zeunexis, se joignirent au Prince
Aristobule. Là rendant à sa qualité,
qui leur estoit connuë, tout ce qu'ils
y deuoient, ils se mirent à luy parler
de Zoroaste & de Thesée; & témoi-

gnerent beaucoup de curiosité de
sçauoir de quel Païs ils estoient, & ce
qu'ils estoient. Aristobule, qui ne
le sçauoit pas luy-mesme, ne put les
satisfaire ; Il leur dit, qu'il ne les
connoissoit que depuis peu ; qu'il
doutoit qu'ils se connûssent parfaitement l'vn l'autre ; que celuy qui
paroissoit Romain ne l'estoit pas ;
& que l'autre pouuoit estre Grec, ou
voisin de la Gréce. Il ajoûta, que
dans leurs sentimens, & dans leur
façon d'agir, il n'y auoit rien que
de grand & d'extraordinaire ; & enfin
il exagera leur merite & leur vertu
en des termes si magnifiques, que les
rencontrant tous deux au retour de
l'allée où ils se promenoient, ils ne
pûrent se tenir à leur abord dans la
fierté qu'ils vouloient affecter. Ils
eurent pour eux de la déference, malgré la resolution qu'ils auoient prise
au contraire ; & ce caractere de gran-

H iiij

deur qui paroiſſoit dans la démarche
& dans les regards de Zoroaſte &
de Theſée, ſe fit rendre ce qui luy
eſtoit deu. Cependant ces Etrangers
ne les auoient pas obligez à cela par
leur action. Ils s'eſtoient arreſtez à
la veuë des Satrapes; & acheuoient
ce qu'ils auoient à dire enſemble,
comme s'ils n'euſſent veu perſonne.
Ils leur auoient meſme tourné le dos,
juſques à leur aproche; & quoy qu'ils
les euſſent receus auec ciuilité, il eſtoit aiſé de cónoître qu'ils croyoient
leur faire beaucoup d'honneur, en les
traitant ainſi; & qu'ils ne croyoient
point en receuoir. Odénat auoit
quelque peine à digérer cette ſorte
de traitement; & Prérelle & Zeunexis, plus farouches que luy ſur
ce ſujet, quoy qu'auec moins de raiſon., en auoient encore dauantage.
Ils s'éleuoient contre cette grandeur
qu'ils ne connoiſſoient point; & cela

les embaraſſoit de telle ſorte, qu'a-
uec quelque choſe de bruſque qui
éclatoit dans leur contenance, on
voyoit bien qu'ils faiſoient tout leur
poſſible pour n'y paroître pas ſoûmis. Zoroaſte & Theſée, qui s'en
aperçûrent, ſe ſoûrirent vne fois ou
deux l'vn à l'autre; mais comme ils
auoient autant de jugement que d'eſprit, ils parurent ſi doux dans leur
fierté, & ſi obligeans dans leur grandeur, que perſonne n'oſa s'en ofenſer. Ils leur auoient déja demandé
des nouuelles de la ſanté d'Antiocus,
& s'eſtoient réjoüis de leur eſperance;
& pour lier la conuerſation auec ces
Satrapes, ils s'informoient du nom
de ceux qu'ils auoient combatus le
jour précedent. Odénat, que la faueur du Prince éleuoit au deſſus des
autres, ſatisfaiſoit à toutes leurs
queſtions; & entrant inſenſiblement
en matiere, il leur raçontoit çomme

ſur le poinct de donner Bataille à
Niſibe, les Princes Xercés & Aquémene s'eſtoient retirez auec deux
mille cheuaux ; que le Roy ayant
apris leur départ, s'eſtoit douté qu'ils
n'abandonnoient l'Armée, que pour
emmener la Reyne des Parthes qu'ils
ne pouuoient garder en combatant ;
que cetre Princeſſe eſtant le ſujet de
leur querelle, le Roy s'eſtoit auſſi
détaché de ſes troupes auec trois
mille hommes : croyant qu'eſtant
plus fort par le nombre, il luy ſeroit
aiſé de la déliurer ; mais que pendant
la marche, Phraâte & Agaronca
Prince d'Arabie, s'eſtant joints aux
deux autres, auec vn gros de Caualerie égal au leur, on n'auoit pas
trouué à propos de les attaquer au
paſſage d'vne petite Riuiere. Qu'enfin les deux partis s'eſtant raprochez
à celuy de l'Eufrate, Antiocus n'a-
uoient pû ſe retenir dauantage ; que

ne trouuant point la Reyne auec eux, comme il l'auoit crû : & ne sçachant plus où elle pouuoit estre, son desespoir l'auoit emporté à ce combat, quoy qu'il fût le plus foible ; qu'ils auoient veu & fait le reste ; & qu'en son particulier, il reconnoissoit fort bien que le Roy estoit en danger, sans leur secours. Odénat acheua de parler en se tournant auec respect vers le Prince Aristobule, & faisant ensuite vne reuerence à Zoroaste, & à Thesée : Et Thesée prenant aussitôt la parole : Il faut, luy dit-il, que vous n'ayez pas esté bien auertis de la retraite de la Reyne des Parthes ; & il y a aparence qu'elle estoit déja fort éloignée de vous, lors que vous partîtes de Nisibe; puis qu'il y a quinze jours qu'elle passa icy sous la conduite d'vn Perse qui est encore dans cette Maison malade de quelques blesseures. A ce discours de Thesée, les Syriens firent vn

grand cry; & témoignant leur surprise & leur curiosité tout ensemble,
ils priérent Thesée de leur expliquer
ce qu'ils ne croyoient pas auoir bien
entendu.   Il le fit comme ils le sou-
haitoient; & ils aprirent de luy l'arriuée de la Reyne, le Combat qu'ils
auoient eu auec Prexaspe, pour la deliurer; & comme sur vne fausse allar-
me, elle s'estoit mise entre les mains
du Prince Seleucus, qui l'auoit menée
à Palmire.   C'estoit là vne nouuelle
si importante pour les Satrapes de
Syrie, qu'ils l'examinoient tous auec
étonnement, lors qu'on leur vint dire
que le Roy estoit éueillé, & qu'on
alloit le panser.   De sorte que prenant ciuilement congé du Prince
Aristobule, & des deux Etrangers, ils
vinrent à la leuée de son premier apareil.   Les Chirurgiens n'y trouuerent rien à craindre, & virent tout à
esperer; & dans vn si bon état, pour

acheuer de le réjoüir, Odénat luy raconta ce qu'il venoit d'aprendre du paſſage de la Reyne & de ſa retraite à Palmire. Antiocus ne perdit pas vn mot d'vne nouuelle ſi précieuſe, il en ſentit la douceur dans tous les endroits de ſon ame; & quoy qu'il eût de la peine à croire que Seleucus eût ſeruy la Reyne des Parthes pour l'amour de luy, neantmoins il fut ſi aiſe de ſçauoir qu'elle n'eſtoit plus au pouuoir des Perſes ni des Arabes, que dans ce moment il ne voulut pas s'areſter à vne penſée qui pouuoit troubler ſa ſatisfaction. Il en ſoûpira de joye auec ſes amis; & apres qu'ils luy eurent tous témoigné la part qu'ils y prenoient, ayant enuie de la prolonger auec d'autres, & de rendre aux Defenſeurs de ſa Princeſſe, & aux ſiens propres ce qu'il ſentoit leur deuoir, il enuoya Philippion, Ariante, & Laocoon, les prier de venir à ſa

chambre. Il les voulut préuenir pour
leur faire plus d'honneur, ne dou-
tant pas qu'ils n'y vinſſent d'eux-
meſmes; & il ſe crût obligé d'en
vſer ainſi, ſur le ſoupçon qu'Odénat
auoit de leur qualité. Dés qu'ils parurent il les ſalua de la teſte; la bleſſure qu'il auoit au coſté droit ne
luy permettant pas d'en faire dauantage; & leur tendant la main: Ie ne
croyois pas, leur dit-il, vous deuoir
autant que ie vous dois, quoy que ie
vous ſois redeuable de la vie; & dans
le ſeruice que vous auez rendu à la
Reyne des Parthes, vous auez acquis
ſur moy vne obligation que ie ne
puis iamais reconnoître, ni autant
qu'elle vaut, ni autant qu'elle m'eſt
ſenſible. Seigneur, répondit Ariſtobule, à qui les deux Etrangers auoient
déferé l'honneur de parler le premier, nous n'auons fait que ce que
nous auons dû faire; quand nous

auons fecouru la Reyne des Parthes;
& dans le feruice que nous auons tâché de vous rendre, nous n'auons
encore fait que la mefme chofe. Ce
font des occafions glorieufes, reprit
Thefée, où la Fortune nous a apelez;
& il n'y eût pas eu feulement de la
honte à les refufer, il y eût eu quelque forte de crime. Et la Reyne,
ajouta Zoroafte, par le témoignage
de fon eftime & de fa bonté, nous a
payez au delà de ce que nous auons
fait pour elle ; Et vous, Seigneur,
pourfuiuit-il, faites-nous, s'il vous
plaît, cette grace de ne pas encherir
fur fa reconnoiffance. Antiocus, qui
ne vouloit pas les laiffer parler debout, interrompit Zoroafte pour leur
faire prendre des fieges ; & comme le
Prince Ariftobule prenoit le fien,
Zoroafte & Thefée ne fe firent pas
prier pour s'affeoir, non plus que luy.
Cela furprit encore tous les Grands

de Syrie: mais le Roy qui conſide-
roit attentiuement ces deux Etrangers, trouuoit en leurs perſonnes tant
de grandes choſes, qu'il eût eſté fort
embarraſſé, s'ils en euſſent fait quelque dificulté. Lors qu'il les vit aſſis,
les regardant tous trois d'vn air à gagner le cœur de tout le monde, &
arreſtant ſes yeux ſur Zoroaſte & ſur
Theſée ; ou parce qu'ils auoient quelque auantage ſur le Prince Ariſtobule ; ou parce qu'eſtant directement
deuant luy, ſes regards s'y portoient
plus commodement : En vous témoignant ma reconnoiſſance, leur
dit-il, il faut en meſme temps que ie
vous en faſſe des excuſes, lors que ie
vois dans vos ames des ſentimens de
vertu qui vous tiennent lieu de tout.
Vous les ſuiuez peut-eſtre auec trop
de plaiſir, continua-t'il, quand vous
voulez que ie me taiſe de deux choſes
dont ie ne me tairay iamais ; & ie ne
donne

donne encore aux miens qu'vne partie de ce que ie leur dois, quand ie
ne fais que vous parler des obligations que ie vous ay. Mais enfin,
reprit-il, si aprés ce que vous auez
fait pour la Reyne des Parthes, &
pour moy, ie puis estre de vos amis,
accordons-nous ie vous en prie; &
permettez-moy de vous dire ce que
ie sens pour vous; & qu'il n'y a rien
que ie ne voulusse faire pour vostre
seruice. C'est assez, Seigneur, repliqua Thesée, qu'ayant eu part à vostre
victoire, nous en ayons encore à
vostre estime; & si vous y ajoutiez
quelque autre chose, ce seroit en
quelque façon nous enuier l'honneur que nous auons acquis en combatant auec vous. Non, non, repartit
Antiocus, ie ne suis pas de ceux qui
croyent tout pouuoir d'eux mesmes, & qui ne veulent estre obligez
à personne. Ie suis sensible aux ser-

I

uices que l'on me rend ; parce que ie
crois auoir affez dequoy les reconnoître, quand l'occafion s'en pré-
fente ; & dans le befoin extréme où
ie fçay que la Reyne des Parthes a
efté, & dans celuy où ie me fuis veu
moy-mefme, fi i'auois eu à choifir
des protecteurs, ie n'aurois rien cherché apres vous. Mais, reprit-il, la joye
que i'ay de vous eftre redeuable, ne
me rend pas moins voftre redeuable ;
& vous diriez fans doute ce que ie
dis, fi vous eftiez en ma place ; comme ie dirois peut-eftre ce que vous
dites, fi i'eftois en la voftre. Ces deux
Etrangers eurent affez de refpect,
pour ne pas contefter dauantage. Ils
fe tûrent ; & apres quelques momens
de filence, comme vn Amant paffionné met toute fa confolation à
parler de ce qu'il aime, Antiocus les
remit fur le paffage de Rodogune ; &
les engagea à luy redire ce qu'ils en

auoient déja dit à Odénat. Le Prince Aristobule commença le premier à le satisfaire; Zoroaste poursuiuit; & Thesée acheua le reste; & ceux-cy principalement, en parlant de la Reyne des Parthes, la plaignirent de si bonne grace; & loüerent son esprit & sa beauté d'vne maniere si peu commune, que le Roy ne douta nullement qu'ils ne fussent des Hommes d'vne haute importance, qui déguisoient leurs noms & leur qualité. Il parut charmé de leur conuersation, autant que de leur présence; comme eux-mesmes paroissoient l'estre de la sienne; & par dessus toutes les choses obligeantes qu'ils se dirent, en finissant cette premiere entreueuë, ils se donnerent les vns aux autres de ces marques secretes d'admiration, qui éclatent aux yeux du monde, & qui ne peuuent estre exprimées que par elles-mesmes. Apres cela, le Roy, pour répondre aux complimens que le Prince Aristobule luy auoit faits au nom de la Princesse Zenobie, enuoya pour la seconde fois Odénat accompagné de Piracmon, de Menecée, du jeune Callimander, & de Leontius, visiter cette illustre Veuve; auec ordre de luy faire des excuses de sa part, & de l'asseurer que ses Troupes ne feroient nul dégast dans ses Terres. Ensuite dequoy, resvant à sa fortune, comme les nouuelles qu'il venoit d'aprendre la luy montroient toute changée, il changea aussi de desseins; & l'inquietude qu'il auoit euë pendant la nuit, fit place à d'autres sentimens. Il repassoit déja dans sa memoire les persecutions de Cleopatre. Il voyoit Rodogune entre les mains du Fils de cette Reyne indignée; & quoy que ce Fils luy parût peu dangereux, il craignoit que sa Mere ne luy aprît à le deuenir. Il commençoit donc à se moins réjoüir de la déliurance de sa Maistresse, parce qu'elle couroit risque de tomber au pouuoir de Cleopatre; & à mesure qu'il raisonnoit sur l'état des choses présentes, il les voyoit assez confuses pour douter de sa bonne fortune. D'ailleurs, il y en auoit de passées qui ne luy donnoient pas moins de peine. Comme il sçauoit que Prexaspe, qui auoit esté si long-temps le conducteur de sa Princesse, estoit dans cette maison, il auoit vne fort grande enuie de le voir, & de luy parler; & si de ce Persan, qu'il connoissoit si zelé & si fidelle au Prince Aquéméne, il n'attendoit pas vne grande complaisance, il ne laissoit pas neantmoins de se promettre de luy quelque sorte d'éclaircissement, s'il le pouuoit entretenir. Mais Prexaspe estoit encore si foible, qu'il ne sortoit point de sa chambre; & Pte-

relle qui venoit de le voir, ne l'auoit
pas trouué dans vne difpofition fauorable au defir d'Antiocus.   Ce
grand Prince fe retrouua ainfi au
mefme état qu'il auoit accoûtumé
d'eftre. Quoy que fes affaires euffent
changé de face, il ne fentit guere de
changement dans fon ame; & l'efperance qu'il venoit de conceuoir
par les nouuelles de la liberté de Rodogune, & celle qu'il auoit euë de
faire parler Prexafpe, fe diffiperent
en vn inftant. Il ne voulut pourtant
pas fe laiffer abatre aux triftes penfées qui le tourmentoient; & pour
ne rien oublier de ce qui eftoit en fa
puiffance, tous fes Chefs s'eftant af-
femblez dans fa chambre, auffi bien
ceux qui eftoient demeurez au Camp,
que ceux qui n'eftoient que legerement bleffez, il refolut auec eux d'en-
uoyer Odénat & Menecée à Palmire,
pour fe tenir aupres de la Reyne des

Parthes, en attendant qu'il fût en état
de s'y rendre : auec ordre d'examiner
les sentimens de Seleucus, & de luy
promettre sa reconnoissance & son
amitié, s'ils luy en trouuoient de rai-
sonnables. Il voulut aussi dépescher
à Nisibe, pour informer Diodore du
lieu où il estoit, & faire auancer l'Armée jusqu'à l'Eufrate ; & il fut encore d'auis de détacher des Coureurs
vers Assure, pour épier la contenance
des Ennemis, & tâcher d'aprendre
l'état des Princes, & leur resolution.
Tout cela fut proposé, & conclu en
mesme temps. Odénat & Menecée,
accompagnez de Leontius & de Scopas qui deuoient reuenir au plutôt
luy dire des nouuelles, partirent auec
deux cens Cheuaux pour aller à Palmire. Molon en prit autant pour
batre la Campagne du côté d'Assure.
Epimète & Barius qui s'en alloient
à Nisibe, se joignirent à luy pour

I iiij

paſſer ſous ce Fort, qui eſtoit le plus court chemin ; & Molon , apres les auoir eſcortez aſſez loin , rapporta le ſoir, que Xercés, Aquémene & Agaronca, eſtoient dangereuſement bleſſez ; que Caparée qui commandoit au Fort d'Aſſure, auoit eſté contraint de les y receuoir ; que n'en eſtant plus le Maiſtre, les Troupes ennemies s'y retranchoient : mais qu'il eſtoit aiſé de les attaquer dans ce poſte, & de les en chaſſer. Quoy que Molon opinât à cette entrepriſe, & qu'il en demandât la conduite ; neantmoins comme la Reyne des Parthes n'eſtoit plus au pouuoir de ſes Riuaux, Antiocus n'y voulut point conſentir ; & pour le repos des ſiens, il aima mieux laiſſer repoſer les autres. A peine ſongeoit-il à eux dans l'état des choſes. Il tournoit toutes ſes penſées du côté de Palmire ; & iamais bleſſeures ne l'auoient tant affligé, que celles qui l'empeſ-

choient pour lors d'aller luy-mesme
annoncer à sa Princesse la derniere défaite de ses Ennemis. Cepédant le desir
de la reuoir, joint à l'esperáce qu'il en
auoit, luy fit prendre plus de soin de
sa santé, qu'il n'en prenoit de coûtume; & en cinq jours ses playes furent
au meilleur état que l'on pouuoit desirer. La Princesse Zenobie & sa Fille
commençoient déja à le visiter; &
Zoroaste & Thesée, luy tenoient souuent compagnie auec vne assiduité
peu diferente de celle de ses Satrapes.
Comme il trouuoit vn doux relâche
à ses tristes pensées dans leur Conuersation, ils en trouuoient de mesme dans la sienne à leurs soucis particuliers; & plus ils se voyoient, & plus
ils auoient d'enuie de se connoistre.
Le Roy sentoit échauffer sa curiosité
par la grandeur du procedé de ces
Etrangers; & pour eux de quelque
côté qu'ils considerassent ce grand

Prince, ils se persuadoient aisément
que le recit de sa vie deuoit estre
quelque chose de merueilleux. Zoroaste qui auoit resolu de s'en aller,
diferoit tous les jours son départ,
dans l'esperance d'auoir cette satisfaction; & Thesée dans le mesme sentiment, attendoit le retour d'vn de
ses Escuyers auec moins d'impatience
que de coûtume. De sorte que le
jour mesme que la Princesse Zenobie
auoit fait au Roy sa premiére visite,
ces deux rares Etrangers se trouuans
seuls aupres de luy, ils luy témoignerent leur desir, auec toute la delica-
tesse, dont des esprits comme les leurs
estoient capables. Antiocus à son
tour leur expliquoit le sien de la plus
obligeante maniere qu'il pouuoit
imaginer; & enfin apres plusieurs re-
parties de côté & d'autre, ce Prince se
resoluant le premier à parler plus ouuertement : Mais est-il juste, leur

dit-il, que vous ayez toute mon estime, & que ie ne fçache point qui vous
eftes ? & faut-il que ie ne connoiffe
que fous des noms empruntez, des
Hommes à qui i'ay des obligations fi
confiderables ? Car enfin , ajoûta-
t'il , comme vous eftes Etrangers en
ce Païs, ie ne puis croire que vous y
portiez l'vn & l'autre celuy que vous
portez chez vous; & par deffus ces
aparences dont vous vous déguifez,
il y en a d'autres qui vous découurent
malgré vous.   Seigneur, répondit
Thefée, il eft bien moins jufte que
nous ayons eu l'honneur dé vous
voir, de combattre auec vous, & de
vous entretenir affez fouuent; & que
nous n'ayons celuy de vous connoif-
tre que comme des Etrangers; & nous
auons aujourd'huy cét auantage fur
vous, que noftre curiofité eft plus
loüable que la voftre. En effet, continua Thefée, en vous parlant de

moy, ie ne ſçaurois vous dire que des choſes aſſez communes, & de peu d'importance ; & pour vous, Seigneur, il vous eſt aiſé de nous en apprendre, où tout l'Vniuers eſt intereſſé. Pour moy, reprit Zoroaſte, que vous dirois-je, que des choſes affligeantes & terribles, & dont le ſouuenir m'eſt ſi cruel, qu'il n'y a point de temps qui le puiſſe adoucir? Non, non, Seigneur, pourſuiuit-il en laiſſant échaper vn ſoûpir, ne me demandez point qui ie ſuis, ni d'où ie ſuis, puis que ie ſuis vn Homme mort dans l'opinion des Hommes ; & qu'apres ce que i'ay eſté parmy eux, il m'eſt honteux d'y paroiſtre aujour-d'huy ce que i'y ſuis. Comme la triſ-teſſe s'étendit ſur ſon viſage en acheuant ces paroles, Antiocus en fut touché. Il l'auoit crû Romain juſ-que là ; & c'eſtoit moins ſur ſon ha-bit, que ſur vn certain air de fierté

Romaine, qu'il auoit fondé cette creance : mais pour lors découurant dans ſa douleur quelque choſe de plus grand, & de plus particulier, il perdit ſa premiere penſée, & ſa curioſité en augmenta. Qui que vous ſoyez, luy-dit-il, vous me mettez dans vne peine étrange ; & de quelque nature que ſoient les malheurs dont le ſouuenir vous eſt ſi douloureux, ie puis vous dire qu'ils trouuent dans mon cœur toute la compaſſion que vous y pou-uiez ſouhaiter. Ie ne veux pas vous arracher voſtre ſecret, mais ie voudrois bien que vous me l'euſſiez conſié ; & ſi mes ſoins vous eſtoient agreables, ou mes ſeruices neceſſaires, vous pourriez vous aſſeurer de moy comme de vous-meſme. Seigneur, repliqua Zoroaſte, ie ne doute ni de voſtre generoſité, ni de voſtre puiſ-ſance ; & ſi apres les pertes que i'ay faites, il m'eſtoit reſté quelque eſpe-

rance ſur la Terre, ie crois qu'il ne
ſeroit pas malaiſé de la pouſſer bien
loin auec vous : Mais il n'en eſt plus
pour moy ; & la Fortune m'ayant
tout ôté, ie n'ay plus rien à faire qu'à
mourir, & ne ſçay pas ſeulement ce
que c'eſt que de former des deſirs.
Celuy que i'ay de vous connoiſtre
plus particulierement que ie ne fais,
continua t'il, eſt le ſeul que i'aye eu
depuis long-temps. Il m'a ſurpris ſi
doucement, & m'a paru ſi digne de
ce que ie fus autrefois, que ie n'ay pû
m'en defendre ; & apres tout, Seigneur, vous faites tant de bruit dans
ce monde où i'ay renoncé, que ie ne
m'étonne pas ſi i'y renuoye encore
ce deſir, apres auoir eu l'honneur de
vous voir. Mais ne l'expliquez point
en ma faueur, reprit-il aſſez promptement parce que le Roy ſembloit
vouloir l'interrompre ; & ne jugez
pas de moy par des ſentimens qui

n'ont rien de beau qu'en ce qu'ils vous regardent. Ils n'auroient rien de beau, repartit le Roy de Syrie, s'ils ne venoient de vous; & par eux, Seigneur, il m'est aisé de juger de ce que vous estes, quelque soin que vous preniez de vous cacher. Ce que i'en présume m'oblige à auoir assez de respect, pour ne pas penetrer plus auant contre vostre intention: Ie ne vous feray donc point de priere incommode ni à l'vn, ni à l'autre; & dans le dessein que i'ay de vous satisfaire, toute la grace que ie vous demande, est que vous trouuiez bon qu'vn autre que moy vous parle de moy. Vn si lõg discours est au dessus de mes forces dans l'estat où ie me trouue; & cõme il vous sera possible assez ennuyeux, ie seray bien aise que vous n'ayez pas à me reprocher les momens que vous aurez perdus à l'entendre. A ces mots il appella Lepante, & luy commanda en prefence de ces Etrangers de leur faire le recit de fa vie lors qu'ils le voudroient. Apres quoy, comme il eſtoit l'heure de le panſer, ils ſe retirerent ſi ſatisfaits de luy, que dés qu'ils eurent ſoupé auec le Prince Ariſtobule, que des nouuelles aſſez fâcheuſes qu'il venoit de receuoir de Iudée, obligeoient de demeurer aupres de Zenobie, ils ſortirent tous deux de la Maiſon de cette Princeſſe en s'entretenant de ce Grand Roy.

Toutes choſes ſembloient les conuier à la Promenade : La tranquilité de l'air paroiſſoit d'intelligence auec ces premieres ombres qui précedent ordinairement le leuer de la Lune, lors qu'elle eſt en ſon plein, comme elle y deuoit eſtre cette nuit : On reſpiroit de toutes parts ce doux parfum que tous les Arbres & les moindres Herbes exhalent aprés le coucher du Soleil; & les Zephirs retenoient ſi

bien

bien leurs haleines, qu'on pouuoit
dire, qu'estant encore abatus de la
chaleur du jour, ils s'estoient possible endormis. Si bien que Zoroaste
& Thesée goûtoient la douce & fraîche serenité d'vn des plus beaux soirs
de l'année, auec autant de plaisir que
dans l'état de leur fortune ils estoient
capables d'en prendre. Ils auoient
déja fait quelques reflexions sur celle
du Roy de Syrie; & ce que la Renommée leur en auoit apris, auec ce
qu'ils en auoient pû conceuoir eux-
mesmes depuis cinq ou six jours
qu'ils le connoissoient, leur donnoit
assez d'ouuerture pour juger en general de toute la vie de ce Prince.
L'état déplorable où ils le voyoient,
aprés auoir acquis par tant de conquestes vn nom si glorieux entre les
Hommes, estoit sans doute vn assez
grand exemple pour les consoler de
leurs malheurs, s'ils eussent esté

K

d'vne nature à pouuoir eſtre adoucis
par raport auec ceux d'vn autre, ou
par la ſocieté des malheureux : mais
bien loin de trouuer cette conſolation auprés d'Antiocus, la pitié qu'ils
auoient de luy eſtoit vn redouble-
ment à leurs maux. Ils s'irritoient
contre la Fortune, qui n'exerçoit
iamais ſon cruel empire auec tant de
rigueur, que ſur ceux qui s'éleuoient
le plus parmy les Hommes ; & le
fier Theſée, qui par ſa naiſſance &
par ſon propre merite tenoit dans le
Monde vn rang ſi conſiderable, s'é-
tendoit ſur cette matiere auec vn peu
plus de chaleur que Zoroaſte. Ce
n'eſt pas que celuy-cy, qui n'auoit
pas eſté inferieur à l'autre ni en puiſſance ni en dignité, n'en eûtbeaucoup
plus de ſujets que luy. Sa vertu eſtoit
encore mieux éprouuée que la ſienne : mais il ne luy reſtoit pas comme à Theſée l'eſperance d'eſtre heu-

reux; & aprés auoir fait la chûte la
plus terrible dont on ait iamais entendu parler, il estoit pour lors abandonné à toute la cruauté de sa destinée, qui non contente de luy auoir
tout ôté, auoit mesme arraché de
son cœur ce triste & foible soulagement que les plus miserables trouuent quelquesfois à se plaindre. Il
disoit donc moins de choses que
Thesée: mais il soûpiroit plus souuent que luy; & Thesée enfin s'a-
perceuant que toutes leurs reflexions
ne faisoient que les entretenir dans
des pensées douloureuses qu'ils vouloient éuiter, changea de discours au
milieu de l'Alée des Cedres; où pour
ce soir ils auoient adressé leur promenade, parce que le Païs y estoit
encore plus découuert que du côté
de celle des Platanes. Tous nos rai-
sonnemens, dit-il à Zoroaste, ne
seruent qu'à nous afliger; & tandis

que nous demeurons inconnus l'vn à l'autre, comme nous le sommes, nous ne pouuons nous donner de conseil, ni de consolation. Quand vous me connoîtriez dauantage, repliqua tristement Zoroaste, il vous seroit bien mal-aisé de me donner conseil ; & peut-estre n'entreprendriez vous pas de me consoler. C'est la, reprit Thesée, ce que vous auez accoûtumé de me répondre : mais ie ne m'accoûtume point à l'entendre ; & ce que vous me dites aujourd'huy me paroît aussi étrange qu'il me le parut la premiere fois. Helas ! s'écria Zoroaste, il l'est bien moins que ma fortune qui ne me laisse viure que pour combler les miseres où elle m'a plongé. Car enfin, reprit-il, la vie que les Hommes regardent comme le premier de tous les biens, est deuenuë pour moy le dernier de tous les maux. La Mort estoit

tout mon refuge, & ma plus douce
esperance: La Fortune me l'a refusée
lors que ie la cherchois; & il semble
que ç'a esté assez de la luy demander
pour ne la pas obtenir.   Vous me direz peut-estre, ajoûta-t'il en soûpirant, qu'il n'est rien de si facile que
de mourir quand on est las de viure:
& qu'à vn Homme comme moy qui
porte vne épée, & qui sçait assez s'en
seruir, les occasions de se donner la
mort ne luy manquent iamais. Mais
ie vous répondray à cela, que c'est
encore vn coup de cette Fortune im-
pitoyable qui me persecute; & qui
ne trouuant plus en moy de matiere
pour déployer ses forces, se sert de
son adresse pour me faire languir.
Me croirez-vous, ô Thesée! reprit-il
aprés quelques momens de silence?
Ie me suis exposé à toutes les fureurs
des Hommes & des Elemens; & toutes choses ont épargné ma vie aprés

K iij

ma chûte. Les Hommes me l'ont
laissée au milieu des Armées défaites:
Ie n'ay pû périr au milieu des abis-
mes de la Mer: Les flames deuo-
rantes ont respecté ma personne:
Les Animaux âfamez n'ont daigné
me regarder comme vne proye qui
pouuoit assouuir leur faim; & lors
qu'aprés estre sorty de tous ces périls
où ie m'estois abandonné, i'allois
chercher dans le secours de ma main
cette mort que ie ne trouuois nulle
part, la Fortune a fait briller à mes
yeux ie ne sçay quoy pour suspendre
ma resolution. Et ce n'a pas esté,
poursuiuit-il, vn faux rayon duquel
i'aye pris plaisir à m'ébloüir pour me
déguiser ma foiblesse, & auoir vn
prétexte de donner aux trances de la
Nature ce que l'on croit que les plus
desesperez ne luy peuuent refuser
aux aproches de la mort. Non, non,
Thesée, il y a long-temps que ie suis

apriuoiſé à toutes ces choſes que la
ſeule proſperité nous fait paroître ſi
âfreuſes: Ie n'ay point de penſées ſi
douces que celles du Tombeau; & ie
le regarde comme le lieu de ma felicité. Mais la Fortune me l'a enuié:
elle m'a fait voir quelque choſe pour
m'en détourner; & comme ie vous
l'ay dit, ce n'eſt pas vne viſion chi-
merique que i'ay euë. Ce que
i'ay veu eſt réel: Ie cours apres depuis
vn an : I'auois crû le retrouuer
en ce Païs, ou du moins en auoir
des nouuelles; & comme enfin mes
courſes ſont inutiles, ie vois bien
qu'il faut retourner à la mort. Ah!
que vous me faites de peine, s'écria
Theſée; de vous entendre parler de
cette ſorte! & que vous me donnez
de curioſité tout enſemble! Ce n'eſt
pas mon deſſein, répondit Zoroaſte,
d'émouuoir en vous des deſirs que
ie ne me reſoudrois iamais à ſatis-

faire; & dans ce sentiment que ie trouue moy-mesme assez inciuil, vous voyez bien que ie ne cherche pas à toucher vostre pitié. Mais que voulez-vous, ô Thesée? Le malheur m'a rendu tout sauuage; & lors que ie suis vn Homme mort dans l'opinion des Hommes, il m'est pardonnable d'auoir oublié comment on y doit viure. Zoroaste, malgré toute son afliction, proféra ces mots d'vn air si doux & si caressant, que Thesée en fut tout âtendry; de sorte que prenant la parole apres luy : O ! mon cher Zoroaste, luy dit-il, c'est en vain que vous voulez paroître vn Barbare deuant moy, pour m'ôter l'enuie passionnée que i'ay de vous connoître. Si vos malheurs sont si étranges, que ie ne puisse non plus les conceuoir que vous en plaindre, ie deuine assez de quelle qualité est celuy qui les soûfre ; & pour vous

resoudre à me l'auoüer, quelque consequence qu'il y ait à ne me pas faire
connoître dans la Maison de Zenobie, il y a déja plusieurs jours que
ie vous aurois declaré ce que ie suis,
si vous auiez témoigné pour moy la
mesme curiosité que i'ay pour vous.
Cet habit Romain que vous portez
ne vous déguise pas à mes yeux autant que vous le croyez ; ni ce nom
de Zoroaste que vous auez emprunté : Ce n'est non plus le vostre,
que Thesée est le mien : Nous ne
sommes sortis ni de Consuls de
Rome, ni d'Ephores de Sparte, ou
de Magistrats d'Athenes ; & s'il nous
faut faire confidence de ce que nous
sommes, nous donnons vous & moy
des Loix à nostre Patrie, & nous n'en
receuons point d'elle. Ah ! Thesée,
Thesée, repliqua Zoroaste auec vn
profond soûpir, soyez toûjours
Thesée pour moy, puis que ie ne

sçaurois estre pour vous que Zoroaste ! Ne démélez rien dans ma
triste fortune, comme ie ne veux rien
découurir dans la vostre : l'ay des
yeux pour vous, comme vous en
auez pour moy : ie ne me trompe ni
à vostre habit, ni à vostre nom: ie
vois assez ce que vous estes ; & qu'aujourd'huy tous les Roys ne sont pas
dans leur Trône. Mais ne me faites
point souuenir de ce que i'ay esté,
lors que ie fais tout ce qui m'est possible pour l'oublier. Ie ne suis pas
Romain, il est vray ; & plût aux
Dieux n'auoir iamais connu de Romains ! Leur habit que ie porte est
vn échange terrible qui vous mar-
queroit bien la cruauté de ma destinée, si vous sçauiez par quelles raisons ie me suis accoûtumé à le porter ; & contentez-vous, s'il vous plaît,
de cette confession qui échape à ma
douleur : Ie ne sçaurois vous en dire

dauantage, sans vous réueler toute ma honte; & si elle vous estoit connuë, vous me verriez obligé de la finir à vos yeux par vn coup de desespoir que ie dois peut-estre épargner à l'amitié que vous me témoignez. Ah! Zoroaste, s'écria Thesée en l'embrassant, ie vous demande pardon; & ie ne veux point vous connoître à ce prix, ni aprés cette menace. Mais i'espere que le Roy des Syriens, ou par son merite, ou par son adresse, obtiendra de vous ce que ie n'en ay pû obtenir. Non, Thesée, repliqua Zoroaste, ce que ie ne fais pas pour vous, ie ne le feray point pour le Roy de Syrie: C'est vn grand Prince à la verité, & pour lequel tous les Princes de la Terre doiuent auoir de la déference: mais si dans son Royaume il paroist ce qu'il est, ie n'ay pas plus de respect pour sa personne que i'en ay pour la vos-

tre ; & ie vous donne peut-eftre en
fecret tout ce que ie luy rends en
public.

C'eftoit ainfi que ces deux grands
Hommes s'entretenoient ; & ils eftoient déja au bout de l'Alée des Cedres, d'où ils découuroient à la clarté
de la Lune qui fe venoit de leuer,
toute la belle Contrée qu'habitent
les Bergers de la Daradague. Du côté
de l'Eufrate ils voyoient les feux alumez par les Syriens ; & que les tené-
bres rendoient d'autant plus confiderables, que par refpect pour la
Maifon de Zenobie leur Camp en
eftoit affez éloigné. Molon qui y
commandoit, y tenoit les Troupes
dans vne exacte obeiffance ; & la fe-
uerité naturelle de ce Satrape agif-
fant auec le mefme foin fur trois
mille Hommes que fur vne grande
Armée, il n'y auoit pas vn Soldat qui
ofât s'écarter à la campagne. De forte

que les Bergers de la Daradague n'en
ressentoient nulle incommodité : Ils
estoient en pleine paix malgré le voi-
sinage de ces Gens de guerre ; & ils
viuoient comme de coûtume, sans
craindre ni danger, ni desordre. On
n'entendoit dans le silence de la nuit
que le mugissement de quelques Tau-
reaux, ou de quelques Genisses : Les
cris champestres de quelques Pas-
teurs qui les rappelloient à leurs habitations : quelques Chiens qui sembloient leur répondre en aboyant ;
& parmy tout cela quelques Hauts-
bois commençoient à se faire entendre sur les bords de cette petite
Riuiere qui se fait, & de la décharge
des eaux de la Fontaine, & des Canaux dont la Maison de Zenobie estoit arosée.   Ce bruit innocent, &
ces diferens objets, suspendoient en
quelque façon les tristes reflexions
de Zoroaste & de Thesée ; & l'vn &

l'autre aprés s'y estre arrestez pendant quelques momens, témoi-
gnoient assez par leurs soûpirs, l'enuie qu'ils portoient à l'heureuse condition de ces Bergers : lors que le son
d'vn Chalumeau s'éleua au pied de
cette allée en terrasse dans laquelle
ils se promenoient.   Le Berger qui
en joüoit, repeta deux ou trois fois
le mesme Air; & peu apres y ayant
accordé sa voix, il chanta ces paroles.

Lors qu'vn Amant n'est pas aimé,
Et qu'ailleurs son Ingrate arreste sa pensée;
S'il peut la voir, sans en estre alarmé,
Courir apres l'objet dont elle s'est blessée,
Il sçait la plaindre auec quelque plaisir
Du mesme mal qu'elle luy fait soûfrir.

Quand il eût acheué, il voulut dire
quelque chose à vn autre qui l'écoutoit: mais celuy-cy l'interrompant,
& prenant la parole d'vn ton assez
haut: Ah! Mirite, luy dit-il, c'est

contre Philénis que tu as fait cette Chanson, mais tu n'oferois l'auoir chantée en fa prefence. Hé! qu'en arriueroit-il, Proxéne, répondit-il? Quoy que peut-eftre i'aime encore Philénis plus que ie ne penfe, ie me trouuerois en telle humeur, que ie chanterois ma Chanfon deuant elle, comme ie la chante deuant toy. Tu ferois blâmé de tout le monde, fi tu l'auois fait, repliqua Proxéne; & ceux qui te plaignent aujourd'huy te condamneroient. Si quelque chofe me retient, reprit Mirite, ce ne fera pas la crainte d'eftre blâmé; & tout au moins diray-je ma Chanfon à tous ceux de la connoiffance de Philénis; afin que, quand on en entendra l'air que ie puis toûjours joüer hardiment fur mon Chalumeau, il prenne enuie à quelqu'vn d'en dire les paroles deuant elle. Il vaudroit encore mieux, repartit Proxéne, ne

les dire à personne, & les luy dire à
elle-mesme. Quand on a sujet de se
plaindre d'vne Fille, on peut luy témoigner son ressentiment, mais non
pas luy faire vne injure; & tout est
pardonnable à vn Amant irrité,
pourueu qu'il se plaigne auec respect. Vois-tu, Proxéne, repliqua
brusquement Mirite, apres auoir
perdu l'esperance d'estre aimé de
Philénis, ie n'ay plus rien à ménager;
& ie m'étonne que toy qui la mé-
prises, tu veüilles m'obliger à auoir
tant de consideration pour elle.
Est-ce que tu l'aimes, & que tu ne te
souuiens plus de ta belle Etrangere.
Ni ie n'aime Philénis, répondit doucement Proxéne; ni ie n'ay oublié
ma belle Etrangere. Ainsi le conseil
que ie te donne ne te doit pas estre
suspect; & il est peut-estre digne
d'vn honneste Berger comme toy.
Ie ne sçay, repartit Mirite, si tu me
parles

parles sans interest; & s'il est vray
que la beauté de Philénis ne puisse
toucher son cœur, sa personne ne
t'est possible pas aussi indiferente
que tu me le veux persuader. Tu as
le cœur haut, Proxéne, & l'esprit
impatient: Tu veux auoir la gloire
d'estre seul à maltraiter Philénis; ou
pour ton repos tu desires que ie m'a-
reste à elle, afin que la forçant de s'a-
rester à moy, elle cesse de te perse-
cuter. Mais ne t'y trompes point,
ajoûta Mirite; puis que tu es cause
que Philénis m'outrage, il faut que
tu me serues à me venger d'elle.
Toute la Contrée sçait que ce n'est
que pour l'amour de toy qu'elle re-
fuse mes seruices: elle se declara assez
auanthyer au soir, lors qu'aprés auoir
dédaigné la guirlande que ie luy
aportois, elle se retira de la Danse
dés que tu en fus éloigné; & il faut
aussi qu'on sçache qu'elle n'est pas

L

plus heureuſe auprés de toy, que ie
le ſuis auprés d'elle ; & que, ſur l'air
de ma Chanſon, toute la Contrée
aprenne,

Que ie la plains auec quelque plaiſir,
Du meſme mal qu'elle me fait ſouffrir.

Mirite, qui auoit toûjours parlé auec
quelque ſorte de dépit & de colere,
acheuoit neantmoins ces dernieres
paroles en chantant ; lors que Zoroaſte & Theſée s'aprocherent à découuert de la Baluſtrade qui bordoit
la Terraſſe. Ils auoient non ſeulement preſté l'oreille au Dialogue de
ces Bergers : Ils auoient meſme aſſez
examiné leurs perſonnes aux rais de
la Lune qui éclairoit ; & ils auoient
veu que celuy qui joüoit du Chalumeau eſtoit jeune, aſſez bien fait, &
qu'auec vn habit fort propre, ſa Pan-
netiere & ſa Houlette eſtoient toutes garnies de rubans de couleurs di-

ferentes : mais que l'autre à peu prés
du mesme âge, & qui tenoit vn épieu,
quoy que son vestement ne fût qu'é-
gal à celuy de son Compagnon, auoit
pourtant de grands auantages au dessus de luy, soit que l'on considerât la
beauté de sa taille & celle de son visage. De sorte que Zoroaste & Thé-
sée ayant fort bonne opinion de ces
Bergers ne pûrent les voir étonnez,
comme ils le parurent à leur abord,
& prests à quiter la place où ils estoient, sans les rasseurer. Mes Amis,
leur dit Thesée en s'accommodant
au langage Grec dás lequel ils auoient
parlé, & dont l'accent estoit assez
corrompu : Nous ne venons pas interrompre vostre entretien ni vos
Chansons; & vous pouuez jouïr icy
en liberté de la solitude que nous
cherchons aussi bien que vous. A ces
mots, les Bergers s'entre-regarde-
rent; & comme outre le respect

qu'ils auoient pour tout ce qui for-
toit de la Maifon de la Princeffe Zenobie de laquelle leurs Hameaux
releuoient, ils fçauoient encore que
le Roy de Syrie y eftoit malade des
bleffures qu'il auoit receuës en ce
grand Combat dont tout leur Païs
auoit efté fi éfrayé, ne croyant pas
faire de tort à Zoroafte & à Thefée de
les prendre pour des Satrapes de fa
fuite, ils n'oferent pas fi-toft répondre ; ou dans leur furprife ils s'y trouuerent affez embaraffez. Si bien que
Thefée, pour ne les pas tenir long-
temps dans cette peine, & pour les
enhardir, s'apuyant fur la Baluftrade:
L'vn de vous deux, reprit il, a quelque chofe dans l'efprit qui le fâche,
à ce que nous auons pû entendre par
vos difcours : mais fi c'eft vn démeflé
qui ne faffe que de commencer entre
vous, ne craignez pas de nous en
faire Iuges ; & nous pourrons poffi-

ble vous réconcilier. Seigneur, répondit Proxéne en luy faisant la reuerence de fort bonne grace, il y a
trop long-temps que nous sommes
amis ce Berger & moy, pour nous
quereller aujourd'huy. C'est vn
Amant malheureux qui se plaint à
moy d'vne Bergere qu'il aime, & de
laquelle il ne croit pas estre aimé.
Tu n'es guere plus heureux que moy,
dit Mirite en l'interrompant; &
comme tu ne sçaurois aimer que des
Etrangeres, à peine as-tu le temps de
les voir pour les aimer, que tu ne sçais
plus ce qu'elles deuiennent. Ie sçay
du moins pour qui ie souffre, continua-t'il; & tu ne sceus iamais pour
qui tu soûpires. Proxéne ne répondit
à ce discours de Mirite que par vn
regard plein de fierté, & qu'il jetta
sur luy comme feroit vn Homme qui
ne veut pas qu'on réuele son secret;
& Thesée feignant de ne pas prendre

garde à ce déplaisir qu'il receuoit? Quoy, leur dit-il, on soûpire dans vos Bocages? & l'Amour y fait des desordres comme dans le reste du Monde? Il y trouue peut-estre autant d'occupation que dans les Villes, repartit Mirite; & nous auons des Bergeres aimables, & des cœurs pour les aimer. Dites-nous donc, reprit Thesée, dites-nous ce qui vous inquiete l'vn & l'autre. Seigneur, répondit Proxéne dont le dépit, que Mirite luy auoit fait, s'estoit vn peu dissipé; quoy que vous en dise ce Berger, nos affaires ne valent pas la peine de vous estre racontées: mais neantmoins, pour tâcher, autant que nous le pouuons, de nous rendre dignes de l'honneur que vous nous faites de vous arrester à nous, ie vous diray puis que vous le voulez, que nous ne sommes pas de ce Païs; que, pour moy, i'ay esté nourry parmy les Bergers du

Liban ; que de là ie paſſay chez ceux
du Iourdain ; que i'y fis amitié auec
Mirite ; & que ſes parens ayant ſongé
à le marier auec vne Bergere de cette
Contrée nommée Philénis, & dont
la famille auoit déja quelque aliance
auec la leur, vn de ſes Oncles nous
amena icy tous deux au commencement du Printemps. Ie fis ce voyage
ſans autre deſſein que celuy de l'accompagner, & de le ſeruir autant que
ie pourrois dans la recherche de la
Maîtreſſe qu'on luy propoſoit, & à
laquelle pluſieurs autres prétendoient ; & cependant il eſt arriué
par ie ne ſçay quel malheur, que lors
qu'on croyoit la choſe fort auancée,
& que tous les Amans de Philénis
auoient quitté la place à Mirite, cette
Fille enjoüée a témoigné quelque
froideur pour luy comme pour les
autres. On a cherché les raiſons
qu'elle pouuoit auoir de ce change-

L iiij

ment; & on s'eſt imaginé que Philénis, à laquelle ie n'ay iamais parlé
que pour Mirite, auoit de la bonne
volonté pour moy : Si bien que pour
rendre ce que ie deuois à mon amy,
i'ay eſté contraint de feindre vn
voyage, & de demeurer caché l'eſpace de quelques jours. Pendant mon
abſence, il eſt certain que Philénis
n'a témoigné nul chagrin de ne me
point voir : mais il eſt vray que depuis mon retour elle a afecté de me
faire bon viſage en toutes ſortes de
rencontres ; & comme Mirite ſçait
bien que ie n'en veux tirer aucun
auantage, auſſi ne m'en ſçait-il pas
plus mauuais gré. Il ſe plaignoit ſeulement à moy de l'ingratitude de
Philénis, & me diſoit vne Chanſon
qu'il a faite pour ſe venger d'elle,
mais que ie trouue trop ôfençante
pour aprouuer le deſſein qu'il a de la
publier. Tu ne dis pas tout, reprit

Mirite lors qu'il vit que Proxéne ceſſoit de parler ; & la connoiſſance de tes âfaires que tu ſuprimes, donneroit encore quelque éclairciſſement aux miennes.   Il eſt vray que ie n'ay pas lieu de te reprocher que tu m'ayes iamais trauerſé de propos déliberé dans la recherche que ie fais de Philénis : Mais ie pourrois pourtant me plaindre auec quelque raiſon du trop de complaiſance que tu eus d'abord pour cette volage, puis que le ſuccés ne m'en a pas eſté fauorable.   Car enfin, Seigneurs, ajoûta Mirite en leuant les yeux ſur Zoroaſte & Theſée, il y faloit peuteſtre aporter vn peu plus de prudence & de retenuë : La choſe eſtoit délicate : c'eſtoit vn Amy beau & bien fait, qui parloit d'amour pour vn autre ; & il eſtoit à craindre, comme il eſt arriué, que Philénis ne crût de luy tout ce qu'il luy diſoit pour moy.

En éfet elle expliqua selon son desir
tous les seruices qu'il ne luy rendoit
qu'en ma faueur; & cette Ingrate
trouuant de jour en jour dequoy
s'aueugler dans la conduite obligeante & douce de mon Amy,
elle vint jusqu'à cette extremité de
n'y plus rien connoître, que ce qui
estoit capable de nourrir les esperances qu'elle prenoit tant de plaisir à conceuoir. Que Proxéne n'y
connut rien luy-mesme dans vn
temps où il estoit assez occupé
auprés d'vne belle Etrangere qui
fut vn mois parmi nous, & à laquelle il vouloit donner son cœur,
cela peut estre; & ie ne le puis soupçonner d'infidelité. Mais l'ingratitude de Philénis ne demeura secrete
que tandis qu'il seruoit Déjanire.
Dés que cette Riuale fut partie, ma
Volage, que le dépit auoit éloignée
de Proxéne, se r'aprocha de luy: Il

reuint auſſi à elle pour l'amour de
moy; & leur vnion parut en peu de
jours ſi bien établie, que tout le
monde m'en plaignit. Il entra luy-
meſme dans ce ſentiment; & ſoit
pour me guerir de ma jalouſie, ou
pour s'affliger en liberté de l'abſence
de Déjanire, il reſolut de ſe retirer.
Mais ce qui ſembloit deuoir eſtre le
remede à mon malheur, n'a ſeruy
qu'à me le faire connoître tout entier; & pour comprendre cecy, Seigneurs, quoy que ie ne ſçache pas
raconter les choſes auſſi bien que
Proxéne, il faut pourtant que ie
vous découure ce qui luy eſt arriué
pendant ſa retraite. Hé! Mirite,
s'écria Proxéne, cela n'a rien de
commun auec tes amours. Hé! Proxéne, repliqua Mirite, il y a du moins
vn grand raport; & pour ſatisfaire
ceux qui nous entendent, tu me dois
laiſſer parler de toy, puis que ie t'ay

laiſſé dire de moy tout ce que tu as voulu. Ie vous diray donc, Seigneurs, pourſuiuit le Berger, que Proxéne d'intelligence auec moy ayant fait courir le bruit qu'il s'en retournoit aux Contrées du Liban, pour me donner par ce moyen occaſion de reconnoître le cœur de Philénis, ſe contenta ſeulement de paſſer l'Eufrate ; & que ce Fleuue qui commençoit à ſe déborder, comme il fait tous les ans en la meſme ſaiſon, fit en peu de temps de ſi grands rauages, que tout commerce ceſſant entre les Bergers qui ſont de l'autre côté & nous, on ne ſceut point où il eſtoit. Cependant il y fit connoiſſance auec le Fils d'vn Peſcheur nommé Steſire : ils s'exercerent l'vn & l'autre à la Chaſſe & à la Peſche tant que dura le débordement ; & comme il auoit inondé vne partie des Bois de Tapſaque, tantoſt

ils y faiſoient la guerre aux animaux
que les eaux aſſiegeoient ; & tantoſt
ils s'ataquoient à ces Poiſſons monſ-
trueux que le Fleuue auoit jettez dans
les Cauernes. Il eſt certain que durant
tout ce temps là, Philénis, qui croyoit
que Proxéne eſtoit allé aprés Déjanire, en eut aſſez de dépit contre luy,
pour ne témoigner nul chagrin de
ſon abſence : mais ie ne ſçay pas ſi
pour luy il eſtoit bien content de ſa
vie ; ni s'il trouuoit dans ſa Peſche &
dans ſa Chaſſe dequoy ſe conſoler de
n'auoir point vn Amy à ſeruir auprés
d'vne Maîtreſſe. Quoy qu'il en ſoit,
l'Amour voulut qu'vne nuit, pour
troubler tous ſes diuertiſſemens, il
arriua vn Chariot plein de Dames
eſcorté par dix ou douze Caualiers
qui cherchoient l'endroit où le
Fleuue eſt guéable. Il eſt à croire
que le trouuant encore aſſez enflé,
bien qu'il n'y eût plus de péril pour

ceux qui fçauoient le gué, ils n'oſe-
rent dans les tenebres ſe fier à la connoiſſance qu'ils en pouuoient auoir;
& quoy que ſans doute vous ayez
entendu parler de cette auanture,
Seigneurs, puis que ces Dames que
des Rauiſſeurs emmenoient furent
conduites au Chaſteau de noſtre
Princeſſe, aprés le combat que des
Princes qui eſtoient chez elle donnerent pour leur deliurance; neantmoins ie vous aprendray quelle fut
la fortune de Proxéne en cette rencontre. Ah! Mirite, interrompit le
Chaſſeur, ne parles que de ce qui eſt
neceſſaire à la tienne; & ne t'amuſes
point à raconter des choſes que tu
ne ſçais que par le recit que ie t'en fis;
& deſquelles tu me dois garder le ſecret. Ne crains point, repliqua Mirite, ie ne m'étendray pas ſur ce diſcours; & i'ay aſſez de diſcretion pour
ne dire icy que ce qu'vn Amy peut

réueler : outre que ces Dames n'estant
plus en ce Païs, tout ce que ie pourrois dire est sans consequence. Ces
Caualiers qui les conduisoient, poursuiuit le Berger, vinrent par hazard à
la Cabane où Proxéne & Stesire se
préparoient à la Pesche : ils s'infor-
merent où estoit le passage, & s'il y
auoit seureté pour vn Chariot ; & nos
Pescheurs s'estant oferts à leur rendre le seruice qu'ils demandoient,
Stesire qui sçauoit mieux le gué que
Proxéne, guida les Caualiers & l'é-
quipage ; & Proxéne passa les Dames
dans vne Barque. Mais, entr'autres,
celle qui estoit la plus jeune & la plus
considerable, luy parut si belle ; &,
comme il me l'a raconté luy-mesme,
il arriua tant de choses merueilleuses
en cette nuit obscure pour luy faire
voir qu'il n'y auoit rien de si beau sur
la Terre, qu'il fut quelque temps à
croire que c'estoit vne Déesse ; pour

l'intereſt de laquelle tous les feux du Ciel s'eſtoient alumez. Neantmoins ce qu'il ſentit luy aprit bientoſt que c'eſtoit vne perſonne mortelle : L'amour paſſa de ſes yeux dans ſon cœur : il ſe trouua amoureux à force de la regarder ; & il en donna des marques aſſez ſenſibles, lors que ceux qui déliurerent ces belles Dames eſtant aux mains auec les Rauiſſeurs, il vouloit venir combatre pour elle, ſi Steſire ne l'en eût empeſché. Cependant la mélée eſtant finie, le pauure Proxéne ne ſongea plus à repaſſer le Fleuue : il ne ſe ſouuint plus ni de la Peſche ni de la Chaſſe : il quita Steſiré ; & comme il vit que la beauté qui luy tenoit au cœur venoit chez noſtre Princeſſe, ne pouuant pas s'éloigner d'elle, il vint me trouuer, & me raconta ſon auanture. Ne crains plus Mirite, me dit-il ; ne crains plus que mon cœur ne ſe puiſſe defendre

de

de la beauté de Philénis. Ie ne seray
iamais ton Riual ; & i'ay veu cette
nuit ce que i'aimeray le reste de ma
vie. Mais, Seigneurs, continua Mirite, ie luy ay promis d'estre discret ;
& pour reuenir à ce qui me touche,
Philénis qui ne s'estoit pas à la verité
fort afligée du depart de Proxéne,
montra vne joye extréme à son retour : elle crût qu'il reuenoit la seruir : elle commença à ne se plaire
qu'aux lieux où il estoit, afin de l'y
engager dauantage : elle préfera son
entretien à celuy de tout le monde ;
& comme elle le voyoit inquiet &
resveur, elle employa si publique-
ment tous ses soins à le diuertir,
qu'enfin Proxéne qui a d'autres choses dans l'esprit, s'en est veu accablé.
Mais plus il a éuité sa rencontre, plus
elle à recherché la sienne : Les mépris du Chasseur ont enflamé la Bergere ; & dans la crainte qu'elle a au-

M

jourd'huy de le perdre, il n'eſt plus
en ſa puiſſance de cacher le violent
deſir qu'elle a de le poſſeder. Voila,
Seigneurs, comme il eſt cauſe de
tout mon malheur, ſans que i'en aye
de reſſentiment contre luy. Ie me
plaignois ſeulement, lors que vous
nous auez ſurpris, de ce qu'il ſoû-
tiént deuant moy le party de Philénis; & i'ay peut-eſtre raiſon de trouuer étrange qu'eſtant amis comme
nous le ſommes, il ne veüille pas que
ie me ſerue de luy pour me vanger
d'elle, lors qu'il ſert à cette Ingrate
pour me rendre malheureux.

Tandis que Mirite parloit ainſi,
Zoroaſte & Theſée, qui n'auoient
pas eu de peine à conceuoir que c'eſtoit de la belle Reyne des Parthes
que Proxéne eſtoit deuenu amoureux, regardoient ce jeune Chaſſeur
auec beaucoup d'atention; & Zoroaſte principalement, ouurant en

fecret fon ame à la joye, croyoit
quelquesfois le reconnoître, & auoir
trouué en luy ce qu'il cherchoit il y
auoit long-temps. La bonne mine
de Proxéne, fa bonne grace, & la
beauté de toute fa perfonne, ne luy
permettoient prefque pas d'en douter; & à toutes les âparences il le jugeoit fi digne de ce qu'il pouuoit
eftre, qu'il vint jufqu'à fouhaiter qu'il
le fût. Cependant Thefée, apres auoir
donné aux marques exterieures du
mérite de Proxéne l'eftime que perfonne ne leur pouuoit refufer, le
confideroit auec d'autres fentimens
que Zoroafte; & toute fa curiofité fe
bornant à l'éfet que la beauté de Rodogune auoit produit dans l'ame
d'vn Chaffeur qu'il n'auroit iamais
crû capable d'vne fi haute éleuation:
Hé! Proxéne, luy dit-il dés que Mirite eût acheué de parler, fçauez-vous
bien de qui vous eftes amoureux?

Non, Seigneur, repartit Proxéne,
i'en suis encore mal asseuré ; & ie sçay
seulement que ie n'ay iamais rien veu
de si beau que cette belle Personne.
Mais, adjoûta Thesée, comme il est
à croire que vostre condition est bien
diferente de la sienne, que pouuez-
vous vous proposer en l'aimant ? De
l'aimer, Seigneur, répondit Proxéne ;
de la suiure par tout le monde, &
d'employer ma vie à son seruice. Et
si c'estoit vne grande Princesse, continua Thesée, quels seruices luy pou-
riez-vous rendre ? & quelque mérite
que vous ayez, vos seruices luy peu-
uent-ils estre considerables ? Quand
ce seroit vne Reyne, repliqua ce beau
Chasseur, cette qualité ne m'empes-
cheroit pas de l'aimer : au contraire
elle m'y animeroit dauantage ; & si
par ma naissance il ne m'estoit pas
permis de m'éleuer jusqu'à elle, ie
suis peut-estre capable de soûtenir

aſſez dignement les ſentimens qu'elle m'auroit inſpirez, pour ne luy pas faire de honte quand ils viendroient à ſa connoiſſance. Non, non, Seigneur, ajoûta-t'il plus hardiment, puis que Mirite vous a dit ce que ie ne jugeois pas qu'il fût à propos de vous dire; ſi c'eſt vne Princeſſe qui ſoit connuë de vous, elle ne rougira point de ſçauoir que ie l'aime, quand i'auray fait ce que ie ſçay qu'il faut faire auant que de luy âprendre; & la conqueſte de mon cœur ne ſe trouuera poſſible pas indigne d'elle. C'eſt là Seigneur, dit Mirite en ſoûriant, la maxime de Proxéne: il croit qu'on ne doit aimer que ce qu'il y a de plus grand dans le Monde: Il tient toutes nos Bergeres au deſſous de luy: Il ne voudroit pas ſeulement de la Fille d'vn Satrape; & il luy faut des Princeſſes & des Reynes pour regner dans ſon cœur. S'il faut eſtre mal-

heureux en aimant, repliqua Proxéne, comme il n'y en a guere d'heureux dans la parfaite & veritable
amour, c'eſt du moins vne conſolation de ſoûfrir pour vne Perſonne
auſſi eleuée par ſa naiſſance que par ſa
beauté ; & ie ne tiens pas que les ſoûpirs que l'on donne à vne belle &
grande Princeſſe, ſoient perdus pour
eſtre mal écoutez. Sa grandeur nous
conſole de ce que ſa reconnoiſſance
nous refuſe ; & quel que ſoit le ſuccés d'vne entrepriſe, pourueu qu'elle
ſoit haute & releuée, il eſt toûjours
glorieux de s'y eſtre porté : outre
que l'Amour, qui ſçait égaler toutes
choſes, ne ſe nourrit iamais ſi bien
que d'eſperance ; & qu'en amour on
doit toûjours tenter au deſſus de ſes
forces. Enfin, Mirite, ajoûta Proxéne, nos ſentimens ne ſont pas ſem-
blables : vne grande naiſſance jointe
à vne grande Beauté, a pour moy de

grands charmes; & il me souuient toûjours de ce malheureux Solitaire qui t'âprenoit l'Art de faire des Vers sur les bords du Iourdain, & de qui i'ay retenu ceux-cy.

S'il faut aimer & viure en esclauage,
Se faire vne Maîtresse, en receuoir des loix:
Qu'elle soit tout ensemble & belle, & noble, & sage;
Et s'il se peut du sang des Roys:
Pour asseruir vn genereux courage
La beauté seule à peu de droits.

Proxéne recita ces Vers d'vn air qui témoignoit assez qu'il expliquoit par eux ses veritables sentimens; & le noble orgueil de ce Chasseur plaisoit tellement à Zoroaste, que s'il eût paru vn peu moins âgé qu'il ne paroissoit, ce grand Homme ne fût pas demeuré plus long-temps dans le doute. Il n'y auoit que cette seule consideration qui s'oposoit à sa joye, & qui l'empeschoit de se fier aux mouuemens de son cœur: Tout le

M iiij

reſte fortifioit ſes ſoupçons, & s'ac-
cordoit à ſon deſir & à ſa penſée; &
dans ce tumulte ſecret de ſon ame il
demeuroit âcoudé ſur la Baluſtrade,
ſans pouuoir détourner ſes regards
de l'objet qui le cauſoit. Theſée accoûtumé à le voir peu parler, ne
s'étonnoit pas de ce qu'il n'entroit
point en conuerſation; de ſorte que
continuant ce qu'il auoit commencé
auec Proxéne: Si vous ne cherchez,
luy dit-il, qu'vne grande Princeſſe
pour arreſter vos vœux, vous auez
trouué ce que vous cherchez; & qui
que vous ſoyez, ie vous vois ſi bien
fait de voſtre perſonne, & vous me
paroiſſez auoir l'ame ſi releuée, que
ie veux bien vous aprendre que c'eſt
de la Reyne des Parthes dont vous
eſtes amoureux. On a déja voulu
me le faire croire ainſi, repliqua
Proxéne ſans s'étonner; & ie vous
auouë, Seigneur, qu'encore qu'il ne

me ſoit pas permis d'en douter aprés
ce que vous m'en dites, toute cette
connoiſſance ne me fera point rentrer dans les ſentimens que déuroit
poſſible auoir vn Homme de la
condition où vous me voyez. Comme vous ſoûtiendrez bien les voſtres, repartit Theſée, ie ne vous conſeille pas de les changer ; & quelqu'en
ſoit l'éuenement, ie louë voſtre courage : mais dites-moy, ie vous prie,
ſi cette premiere Beauté étrangere
dont voſtre Amy vous a fait la
guerre, s'eſt trouuée du Sang des
Roys aprés ſon depart. Car enfin, de
l'humeur dont vous eſtes, c'eſt preſqu'vne neceſſité que ce que vous eſtes
capable d'aimer ſoit quelque choſe
de grand ; & l'on peut juger de la
qualité de vos Maîtreſſes, dés qu'elles
le ſont deuenuës. L'épreuue en ſeroit peut-eſtre mal ſeure, répondit
Proxéne ; mais, quoy qu'il en ſoit,

si dans cette derniere rencontre il se trouue que c'est vne Reyne qui ait gagné mon cœur, il peut estre que dans la premiere celle qui l'a touché n'est pas bien loin du Trône. Ie n'en ay pourtant rien découuert; & dans son équipage & dans sa suite, il n'y auoit pas lieu de le soupçonner. Mais il est vray que dans toute sa maniere d'agir & de parler, il y auoit tant de sagesse, tant de vertu, & tant de grandeur, qu'encore que sa beauté soit vne beauté acheuée, & qu'il n'y ait possible en tout l'Vniuers que celle de la Reyne des Parthes qui puisse estre préferée à la sienne; neantmoins elle est plus recomman-dable par les belles qualitez de son ame, que par ces auantages exte-rieurs. Et cependant, dit Thesée, il faut croire qu'elle n'est pas Reyne, puis que vous auez cessé de l'aimer; & si vos yeux ont pû se laisser ébloüir à l'éclat de sa beauté, comme il n'estoit pas soûtenu par celuy d'vne haute naissance, vostre cœur ne s'en est pas laissé surprendre. Quoy que ie ne sçache pas au vray quelle est la sienne, repliqua le Chasseur, il y a lieu d'en juger fort auantageusement; & comme ie vous l'ay dit, elle a le cœur d'vne Reyne, encore que peut-estre elle n'en tienne pas le rang. Mais elle m'a paru quelquesfois si inquiete; & ie vis vn jour par hazard des Lettres si tendres écrites à Dircé, que ie crûs qu'elle estoit préoccupée en faueur de quelqu'vn. Si bien que par le secours de ma jalousie ie sceus remedier au mal qu'elle m'aloit faire : & son depart acheua bientost de me rendre vne liberté que toutes mes reflexions ne m'eussent peut-estre pas renduë. Et vous dites, reprit Thesée d'vne façon inquiete, qu'elle s'appelloit Dircé? Elle se faisoit apeller Déjanire en arriuant icy, repliqua Proxéne : mais peu aprés nous connûmes qu'elle se nommoit Dircé. Et ie vous prie, ajouta brusquement Thesée, aprenez moy comment elle estoit faite. Seigneur, répondit Proxéne, c'est vne Beauté blonde : le tour de son visage aproche du parfait ovale ; & sa taille n'est guere qu'au dessus de la mediocre : mais son esprit est au dessus des plus éleuez. Elle est sçauante : elle parle de la meilleure grace du monde, & d'vn Grec si pur, & dont l'accent est si doux, que ie la crois Athéniene. Auec cela elle chante diuinement ; & on ne peut nier que ce ne soit vne personne toute accomplie. Thesée portoit si auant graué dans son cœur l'original de la peinture que luy faisoit Proxéne, qu'il ne luy en falut pas dauantage pour la reconnoître. Il se trouua dans vne inquietude

égale à celle où eſtoit Zoroaſte; &
le meſme deſordre qui s'eſtoit éleué
dans l'eſprit de celuy-cy à la veuë de
Proxéne, commençoit à ſe produire
dans le ſien par le recit que Proxéne
faiſoit de Dircé. Il ſe promettoit
déja de tirer vn plus grand éclairciſſement dans la ſuite de la conuerſation, lors que l'Eſcuyer de Zoroaſte
& le ſien, accompagnez de quelques
Officiers de la Princeſſe Zenobie &
du Prince Ariſtobule, parurent dans
cette Alée de Cedres où ils eſtoient.
D'vn autre côté, quelques Bergers
& quelques Bergeres qui reuenoient
du Temple & de la Fontaine, acheuerent de l'interrompre ; & comme
Philénis eſtoit du nombre, Mirite
quelque fâché qu'il fût contr'elle, ne
put s'empeſcher de témoigner à Proxéne le deſir qu'il auoit de la ſuiure.
De ſorte que Zoroaſte & Theſée ne
voulans rien témoigner de ce qu'ils

penſoient, ne s'opoſerent point à la retraite de ces Bergers. Mais ils reſolurent tous deux en ſecret de reuenir ſeparément voir Proxéne ; & malgré tout le ſoin qu'ils prenoient de cacher leur émotion, ils eurent tant de peine à le quiter ; & luy dirent des choſes ſi obligeantes en receuant le bon ſoir qu'il leur donnoit, que s'ils n'euſſent pas eſté préuenus l'vn & l'autre auſſi fortement qu'ils eſtoient, ils euſſent aiſément reconnu que la rencontre de ce beau Chaſſeur ne leur eſtoit pas indiferente. Ils reprirent le chemin de la maiſon de Zenobie auec ceux qui eſtoient venus les chercher, & que la longueur de leur promenade auoit mis en quelque ſorte d'inquietude ; & cóme Zoroaſte n'auoit l'imagination remplie que de la perſonne de Proxéne, & Theſée de ce que Proxéne auoit dit de Dircé, ils ſe mirent, comme d'vn commun

accord, à parler en general de l'honnesteté des Bergers de la Daradague;
& tomberent insensiblement sur le
merite particulier des deux qu'ils venoient d'entretenir. Vn Officier de
la Princesse Zenobie, Homme versé
dans la connoissance du Païs, prenant la liberté d'entrer en discours
auec eux, leur témoigna qu'en éfet
il estoit assez surprenant de trouuer
tant de politesse parmy de simples
Bergers. En suite dequoy r'apellant
d'assez loin ce qu'il jugeoit qu'ils seroient bien aises d'aprendre, il leur
dit que depuis quelques années certains endroits de la Syrie s'estoient
peuplez d'Etrangers de cette nature.
Qu'il y en auoit aux Contrées
du Liban; qu'on en voyoit encore
sur les Riues du Iourdain; qu'ils s'estoient étendus dans la Palmirenie, &
jusqu'à l'Eufrate; & que ces sortes
de Colonies auoient commencé peu

aprés la défaite de Persée Roy de Macédoine. Que depuis la destruction
de Cartage, & l'embrazement de Co-
rinte, il s'y estoit mélé des Afriquains
& des Grecs : Que c'estoit âparament
ce qui pouuoit s'estre échapé à la fureur des Romaïns : Qu'on auoit quelquesfois trouué parmi ces Bergers des
Princes & des Princesses déguisées;
& qu'à voir la probité de leurs
mœurs, la fidelité du commerce qu'ils
entretenoient ensemble, & la douceur de leur langage, il faloit de necessité que ce fussent des Familles
considerables & de la Gréce, & de
l'Afrique, que la tyrannie Romaine
auoit poussées jusque dans ces Deserts. Cét Officier de Zenobie raconta
toutes ces choses auec assez de soin
pour diuertir Zoroaste & Thesée; &
en éfet il y reüssit si bien, que quelque
enuie qu'ils eussent de se retirer, pour
resver en liberté à ce qu'ils auoient

dans

dans l'efprit, ils trouuerent tout ce qu'il difoit fi fauorable aux penfées dont ils eftoient pour lors trauaillez, qu'ils n'eurent point d'impatience pendant le chemin. Ils fe fouuinrent pourtant, auant que de fe feparer, du rendez-vous qu'ils auoient donné à Lépante, pour entendre le recit de la vie du Roy fon Maître; & s'eftant promis l'vn à l'autre d'eftre prefts du matin, ils pafferent dans leurs Chambres : où ne s'eftant mis au lit que par coûtume, ils commencerent à faire des reflexions que, dans le deffein de ne fe pas faire connoître, ils n'auoient pas voulu fe communiquer.

Fin du Premier Liure.

F. Chauveau in. et fec.
Livre Second.

RODOGVNE,
HISTOIRE
ASIATIQVE
ET ROMAINE.
PREMIERE PARTIE.

LIVRE SECOND.

VOy que Zoroaſte ſe fût couché fort tard, & que la rencontre de Proxéne eût réueillé dans ſon cœur des ſentimens qui auoient ſouuent interrompu ſon fommeil, il fe leua neantmoins auec le jour ; & vint à la Chambre de The-fée, qui de fon côté ayant refvé toute la nuit aux nouuelles qu'il auoit aprifes de Dircé, ne commençoit qu'à s'endormir. Le Prince Arifto-bule, à qui des Lettres qu'il auoit re-ceuës de Ierufalem n'auoient guere permis plus de repos, fe trouua à fon paffage ; & aprenant de luy ce qui le faifoit leuer fi matin, il fufpendit fa douleur, & le foin de fes propres affaires, pour auoir part au recit d'vne fi belle vie de laquelle il fçauoit déja quelques particularitez. Ils allerent donc enfemble éueiller Thefée ; & à peine celuy-cy eftoit-il debout, que Zoroafte fongeant à faire auertir Lé-pante, ce fidelle Efcuyer du Roy de Syrie fe prefenta deuant eux. Ils auoient pris auec luy cette heure ex-traordinaire, afin de ne le pas détour-ner des foins qu'il deuoit au Roy fon

Maître, auprés duquel il eſtoit fort
neceſſaire & fort attaché ; & comme
il n'y auoit que luy qui ſceut parfaitement tout le ſecret de ſa vie, ils
n'auoient pas voulu que leur ſatisfaction préjudiciât en la moindre
choſe au ſeruice de ce Prince qui y
auoit conſenty de ſi bonne grace.
De ſorte que pour ne point perdre de
temps, & pour n'eſtre interrompus
de perſonne, ils deſcendirent aux
Iardins : où cherchant l'ombre & le
frais dans vn Cabinet de verdure, parce
que dans la ſerenité de l'air il y auoit
aparence que la chaleur ſeroit bientôt auſſi âpre que le jour precedent,
ils prirent chacun leur place ſur des
ſieges de gazon & de mouſſe. Ariſtobule & Theſée mirent Zoroaſte au
milieu ; & Lépante s'eſtant aſſis vis
à vis d'eux, aprés auoir répondu auec
beaucoup d'eſprit aux ciuilitez que
luy faiſoient ces grands Hommes, il

N iij

 RODOGVNE,

commença ainsi le discours que le Roy son Maître luy auoit commandé de leur faire.

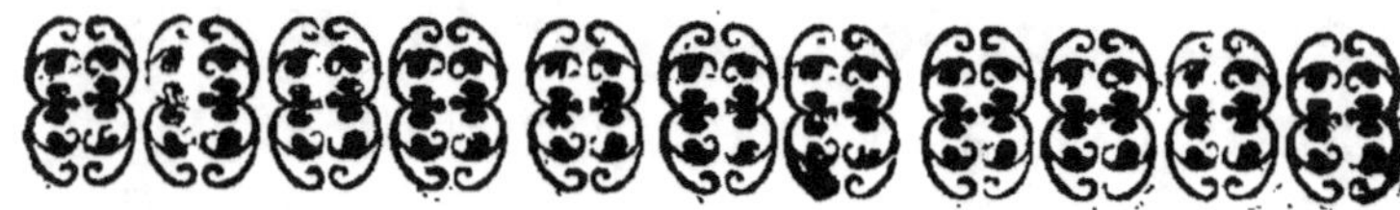

HISTOIRE
D'ANTIOCVS.

DANS le desir que vous auez d'aprendre quelle a esté jusqu'icy la vie du Roy mon Maître, ie voy bien, Seigneurs, que pour préparer vostre attention, il n'est pas necessaire de vous promettre que ie ne vous diray que de grandes choses. Ie la commenceray seulement par la grandeur de sa naissance; & quoy qu'il faille remonter jusqu'au Deluge pour aller à sa source Royale, i'en reuiendray pourtant en peu de mots. Vous ſçauez ſans doute que les Aſſyriens ont eſté les premiers Maîtres du Monde ; & que ce fut dans la ſuperbe Babylone qu'ils éleuerent le premier Trône où les premiers Roys ont eſté adórez. Vous ſçauez encore que Belus fut celuy à qui l'on y rendit les premiers hômages ; & que du nom de ce Prince tous les Roys ſes deſcendans ont eſté apellez Belides. La ſuite en eſt longue : on en conte cinquante-ſept dans l'eſpace de dix-huit cens ans ; c'eſt à dire depuis le couronnement de Belus, juſqu'au Regne de Belſazar Labynetis, duquel la puiſſance tomba ſous la fortune de Cyrus. Les Empires ont leurs périodes comme les autres choſes ; & par l'ordre des Deſtinées, celuy d'Aſſyrie fit place à celuy des Perſes. Belſazar vaincu ſe ſauua chez les Scythes : les bons ôfices qu'il y receut de la Princeſſe des Ibbions, l'y

retinrent, & luy toucherent le cœur:
Il l'épousa pendant que toute la
Terre le croyoit mort, & en eut vn
Fils; & ce Fils ne pouuant remonter
au Trône de son Pere, se contenta de
cette petite Souueraineté barbare que
sa Mere luy laissoit. Il s'y établit auec
vne Famille assez considerable; & ses
Neueux firent tant de bruit en Scy-
thie, qu'ils donnerent de l'ombrage
aux Roys de Perse. Le premier Darius les menaça, mais Xercés les fit
ataquer par ses Lieutenans; & comme ils n'auoient pas encore assez de
force pour luy resister, ils quiterent
le Païs, & n'y reuinrent point. Leurs
erreurs durerent prés de cent ans; &
enfin aprés auoir porté leur mauuaise fortune jusqu'au fonds de l'Eu-
rope, deux jeunes Princes qui restoient de ce Sang illustre, reprirent
le chemin de l'Asie par la Macédoine.
Là, découurant que le Roy Philipes

estoit ennemy des Perses, ils se firent connoître à luy; & ce Prince les receut si bien, que l'aîné des deux Freres ayant esté tué proche de sa personne au Siege de Périnte, il maria l'autre à vne de ses Niéces, afin de l'atacher à sa Famille; & luy donna la Principauté d'Orope. Ce Héros s'apelloit Belus Beleassar; & ce fut le dernier des Belides qui porta vn nom Assyrien: encore le changea-t'il peu aprés, lors qu'à la Bataille de Cheronée les Athéniens s'estant jettez sur le Roy mesme, il les repoussa auec tant de courage, qu'il en merita le nom d'Antiocus, qui signifie Inuincible en Langue Thessalique. Son Fils qui nâquit à Torone en Macédoine, fut appellé Seleucus: Il eut ce nom qui veut dire Brillant en mesme langage, à cause d'vn grand feu qui sortit de la Chambre de sa Mere au moment de sa naissance; & la me-

moire de ce prodige luy fit changer,
à la ſuite d'Alexandre, les Armes d'Aſſyrie qu'il portoit dans ſon Ecu, pour
prendre celles que vous auez pû voir
ſur celuy du Roy mon Maître: & qui
ſont aujourd'huy les Armes de ſon
Empire. Le paſſage du Granique luy
valût le ſurnom de Hardy; & il le
ſceut bien ſoûtenir aux Batailles d'Iſſus & d'Arbelle. Mais pour derniere
preuue de ſa valeur, c'eſt qu'à la mort
d'Alexandre toute l'Armée le reconnut pour Maître; & que les illuſtres
Succeſſeurs de ce Conquérant, qui ſe
firent la guerre pour le partage des
Royaumes qu'il leur laiſſoit, ne diſ-
puterent point à celuy-cy le choix
qu'il auoit fait de celuy d'Aſſyrie.
Au contraire, comme il ſembloit
qu'Alexandre n'eſtoit mort à Babylone que pour faire place à Seleucus,
tous dans cette conjonĉture voulurent qu'il y fut le premier couronné;

& qu'il prit possession de cette Ville,
comme de la Capitale des Etats qui
auoient apartenu aux Roys ses Pré-
decesseurs. Ainsi le nom des Belides
remonta sur le Trône ; & pour éter-
niser la memoire du premier Seleucus, ses descendans se firent apeller
Belides Seleucides. Il y eut mesme
plusieurs Villes qui se releuerent sous
son nom : La grande Seleucie su le
Tigre : vne autre sur l'Eufrate : vne
autre sur la Riuiere de Boumelle ; &
la riche Seleucie sur la Mer Méditer-
ranée, à l'oposite de l'Isle de Chypre,
que son Fils Antiocus fit rebâtir en
sa memoire, lors qu'aprés auoir conquis la Syrie, & fait son premier Titre
de ce nouueau Royaume, il y eût
fondé sa residence dans la superbe
Antioche. Voila, Seigneurs, l'illustre
origine du Prince que ie sers ; & laissant là vne partie de ceux qui ont
regné jusqu'à luy, ie me contenteray

de vous raporter icy vne circonf-
tance de la vie de fon ayeul Démetrius Soter, que ie crois neceffaire à
la fuite de mon difcours.

Antiocus l'heureux, & le feptiéme
Roy depuis Seleucus le Hardy, eut
deux Enfans, Seleucus apellé Philo-
pator, & Antiocus nommé Epifanés.
Il vécut, & regna long-temps; & fut
apellé heureux, parce qu'aprés vne
grande fuite de profperitez, il eut la
joye de voir des Enfans de fes Enfans.
Mais la protection qu'il donna à
Annibal de Cartage faillit à le ruiner
dans fa vieilleffe. Les Romains luy
declarerent la guerre, & le pouffe-
rent à cette extremité de leur demander la paix; & dans ce cruel
abaiffement, il eut encore cette douleur cruelle de ne la pouuoir conclure
auec eux, qu'en leur donnant pour
ôtage de fa foy le jeune Démetrius,
Fils vnique du Prince Seleucus qui

luy deuoit succeder.   De sorte qu'il
en mourut de regret ;   & Seleucus
ayant regné aprés luy, ne laissa d'Enfans que le seul Démetrius qui estoit
à Rome. Pendant la détention de ce
Prince à qui le Royaume apartenoit,
son Oncle Antiocus Epifanés en prit
la Régence, & se fit declarer Roy de
Tyr; & c'est celuy, Seigneur, continua Lépante en s'adressant au Prince
de Iudée, qui se porta contre vos Peuples à des excés indignes d'vn Roy.
Il est vray, répondit Aristobule en se
tournant vers Zoroaste & Thesée,
qu'il fut le persécuteur de ma Famille;
& comme ce Riual que i'auois ces
jours passez est petit-Fils de ce Prince,
l'auersion que i'auois pour luy estoit
peut-estre vn éfet de ce principe, autant que de ma jalousie. Mais, ajoûta-
t'il en regardant Lépante, i'ay oüy
dire que la fin de sa vie fut aussi
étrange que cruelle.   En éfet, Sei-

gneur, continua Lépante, il fut écrasé par la chûte d'vn Cheual qui s'âbatît sous luy en courant ; & aprés auoir long-temps languy, voyant tous les jours ses entrailles dans ses propres mains, il mourut enfin dans des douleurs & des peines qui ne se peuuent conceuoir. Aussi-tôt le Prince Eupator son Fils se montrant l'heritier de ses sentimens comme du Royaume, renouuella contre Démetrius les mesmes brigues que son Pere auoit entretenuës : Mais la Fortune ne luy fut pas si fauorable. Démetrius trompa les Romains, & s'échapa de Rome auec vn jeune Grec d'Achaïe nommé Télecle ; & dés qu'il fut dans la Prouince de Comagéne, toute la Syrie luy tendit les bras, & se reuolta contre Eupator. Ainsi la guerre s'aluma entre ces deux Princes. D'vn côté le Roy de Cilicie se mit dans les interests de Démetrius, en luy don-

nant vne de ſes Filles en mariage : de
l'autre, le Roy d'Egypte prit la dé-
fenſe d'Eupator; & aprés vingt ans
de reſiſtance, cet Vſurpateur tant de
fois vaincu ſe préparoit à de nouuelles entrepriſes, lors que dans la
Plaine de Damas il perdit la vie & la
Bataille. Il ſembloit que la Paix deuoit ſuiure cette Victoire : mais les
Dieux ne l'auoient pas ainſi réſolu;
& le Prince Alexandre ayant r'alié
les Troupes de ſon Pere, reuint en
Phénicie, où l'illuſtre Démetrius fut
pris dans vne embuſcade, & percé de
mille coups. Ce grand malheur changea la face de toutes choſes ; & comme
ſi la Fortune eût pris plaiſir à récompenſer le crime, le traître Alexandre
fut couronné Roy de Tyr, en épouſant la Princeſſe Cleopatre Fille aî-
née du Roy d'Egypte. Mais il eſt
vray qu'il ne regna pas long-temps
en repos; & le jeune Démetrius, aſ-

fifté du Roy d'Arménie dont il venoit d'époufer la Fille, le chaffa bientôt de Tripolis. Ce fut tout ce qu'il
pût faire d'abord ; & les forces d'A-
lexandre n'eftant pas moindres que
les fiennes, les auantages qu'il eut en
fuite luy furent vn peu mieux difpu-
tez. De forte qu'aprés cette premiere
campagne, comme il eftoit jeune &
d'vn courage impatient, il fongea à
fe mettre en état de pouuoir preffer
l'ennemy plus vigoureufement qu'il
n'auoit fait. Dans ce deffein il leuë
de nouuelles Troupes : Il y joint toutes celles qu'il pût tirer de fes Aliez,
& parce qu'Alexandre commandoit
à toute la Côte de Phénicie, il équipe
vn grand nombre de Vaiffeaux ; &
enuoye mon Pere Arifton jufques en
Achaïe, pour auoir le fecours de cette
République : où ce mefme Télecle
qui auoit fi bien feruy le Roy fon
Pere à fa retraite de Rome, com-

mandoit

mandoit vne Flote de cent Voiles.
Vous jugez bien, Seigneurs, qu'aprés
tant de préparatifs le succés répondit
à son atente. Et en éfct il gagna deux
Batailles en vn mesme jour, l'vne
sur Mer, & l'autre sur Terre : Il chassa
Alexandre de la Ville de Tyr : Il le
contraignit de se sauuer à la mercy
d'vn Esquif qui le porta à Ptolemais;
& Télecle qui le poursuiuoit, le
poussa enfin jusqu'en Egypte, où
la Princesse Cleopatre s'estoit déja
réfugiée. Tout ce qu'il y auoit de
réuoltez se soûmirent à ce grand
changement : tous les Egyptiens
épars dans les Prouinces se dissipé-
rent; & l'on dit qu'il ne s'est iamais
veu d'entrée plus pompeuse, ni plus
triomfante que celle de Démetrius
à Antioche. On le salua non seulement du nom de Nicanor, qui vaut
autant que celuy de Victorieux : on
luy éleua des Statuës : on luy dressa

O

des Colonnes & des Pyramides : on
graua des Inscriptions fameuses, &
sur le Cuivre, & sur le Marbre : Tout
le monde fit quelque chose à sa
gloire : tous les Arts y furent employez ; & les plaisirs qu'on inuenta
pour luy durérent si long-temps,
qu'ils le payerent de toutes les peines
qu'il auoit soufertes.

Ce fut, Seigneurs, au milieu de ces
réjoüissances, & comme au bruit du
triomphe de Démetrius, que la Reyne
Stratonice acoucha du Prince Antiocus. Il nâquit ainsi dans le Trône
de Syrie, puis qu'il nâquit dans Antioche Capitale du Royaume, & dans
le temps que le Roy son Pere commença de regner. Sa naissance jetta
les Peuples dans de nouuelles profu-
sions : elle acheua de dissiper quelques séditieux qui restoient ; & les
gens de bien commencerent à ne
plus craindre de voir des Concur-

rens à la Royauté, puis que les Dieux
la rendant à Démetrius, luy donnoient en mesme temps vn Succeffeur. Comme il nâquit dans Antioche, il y fut éleué auprés de la
Reyne fa Mere auec tous les foins
qu'on pouuoit imaginer à l'abry des
Palmes & des Lauriers, & dans vn
Regne ouuert par la Gloire. Mais
cette fage Princeffe eftant morte au
bout de quatre ans, en mettant au
monde vne Fille qui fut apellée de
fon nom, le Roy dans la douleur qu'il
auoit de cette perte confia le refte de
fon enfance à la conduite de mon
Pere Arifton; & ma Mere Aglantis
eut la jeune Stratonice à gouuerner,
auec le commandement fur celles qui
la nourriffoient. Quoy que par le
choix que le Roy fit d'Arifton, qu'il
auoit toûjours honoré d'vne afection tres-particuliere, il femblât
qu'il vouloit abfolument fe remet-

tre à ſa prudence de l'éducation du
Prince Antiocus ; neantmoins comme il l'aimoit tendrement , & qu'en
ce Fils il auoit borné toutes ſes paſſions depuis la mort de la Reyne, il
faiſoit ſouuent l'Oſice de ſon Gouuerneur., & prenoit tous ſes plaiſirs
auec luy. Cependant il ne le nourrit
pas dans la moleſſe : au contraire, il
l'âcoutuma de bonne heure à la peine
& au trauail ; & dans la diſpoſition
qu'il luy voyoit à faire toutes les
petites choſes , il luy faiſoit encore
prendre l'air d'executer les plus grandes, quand la force luy ſeroit venuë.
A l'âge de douze ans il parloit Grec
comme Syrien, qui eſt comme vous
ſçauez la Langue vniuerſelle en Aſie;
& il auoit meſme déja quelque connoiſſance de la Romaine qui commence à nous eſtre aſſez familiere ; &
dans laquelle il eſt aujourd'huy auſſi
bien verſé que ceux du Païs.   Mais

s'il eſtoit heureux dans les belles Lettres & dans les Sciences, il eſtoit in-
comparable dans les exercices du
Corps; & ſoit qu'il falût monter à
Cheual, lancer vn jauelot, combatre
à pied, & ſe couurir d'vn Bouclier, il
faiſoit tout cela dans ſa quinziéme
année auec tant de juſteſſe, auec tant
de grace, & meſme auec tant de force,
que de huit ou dix que nous eſtions
compagnons de ſes exercices, & plus
âgez qu'il n'eſtoit, il n'y en auoit pas
vn qui pût tenir contre luy. Quelquefois, pour éprouuer ſa vigueur,
& voir juſqu'où elle pouuoit âler, il
prenoit plaiſir à faire des courſes &
des combats à pied & à cheual: où
ſans paroître preſque ébranlé de nos
éforts, il nous abatoit tous les vns
aprés les autres; & nous ſeruoit ainſi
d'exemple, à nous dis-je qui n'eſtions
auprés de ſa perſonne, que pour luy
donner de l'émulation. Mais il vſoit

de ſes auantages auec tant de douceur & de bonté, qu'il vouloit bien
quelquefois ſe laiſſer vaincre, pour
nous éleuer le cœur, & ne nous pas
deſeſperer. Ce fut par pluſieurs actions de cette nature que ſa vertu
commença à briller, & que l'on reconnût que dans vn Corps ſi bien
pris, & ſi merueilleuſement beau, il
auoit vne Ame admirablement bien
faite, & doüée des plus belles qualitez. Le Roy qui, comme ie vous ay
dit, l'auoit aimé dés ſa naiſſance auec
vne tendreſſe extraordinaire, ſentit
alors croître ſon afection auec le
mérite de ce Fils; & il luy en donnoit tous les jours de nouueaux témoignages par les ſoins qu'il prenoit
luy-meſme de contribuer à ſon di-
uertiſſement. D'ailleurs les Princes
& tout ce qu'il y auoit de Grands à la
Cour, s'employoient auec joye à le
ſeruir : chacun vouloit eſtre connu

de luy, & bornoit son ambition au dessein de luy plaire; & en vn mot toute la Syrie n'auoit des yeux que pour son jeune Prince. Il sembla pour lors que la Paix, qui en auoit esté si long-temps bannie pendant les siecles passez, y estoit reuenuë en celuy-cy auec tous ses charmes. L'amour qu'on auoit pour Antiocus y faisoit naître par tout les jeux & les plaisirs; & comme la Princesse sa Sœur, qui croissoit tous les jours en esprit & en beauté, atiroit à sa suite tout ce qu'il y auoit de beau dans le Royaume, la Cour de Syrie estoit sans doute la plus pompeuse & la plus florissante de tout l'Vniuers. Mais, Seigneurs, i'ay tant de choses à vous dire, que ie ne dois pas exagerer celles-cy; & pour passer aux plus importantes, vous alez voir, que comme sur la Mer les grandes bonaces présagent les grandes tempestes, ce

délicieux repos de la Syrie eut vne
étrange réuolution. Vous jugez
bien, à ce que ie crois, que ces nouueaux desordres nous vinrent d'où
les premiers nous estoient venus; &
que dans l'état où nous estions il n'y
auoit qu'Alexandre qui pût auoir la
temerité de nous ataquer. Mais afin
que vous ne soyez pas étonnez de ce
qu'il nous laissa en repos l'espace de
dix-huit ans, ie vous diray en peu de
paroles, qu'aprés sa défaite il eut à la
Cour d'Alexandrie des afaires qui ne
luy permirent pas de s'en releuer
plutôt.

Le Roy d'Egypte estant mort, il
prit le party de la Reyne qui vouloit
faire Roy le second de ses Fils, à l'ex-
clusion de son aîné. De sorte que le
droict de celuy-cy ayant préualu
dans l'esprit des Peuples, & sur les
brigues de sa Mere, & sur celles de
Philométor & d'Alexandre, dés

qu'il fut sur le Trône, il chassa l'vne, & mit les deux autres en prison. Ils y furent dix ans entiers, & n'en sortirent pendant vne maladie du Roy, que pour se sauuer en Capadoce; d'où enfin estant reuenus à la mort de ce Prince, qui ne laissant point d'enfans laissoit l'Empire à Philométor son second Frere; celuy-cy, pour récompenser Alexandre des peines qu'il auoit soufertes en sa considération, luy promit la Couronne de Syrie.

Tandis qu'en secret ils agissoient pour cette grande entreprise, nous estions comme ie vous ay dit & dans la paix & dans la joye; & le Roy qui voyoit croître ses esperances auec le mérite de son Fils, commençoit à songer au recouurement de Babylone, dont les Parthes s'estoient emparez pendant nos troubles. Quoy que peu de gens eussent connois-

fance de fon deffein, tout le monde
voyoit bien qu'il fe préparoit à de
grandes chofes; & les Soldats qu'il
armoit en plufieurs endroits du
Royaume, donnoient déja de l'inquietude à fes voifins. Il eftoit preft
à les tirer de peine par les ordres qu'il
aloit donner, lors qu'il fut obligé de
fecourir le Roy d'Arménie fon Beau-
frere, à qui les Ibériens auoient declaré la guerre. Il luy enuoya donc
fous la conduite de Panétole Satrape
de Comagéne les Troupes qu'il venoit de leuer; & à peine auoient-
elles paffé le Mont Taurus; qu'Alexandre fe jette fur les Côtes de Phénicie: y exerçant d'abord toutes fortes d'hoftilitez à la façon des Pyrates,
comme s'il n'eût pas eu la force d'y
porter la guerre. A cette nouuelle
Dioclés eut ordre d'aler à luy auec ce
qu'il auoit de Vaiffeaux, & de le chaf-
fer; & le chaffa en éfet. Mais au mef-

me temps que cét Amiral gagnoit la victoire, le traître qui la perdoit auoit bien d'autres reſſources, ſi ſa lâcheté eût reüſſy. Le Roy & le Prince faillirent à eſtre empoiſonnez : la conſpiration fut découuerte, & les Conjurez pris : Ils auoüerent à la mort qu'Alexandre les auoit gagnez pour cela ; & quoy que leur ſuplice eût peut-eſtre égalé leur crime, neantmoins vous verrez par la ſuite qu'il ſe trouua des Hommes, ou plutôt des Monſtres, qui n'en furent pas intimidez. Alexandre qui n'auoit recommencé la guerre que comme vn Homme foible, & pour nous amuſer tandis qu'on executeroit ſes ordres par le poiſon, leua le maſque quand ſon coup fut manqué, & déploya toutes ſes forces. Il deſcend dans la Paleſtine à la teſte de vingt mille Egyptiens, & de dix mille Iuifs de la faction d'Alcime. D'vn autre côté

le Roy de Capadoce, auec lequel il
auoit lié la partie pendant fon exil,
entre dans la Comagéne auec vn pareil nombre; & tandis que ces Troupes donnoient l'épouuante à toute la
Syrie, deux Affaffins entreprennent
auec le fer ce que le poifon n'auoit
pas fait. Le Roy courut moins de
rifque, parce que celuy qui le deuoit
tuer n'eut pas l'occafion fauorable.
Mais pour le Prince il fut ataqué; &
fans mon Pere il eftoit mort. Ie ne
vous raconte pas ces chofes auec leurs
circonftances; & i'épargne autant
que ie puis des actions fi infames à la
memoire d'vn Prince du Sang des
Seleucides. Alexandre eftoit l'autheur de cette entreprife, comme il
l'auoit efté de la premiere : les Affaffins le confefférent à la Torture; &
leur punition fut femblable à celle
des autres. Cependant, imaginez-
vous le cruel état où fe voyoit Dé-

metrius. Si son grand courage n'estoit pas éfrayé du bruit que faisoient
les ennemis, sa tendresse l'estoit
beaucoup de l'image des dangers
qu'il venoit d'éuiter. Aprés ces deux
conjurations il en craignoit vne
troisiéme : Il luy sembloit que l'E-
gypte & la Capadoce n'estoient armées que contre la vie de son Fils;
& quoy qu'il fût dénué de la meilleure partie de ses Troupes, il redou-
toit plus Alexandre en qualité d'Em-
poisonneur & d'Assassin, qu'en celle
de Conquérant. On eût dit à le voir,
qu'il auoit abandonné le soin de ses
Etats pour veiller à la conseruation
d'Antiocus : Il ne le perdoit iamais
de veuë : tous les visages inconnus le
mettoient en peine; & au milieu
d'vne puissante garde, il passoit luy-
mesme vne partie des nuits à la garde
de ce Fils. Il faloit pourtant songer
à d'autres choses. Les ennemis se ré-

pandoient dans ſes Prouinces comme des Torrens. La Celeſyrie eſtoit
preſte à ſe rendre. La Comagéne
trembloit d'vn autre côté; & pour
opoſer à tout cela il n'auoit encore
que vingt mille Hommes épars, qui
ne ſe pouuoient r'alier que dificile-
ment. Tant de ſoins tout à la fois
l'accabloient; de ſorte que pour ſe
donner tout entier aux plus preſſans,
il fut contraint de ſe défaire de ceux
qui luy eſtoient les plus chers. Il ſongea donc à la ſeureté du Prince, auant
que de pouruoir à la ſienne & à celle
de l'Etat; & quelque peine qu'il eût
à s'en ſéparer, la crainte de le perdre
l'emporta par deſſus ſa tendreſſe.
Mais s'il eſtoit reſolu à ſe faire cette
violence, Antiocus n'eſtoit nullement diſpoſé à la ſoûfrir. Il y eut vn
grand combat entre le Pére & le Fils
ſur ce ſujet. L'Amour qui vniſſoit
leurs ames diuiſoit leurs volontez; &

comme auec l'excellence de son naturel le Prince sentoit son courage &
sa force, le desir de la gloire le portoit
à cette guërre auec vne ardeur que ie
ne puis vous exprimer. Quoy Seigneur, disoit-il au Roy, vous songez
à la seureté de ma vie, lors que vous
alez exposer la vostre; & que me
sert-il d'auoir apris à porter vne
épée, si vous m'ôtez les occasions de
la tirer? où puis-je estre mieux instruit qu'à vos côtez? quel meilleur
exemple ay-je à suiure que le vostre?
& lors que par la tranquillité de vos
Etats ie me préparois à chercher la
guerre en des Païs étrangers, voulez-
vous m'éloigner des vostres où ie la
trouue aujourd'huy? Ah! Seigneur,
ajoûtoit il, faut-il que vous soyez si
jaloux de vostre propre gloire, que
vous ne vouliez pas seulement que ie
voye le chemin par lequel vous y
montez? Car enfin, que craignez-

vous pour moy, si vous ne craignez rien pour vous? qu'ay-je à ménager dans l'état où nous sommes? & quelle voix plus forte me faut-il pour m'apeller à la guerre, que celle de vos Sujets oprimez qui se joint à celle de mon honneur? Soufrez donc, Seigneur, soufrez que ie sois le compagnon de vos trauaux, comme ie l'ay esté de vos plaisirs; & aprenez-moy à vaincre, en m'aprenant à vous suiure. Il m'est trop honteux de fuir quand on me chasse; & si ie n'ay pas le cœur de combatre auec vous, ie ne suis point vostre Fils, ou ie suis indigne de l'estre. Non, non, mon Fils, répondoit le Roy, il ne s'agit pas icy de montrer ce que vous valez: Les Dieux vous reseruent à des occasions plus belles; & comme ie ne doute nullement de vostre courage, ie ne demande que des preuues de vostre obeïssance. Déliurez-moy du soin

de

de vous garder :   quand ie n'auray
que moy à défendre, ie refifteray
mieux à l'éfort de mes ennemis ; &
s'il y faut fucomber, i auray du moins
cette confolation dans mon malheur , que ie vous laiffe aprés moy
pour me vanger. Auec ces difcours,
& plufieurs autres que ie ne vous re-
dis point, enfin la volonté du Pere
l'emporta fur celle du Fils : Ils en ré-
pandirent des larmes l'vn & l'autre ;
& le Roy, que la tendreffe & la ma-
gnanimité du Prince mettoient en
defordre, n'ayant plus la force de luy
parler, le ferra long-temps entre fes
bras : & pour toute affeurance de fon
amour, ne luy fit rien promettre autre chofe, finon qu'il obeïroit à Arifton. Ce fut à Samofate où fe fit cette
féparation fi douloureufe. Le Roy
s'eftoit auancé jufque là pour mieux
couurir laretraite de fon Fils, tandis
que Cendebée, auec fix mille Hom-

P

mes, empeſchoit le paſſage du Mont
Amanus au Roy de Capadoce; &
il le fit partir la nuit, accompagné de
mon Pere & de mon Oncle Cleon, &
ſuiuy ſeulement de trois Oficiers &
de moy. Si bien qu'aprés auoir paſſé
l'Eufrate qui coule au pied de cette
Ville, nous prîmes le chemin d'Arménie, où Nearque d'vn autre côté
deuoit auſſi conduire la Princeſſe
Stratonice. Nous n'auions qu'à paſſer le Mont Taurus pour eſtre en
ſeureté: mais vn party de Capadociens nous en détourna; & le Prince,
à la veuë de ces Caualiers, emporté
par ſon courage & par ſon chagrin,
nous fit des peines inconceuables.
Le Roy, diſoit-il en colere, m'a
voulu éloigner de la guerre; & la
Fortune malgré luy aſceu m'y amener: Mais Ariſton, il valoit mieux
mourir auprés de ſa perſonne en
combatant, que de perdre icy la vie

ſans la pouuoir défendre. Cependant, ajoutoit-il, puis qu'il faut la
perdre, tâchons du moins à la vendre
auſſi cher qu'il nous ſera poſſible; &
pour montrer aux ennemis que ie ſuis
celuy qu'ils cherchent, mourons les
armes à la main.   En proférant ces
paroles, il vouloit aler à eux : Il eſtoit
déja tout animé pour le combat; &
ce fut, comme ie vous ay dit, auec des
peines extrémes, qu'Ariſton & Cleon
l'obligerent à ſe retirer dans les Bois
de Cirte. Nous y ſuiuîmes la premiere voye qui ſe trouua la moins
batuë, & qu'on jugea eſtre la plus
ſecrette; & nous marchâmes toute
cette journée, ſans ſçauoir où nous
alions. Le lendemain nous nous reconnûmes dans le Païs des Rhoales;
& là, pour dernier malheur, aprés
auoir manqué la route qui nous eſtoit
preſcrite, nous aprîmes que toutes les
Montagnes eſtoient infeſtées de la

peſte. De ſorte que voyant les Dieux declarez contre nous, auſſi bien que les Hommes, nous nous éloignâmes de l'Arménie comme des gens qui vont au hazard. Ie ne vous dis point quelle eſtoit la triſteſſe d'Antiocus pendant ce voyage. Au milieu des craintes qu'il auoit que la guerre d'Alexandre ne fût fatale au Roy ſon Pere, comme elle l'auoit eſté à ſon Ayeul, il eſtoit ſenſiblement afligé de ne le plus voir; & ſa douleur aloit juſqu'à l'excés, lors qu'il venoit à s'imaginer qu'il luy eſtoit honteux de ne pas partager auec luy tous les périls auſquels il s'aloit expoſer. Dans le chagrin où il eſtoit, il tenta quelquefois le moyen de ſe dérober: Il me conjuroit ſouuent de le fauoriſer dans ce deſſein; & il me diſoit tous les jours qu'il eſtoit indigne de viure, aprés auoir refuſé la premiere occaſion que la gloire luy preſentoit.

Mais comme ie voyois bien que son courage l'aueugloit, & que dans sa douleur il estoit capable d'entre-prendre toutes choses, ie rendois conte à mon Pere de celles qu'il me disoit; & sans luy rien témoigner, on veilloit de fort prés à toutes ses ac-tions. Cependant nous arriuâmes à Zegire; & comme cette Ville est vn grand passage sur le Tigre, Ariston qui dans vn Païs ennemy craignoit toutes choses pour le Prince, n'y voulut pas entrer de jour. Il nous fit détourner du grand chemin en aten-dant la nuit; & à peine auions-nous fait quelques stades dans celuy que nous prîmes, que nous rencontrâmes ce mesme Télecle dont ie vous ay déja parlé, qui autresfois, à la pre-miere guerre contre Alexandre, auoit amené la Flote d'Achaïe au secours de Démetrius: & qui long-temps auparauant s'estoit sauué de Rome

auec le défunt Roy, lors qu'il y estoit
en ôtage.   Ce vénerable Vieillard,
qu'Ariston ne croyoit pas si bien
connoître,   venoit à sa rencontre
monté sur vn fort beau Cheual. Il
estoit seul; & alant assez lentement
aussi bien que nous, il eut tout le
loisir d'examiner le visage d'Ariston,
qui marchant le premier, eut de son
côté la mesme facilité d'examiner le
sien. De sorte que se reconnoissant
l'vn l'autre, Télecle s'écria aussi tôt;
& proférant le nom d'Ariston luy
demanda ce qui l'amenoit en ce Païs.
Mon Pere qui n'estoit pas preparé à
répondre sur cela, à vn Homme duquel il estoit parfaitement connu, ne
luy répondit aussi que par des embrassemens & des caresses. Mais aprés
ces premieres ciuilitez, Télecle le
pressant encore sur la mesme ques-
tion qu'il luy auoit faite, enfin il détourna la chose, & demanda à ce Grec

ce que ce Grec luy demandoit. Télecle, qui vit bien que mon Pere
eſtoit embaraſſé, ne voulut pas le
mettre en deſordre; & pour luy donner le temps de ſe remettre: Il eſt
juſte, luy dit-il, qu'eſtant icy le premier, ie vous rende auſſi le premier
raiſon de ce que vous me demandez.
On m'a banny de la Gréce, ajoûta-
t'il; & ſi vous vous ſouuenez de Ly-
cortas, c'eſt luy qui en eſt cauſe.
D'amis que nous eſtions, nous ſommes deuenus ennemis; & comme il
faloit que l'vn de nous deux cedât,
aprés auoir armé tout le Peloponeſe
pour noſtre querelle i'ay eſté le malheureux. Vous me voyez refugié
chez les Parthes, aupres deſquels ie
me ſuis rendu aſſez neceſſaire depuis
vn an pour ne manquer de rien à la
Cour de Suſe; & pour vous en dire
dauantage, il faudroit vn long diſcours. Mais, pourſuiuit-il en s'apro-

chant de son oreille, & jettant les yeux sur le Prince & sur moy, que vient icy faire Ariston habillé à la Grecque, & auec ces jeunes Caualiers que ie vois vétus de la mesme façon? A ce discours, mon Pere fit paroître sur son visage toute la douleur qu'il auoit dans l'ame; & Télecle ayant quelque déplaisir de l'auoir poussé si auant: Mais Ariston, luy dit-il en le tirant vn peu à l'écart, il faut que ie ne sois plus dans vostre amitié, ni mesme dans vostre estime, puis que ma curiosité vous fait tant de peine. Cependant, reprit-il, c'est moins pour sçauoir vostre secret, que pour vous aider à le couurir en ce Païs, que ie vous en demande la confidence; & vous ne doutez pas que sçachant ce que vous estes auprés du Roy de Syrie: & le bruit de ce qui se passe à Antioche estant venu jusqu'à moy, il ne me soit aisé de pénetrer dans

voſtre fortune, quand ie vous trouue
déguiſé dans vne Prouince étrangere.   Ariſton, qui connoiſſoit l'eſprit & la vertu de Télecle, & qui n'a-
uoit peut-eſtre paru ſi reſerué, que
parce que ſa rencontre l'auoit ſurpris, luy tendit les bras; & pour ſe
découurir de bonne grace, luy auoüa
tout d'vn coup tout le ſecret de ſon
voyage, en luy faiſant connoître le
Prince Antiocus. Quelque preſſen-
timent que Télecle eût eu de la verité, il ne laiſſa pas d'eſtre ſurpris:
mais auſſi-tôt deſcendant de Cheual
il vint faire la réuerence au Prince,
qui, dans la penſée de ne pas montrer
ce qu il eſtoit, ſe jetta legerement à
terre pour le receuoir. Télecle honteux de la ciuilité d'Antiocus, fléchit
vn genoüil deuant luy à la mode de
Syrie; & aprés luy auoir dit, qu'ayant
eu l'honneur de ſeruir le defunt Roy
ſon Ayeul dans ſa jeuneſſe, il auoit

encore eu celuy d'eſtre employé au
ſeruice du Roy ſon Pere dans la force
de ſon âge, il l'aſſeura que dans ſes
vieux jours il feroit pour luy la meſme choſe : & que malgré les trauerſes
de ſa vie, il la trouueroit bien glo-
rieuſe, s'il la finiſſoit par où il l'auoit
commencée. Mais Seigneurs, ie ne
dois pas m'étendre ſur tout ce qui ſe
paſſa en cette rencontre. Ariſton
expliqua au Prince ce que Télecle
luy diſoit : Il luy fit connoître le
merite & la qualité de cet illuſtre
banny ; & le Prince faiſant éfort ſur
ſon chagrin, répondit à Télecle auec
toute ſa generoſité naturelle, & rendit à ſon âge ce qu'il croyoit luy deuoir Mais il agit, & parla d'vne maniere ſi obligeante, ſi douce & ſi heroïque, qu'il ſe fit admirer de ce magnanime Vieillard, & luy gagna le
cœur à cette premiere entreueuë.
Aprés cela, on paſſa aux afaires les

plus importantes. Ariston qui n'a-
uoit plus rien à déguiser, raconta à
Télecle tout ce qui se passoit en Syrie : l'état déplorable où estoit le Roy ;
& comme ayant ordre de mener le
Prince son Fils en Arménie, la con-
tagion du Mont Taurus l'en auoit
empesché. Qu'il auoit esté contraint
de descendre jusqu'à Zegire ; & qu'a-
prés y auoir passé le Tigre, il en aloit
reprendre le chemin par les Montagnes des Carduques : que quelques-
vns apellent aujourd'huy Monts
Gordiens. Télecle écouta atentiuement ce discours & témoigna beaucoup de compassion pour nos malheurs : mais comme il sçauoit que la
peste qui nous auoit fermé le passage
d'Arménie estoit encore chez les
Carduques, il le dit à mon Pere, &
ne luy conseilla pas de s'y hazarder.
Ensuite dequoy ayant resvé quelques momens, il luy ofrit vne re-

traite, ou à Seleucie, ou à Babylone, ou à Suſe; & comme la ſeureté du Prince ſe trouuoit également en ces trois Villes, le ſoin de le diuertir le faiſant incliner à la derniere, il commença à nous parler de la Cour de Suſe. Lépante en cet endroit, pourſuiuant ce que Télecle auoit dit pour perſuader Ariſton, raporta à peu prés les afaires des Parthes comme Marſione les auoit racontées quelques jours auparauant à la Princeſſe Zenobie; & quand il eût acheué cette relation, il continua de la ſorte.

Télecle nous ayant réuelé ces ſecrets, crût qu'il faloit encore y en ajoûter d'autres, afin d'aſſeurer par les ſiens propres celuy qu'Ariſton luy venoit de confier. Il nous aprit en peu de mots les cauſes de ſon exil; & les raiſons qui luy auoient fait préferer la Cour des Parthes où il ne connoiſſoit perſonne, à celle de

Rome & de Syrie, où il auoit beaucoup d'amis. Il nous dit de plus, qu'il
estoit dans la confidence d'Orode;
qu'il se voyoit comblé de ses bien-
faits; & qu'il atiroit des Grecs au seruice de ce Prince. Qu'à la verité il
ne sçauoit point pourquoy se faisoient ces leuées secretes: & qu'O-
rode n'auoit encore rien exigé de
luy qui fut contraire à son honneur.
Mais, reprit-il, aprés vous auoir dit
que la Princesse Roxane a de fort
mauuais desseins contre la Fille d'Arface, ie ne dois pas faire de dificulté
de vous auoüer , que ie ne présume
rien de bon de ceux du Prince Orode.
Au trauers de toutes les choses que ie
voy il y en a qui me blessent : l'ay
déja des scrupules & des soupçons;
& pour ne pas atendre le retour d'Arface, ie commence à songer à ma retraite. Vous me la donnerez Seigneur, continua-t'il en s'adressant

au Prince Antiocus, en reuanche de
celle que ie vous auray procurée ; &
comme il n'y a pas d'aparence que
vous foyez long-temps malheureux,
ie prendray bien-tôt mes mefures
pour eftre compagnon de voftre retour. Quoy que ce difcours fut fin-
cere, mon Pere ne goûta pourtant pas
d'abord la propofition que Télecle
luy faifoit d'aler à Sufe ; au contraire,
joignant aux dangers où ce Grec
s'expofoit le hazard que couroit Antiocus d'eftre reconnu à la Cour des
Parthes, il témoigna affez qu'il ne s'y
pouuoit refoudre. Mais Télecle qui
le fouhaitoit pour nous feruir, & qui
n'y voyoit rien à craindre, luy montra par tant de raifons qu'il feroit vn
jour fort auantageux au Fils de Démetrius d'auoir fait ce voyage : &
qu'on ne foupçonneroit iamais qu'il
eût cherché vn azile au milieu de fes
ennemis, qu'enfin mon Pere com-

mença à s'ébranler.   De forte que
nous remontâmes à Cheual auec Télecle, & prîmes fous fa conduite le
chemin de Zegire, où les cent Grecs
qu'il conduifoit eftoient déja ariuez.
En marchant, il continua fes mefmes perfuafions; & imaginant des
moyens pour nous déguifer à Sufe,
il fut d'auis, que le Prince paffât de-
formais pour le Fils d'Arifton, & pour
mon Frere : qu'ayant tous apris à parler la Langue Athéniene, il diroit que
nous eftions Athéniens : qu Ariston
prendroit le nom d'Ariftide : qu'Antiocus porteroit celuy d'Atis : que
i'aurois celuy d'Alexis; & qu'il feroit aifément croire que nous eftions
de la Maifon des Atides, qui depuis
deux ans eftoient réleguez en Scy-
thie. Il ajoûtoit à cela, que ces Grecs
qu'il menoit au Prince Orode eftant
tous Thébains, où Spartiates, nul
d'entr'eux ne pouuoit nous démen-

tir : & qu'ariuant à Suse auec nous,
ils couuroient tout à fait noſtre déguiſement. Que vous dirois-je de
plus ? Ariſton qui voyoit les chemins
de l'Arménie fermez, qui n'auoit
point à choiſir, & qui meſme ne ſçauoit que faire, ſe rendit au ſentiment
de Télecle. Il eut pourtant de grandes inquiétudes toute la nuit, & ne
put dormir dans la penſée de ce qu'il
oſoit entreprendre. Mais enfin le
Prince aimant autant paſſer chez les
Parthes, dont il venoit d'aprendre
l'hiſtoire & le ſecret, que d'aler en vn
autre Païs, il acheua de ſe reſoudre,
fondé ſur la hardieſſe de ſon deſſein,
qui ſouuent dans les choſes hazar-
deuſes eſt la meilleure conſeilliére
que les malheureux puiſſent croire.
Neantmoins, pour ne rien oublier de
ce qui eſtoit de la prudence, il fit
partir Démate, l'vn des plus fidelles
& des plus capables Oficiers d'Antiocus,

tiocus, pour porter de ſes nouuelles
au Roy d'Arménie : auec ordre de
reuenir le trouuer à Suſe, auſſi-tôt
qu'il ſe ſeroit aquité de cette com-
miſſion; & cela fait nous partîmes
auec Télecle. Les Grecs qu'il commandoit marchoient deuant nous
ſous la conduite d'vn Neueu qu'il
auoit, nommé Anaxidame; & comme le voyage eſt aſſez long de Zegire
à Suſe, nous employâmes ſi bien le
temps à nous concerter auec le Prince
ſur la maniere dont nous deuions
viure auec luy, que quand nous y
ariuâmes chacun eſtoit aſſuré de ſon
deuoir. Celuy d'Atis eſtoit ſans
doute le plus dificile; & il y auoit à
craindre qu'Antiocus ne ſe découurit luy-meſme par quelqu'vne de ſes
actions. Cependant il fit mieux que
perſonne, & parût ſi bien ce qu'il
vouloit paroître, lors que nous fûmes preſentez au Prince Orode, qu'il

Q

n'y eut que sa beauté & sa bonne
mine qui le firent remarquer parmy
les Thébains & les Spartiates. Télecle, aprés auoir parlé pour eux,
parla pour nous, & conta noftre fortune comme il l'auoit imaginée ; &
le Prince Orode se tournant vers
Arifton, ou plutôt Ariftide puis que
c'eft ainfi que ie vous le dois nommer, l'affura qu'il eftoit le bien venu
à Sufe ; & que le Roy, qui aimoit
naturellement les Grecs, trouueroit
fort bon qu'il y eût cherché fon refuge. En fuite dequoy, il s'enquit
de l'âge d'Atis, & l'apella l'honneur
de la Gréce ; & aprés plufieurs témoignages de fa bonté, il nous fit conduire à l'Apartement de la Fille d'Arface où il aloit. Ie ne vous diray rien
de la beauté de cette merueilleufe
Princeffe puis que vous l'auez veuë.
La connoiffance que vous en auez
me tire d'vne grande peine ; & quoy

que i'aye toûjours beaucoup de
plaisirà parler d'elle, vous me verriez fortembarraſſé à vous la dépeindre. Vne telle entrepriſe eſt ſans
doute au deſſus de mes forces; & ſi
vous en auez conſerué l'idée, vous
direz peut eſtre auec moy qu'elle eſt
au deſſus de toute expreſſion. Elle
nous receut auſſi bien que nous le
pouuions ſouhaiter; & pour ne vous
pas ennuyer ſur des formalitez qui
ne furent de nulle conſequence, tous
les Princes & toutes les Princeſſes
Arſacides, que nous âlames ſalüer
dans leurs apartemens; nous acueil-
lirent de meſme. Le Prince Pacore,
qui tenoit le premier rang, nous promit ſa protection: La Princeſſe Pariſatis ſa Sœur nous ofrit la ſienne:
La Princeſſe Roxane, que ie deuois
nommer deuant elle, ſe montra auſſi
fauorable que le Prince Orode ſon
Epoux: Les Princes Phrâate & Vo-

logéſe ſes deux Fils, & les deux Princeſſes ſes Filles, nous firent des careſſes; & enfin nous nous vîmes ſi
bien receus à noſtre ariuée, que nous
n'eûmes pas ſujet de nous repentir
d'auoir ſuiuy Télecle. Ce fut dans
ſa maiſon où nous logeâmes, & dans
laquelle il nous traita ce premier ſoir
auec toute la ſomptuoſité ordinaire
aux Grecs, quand ils régalent des
Etrangers. Il nous y donna en ſuite
vn apartement fort commode, quoy
que ce ne fut pas le plus magnifique;
& ne deuant point agir auec Atis,
ſelon la qualité d'Antiocus, il crût
qu'il ne faloit pas le loger autrement,
de peur de le découurir. Il traitoit
donc le Prince comme Fils d'Ariſtide, & comme mon Frere; & n'oſant
luy rendre tous les reſpects qu'il luy
deuoit, il ſe contentoit d'auoir pour
luy beaucoup de complaiſance.
Comme les Princes du Sang d'Arſace

estoient à peu prés de son âge, &
qu'ils auoient vne belle suite de jeunes Satrapes, il luy fit auoir part à
tous les plaisirs de cette superbe
Cour : mais si sa protection luy en
donna l'entrée si fauorable, le mérite
d'Atis éclata par des marques si sen-
sibles, qu'il fut bientôt en état de s'y
maintenir de soy-mesme. Il eut pour
amis & pour amies, tous ceux & toutes celles qui le connûrent; & l'on ne
parloit à Suse que du bel Etranger,
ou de l'aimable Athénien. Mais Seigneurs, nous voicy au commencement de son histoire; & vous alez
voir que la Fortune qui le persécu-
toit, luy fit bien payer par la perte
du repos de sa vie cette retraite où il
en auoit trouué la seureté.

La Fille d'Arsace auoit fait vne
douce impression dans son ame la
premiere fois qu'il l'auoit veuë : Il
auoit remarqué que cette grande

Princesse si éleuée sur toutes les autres par son rang, l'estoit encore dauantage par sa beauté; & il commençoit déja à sentir ie ne sçay quel desordre impérieux & doux, qui changeoit tous les mouuemens de son
cœur. Si le souuenir du Roy son
Pere luy arachoit quelquefois des
soûpirs, ces soûpirs auoient bien la
mesme tendresse, mais ils n'auoient
pas la mesme violence; & s'il n'estoit
pas encore consolé de ne le plus voir,
il s'y âcoutumoit pourtant auec
moins de peine. Sa retraite enfin ne
luy paroissoit plus si honteuse; &
aprés auoir esté assez fâcheux pendant le voyage, il reuenoit peu à peu
à sa douceur & à sa facilité naturelle.
Il sentit d'abord ce grand changement sans en reconnoître la cause:
mais il ne fut pas long-temps dans
vne si douce erreur; & les beaux
yeux de Rodogune ouurirent bien-

tôt les ſiens. Comme il la voyoit
tous les jours auec beaucoup de joye,
il s'aperçût que ſa joye languiſſoit
aux heures où il ne la voyoit point:
& qu'il n'eſtoit iamais ſi content
qu'auprés d'elle. Mais, ſoit qu'il fut
encore peu aſſuré de l'état de ſon
ame, ou qu'il m'en voulut faire vn
myſtere, il ne me découurit cette
paſſion naiſſante que ſous vn prétexte de compaſſion. Lépante, me
dit-il aprés auoir quelque temps
parlé de la Cour de Suſe, ſi la Femme
d'Orode a pour la Fille d'Arſace
d'auſſi mauuaiſes penſées que Télecle nous l'a raconté, cette Princeſſe
eſt fort à plaindre; & belle & douce
comme elle eſt, ie trouue qu'il y a
quelque choſe de plus que de l'ambition dans le cœur de ſon ennemie.
Que l'eſpoir du Trône l'arme contre
Pacore, & pour Phrâate, ie ne m'en
étonne pas; & l'éclat du Trône peut

Q iiij

aueugler jufque là vne Mere, en faueur de fon Fils : mais d'atenter à la
vertu d'vne innocente, & de la vouloir couurir de honte, cette veuë eft
hors du Trône ; & le deffein en eft fi
bizarre & fi cruel, qu'il faut qu'il y
ait de la jaloufie qui l'anime. C'eft
donc la beauté de Rodogune, ajoûta-
t'il, qui bleffe la vanité de Roxane :
Elle fe voit encore affez jeune & affez
belle pour eftre délicate fur ce fujet :
c'eft cela qui la porte à la vangeance ;
& c'eft de la beauté de la Princeffe
plutôt que de fa Couronne dont il
s'agit. Cette reflexion que ie fais
depuis quelques jours, reprit-il, eft
la feule chofe qui me déplaît à Sufe,
où du refte ie ne vois rien que de fort
agreable : Mais i'ay pitié de la Fille
d'Arface ; & quoy que nos Maifons
foient ennemies, ie fufpendrois de
bon cœur tous mes reffentimens
pour la fecourir, fi elle auoit befoin

de moy. Comme ie luy eus répondu
qu'vn si genereux éfort seroit digne
de luy, nous raisonnâmes encore sur
l'intrigue de la Cour, autant que la
connoissance que nous en auions le
pouuoit permettre ; & enfin prenant
la parole en riant : Mais Seigneur,
luy dis-je, ne vous faites-vous point
des raisons pour haïr Roxane, afin
d'auoir lieu de me dire que vous trou-
nez la Princesse des Parthes fort belle?
& sa beauté qui luy fait tant d'ennemis de ses parens les plus proches, ne
vous a-t'elle point rendu de ses amis
plus particulierement que vous ne
dites ? O ! Lepante, repliqua-t'il
en soûriant aussi, ie ne suis pas si
auancé ; & quoy que la Fille d'Arsace
ait tout ce qu'il faut auoir pour se
faire aimer, l'état de ma fortune ne
me permet pas aujourd'huy de pousser des desirs jusqu'à elle.   Il rioit
comme ie vous ay dit Seigneurs; &

ie parlois pour le réjoüir; de forte
que continuant dans cet efprit: Seigneur, repris-je, il nous échape bien
des defirs fans y penfer; & pour aler
où ils vont, & où ils veulent, ils n'a-
tendent pas qu'il leur foit permis.
Au contraire, ils ont d'autant plus
de violence, qu'ils trouuent le plus
d'obftacles; & i'ay oüy dire que la
Raifon n'eft pas leur guide. Il eft
vray, répondit-il, que ce n'eft pas
elle qu'ils confultent: mais Lépante,
tu n'as guere veu croître des defirs
qui n'ont rien dequoy fe nourrir; &
fi i'en auois pour Rodogune, & que
ma raifon n'en fût pas la maîtreffe
dans mon cœur, il eft entre cette
Princeffe & nous des raifons d'Etat
qui le feroient toûjours de ma conduite. Nous fommes les ennemis des
Arfacides, ajoûta-t'il auec vn foûpir;
& ils font les noftres il y a longtemps:
Nous eftions prefts à les ataquer, fans

la guerre d'Aléxandre ; & quand la
beauté de Rodogune m'auroit fait
oublier les injures que mes Peres ont
receuës des siens, elle ne se dépoüil-
leroit pas comme moy d'vne haine
héreditaire. Cette consideration me
met donc en seureté aupres d'elle ;
ie la plains seulement, & condamne
celle qui luy veut nuire ; & c'est vn
sentiment de generosité que ie ne
refuseray iamais à personne. Il acheua de parler d'vn air assez sérieux
pour m'empescher de luy en dire dauantage ; & parce qu'il ne se sentoit
pas encore disposé à me declarer le
secret de son cœur, il ne prit pas
garde qu'il se trompoit luy-mesme
en voulant me tromper. Ce n'estoit
pourtant encore qu'vn leger soupçon
que i en auois, & qui me rendoit curieux : mais il m'aprit si bien à l'examiner, que ie ne fus pas long-temps
dans le doute & dans l'incertitude.

Ie remarquay qu'il commençoit à negliger les Princes Phraâte & Vologéſe, parce qu'ils n'eſtoient pas ſi aſſidus auprés de la Princeſſe que le Prince Pacore; & ie vis que, ſous prétexte de ſuiure celuy-cy, nous eſtions preſque tous les jours à la ſuite de Rodogune. Tous nos ſoins ne regardoient que Pacore : tous ſes plaiſirs eſtoient les noſtres; & mon Maître, en les partageant auec luy, faiſoit toutes choſes pour luy plaire. Il entroit auec joye dans toutes les parties de Chaſſe qu'il faiſoit fort ſouuent : & ſe refuſoit à toutes celles des autres de quelque nature qu'elles fuſſent; & il auoit déja tellement reüſſy dans ce deſſein, que la Prin- ceſſe eſtoit bien aiſe de l'aſſocier à ſes jeux & à ſes diuertiſſemens, & que Pacore l'y deſiroit. Mais tandis qu'il ſe rendoit ſi agreable de ce côté, il ſe faiſoit d'ailleurs des jaloux & des en-

nemis; & Phraâte, qui l'auoit crû
dans ses interests, & qui l'auoit si
bien traité pour l'y atacher, le regardoit déja auec quelque sorte de
chagrin. Il tâchoit neantmoins de
le r'aprocher de sa personne en de
certaines rencontres; & quelque in-
digné qu'il fût, il discendoit quelquefois à des complaisances si particulieres, que ie ne pouuois pardonner à Atis la froideur auec laquelle il
les receuoit. Car enfin, il ne manquoit iamais de raisons pour se dispenser de le voir, ou de l'âcompagner; & quoy qu'aux ôcasions iné-
uitables il gardât toûjours les dehors
auec beaucoup de soin, sa contrainte
démentoit ses respects & ses excuses.
La chose ala si auant que Phraáte s'en
aperçût, & s'en fácha comme
d'vne ôfense publique; & vn jour
nous rencontrant dans la Salle des
Gardes de la Princesse, il ne pût nous

cacher ſa mauuaiſe humeur. Vous reconnoiſſez ſi mal les bontez que i'ay euës pour vous, dit-il à mon Maître en le prenant par le bras, que ie vois bien que vous en eſtes indigne : mais ce procedé m'aprendra pour toute ma vie à mieux tenir mon rang parmy des Etrangers, & à les traiter.... Seigneur, interrompit Atis ſans luy donner le temps d'acheuer ce qu'il vouloit dire, le reſpect que i'ay pour vous me rend fort ſenſible à ce reproche ; & ie ſçay trop ce que vous eſtes, & ce que ie vous dois icy pour l'oublier, & pour me méconnoître. En éfet, repartit Phraáte d'vn ton plus éleué, ie ſçay que vous n'en ſçauriez perdre le ſouuenir, à moins que d'auoir perdu le ſens & l'eſprit : mais ſi vous auez encore de l'vn & de l'autre, il y a donc de l'ingratitude & de l'inſolence dans voſtre conduite ; & c'eſt trop ſe faire

valoir, & trop fouuent, que de le
faire tous les jours, & de la façon
dont vous le faites. Ceux qui vont
au dela de leur force & de leur mérite,
répondit Atis fans s'émouuoir, reüf-
fiffent mal pour l'ordinaire ; & ie ne
fçay fi ie fuis de ce nombre. Mais
Seigneur, fi ie vous ay paru plus que
ie ne vaux, ce n'eft pas ma faute : Il
eftoit en vous de ne vous y pas tromper : chacun a fon prix, & n'en eft
pas le Iuge ; & vous auez le voftre,
comme ie puis auoir le mien. Comme vous eftes bien perfuadé du voftre, repliqua l'orgueilleux Phraáte,
il n'y a que vous fans doute qui ne
vous trompez iamais fur autruy,
non plus que fur vous-mefme ; & ce
choix que vous auez fait d'vne protection nouuelle, eft vne marque
affurée que vous auez de bons yeux.
Mais, ajoûta-t'il, à vous prendre par
vos propres fentimens, croyez-moy,

& ne vous croyez pas : pour vn banny vous auez trop d'orgueil ; & ie
m'étonne, que n'ayant pas le courage
de soûtenir chez vous vne mauuaise
fortune, vous témoigniez icy tant de
hauteur. Car enfin, pour suiuit-il en se
reculant dédaigneusement de quelques pas, quelle vertu est la vostre ? &
quelle sorte de gloire pretendez vous
aquerir, en vous éleuant d'abord
contre ceux qui vous reçoiuent ;
vous dis-je qui fuyez, & qui n'auez
pas le cœur de resister à ceux qui vous
chassent. Mon Prince écouta ce discours auec impatience ; & comme il
luy remettoit deuant les yeux cette
honte secrete qui faisoit toute sa
peine, le dépit s'empara de son ame;
si bien que ne se souuenant plus de la
soûmission dans laquelle il deuoit
paroître : Si tous ceux de mon Païs
me ressembloient, répondit-il en
fronçant le sourcil, on ne m'auroit
iamais

Iamais veu chercher mon salut parmy les Parthes ; & vous n'auriez iamais eu l'auantage de m'insulter
comme vous faites. Mais quoy que
vous m'adressiez vn reproche si in-
juste, il ne vient point jusqu'à moy :
Si ce commencement de ma vie est
honteux, mon obeïssance a fait toute
ma honte ; & peut-estre que i'aurois
bien sceu préférer vne mort honno-
rable à vne fuite qui me desespére, si
i'auois esté le Maître de mes actions.
Mais cependant, interrompit Phraâte, vous n'estes qu'vn Fugitif ; &
quelque vertu que vous ayez, vous
n'en estes pas le Iuge : & nous en
pouuons croire à ce que nous en
voyons. De sorte que vous deuriez
vous âcommoder à vostre fortune,
& vous souuenir, que quand on est
miserable, il faut estre fort soûmis.
Et moy, repliqua fiérement mon
Prince, ie ne suis pas de ce sentiment.

R

La Fortune, qui peut me rendre malheureux, n'a point de droits fur mon
cœur; & fi elle trompe mes efperances, elle ne m'obligera iamais à démentir ce que ie fuis. Ie fçay bien,
répondit Phrâate auec vn foûris mé-
prifant, que vous eftes tous âcoutu-
mez à vous vanter de la valeur de vos
Péres; & que vous auez cela de commun auec les Romains, que les Bour-
geois de Sparte & d'Athenes, croyent
eftre au deffus de tous les Princes de
la Terre. Mais tous braues que vous
eftes, pourfuiuit-il d'vn ton plus
ferme, vous fuyez fouuent; & ce n'eft
pas d'aujourd'huy qu'on a veu les
plus illuftres d'entre les Grecs, venir
fe cacher jufqu'au fonds de la Perfe.
Et ce n'eft pas d'aujourd'huy, reprit
Atis d'vn ton égal au fien, qu'on a
veu des millions de Perfans trembler
fous vne poignée de Grecs; & ie
penfe que les Parthes ne feroient

guére en état d'âquerir de la gloire,
s'ils n'auoient esté instruits par leur
exemple. Quoy? des Maîtres comme vous à vn Prince comme moy,
s'écria Phraâte en tirant l'épée hors
du fourreau! Mais le lieu n'est guere
propre, repliqua froidement Atis
en mettant la main sur la garde de la
sienne; & à cette action quelques
Oficiers de la Princesse tournoient
déja la pointe de leurs Iauelines contre luy, tandis qu'Ariobase & Résace
tâchoient de modérer la colere de
Phraâte; lors que la Princesse parût
elle mesme auec le Prince Pacore qui
la menoit à la promenade. Au cry
qu'elle fit en voyant cette émeute,
ceux qui auoient baissé leurs armes
contre Atis les releuerent, & Phraâte
remit son épée; & dans ce moment
sans délibérer dauantage, ie m'âlay
jetter à ses pieds pour implorer sa
protection. Ie luy disois en peu de

mots, ce qui s'eſtoit paſſé; & mon Maître ſembloit vouloir s'âprocher d'elle pour défendre ſa cauſe: lors que Phraâte, pour ſoûtenir la ſienne, prit la parole de la place où il eſtoit. Le ton haut & fier auec lequel il commença de parler en menaçant Atis, ne luy fit pas donner vne atention fauorable; & la Princeſſe apres l'auoir conſideré quelque temps: Et ce n'eſt pas aſſez, luy dit-elle en luy impoſant ſilence, de tirer l'épée dans vn lieu, où par la conſideration de mon ſexe, le Roy meſme ne voudroit pas auoir fait du bruit? Et vous menacez encore en ma preſence? Et vous faites le Maître deuant moy? Ha! Phraâte, reprit-elle, il faut enfin régler voſtre eſprit, & vous âprendre la dîference qui eſt entre nous! Il écouta ce diſcours auec tout le dégouſt d'vn homme imperieux, qui dans ſon emportement ſe voit contraint de receuoir

la loy qu'il veut impoſer : mais
neantmoins tâchant à ne rien témoigner de ſon dépit: Madame, repliqua-t'il, il faudroit auparauant
âprendre à cét étranger qui ie ſuis, &
ie ne dois pas eſtre reſponſable d'vne
inſolence que ie ne dois pas ſoûfrir.
On doit tout ſoûfrir, repartit
aſſez bruſquement la Fille d'Arſace,
quand on eſt deuant moy, ou pres
de moy ; & il ne faut que vous connoître, pour ſçauoir d'où viennent
les deſordres qui ſe font où vous eſtes.
Elle n'en dit pas dauantage, & r'entrant dans ſon Antichambre auec le
Prince Pacore, quelques-vns acheuerent de l'inſtruire de ce qui eſtoit
arriué. Phraâte d'vn autre côté, ſe
retira dans vne confuſion égale à ſa
colere ; & mon Maître dans l'incertitude d'âler luy-meſme faire des
excuſes à la Princeſſe, ou d'âtendre
que Pacore ſortit pour l'y préſenter,

R iij

suiuit enfin le conseil de quelques amis de ce Prince, qui l'escorterent jusqu'à la Maison de Télécle. Cependant tout le Palais estoit en rumeur. La Princesse auoit mandé Roxane pour se faire justice de l'insolence de Phraâte; & Pacore estoit âlé chez Orode, où il luy faisoit les mesmes plaintes. Ainsi les esprits s'échaufoient de part & d'autre : leurs antipathies naturelles leur fournissoient des raisons pour s'enflâmer; & dans ces premiers mouuemens, ni Télécle, ni mon Pere, qui s'estoient jettez aux pieds d'Orode, & de sa Femme, ne pouuoient les fléchir. Roxane principalement repoussoit les soûmissions d'Aristide, auec d'autant plus de rigueur, que la Fille d'Arsace auoit eu beaucoup de fierté pour les siennes. Le dépit qu'elle en auoit contr'elle luy faisoit éleuer fort haut l'ôfence faite au Prince son Fils;

& ce Fils outré du mauuais traitte-
ment qu'il en auoit receu à cauſe
d'Atis, l'animoit contre nous à la
vengeance. Des deux côtez, chacun
vouloit paroître le plus ôfencé : mais
enfin l'intereſt de Rodogune étoûfa
tous les autres.   Elle ſe tint ferme
dans ſes prétentions : elle les âpuya
de toute la Majeſté de l'Empire ; &
pour auoir le plaiſir de faire plier
Phraâte, Orode & Roxane, elle con-
fondit tellement la cauſe d'Atis dans
la ſienne, qu'ils furent tous contraints de céder à ſon reſſentiment.
Phráate, conduit par ſon Pere, vint
luy demander pardon ; & comme elle
ne vouloit que le faire auoüer coupable, afin de terminer la querelle,
cette reconciliation fut faite auant
que nous ſceuſſions ſeulement que
les eſprits y fuſſent diſpoſez. Nous
eſtions meſme fort éloignez de l'eſperer dans le temps qu'elle ſe faiſoit.

R iiij

Mon Pere qui auoit trouué Roxane
si inéxorable à ses prieres, estoit reuenu au logis de Télécle nous dire
qu'il faloit monter à Cheual, & s'en-
fuïr; & il nous disoit cela auec tât d'é-
froy, qu'en mon particulier ie croyois
d'abord que tout estoit perdu. Pour
mon Maître il prenoit moins d'é-
pouuante que moy : mais il sentoit
aussi plus de douleur; & le soin de sa
seureté luy donnoit peu d'inquiétude, lors que la crainte de partir
ôcupoit toute son ame.   Dans cét
état il n'auoit plus de coléré contre
Phráate: Il se repentoit pour lors de
s'estre si bien defendu contre luy ; &
la passion qu'il auoit pour la Fille
d'Arsace, commençant à luy tenir
lieu de toutes choses dans cette ex-
trémité, il y auoit des momens où
pour adoucir ce fâcheux Prince, il se
fût peut-estre abaissé volontiers à
luy faire des excuses.   Mais Ariston

n'eſtoit plus traîtable ſur ce ſujet : Il
n'entendoit plus raiſon à Suſe, &
n'écoutoit que ſes craintes. C'eſt vne
âfaire faite, luy diſoit-il, & à laquelle
il n'y a plus de remede, que celuy de
nous retirer promtement. Apres ce
qui vient d'âriuer, il ne faut plus icy
tenter la fortune ; & i'ay des préſſen-
timens qui ne me permettent pas de
vous y laiſſer dauantage. Ces diſcours & pluſieurs autres auſſi violens,
mettoient le Prince au deſeſpoir.
Tantôt il prioit Ariſtide de ne rien
précipiter : tantôt il tâchoit de le
raſſeurer : tantôt il ſe croyoit aſſez
fort pour reſiſter à Phráate ; & toûjours ſe plaignant de ſa mauuaiſe
fortune, il montroit aſſez qu'il ne
pouuoit ſe reſoudre à la retraîte.
Mon Pere qui ne ſçauoit rien du ſecret de ſon ame, ſe trouuoit fort
étonné de cette reſiſtance à laquelle
il ne s'eſtoit pas atendu : Il en recher-

choit la cause sans la pouuoir trouuer; & comme l'image du peril le
pressoit, ne pouuant enfin l'imputer
qu'à la fierté d'vn jeune courage qui
n'estoit pas acoûtumé de ceder à personne : Seigneur, luy dit-il en s'a-
prochant de luy, & le regardant auec
des yeux pleins de tendresse, de respect & de douleur : n'acheuez pas
l'ouurage que vous venez de commencer. Vous vous estes assez éleué
contre Phráate, ne vous reuoltez
point contre moy. Ie sçay que vous
estes mon Prince : Ie sçay que vous
estes dans vn âge, où vous n'auez
guére besoin de mon conseil : mais
par dessus cela, ie sçay que vous estes
malheureux: & que le Roy vous a
prié de me croire, tandis que vous
seriez en cét état.   Laissez moy donc
reparer la faute que i'ay faite en vous
amenant à Suse: I'y vois plus de dangers que ie n'en auois préueus.   Il

s'agit de vous cacher & de vous defendre tout à la fois ; & quand les ennemis que vous auez icy ne se porteroient pas contre vous à la derniere extremité, l'ascendant que vous auez sur eux leur fera bientôt connoître que vous n'estes point mon Fils, & que vous estes celuy d'vn Souuerain. Ainsi Seigneur, reprenoit-il, puis qu'il est impossible de cacher ce que vous estes, trouuez bon que ie vous cache à tout le monde, & n'exigez point de moy vne complaisance qui vous perdroit : Ie suis responsable de vostre vie, & deuant les Dieux, & deuant les Hommes ; & vous la deuez remettre à ma conduite, lors que ie ne dois rien negliger pour sa conseruation. A cela, le Prince ne répondoit que par des regrets & des soûpirs ; & Ariston qui ne vouloit point perdre de temps à le persuader, parloit déja à Cleon, & commen-

çoit à luy donner les ordres pour noftre départ. De forte que mon Maître
entendant ce qu'ils difoient comme
fi c'eût efté l'Arreft de fa mort : O!
Ariftide, s'écria - t'il! O! Arifton,
vous ne fçauez pas le mal que vous
me faites; & pour le connoître, il
faudroit que vous fuffiez amoureux
de la plus belle perfonne du monde,
& qu'on vous árachát d'aupres d'elle!
Quoy Seigneur, reprit Arifton, c'eft
vous faire vne violence de cette nature que de vous éloigner d'icy? Oüy
Arifton, repartit Antiocus, celle que
vous me faites eft de cette nature,
puis que i'aime la Fille d'Arface ; &
elle eft fans doute la plus violente
qu'vne ame puiffe éprouuer, puis que
ie l'aime plus que ma vie. O Dieux!
s'écria mon Pere en l'interrompant,
ô Dieux, Seigneur ! que me dites-
vous ? Helas! repliqua mon Maître
auec vn grand foûpir, comment

pourrois-je vous expliquer ce que ie
vous dis, puis que c'eſt vn ſecret
dans mon cœur, duquel ie ne ſuis
guere acoûtumé à parler? & n'eſt-ce
pas vous dire tout ce que i'en ſçay,
que de vous auoüer que i'aime? Et
par cette raiſon, repartit bruſquement Ariſton, il faut ſortir de Suſe;
& ce que vous me dites me fera précipiter voſtre départ que i'auois déja
reſolu ſur ce que vous auez fait.
Acheuez donc Ariſton, s'écria le
Prince, acheueztoute voſtre cruauté!
& comme ſi i'eſtois trop heureux de
m'eſtre ſauué des mains d'Alexandre,
ôpoſez-vous à la ſeule joye dont ie
ſuis capable en l'état où ie me trouue:
Enfin, ajoûta-t'il d'vne façon toute
deſeſperée, arachez moy de Suſe,
parce que vous m'y voyez attaché; &
par vne raiſon barbare & tyrannique,
deuenez jaloux de la conſolation que
ie me fais dans mon infortune.   Et

vous croyez Seigneur , répondit doucement Arifton, qu'en aimant la Fille d'Arface vous eftes icy en feureté? Et ce que vous n'auez pû contraindre quand vous n'auiez dans l'efprit que le defir de vous cacher, ferat'il mieux en voftre puiffance quand vous aurez dans le cœur vne paffion impérieufe & fiére qui donne tout à fes tranfports, & qui ne fait rien qu'en tumulte? Quoy? reprenoit-il, apres auoir rompu auec vn Prince qui vouloit eftre de vos Amis, vous prétendez vous conferuer auec vn autre dont vous allez meriter la haine? Quoy? ce n'eft pas affez d'eftre l'ennemy de Phráate , vous voulez eftre le Riual de Pacore? & non pas fon Riual dans vne áfection friuole & paffagére: mais fon Riual dans le feruice d'vne Reyne qui le doit faire Roy : & auec laquelle les Loix du Royaume ontdéja reglé fon Mariage? O! Sei-

gneur, la paſſion vous aueugle; &
dans cét aueuglement, vous eſtes
encore plus à craindre pour vous
meſme, que ne ſont ni Phráate, ni
Roxane. Mais Ariſton, repliqua
mon Maître, ie ſçauray me contraindre ; & pour y mieux reüſſir, ie ne
feray rien que par voſtre conſeil. Ah!
Seigneur, repartit mon Pere, vous
promettez ce que vous ne ſçauriez
tenir. L'Amour pour ſe conduire à
l'objet aimé, ne prend conſeil que de
l'Amour. C'eſt vne puiſſance orgueilleuſe & jalouſe, à qui tout eſt
ſuſpect, & qui ne ſçait obeïr qu'à
ſoy-meſme; & vous voyez comme
elle a déja détruit toute la créance que
vous auiez en moy. Prenez-y garde,
& ne vous flatez point: ſoyez encore
Atis pour quelque temps, ſans vous
ſouuenir que vous eſtes Antiocus:
Ne ſentez ni voſtre courage, ni voſtre
naiſſance, ou du moins faites comme

si vous ne les sentiez point : Vous
n'estes ni en lieu, ni en état d'écouter
l'vn & l'autre; & pardonnez moy si
i'ose vous dire que ces sentimens éleuez ne sont iamais soûmis à l'Amour,
qu'ils ne soient reuoltez contre la
raison. Ce combat entre mon Maître & mon Pere, fut possible plus long
que ie ne vous le fais. Le Prince ne
se pût soûmettre aux Remontrances
d'Ariston, & Ariston ne se rendit
pas à ses plaintes; & tandis que l'vn
en se promenant par la Chambre,
y rouloit à grands pas mille pensées
tumultueuses, l'autre d'vn sens plus
rassis se déterminoit à la fuite. Mais
c'estoit en vain que Cleon y disposoit nostre équipage. La querelle estoit apaisée, comme ie vous l'ay dit:
Nous estions retenus à Suse: nous
n'auions plus d'ennemis declarez à
la Cour; & Roxane qui estoit le plus
à craindre nous y rapelloit auec
quelque

quelque forte d'impatience.   Mais afin que vous ne foyezpas furpris de ce grand changement, il faut, Seigneurs, que ie vous découure icy par quel motif artificieux & détestable elle obligea Phraáte à fe reconcilier auec la Princefse Rodogune.

Cette Femme infolente auoit apris le démeflé de fon Fils & de mon Maître auec vn emportement proportionné à fon humeur; & lors qu'elle croyoit auoir lieu de s'en plaindre à la Fille d'Arface, les plaintes impréueuës que cette Princefse luy auoit faites au contraire auoient encore augmenté fa colere & fa violence. Ariftide, comme vous fçauez, en auoit déja reffenty les éfets; & c'eftoit en cet état qu'il l'auoit laiffée. Mais à peine fe fût-il éloigné de fa préfence, que le cœur de cette ennemie changea d'objet: Il reuint à celuy de fa premiere haine; & comme

de toutes les penſées de Roxane, celles de perdre la Fille d'Arſace eſtoient
toûjours les plus fortes, elle ſacrifia à
ce cruel deſſein tous les reſſentimens
qu'elle auoit contr'elle, & contre
nous : ou pour mieux dire elle les y
fit ſeruir. Quoy qu'elle n'eût pas
d'aſſez bons yeux pour connoître
que l'intéreſt d'Atis auoit en quelque
façon obligé la Princeſſe à ſe plaindre
de Phraáte auec vne hauteur qui ne
luy eſtoit pas ordinaire : & quoy que
l'exemple du Prince Pacore, qui ſeul
auoit parlé pour nous, fut trop franc
& trop ſincére pour luy en permettre
le moindre ſoupçon, neantmoins
elle prit ſes meſures par cette veuë ;
& le hazard répondant à ſa méchanceté dans cette conjonĉture, elle rencontra aſſez juſte pour faire vn fan-
tôme injurieux à la Fille d'Arſace ſur
des fondemens aſſez veritables. Elle
regarda donc cette Princeſſe comme

ſi elle eût eſté amoureuſe d'Atis ; &
la ſatisfaction qu'elle luy fit faire par
Phraáte , fut la plus noire & la plus
infame trahiſon qui ſera iamais.
Voicy, Seigneurs, à peu prés comme
elle s'en expliqua auec Télecle, auquel , comme luy meſme nous l'a
confeſſé depuis, Orode auoit ouuert
ſon cœur quelques jours auparauant.
La Fortune, luy dit-elle, eſt toûjours
la Fortune : elle nous trompe par ſes
refus : elle ſe plaît à nous tromper
juſque dans les graces qu'elle nous
fait ; & s'il eſt en nous de former des
deſſeins, elle s'en reſerue l'execution
par des voyes qui ne ſont connuës
que d'elle ; & que l'eſprit humain ne
ſçauroit découurir. Vous ſçauez,
continua-t'elle, ô Télecle ! quels ſont
ceux du Prince mon Epoux. Il s'eſt
accoûtumé à la Souueraineté pendant l'abſence d'Arſace ; & le deſir
de poſſeder vn Royaumé qu'il a ſi

longtemps gouuerné est vne passion
que l'vsage a renduë legitime. Ni
ce droit d'heredité qui le donne à
Rodogune, ni celuy d'aînesse qui en
fait part au Fils d'Artabane au préjudice des miens, ne doiuent pas
estre reuerez d'vn Prince Arsacide
commed'vn autre; & pour tout dire
en vn mot, qui a si longtemps esté le
Vice-Roy des Parthes, merite enfin
d'estre leur Roy. Ie ne vous dis rien
de nouueau en cecy, poursuiuit-elle:
Mon Mary vous a confié toutes ces
choses à vostre retour; & c'est sur
vous,& sur les Troupes Grecques que
vous commandez, qu'il fonde aujourd'huy ses plus belles esperances.
Mais, ô Télecle! la Fortune nous est
plus fauorable que ie ne pensois; &
sans employer des moyens violens
& dangereux, nous en auons à Suse
de plus doux & de plus asseurez pour
détrôner Rodogune. Parmy tous

vos Grecs il y en a vn seul qui fera
mieux ce grand coup que tous les
autres ensemble; & la vertu de Rodogune, qui auoit presque épuisé
toute mon adresse & surmonté tous
mes éforts, va céder à la beauté du
Fils d'Aristide. Vous auez veu comme elle s'est aujourd'huy declarée en
sa faueur, & contre nous; & lorsqu'-
elle se perd ainsi d'elle-mesme, vous
ne doutez pas que ie ne luy laisse
acheuer mon ouurage. O Madame!
s'écria Télecle, permettez-moy de
vous dire, que cette mesure est fort
éloignée; & que la Princesse n'a peut-
estre rien dans le cœur de ce que vous
pensez. Cela peut estre, repartit Roxane: mais que la chose soit comme
ie vous le dis, ou non, il n'importe.
Par l'atachement que ie ménageray
entr'elle & cét Etranger, ie sçauray
toûjours la noircir dans l'opinion du
monde. Comme elle est douce &

careſſante, ie la feray paroître amoureuſe d'Atis: Ie ne manqueray pas
de couleurs pour éleuer les ſoupçons
que i'en auray ſemez; & de l'humeur
dont ie vois ce jeune Grec, il en fera
peut-eſtre aſſez de ſoy-meſme pour
publier ce que ie veux. Ainſi i'éloi-
gneray la Fille d'Arſace du Trône
qu'elle atend. Les Peuples, préuenus
de ſa mauuaiſe conduite, ne vou-
dront pas d'vne Reyne dont la réputation eſt ternie dés ſa jeuneſſe:
Nous auons des exemples de cela dans
noſtre Maiſon; & quand le ſuccés de
cette entrepriſe n'iroit pas auſſi loin
que ie l'eſpere, ie couuriray toûjours
par celle-cy toutes les autres que i'ay
faites contre Rodogune. Le Roy ſon
Pere y ſera le premier trompé; & cre-
dule comme il eſt, aidant luy-meſme à ma juſtification, tous les reſſentimens que ſa Fille a contre moy, luy
paroîtront comme autant de crimes,

lors que ie pourray luy dire auec
quelque aparence, qu'vne paſſion
honteuſe qu'elle auoit pour vn
Etranger a fait toutes nos querelles.
Enfin Télecle, ajoûta Roxane, le
deſſein que i'ay eſt grand & délicat:
mais il ne ſçauroit manquer de reüſſir
en quelque partie de la façon que ie
l'imagine, & que ie le conduiray.
C'eſt à vous à qui i'en ſuis redeuable;
& la Fortune vous a donné ce jeune
Athénien pour me ſeruir.   Faites
donc que i'en puiſſe profiter; & lors
que vous verrez que les careſſes que
ie luy veux faire commenceront à ſe
refroidir, trouuez des raiſons pour
l'empeſcher d'y prendre garde. Dites
luy, que la protection de la Princeſſe,
& celle du Prince Pacore luy ſufiſent;
& que c'eſt là où il ſe doit apliquer.
Aſſeurez pourtant Ariſtide de la
mienne; & gouuernez ſi bien le Pere,
qu'il puiſſe auec plaiſir voir prendre

à ſon Fils l'eſſort que ie ſouhaite. A
ces mots, Télecle intérompit Roxane qui parloit auec toute la chaleur
d'vne méchante Femme qui eſt per-
ſuadée, & qui veut perſuader; &
comme il ne vouloit pas engager le
Prince de Syrie dans vn intrigue ſi
dangereux, il dit à cette Princeſſe
qu'il ne croyoit pas que nous fiſſions
vn long ſejour à Suſe: qu'Ariſtide
eſtoit au deſeſpoir du procedé de ſon
Fils: qu'il luy en auoit fait vne groſſe
reprimande, & d'vne maniere fort
rigoureuſe; & que pour ſatisfaire au
Prince Phráate, ne ſçachant point
d'autre moyen que celuy de quiter
Suſe, il ſe diſpoſoit éfectiuement à
s'en aler. Mais Roxane étonnée d'vne
réſolution ſi ſoudaine, & qui détrui-
ſoit ſon projet, ſe mit à la combatre
dans l'eſprit de Télecle. Elle luy dit
d'abord aſſez doucement qu'il faloit
nous raſſurer, & nous retenir; &

aprés auoir proposé plusieurs sortes
d'adresses pour en venir a bout, comme elle vit que Télecle auoit peine à
les aprouuer, enfin la crainte de nostre départ r'appellant déja dans son
cœur toute la colére, que l'esperance
de perdre la Fille d'Arsace en auoit
bannie, elle commença à s'emporter
contre nous & à nous menacer. Ie
ne me suis soûmise à la Fille d'Arface, dit-elle, & n'ay obligé mon
Fils à s'y soûmettre, que pour executer ce que ie vous viens de dire.
Sans cela, ie pouuois me tenir ferme,
ou la satisfaire par d'autres voyes :
mais si aprés cela Aristide rompoit
par sa retraite les mesures que i'ay
prises, ie sçaurois bien me vanger, &
de l'insolence de son Fils, & de la violence que ie me suis faite. Auant que
d'en venir là, ajoûta-t'elle, il faut me
croire, & ménager cette âfaire sans
les épouuanter. Vous agirez de vos-

tre côté, & ie vous seconderay du mien ; mais, si Aristide ne se rend aux choses que vous luy direz de ma part, & aux bontez que ie luy témoigneray moy-mesme, il verra mourir ses enfans à Suse, & ne reuerra iamais son Païs. A cet emportement de Roxane, Télecle luy promit tout ce qu'elle vouloit ; & reuint nous trouuer chez luy sans nous rien dire de cette conuersation secréte qu'il auoit euë auec elle. Il eut peur qu'Ariston ne précipitât son départ s'il la luy découuroit : & crút que pour sauuer le Prince il ne faloit pas luy faire connoître le péril où il estoit. Il nous dit seulement, que Phraáte auoit fait satisfaction à la Princesse ; & qu'elle luy auoit pardonné de si bonne grace, que tout le desordre estoit apaisé. Qu'ainsi nous n'auions rien à craindre à la Cour, & qu'au contraire chacun nous y desiroit ; & quelque éfrayé

qu'il fut luy-mesme, il nous rendit
conte de tout cela auec tant d'aparence de joye & de bonne foy, qu'A-
ristide reuint de ses frayeurs, & le
Prince de son desespoir. Cependant
Télecle fut d'auis de faire quelques
ciuilitez au Prince Phraáte afin d'a-
cheuer d'adoucir les choses; & comme il sçauoit le secret de Roxane, il
crût cela d'autant plus à propos pour
nous, & d'autant plus contraire au
dessein de cette mauuaise Femme
qu'elle ne le souhaitoit point. Il le
proposa donc comme vne chose dont
on n'auoit nullement parlé. Mon
Pere l'aprouua aussi, tant par cette
raison, que parce que cette démarche
abaissant vn peu l'esprit de mon Maître elle ne pouuoit produire que de
bons éfets, en atendant nostre départ
qui n'estoit que diferé; & mon Maître, dans la crainte de quiter Rodogune, y consentit auec assez de faci-

lité. Mais si cette soûmission ne luy
coûta guere à imaginer dans l'état
où il estoit, il l'executa encore à
meilleur marché ; & Phráate obeïs-
sant aux volontez de sa Mére, la luy
rendit si agreable & si facile, & le receut auec tant de douceur, qu'aprés
s'estre plaint fort obligeamment du
refus qu'il luy faisoit de son amitié,
il imputa tout ce qui s'estoit passé
entr'eux, au déplaisir qu'il auoit eu
de croirequ'il n'y auoit point de part.
Mon Maître, qui ne sçauoit pas ce
qui estoit caché sous des aparances si
belles, répondit ingenûment, & auec
beaucoup de respect à ce discours artificieux. Il en vsa de mesme auprés
d'Orode & de Roxane, qui pour luy
éleuer le cœur au poinct qu'ils desi-
roient, condamnérent deuant luy le
procedé de Phráate, & auoüerent
qu'il auoit eu raison de s'en défendre ; & il fit si bien auprés de ceux-

cy, qu'il ne pût pas mieux faire auprés de Pacore : quoy qu'il reçeut auec plus d'ouuerture de cœur les reproches obligeans que luy faisoit ce Prince, de ce qu'aprés la querelle il ne s'estoit pas refugié dans son apartement. Mais quelque sensible qu'il fut à des traitemens si fauorables, ce n'estoit rien à l'égard de ce qu'il sentit lors qu'il parla à la Princesse Rodogune, Il ne voulut paroître deuant elle que par l'entremise de Pacore ; & lors que ce Prince l'y presenta, comme il n'y auoit auprés d'elle que la Princesse Parisatis, auec Ennoramita jeune Veuve du Prince des Cosséans, & Marsione Fille du Satrape Gotar-zés, qui estoient de ses amies particuliéres, il se trouua dans toute la liberté qu'il pouuoit desirer pour la traiter de Reyne dans vne occasion serieuse, comme il auoit accoûtumé d'en vser en toutes les autres. De sorte que mettant vn genou en terre : Madame, luy dit-il, ce n'eſt pas pour ſatisfaire à Voſtre Majeſté que i'oſe icy vous demander pardon : La ſoûmiſſion d'vn malheureux comme moy ne vaut pas aſſez pour vne grande Reyne comme vous ; & ie n'oſe rien dire d'vn deſordre où i'ay eſté meſlé, lors qu'vn plus illuſtre coupable vous en a fait des excuſes. Les voſtres, répondit doucement la Fille d'Arſace en le faiſant releuer, ſeront d'autant mieux receuës de nous, qu'elles n'eſtoient pas neceſſaires à voſtre juſtification ; & nous ſçauons bien comment les choſes ſe ſont paſſées. Cependant, ajoûta-t'elle, puis que par le reſpect que vous deuez au Prince Phráate, vous vous condamnez vous-meſme en cette rencontre, nous prendrons autant de plaiſir à vous témoigner que nous vous rendons juſtice, que nous en auons trouué à luy faire grace. De quelque condition que foient les innocens, ils reparent bien les fautes qu'ils n'ont point commifes quand ils y prennent part ; & cette vertu, par laquelle ils fçauent fe foúmettre à des chofes dont ils pouuoient fe difpenfer, les éleue fi haut à mon gré, que ie croiray toújours qu'on leur en dóit de refte. Mais, reprit-elle en Langue Grecque qu'elle aimoit à parler, n'en difons pas dauantage d'vne âfaire dont ie fuis contente, & de laquelle ie feray bien aife que vous foyez content. Comme le péril vous a menacé d'où vous ne le craigniez pas, le fecours vous eft auffi venu d'où vous ne l'atendiez point ; & fous la protection du Prince Orode & de la Princeffe Roxane, il eft affez furprenant que le Prince Phráate vous ait querellé, & que nous vous ayons défendu. Mon Maîtré, qui

entendoit parfaitement ce difcours,
d meura quelques momens les yeux
baiffez; & ne trouuant pas à propos
d'y répondre comme vn Homme
auffi bien inftruit qu'il eftoit: Madame, luy dit-il, fi i'ay efté furpris du
traitement que le Prince Phráate m'a
fait, ie ne l'ay pas efté de voftre bonté:
I'en connoiffois déja toute l'étenduë, auant que d'en auoir fenty les
éfets; & quoy que ie ne fois à Sufe
qu'vn Etranger malheureux, ie fçauois bien qu'où vous eftes, c'eft toújours vn azile contre l'opreffion.
Mais, intérompit la Princeffe, les
amis du Prince Phráate n'ont pas
accoûtumé d'y recourir; & aprés
tout, il y a des raifons parmy eux qui
les en peuuent détourner. Aprés ce
qui m'eft arriué, repartit mon Maítre, ie ne dois pas me vanter aujour-
d'huy d'auoir quelque part à la bien-
ueillance de ce Prince: mais quand

ſerois encore en état de m'en promettre quelque choſe, il n'y a point de
raiſons, Madame, qui pûſſent m'empeſcher d'auoir recours à vous, plu-
tô tqu'à luy. En cela, dit le Prince
Pacore qui n'auoit point encore
parlé, vous pourriez eſtre dans le bon
ſens, & n'eſtre pas dans le bon chemin. O! Seigneur, repliqua mon
Maître qui ne vouloit répondre
qu'en general ſur vne matiere ſi de-
licate, & à laquelle il ne s'eſtoit pas
âtendu : il me ſemble que ces deux
choſes ſont inſéparables ; & que ceux
qui ſuiuent la raiſon ne ſçauroient
iamais ſe méprendre. Vous pourriez
vous y tromper en ce Pays, reprit le
Fils d'Artabane, où la mieux connuë
n'eſt pas la mieux ſuiuie : & où les
ambitieux ne la croyent pas la meilleure. En éfet, ajoûta la Princeſſe en
ſoûriant, ce n'eſt pas la plus aparante
que vous deuez ſuiure, ſi vous auez.

T

enuie d'établir voftre fortune à Sufe;
& comme il n'y a que le Prince Orode
& la Princeffe Roxane, qui difpofent
icy des biens & qui les diftribuënt,
c'eft à eux & aux leurs à qui vous deuez donner tous vos foins, & non pas
à moy. O! Madame, s'écria modef-
tement mon Maître, que ie reüffirois
mal à Sufe, s'il y faloit adorer le
Prince Orode & la Princeffe Roxane!
& que i'aurois de peine à m'imaginer
qu'ils font ce que vous eftes! Mais
Atis, repliqua la Fille d'Arface auec le
mefme enjouëment qu'elle auoit
commencé, ou vous eftes éblouÿ du
vain éclat de ma naiffance, qui n'eft
plus propre à éblouïr que des Etrangers: ou vous feignez de l'eftre; &
il n'eft pas poffible qu'eftant des
Amis de Télécle, vous ne foyez
bien perfuadé que le Prince Orode
& la Princeffe Roxane peuuent
icy tout ce qu'ils veulent. Ie ne

sçay, Madame, répondit Atis, s'ils en ont la creance; & quoy que ie sois des Amis de Télécle, ie la trouue si mal fondée, pour ne pas dire si criminelle, que ie n'écoute ce que vous me faites l'honneur de me dire, que comme vn jeu de voitre esprit. Quoy? interrompit la Princesse en faisant l'étonnée: vous estes Grec: vous estes venu auec Télécle: vous logez chez luy; & vous regardez la puissance d'Orode, comme vne chose mal fondée & criminelle? O! sans mentir, continua-t'elle, il faut qu'il vous reste de grands ressentimens contre Phraáte: ou que vous ne sçachiez pas pourquoy vous estes à Suse: ou que vous en sçachiez plus que ie n'en sçay moy-mesme, pour parler comme vous faites. Pardonnez-moy, Madame, reprit mon Maitre à qui la confiance de la Princesse, & la douceur de ses regards ne per-

mettoient plus de garder tant de mesures dans cét entretien, si ie vous dis
qu'apres la satisfaction que le Prince
Phraáte vous a faite, il ne me reste nul
ressentiment contre luy ; & qu'à
mon égard il ne m'a point fait d'injure dont ie ne croye m'estre assez
bien defendu. Du reste, poursuiuit-
il, aux Dieux ne plaise que i'aye aupres de vous la moindre reserue : Ie
puis vous asseurer que la Fortune
seule m'a fait venir à Suse ; & que si
en y venant, i'auois quelque repugnance à suiure des ordres qui m'âra-
choie ntà ma Patrie, i'ay maintenant
la joye d'y estre venu pour obeïr aux
vostres. Ni parce que ie suis Grec, ni
parce que mon Pere est Amy de Télécle, il ne faut pas, s'il vous plaist,
que vous pensiez de nous ce que vous
pouuez penser des autres Grecs : S'ils
sont dans les interests du Prince
Orode, leurs engagemens ne sont pas

les noſtres ; & il n'y a nul raport entre ce qu'ils ont à faire, & ce que nous
penſons. Mais, Madame, ajoûta-t'il,
quoy que les choſes ſoient entr'eux
& nous dans vne dîference, & plus
ôpoſée, & plus extréme que ie ne
vous le puis dire, ie deuine pourtant
vne partie de celles dont vous les
ſoupçonnez ; & il faut meſme que ie
vous auouë, que tout Etranger que
ie ſuis, ie penétre aſſez le ſecret caché
ſous cette raillerie que vous me faites
l'honneur de me confier aujour-
d'huy. Ie connoiſſois les ſentimens
de la Princeſſe Roxane auant que de
la connoître ; & i'eſtois encore au
delà du Tigre, que ie ſçauois ceux
qu'elle vous force tous les jours d'a-
uoir pour elle. Dés lors ie condam-
nois les ſiens, & i'admirois les voſtres
où la grandeur s'allie ſi bien auec la
modération ; & ce que i'en ay veu
moy-meſme, depuis que ie ſuis icy,

m'a bien confirmé tout ce que
i'en auois âpris.   Vous m'étonnez,
repliqua la Fille d'Arſace; & ie ne
puis conceuoir, que Télécle vous ait
auſſi bien inſtruit que vous l'eſtes, &
que vous ne ſoyez pas de ſon party.
Madame, répondit Atis, ce n'eſt poſſible pas de Télécle de qui ie tiens tout
ce que ie ſçay; & la Renommée qui
parle pour vous a tant de bouches,
qu'elle ſe fait entendre juſque dans
les Pays les plus éloignez. Mais quand
ce ſeroit de luy, reprit-il, i'oſe vous
dire, Madame, que Télécle eſt vn illuſtre Grec plein d'eſprit & de vertu, qui
voit les choſes comme elles ſont, &
qui ne fera iamais rien qui puiſſe
obſcurcir la gloire de ſon nom &
de ſa vie. Ie ſuis de ſon party, parce
que ie crois qu'il ſe rangeroit au
voſtre, s'il s'en éleuoit vn qui vous
fûtcontraire; mais s'il eſtoit poſſible
qu'il balançât vn moment dans ce

choix, il ne feroit plus dans mon
eftime, & ie deuiendrois fon ennemy. Cependant, ajoûta-t'il, ie n'en-
treprens pas icy la défence de Télécle:
& s'il eft affez malheureux que de
vous auoir donné quelque ombrage,
ie laiffe au temps & à fa propre vertu
à faire fa juftification.   Pour la
mienne, reprit-il d'vn air qui ne
laiffoit prefque rien à deuiner au
fonds de fon cœur, faites la vous
mefme, Madame, fi i'ofe vous en
fupplier; & par la connoiffance que
vous auez de ce que vous eftes, & de
ce qui vous eft deu, jugez de ce que
ie dois eftre à voftre feruice. Voftre
préfence m'a déja fauué des mains du
Prince Phraáte, faites que cette obligation que i'ay à Voftre Majefté, me
fepare des foupçons que vous auez
de la Princeffe Roxane & des Grecs;
& fans rien donner de particulier à la
foy qu'vn Etranger vous donne,

T iiij

donnez tout en sa faueur à cette fidelité generale que tout le monde vous
doit, comme à la plus grande & la
plus digne Princesse du Monde. Ce
ne seroit pas assez, Genereux Atis,
luy dit le Prince Pacore, ie répondray de vous & de vostre vertu à la
Princesse ; & i'en vois tant en vous,
que ie ne craindray iamais que vous
m'attiriez aucun reproche. Ah! Seigneur, repliqua mon Maître, qu'il y
a de bonté en ce que vous me dites! &
que de grandeur de venir au secours
d'vn malheureux Etranger qui sembloit négliger vostre assistance! mais
pardonnez le moy, puis que ie ne
m'en éloignois que par respect.
Comme ie ne suis pas dans le sentiment de ces Grecs, qui croyent icy
que l'authorité souueraine est parta-
gée, ie voulois tout âtendre de la
Princesse : Ie ne m'adressois qu'à elle,
parce que ie sçay que tout est à elle,

& que tout est en elle ; & dans la paſſion que i'ay de la ſeruir, comme ie
ne regarde qu'elle ſeule & mon deuoir, ie voulois auſſi qu'elle ſeule ſe
rendit à ſoy-meſme reſponſable, &
de ma conduite, & de mon deuoir.
Mais, Seigneur, puis que vous voulez
bien l'aſſeurer de moy, ie reçois ce
témoignage de voſtre bonté auec
toute la ſoûmiſſion que ie vous dois,
& toute la reconnoiſſance dont ie
ſuis capable. Ie ſçay que tout ce qui
vient de vous luy eſt cher ; que ſes
intéreſts & les voſtres ne ſont qu'vne
meſme choſe ; & que dans la veuë de
cette vnion que le temps acheuera
bientôt, ce n'eſt rien ôter à ſa puiſſance que de reconnoître la voſtre.
I'auois déja commencé par là, continua-t'il ; & quoy que ie ſois des
amis de Télecle, & que ie n'aye eu
d'entrée à la Cour qu'à la faueur du
Prince Phraáte, neantmoins, Sei-

gneur, vous sçauez que i'ay bientôt
préferé la voſtre à la ſienne. La connoiſſance que i'auois de certaines
choſes m'y fit pancher en arriuant;
& celle que i'ay euë depuis mon arriuée des auantages que vous auez ſur
luy, ne m'a pas longtemps laiſſé dans
le doute. L'inſulte qu'il m'a faite en
pourroit eſtre la preuue; & ſi i'oſois
le dire, ajoûta- t'il en ſe tournant vers
la Fille d'Arſacé auec vn ſoûris plein
de reſpect; lors que ie me fais des ennemis parce que ie ſuis à vous, Madame, le Prince Pacore me doit voſtre
protection & la ſienne. Et vous aurez
l'vne & l'autre répondit la Princeſſe;
& lors que ie ne me répens point de
m'eſtre expliquée auec vous ſur
des choſes aſſez délicates, ie ſeray bien
aiſe que vous gardiez cet entretien
ſecret, comme vne aſſeurance que ie
vous donne de mon eſtime: comme
auſſi de mon côté ie garderay le ſecret

de ce que vous m'auez dit, comme
vn gage de voſtre af.ction pour nous
& de voſtre fidelité.

La conuerſation finit de cette
ſorte ; & mon Maître que la beauté
de la Princeſſe auoit déja rendu tout
brûlant d'amour, acheua de s'em-
brazer par cette confidence qu'elle
luy fit. Depuis cela, il ſe paſſa peu
de jours qu'il ne reçeut quelques
nouuelles marques de ſa bonté ; &
comme Phraáte & Vologéſe furent
obligez d'âler juſque ſur les Fron-
tiéres de la Suſiane, à la rencontre du
Prince de Perſe & de la Princeſſe ſa
Mére, qui venoient à Suſe , l'éloignement de ces Princes luy en fit
naiſtre les occaſions auſſi fauorables
qu'il les pouuoit ſouhaiter. Ce fut
pour lorſque n'ayant plus à partager
ſes ſoins, il ſe rendit encore plus aſ-
ſidu auprés de Pacore qu'il n'auoit
accoûtumé ; & qu'eſtant tous les

jours à la suite de ce Prince, il se faisoit auprés de la Fille d'Arsace vn
doux plaisir du secret de son ame.
Dans cet état, il est certain qu'il ne
songeoit que rarement à la guerre
d'Aléxandre: & qu'encore que son
amour n'eût pas étoufé l'afection
qu'il deuoit au Roy son Pere, ni le
desir qu'il auoit pour la gloire:
neantmoins, il atendoit sans impatience le temps de son retour. Mais
Ariston y pensoit auec beaucoup
d'inquiétudes ; & d'autant plus, que
Démate, qu'il auoit enuoyé de Zegire
en Arménie, ne reuenoit point. Ce
retardement commençoit à luy donner de fort mauuaises pensées des
afaires de Syrie ; & ces soucis éloignez se joignans à ceux qu'il auoit
à Suse, il se trouuoit souuent dans
vne peine extréme, lors qu'il se
voyoit obligé de partir, sans sçauoir
où il deuoit âler. Télecle cependant

ſe preparoit à la retraite, ſuiuant la parole qu'il nous en auoit donnée. Il y auoit déja diſpoſé vne partie de ſes afaires: mais ſi dans la connoiſſance qu'il auoit du danger où nous eſtions, il parloit de ce départ comme d'vne choſe ſur laquelle il n'y auoit plus à balancer, mon Pere dans l'atachement où il voyoit mon Maître, ſentoit de grandes dificultez à l'aracher de Suſe. Ils conféroient ſouuent enſemble ſur les moyens les plus doux pour en venir à bout; & Télecle preſſé par ſa conſcience dont il n'oſoit encore réueler le ſecret, diſoit quelquesfois qu'il y faloit employer la force, ſi l'adreſſe n'y pouuoit reüſſir. Mais c'eſtoit vne grande entrepriſe; & mon Pere ne jugeoit pas qu'il y eût de ſeureté à faire violence à vn Prince amoureux, & qui eſtoit dans vn âge à tout ſacrifier à ſa paſſion. Il auoit donc de fort

mauuaiſes heures à Suſe: & peut-
eſtre d'auſſi fâcheuſes que nous en
auions d'agreables. Tandis qu'il
menoit vne vie acablée de ſoucis &
de craintes, nous eſtions de tous les
jeux & de tous les diuertiſſemens de
la Fille d'Arſace. Elle y apeloit tous
les jours mon Maître auec autant de
ſoin que de douceur: La Princeſſe
Pariſatis l'y conuioit auſſi de ſon
côté: La belle Veuue du Prince des
Coſſéans auoit ſans ceſſe quelque
choſe à luy dire en Grec; & enfin
tous les Grands de Suze, & toutes les
Dames qui n'eſtoient point atachées
à la fortune de Roxane, recher-
choient ſon eſtime & ſon amitié.
Bagoſe meſme, ce ſage Eunuque que
le Roy des Parthes auoit commis à
l'inſtruction de la Princeſſe ſa Fille,
trouuoit tant d'agrément dans ſon
entretien, qu'il s'y preſtoit auſſi volontiers que les autres. Mais par deſ-

fus toutes ces liaifons particuliéres
qu'il auoit, Marfione l'aimable Marfione, cette belle Fille fi chere à la
Reyne, & que vous auez fans doute
bien remarquée auprés d'elle quand
elle paffa icy, eftoit la meilleure amie
auec laquelle il fe r'alioit ordinairement. C'eftoit à elle, à qui il parloit de
la Princeffe auec moins de précaution
qu'aux autres; & quoy qu'il ne luy
découurît pas tout fon cœur, il en
difoit pourtant affez pour donner de
grands foupçons à vne perfonne qui
luy auroit efté moins fauorable que
Marfione. Comme cette belle Fille a
toûjours efté fort zelée pour la Reyne, il s'eftoit declaré fon concurrent
à la gloire de la feruir: Ce jeu faifoit
naître entr'eux cent petites querelles
qui diuertiffoient la Fille d'Arface;
& comme l'amour auoit rendu mon
Maître fort ingénieux, il fe conduifoit de telle maniére dans cét enjoué-

ment, que ceux & celles qui l'examinoient auec le plus de soin, croyoient
qu'il estoit amoureux de Marsione;
& leur en faisoient la guerre à l'vn &
à l'autre. Ie puis vous dire, que ie ne
l'ay iamais veu si content qu'il estoit alors ; & dans l'excés de sa joye,
peut-estre qu'enfin il n'eût plus gardé de mesures, si le retour de Phraáte
& de Vologése n'y eût aporté quelque tempérament. Comme on fit
vne reception magnifique au Prince
de Perse, & à la Princesse Sisigambis
sa Mere qu'ils conduisoient : & comme ce fut vne feste qui dura plusieurs
jours, il ne put se dispenser d'y faire
ce que tous les autres y faisoient.
Mais outre le chagrin qu'il eut de se
voir détourné de cette vie si douce &
si paisible, dont il auoit esté charmé
pendant vn mois, il commença bientôt à en éprouuer d'autres plus vifs
& plus fâcheux. Le Prince de Perse
aima

aima la Fille d'Arſace dés le premier jour qu'il la vit : il en parla aſſez haut le lendemain de ſon arriuée , pour obliger tout le monde à en parler ; & ce ſuperbe Riual que la Fortune en-uoyoit à mon Maître, ne pouuant preſque ſe reſoudre dans ces com-mencemens à faire vn myſtére de ſa paſſion aupres de cette grande Prin-ceſſe, eut d'abord le plaiſir & l'auan-tage de pouſſer à ſon aiſe ſes premiers ſoûpirs par tout où elle n'eſtoit point.   Et vous ſçaurez, Seigneurs, qu'ayant toûjours eü vne fort haute opinion de la grandeur de ſa naiſ-ſance & de ſon merite, il n'a iamais voulu aprendre à ſe contraindre. Il eſt ſans doute d'vne des plus illuſtres Maiſons qui ſoit ſur la Terre , puis qu'il eſt de celle des Aquéménides dont il porte le nom : & qui donna à la Perſe ces fameux Conquerans, Cyrus, Cambiſe, Xercés & Darius,

V

dont il eſt deſcendu. Il eſt encore
Prince Souuerain en Perſe ; & s'il
paye vn leger Tribut à la Couronne
des Parthes, on peut dire en reuanche qu'il eſt en quelque façon Maître
de cette Couronne : puis que, par vne
coûtume auſſi ancienne que l'Empire
des Arſacides, les Parthes ne recon-
noiſſent point de Roy, qu'il n'ait eſté
couronné à Paſagarde Ville Capitale
des Eſtats d'Aquéméne : & par les
mains du Prince Aquéménide, qui
regne pour lors. Les Perſes meſmes
tirant auantage de cette formalité,
diſent ordinairement que le Roy des
Parthes ne reconnoît au Ciel qu'vn
Soleil, & qu'vn Perſan en Terre; qu'ils
ont les premiers hommages d'vn Roy
qui n'en rend à perſonne, & auquel
pluſieurs autres Roys en rendent ; &
que comme ils ont eſté les Maîtres de
tout le Monde, les Arſacides viennent prendre chez eux vne Couronne

pour monter au Trône, & vn Sceptre
pour y commander. Mais apres vous
auoir parlé de la naissance du Prince
de Perse, il faut, Seigneurs, tandis
que i'y suis, que ie vous dise quelque
chose de sa Personne, & de la Princesse sa Mere. Elle s'apelloit Sisigambis : elle estoit âgée de trente-sept à
trente-huit ans ; & il y en auoit déja
dix qu'elle estoit Veuve. Elle auoit
la taille haute, droite & bien dégagée ;
& quoy que son tein n'eut pas cette
jeune fraîcheur qui brille & qui
éblouït, il auoit pourtant cette blancheur parfaite qui éclate, & qui donne de l'admiration. Elle estoit blonde ; ses yeux estoient bleus, fort ouuerts, & vn peu languissans ; & elle
auoit le nez aquilin, comme tous les
Enfans de la Maison Royale d'Hircanie dont elle estoit. Auec cela, elle
auoit le bras bien tourné, & les mains
merueilleusement belles & bien faites ;

V ij

& comme la douceur de son ame se trouuoit égale à la solidité de son esprit, cette Princesse estoit dans vne haute reputation de vertu, aimée & réuerée de tout le Monde. Le Prince Aquéméne, qui dans ses mœurs n'auoit pas vn tres-grand raport auec vne Mere si sage & si âcomplie, luy ressembloit tout à fait de visage. Encore qu'il ne fut que dans sa dix-neufiéme année, côme il estoit déja d'vne taille fort auantageuse, il auoit toute la contenance d'vn Hôme beaucoup plus auancé; & il exprimoit vn certain air audacieux & violent, qui faisoit bien voir qu'il auoit peine à reconnoître quelqu'vn audessus de luy.

Mon Maître donc assez mécontent du retour de Phraáte, sentit bien-tôt que l'arriuée du Prince de Perse augmenteroit son chagrin: & voicy, Seigneurs, vne chose assez rare que ie vais vous âprendre. Il aimoit

Pacore, quoy qu'il dût estre possesseur
de Rodogune ; & soit que la vertu de
ce Prince, & les bontez qu'il luy témoignoit en toutes sortes d'occasions, eussent produit leur éfet dans
vne ame aussi reconnoissante que la
sienne : ou que n'ayant iamais veu
la Fille d'Arsace que comme vne personne qui estoit engagée au Fils d'Artabane, il se fut aussi preparé à l'aimer dans cét engagement, enfin il
n'estoit pas extremément jaloux de
Pacore ; & les soûpirs qu'il luy coû-
toit quelquefois ne faisoient pas vn
grand desordre dans son ame. Mais
ceux que le Prince de Perse luy âra-
cha ne furent pas de mesme nature.
La colere luy entra dans le cœur, dés
qu'il sçeut que l'amour estoit dans
celuy d'Aquéméne ; & tout le feu de
sa jalousie se fondant sur ce nouueau
Riual, il aima mieux se conseruer l'a-
mitié de celuy qui ne laissoit rien à

V iij

son amour, que de se lier auec l'autre
dont la concurrence le pouuoit flater
de quelque espoir. Il se joignit donc
au Prince Pacore plus étroittement
qu'il n'auoit encore esté : afin que
confondant son interest dans celuy
de Pacore, il pût, & mieux haïr Aquéméne, & plus librement laisser agir
sa haine; & dans cette conjoncture
se regardant comme le second de Pacore : & peut-estre aussi regardant
Pacore comme le sien, il commençoit à regarder Aquéméne comme
leur commun ennemy. Par tout où
ils se rencontroient, si cét orgueilleux Persan rendoit à la haute mine
d'Atis ce que tout le monde y deuoit,
Atis ne pouuoit rendre à la sienne ce
que toute la Cour de Suse y rendoit.
Il sembloit que ce grand bruit que
faisoit Aquéméne luy blessoit l'o-
reille; & quoy qu'il fût assez persuadé
que la passion de ce Prince estoit aussi

temeraire qu'elle eſtoit indiſcrete,
neantmoins il y auoit des heures, où
luy rendant fierté pour fierté, il receuoit ſes regards dans vne contenance aſſeurée, & le regardoit luy-
meſme ſans s'émouuoir. Aquéméne,
étonné de la hauteur de cét Etranger,
eut d'abord aſſez de peine à s'y acoû-
tumer; mais enfin s'en eſtant ouuert
au Prince Phraáte, auec lequel il eſtoit en grande intelligence : & ce
digne Fils de l'artificieuſe Roxane
l'ayant inſtruit à ſa maniére, s'il ne
fut pas perſuadé de tout ce qu'il luy
diſoit contre la Fille d'Arſace, il crût
pourtant auec aſſez de facilité, que le
bon viſage que cette grande Princeſſe
faiſoit à mon Maître eſtoit la cauſe
& le ſoûtien de ſon éleuation. D'vn
autre côté Roxane, qui ſe ſeruoit de
tout pour paruenir à ſes fins, âpuyoit
ces mauuaiſesimpreſſionsde touteſon
adreſſe; & çóme ces premiéres ombres

V iiij

luy faiſoient vn nouueau jour pour
trauerſer les eſperances du Fils d'Artabane, pouſſant en ſuite ſa méchanceté auec plus de hardieſſe, elle ſe mit
bientôt à flater la paſſion d'Aquéméne. Elle eſperoit par là aigrir celle
d'Atis: ou pour mieux dire, puis que
la veritable paſſion d'Atis ne luy eſtoit pas connuë, elle pretendoit par
ce moyen publier celle qu'elle luy
vouloit imputer; & vous allez voir
comme ayant bien ménagé l'humeur
impétueuſe d'Aquéméne, ce Prince
abuſé en vſa par ſon conſeil. Il tâcha pendant quelques jours à ſe r'a-
doucir en faueur de mon Maître; &
apres cette legere preparation, trouuant vn ſoir occaſion de luy parler
dans les Iardins du Palais, où toute la
Cour ſe promenoit: Genereux Atis,
luy dit-il en le tirant à l'écart, ie ſçay
que ie n'ay encore rien fait pour meriter voſtre amitié: mais dans le be-

ſoin extréme que i'en ay, ie vous la
demande auant que de l'auoir me-
ritée : & i'ay meſme à vous en demander vne preuue aſſez délicate.
A moy, Seigneur, répondit mon
Maître, vous me demandez mon
amitié ? & comme dans la ſurpriſe
où il eſtoit, il eut encore repeté
la meſme choſe : Oüy, reprit
Aquéméne, ie vous demande vne
grande preuue de voſtre amitié, puis
que me trouuant dans vn état où
tout mon repos dépend de la Princeſſe, ie ſçay que vous pouuez bien
m'y ſeruir ſi vous le voulez. Il ſe tût
à ces mots, examinant le viſage de
mon Maître ; & parce que mon Maître embaraſſé demeuroit auſſi dans le
ſilence : Quoy, luy dit Aquéméne,
vous ne me promettez rien ? & vous
ne voudriez pas employer pour moy
le credit que vous auez ? Il redit encore la meſme choſe ſans qu'Atis ſe

mit en deuoir d'y répondre : mais enfin comme il recommençoit pour la troisiéme fois, mon Maître qui ne vouloit pas le laisser raisonner sur son étonnement, changea la resolution qu'il auoit prise de se taire. De sorte qu'apres s'estre fait vn peu de violence pour parler doucement : Seigneur, luy dit-il, ie suis tellement surpris de ce que vous me dites, que bien loin de sçauoir ce que i'y puis répondre, à peine sçay-je ce que i'en dois penser. Vous me faites beaucoup d'honneur de me confier le sentiment que vous auez pour la Princesse, & beaucoup de grace de vouloir que ie sois de vos Amis : mais ie ne suis pas assez fort pour soûtenir tant de grandes choses tout à la fois. O ! trop modeste Athenien, s'écria le Prince de Perse auec vn soûris présomptueux, ne me refusez pas par vostre modestie, ce qui vous est si glorieux à entreprendre, & ce qui vous fera si facile à executer. Depuis que i'aime i'ay cherché inutilement du secours en plusieurs endroits ; & ma passion m'auoit tellement aueuglé dans sa naissance, que ie ne connoissois pas que c'estoit à vous à qui il faloit s'adresser. Ie crains, Seigneur, repliqua mon Maître, qu'elle ne vous éblouïsse encore dans son progrez ; & lorsqu'elle vous fait descendre jusqu'à moy, c'est sans doute vne grande marque du desordre amoureux où vous estes. Mais, ajoûta-t'il assez brusquement (apres auoir surmonté le dépit qu'il auoit eu des derniéres paroles d'Aquéméne, & resolu d'employer son esprit en cette rencontre plûtôt que son courage) Vous n'auez possible pas consulté la Princesse Roxane sur vostre mal : outre qu'elle est assez de vos amies pour vous y seruir, elle peut icy tout ce qu'elle veut ; &

quand la Princeſſe Rodogune ne ſe rendroit pas à ſa puiſſance, elle ne ſçauroit ſe défendre de ſon adreſſe. O Dieux! s'écria Aquéméne, répõdant peut eſtre ſincérement à ce diſcours qu'il croyoit que mon Maître luy faiſoit de bonne foy, que vous me donnez vn dangereux conſeil, & que i'auois bien raiſon de m'aſſeurer de voſtre amitié, auant que de vous ouurir mon cœur! Il eſt en vous de me perdre ſi vous rendez compte de ce que ie vous dis à la Princeſſe Roxane: C'eſt elle ſeule que ie crains à Suſe plus que tout le reſte du monde ; & dans la fidelité qu'elle doit au Roy, & l'âfection qu'elle a pour la Princeſſe & pour le Prince Pacore, vous la verriez mon ennemie declarée, ſi elle ſçauoit que i'euſſe des penſées capables de trauerſer leurs deſſeins. Helas! continua-t'il en abaiſſant ſa fierté naturelle, le Prince Pacore eſt deſtiné

pour Epoux à la Princesse : sa naissance l'âpelle à cette grandeur : le Roy &
l'Etat l'ont ainsi resolu : la Princesse
y a déja consenty ; & en âtendant que
les desirs des vns, & les resolutions
des autres s'éfectuënt, la Princesse
Roxane les nourrit, & les entretient.
Ce seroit donc me découurir où ie me
dois cacher, ajoûta-t'il ; & Roxane
est trop âtachée à son deuoir, pour
me pardonner seulement vne pensée
de cette nature, & qu'elle regarderoit
comme vn crime d'Etat.   Vous me
faites ma leçon, Seigneur, repliqua
mon Maître ; & ce que la Princesse
Roxane n'oseroit entreprendre, il
n'est pas à propos que ie l'entreprenne. Mais, reprit Aquéméne, les
choses ne sont pas semblables ; & ce
que Roxane ne voudroit pas faire
pour moy, parce qu'elle ne le pourroit sans se mettre en danger, vous le
pouuez sans courre aucune risque.

Vous n'eſtes point ſujet du Roy des Parthes, vous ne luy auez iamais pro-mis fidelité ; & du reſte, ie ne crois pas que vous ayez nul engagement qui vous puiſſe empeſcher de rendre vn bon ôfice à vn Prince comme moy qui vous ouure ſon cœur, & qui vous donne ſon amitié. Le Prince de Perſe prononça ce mot d'engagement d'vn air qui n'exprima que trop le deſſein malicieux auec lequel il parloit : mais mon Maître qui craignoit de faire quelque nouueau deſordre qui obli-geât Ariſton à l'éloigner de Suſe, ne fit pas ſemblant de le connoître. Croyez-moy, Seigneur, dit-il au Prince de Perſe, ie n'ay pas aſſez d'ac-cez aupres de la Princeſſe, pour oſer luy parler de vous; & ce ſeroit en vain que ie hazarderois vn crime d'Etat pour voſtre ſeruice. Ie louë voſtre diſcretion, interrompit Aquéméne; & ie ne pretens pas que vous me van-

tiez icy tout le pouuoir que vous a-
uez. Ie sçay à quel poinct la Princesse vous considére, & que le desir
qu'elle a de se perfectionner dans la
Langue Grecque luy rend vostre conuersation fort agreable. Et bien, Seigneur, repartit mon Maître qui commençoit à se lasser de ce discours,
puis que le langage des Grecs a des
charmes pour la Princesse, il faut que
vous n'en ayez point d'autre auprès
d'elle. Vous auez déja de beaux commencemens; & pour peu que vous
preniez de peine, vous en sçaurez
bien-tôt toute la délicatesse. Aussi
bien, continua-t'il, les tendresses de
cœur ne s'expliquent iamais bien que
par les cœurs qui les ressentent, &
l'Amour se fait mal entendre par vn
Truchement. Cependant, reprit
Aquéméne, i'espererois beaucoup si
vous vouliez estre le mien; & ie sçay
que les personnes agreables sçauent

tout perſuader. Et moy, reprit mon
Maître d'vne façon impatiente, ie
crois que i'y réüſſirois mal ; & vous
me deuez croire auſſi quand ie vous
dis que ie ne me vois pas aupres de la
Princeſſe en état de vous y ſeruir. Ie
ſuis d'vn Pays, & d'vne race ennemie
du déguiſement & de l'artifice ; &
pour vous en donner vne preuue
toute entiére, Seigneur, de quelque
prix que ſoit voſtre amitié, ie ne veux
pas l'acquerir par vne perfidie : l'ay
l'honneur d'auoir part aux bonnes
graces du Prince Pacore : ie ſçay la
paſſion qu'il a pour la Princeſſe ; &
cela me ſûfit pour m'empeſcher d'a-
uoir aucun commerce auec vous.
Comme le Prince de Perſe ſentit à
cette derniere repartie, qu'il eſtoit
malaiſé de ſurprendre mon Maître, il
voulut l'engager à donner l'alarme
au Prince Pacore, ce qui eſtoit encore
vn conſeil de Roxane ; & pour cela
changeant

changeant de difcours & d'action :
Du moins, dit-il, ie me promets que
vous ne réuélerez pas le fecret de
mon cœur au Fils d'Artabane ; &
quelque amitié que vous ayez pour
luy, vous n'eftes pas tenu de luy dire
vne chofe de cette nature, qui ne luy
cauferoit que de la peine, & qui poffible troubleroit le repos de la Cour.
Aquémene tâcha de faire cette priére
à mon Maître d'vne façon craintiue,
afin de l'obliger à faire le contraire de
ce qu'il demandoit ; & mon Maître
fans s'arrefter à ce dehors : Pour ne
vous point tromper, luy repliqua-
t'il, fi ie voyois que cela fût de quelque confequence, ie ne manquerois
pas de luy en rendre conte.   Mais
comme dans le rang où il eft, le merite de fa perfonne, fes vertus, fes
droits, fa paffion ; & par deffus cela
la volonté du Roy, le bien de l'Empire, & le confentement de la Prin-

X

ceſſe, le mettent au deſſus de l'enuie,
ie pourray aiſément vous eſtre fidelle : & vous n'auez rien à craindre
de moy, lors que ie crois qu'il n'a rien
à craindre de vous.   Neantmoins,
reprit Aquémene aſſez déconte-
nancé, ſi vous eſtiez de mon party,
peut-eſtre auroit-il quelque inquiétude dans ſon eſperance ; & vn engagement d'Etat ſeroit foible, où l'on
pourroit opoſer vn engagement de
cœur. Quand ie ſerois du voſtre,
ajouta mon Maítre, vous n'en ſeriez
pas plus dangereux ; & ie ſuis ſeur que
le Prince Pacore n'en concéuroit
nul ombrage : Il vous plaindroit
des ſoûpirs que vous perdriez, ſi
vous eſtiez de ſes amis ; & n'en feroit
que rire, ſi vous n'en eſtiez point.
L'abord du Prince Orode & de la
Princeſſe Siſigambis, empeſcha le
Prince Aquémene de répondre à ces
paroles. Il témoigna pourtant qu'il

en eſtoit ofencé; & à meſure qu'il
y fit reflexion, il vit ſi bien qu'il n'a-
uoit pas reüſſy dans ſon deſſein, qu'il
ſe repentit d'auoir ſi inutilement fait
violence à ſon humeur, pour ſuiure
le conſeil de Roxane. Car ce n'eſtoit
pas là ſa maniere d'agir & de parler.
Il ne ſceut iamais ce que c'eſt que de
ſe contraindre & de ſe déguiſer; &
quoy qu'à dire la verité il ait beaucoup d'eſprit, c'eſt ſi rarement qu'il
le conſulte, qu'en toutes choſes il
n'employe que ſa fierté, & ne ſe ſert
que de ſon courage. Cependant mon
Maître s'eſtant ainſi ſeparé de luy,
ne jugea pas qu'il eût rien à ſe reprocher, ou à craindre de cette conuerſation : au contraire, il crût qu'il
s'eſtoit aſſez bien défendu, quoy que
ſans éclat; & ſa conduite & ſa retenuë luy furent des ſujets de ſatisfaction en cette rencontre. Mais ce
plaiſir ſecret qu'il auoit, d'auoir fait

tefte au Prince Aquémene, ne fut pas
longtemps dans fon cœur. Comme il
fe remit à la fuite de la Princeffe, il la
vit fi trifte, qu'il le deuint comme
elle : Il en parla à quelques-vnes de
fes amies qui ne pûrent luy en rendre aucune raifon : Il l'examina luy-
mefme auec tout le foin dont fon
amour, fon inquiétude & fa curiofité le rendoient capable, fans en
pouuoir découurir la caufe ; & tout
ce qu'il pût reconnoître lors qu'elle
r'entra au Palais, fut que la Princeffe
ne luy ayant rien dit contre fa coûtume, elle l'auoit regardé auec quelque forte de froideur. De forte que
ne fçachant que préfumer d'vn changement fi fubit, nous vinfmes à l'a-
partement du Prince Pacore pour
voir ce que l'on y difoit. Ni la joye,
ni la liberté n'y regnoient pas comme
à l'ordinaire : Il y auoit vn grand
filence : quelques-vns fe parloient

en secret : d'autres moins confiderables tâchoient en passant à prester
l'oreille à ceux-cy : chacun paroissoit
dans la crainte & dans la défiance ; &
ce Prince estoit déja couché. Tout
cela, comme vous pouuez croire,
augmenta beaucoup l'inquiétude de
mon Maître ; & dans la perplexité
où il estoit, ce ne fut pas sans peine
que ie l'obligeay de se retirer au logis
de Télecle.

Les choses n'y estoient pas de mesme ; & Ariston & Cleon se trouuoient auec cet illustre Grec dans vn
entretien qui leur donnoit vne joye
qu'ils atendoient il y auoit long-
temps. Il leur venoit d'aprendre,
que la Fortune s'estoit enfin declarée
pour Demétrius ; que ce grand Roy
s'estoit rendu Maître de la basse
Syrie ; qu'il tenoit Aléxandre assiegé
dans la Ville de Samarie ; que le Roy
d'Egypte auoit esté contraint de l'a-

bandonner pour songer à ses propres Etats, où la guerre s'alumoit ; &
que le Roy de Capadoce auoit esté
repoussé dans les siens par les forces
du Roy d'Arménie. C'estoient là
sans doute des nouuelles fort agreables ; & mon Maître, tout préocupé
qu'il estoit, y parut aussi sensible qu'il
le deuoit estre. Si bien que mon Pére,
qui voyoit le plaisir qu'il prenoit à
les entendre, trouuant l'ocasion fauorable de luy parler de son départ,
intérompit Télecle pour l'auertir
que le temps en estoit venu. Mais
quoy qu'il le vit aussi bien que luy,
il n'estoit pas aux termes de s'y pouuoir resoudre si facilement ; & ce
charme secret qui le retenoit à Suse
auprés d'vne Maîtresse, estoit bien
plus fort que cette voix éclatante qui
le r'apelloit en Syrie auprés du Roy
son Pére. Ce ne fut pas neantmoins
ce qu'il répondit à Ariston ; & com-

me si seulement il eût douté de cette nouuelle, qui d'vn côté entroit assez doucement dans son cœur, & qui d'vn autre faisoit tant de violence à son amour, il dit qu'il en faloit sçauoir dauantage auant que de s'y fier: & que ce bruit estant possible sans fondement, il ne croyoit pas qu'il fût à propos de rien conclure s'il n'estoit bien confirmé. A cela Télecle reprenant la parole pour montrer que la chose estoit hors de doute, luy aprit que déja les Prouinces de la Mesopotamie voisines de l'Eufrate, leuoient les armes en faueur du Roy son Pére; & que le Prince Orode, alarmé de cette nouuelle, enuoyoit des troupes chez les Osroëns & les Tinges : auec ordre aux Gouuerneurs de les tenir en bride; de peur qu'estant des Peuples reuoltez de Syrie, la gloire seule du vainqueur ne les ramenast à leur deuoir. Mon Maître ne pût

X iiij

rejetter vne preuue si positiue : mais comme il auoit des choses plus pres-santes dans le cœur, il ne s'y rendit pas. Ariston fit tous ses éforts pour le persuader. Il luy remontra que Demáte n'estant point reuenu, il faloit qu'il ne fût pas alé en Armé-nie : & qu'ainsi personne ne sçachant où nous estions, le Roy son Pére de-uoit estre dans vne peine extréme. Il joignit des larmes & des soûpirs à ses raisons & à ses priéres ; & soit par les sentimens de la Nature, ou par ceux de sa gloire & de son amour, enfin il n'oublia rien de ce qui le pouuoit fléchir, & de ce qui l'eût aisément conuaincu en toute autre saison. Cependant quoy qu'il pût dire, le Prince se défendit auec plus d'opi-niâtreté que iamais ; & comme si la tristesse dans laquelle il auoit veu la Fille d'Arsace eût presté de nouuelles forces à sa passion, il est certain qu'Ariſton eût inutilement combatu ſa reſiſtance, ſi Télecle ne fût venu à ſon ſecours. Ce Grec ſçauoit bien mieux que nous le péril où nous eſtions; & comme ie vous l'ay dit, il ne nous en auoit fait vn ſecret que par prudence. De ſorte qu'ayant encore apris de nouuelles choſes que ie vais auſſi vous aprendre: & dans ces choſes ne trouuant plus de ſeureté à diferer noſtre retraite ni la ſienne propre, il ſe détermina à nous confier les vnes & les autres, pour emporter ſur l'eſprit du Prince ce que les éforts de mon Pére n'auoient pû obtenir. Seigneur, dit-il en s'adreſſant à luy, il n'eſt pas juſte que vous vous perdiez tout ſeul; & lors que vous ne voulez pas vous ſauuer du péril où ie vous ay jetté ſans y penſer, il faut que ie me perde auec vous. Voſtre vie, celle d'Ariſton, & la mienne, dépendent de voſtre

conduite ; & ſi vous fermez l'oreille
à ce que ie vais vous declarer, ie vous
remets, & nous nous remettons tous
auec vous à la prouidence du Ciel.
A ces mots que Télecle prononça
d'vn ton de voix qui paroiſſoit bien
annoncer de grandes choſes, il paſſa
dans l'antichambre: regarda s'il n'y
auoit perſonne : en ferma la porte;
& rentra dans le Cabinet où nous
eſtions d'vne façon fort émeuë. Il
y fit aſſeoir le Prince; prit vn ſiége
auprés de luy: le pria de ne le point
intérompre ; & comme toutes ces
précautions le rendoient fort atentif
à ce que Télecle vouloit dire, ce Grec
commença à raconter l'intrigue de
la Cour, & les mauuais deſſeins que
Roxane auoit toújours formez contre la Princeſſe, plus ſuccinctement
encore qu'il n'auoit fait à Zegire, où
il nous en auoit parlé la premiere fois.
De là venant à noſtre ariuée à Suſe,

il fit remarquer au Prince, comme
aprés y auoir esté fort bien receu, il
s'estoit veu aussitôt dans les bonnes
graces du Prince Orode & de la Princesse sa Femme; que depuis, ayant
suiuy son inclination, il s'estoit particulierement ataché au Prince Pacore; que le Prince Phráate s'en estoit ofencé; que la Princesse Rodogune auoit esté témoin de leur querelle; que fut, ou par son propre
intérest, ou par d'autres mouuemens,
il sçauoit bien qu'elle auoit pris
parti contre le Fils de Roxane: mais
que sans doute il ne sçauoit pas par
quel motif Roxane auoit obligé
Phráate à faire satisfaction à la Princesse. Que c'estoit le mistére éton-
nant qu'il luy aloit aprendre; & que
s'il ne l'auoit pas réuelé à Ariston,
ç'auoit esté de peur de l'éfrayer dans
vn temps où il estoit dangereux de le
paroître, & de tenter vne retraite.

Alors Télecle ayant repris haleine, parce qu'il parloit auec beaucoup de vehemence, nous découurit ce grand & témeraire deſſein que Roxane auoit de deſ-honorer la Fille d'Arſace par raport au bel Athénien. Il raconta mot pour mot tout ce qu'elle luy auoit dit ſur ce ſujet, & ce qu'il auoit eſté forcé de luy promettre pour la flater dás cette entrepriſe. Il paſſa enſuite aſſez légerement ſur cette vie délicieuſe que nous auions menée à la Cour pendant l'abſence de Phráate & de Vologéſe. Il nous fit voir poſitiuement, que ces deux Fils d'Orode n'auoient pris ocaſion d'aler à la rencontre du Prince & de la Princeſſe de Perſe, que pour laiſſer Atis en plus grande liberté auprés de la Fille d'Arſace; & tombant ainſi ſur l'ariuée d'Aquémene, il nous montra que ce Prince abuſé eſtoit encore vn nouuel Agent de Roxane.

Qu'elle luy auoit perſuadé qu'il pouuoit auſſi bien ſe promettre d'eſtre
aimé de Rodogune, que le Fils d'vn
banny de la Gréce qu'elle aimoit;
que dans cette extrauagante penſée
Aquémene ſe diſpoſoit à nous faire
confidence de ſa paſſion; qu'il vouloit en nous la faiſant connoître, ou
découurir celle d'Atis, & l'irriter : ou
du moins donner de l'ombrage au
Prince Pacore : & par cét artifice
porter toutes choſes dans vn grand
éclat. Qu'aprés cela, Roxane deuoit
rompre auec le Prince Aquémene, &
ſe declarer contre luy; qu'elle feroit
aſſaſſiner l'Eunuque Bagoſe qui luy
eſtoit ſuſpect auprés du Roy ; qu'on
publieroit qu'Atis l'auroit tué, parce
qu'il ſe feroit opoſé à la paſſion honteuſe que la Princeſſe auoit pour luy;
& qu'enfin, pour donner les derniéres couleurs à cette infamie dont on
pretend oit couurir la Fille d'Arſace,

on poignarderoit Atis dans l'apartement de cette infortunée Princesse,
sous pretexte de vanger son honneur
& la mort de Bagose.   Que si aprés
cette connoissance Seigneur, poursuiuit Télecle en regardant mon
Maître, vous ne voulez pas vous
sauuer pour l'amour de vous-mesme,
ie crois du moins que vous y pense-
rez pour l'amour de Rodogune.
Vous voyez comme sa reputation est
atachée à vostre salut ; & vous ne
voudriez pas mourir à sa honte, lors
que vous vous proposez de viure pour
son seruice & pour sa gloire. De vous
dire, Seigneurs, quel fut l'étonnement du Prince & d'Ariston à ce discours de Télecle, ce n'est pas vne
chose qui me soit possible, puis que
mesme ie ne sçaurois vous exprimer
quel fut le mien. Nous demeurâmes
tous immobiles comme des Statuës ;
& mon Pére, abatu sous l'horreur &

ſous l'épouuante, fut le premier qui
changeant de poſture, mit ſes deux
mains ſur ſon viſage, & ſe laiſſa aler
la teſte juſque ſur les genoux. Mon
Maiſtre ateint d'vne autre ſorte, ſe
leua de la chaize où il eſtoit ; & aprés
auoir pouſſé vers le Ciel vn violant
ſoûpir : Quoy ? dit-il, on ſe ſert de
moy pour nuire à la Princeſſe ! Et à
ces mots les larmes luy tombant des
yeux, il ſortit du Cabinet, & fit quelques pas dans la Chambre comme
pour nous en oſter la connoiſſance.
Mais comme cette foibleſſe n'eſtoit
que la marque du deſordre de ſon
ame ; & que la cauſe de ce grand deſordre ne luy permettoit pas de s'a-
reſter à ſes éfets, il reuint bientôt
vers Télecle ayant le viſage tout
moüillé. C'eſt donc là, reprit-il, ce
que me diſoit aujourd'huy le Prince
de Perſe ? & c'eſt là ce que ie ne pouuois comprendre lors qu'il me prioit

de le seruir auprés de la Princesse.
Aprés cela il luy aprit toute la conuersation qu'il auoit euë auec Aquémene; & Télecle étonné à son tour
de voir que la chose estoit déja si
auancée, n'estoit plus capable de raisonner, & ne disoit plus autre chose
sinon qu'il faloit partir. De sorte
qu'acheuant encore de s'éfrayer au
recit que ie luy faisois du changement que nous auions remarqué sur
le visage de la Princesse, & à la Cour,
il s'écria qu'il n'y auoit plus de temps
à perdre. Le Prince, qui dans son
cœur combatoit toûjours contre ce
cruel départ, tâchoit de r'asseurer Télecle. Il luy vouloit persuader que la
Princesse ne luy auoit peut-estre témoigné quelque froideur, que sur
ce qu'il venoit d'entretenir Aquéméne, que ni elle ni le Prince Pacore
ne croyoient pas dans leurs intérests:
ou que le souleuement de ces Prouinces,

uinces, dont la nouuelle deuoit estre
assez fâcheuse à tous les Parthes, pouuoit estre aussi la cause de son chagrin particulier. Mais Télecle mieux
instruit que nous, le retira bientôt
de cette pensée. Il luy remontra que
la Fille d'Arsace n'estoit nullement
apellée aux afaires d'Etat; & que,
quand la reuolte des Osroëns seroit
venuë à sa connoissance, ne sçachant
point la joye que nous en deuions
auoir, ce ne seroit pas à nous à qui
elle en témoigneroit son déplaisir.
Ainsi concluant toûjours au départ,
il l'assura que la Princesse estoit in-
formée des pratiques de Roxane;
que l'Eunuque Bagose les auoit découuertes, & que la tristesse que nous
auions veuë à la Cour ne luy permettoit pas d'en douter; & sur cela le
conjurant, & nous auec luy, de n'en
témoigner nulle inquiétude, il nous
dit qu'on ne deuoit atenter à la vie

Y

d'Atis qu'aprés auoir tué Bagose ; que c'estoit luy qui donnoit les ordres pour ce crime ; & qu'il auoit crû se deuoir charger du projet, afin que personne n'en entreprit l'execution. Maisqu'il faloit se reposer sur sa conduite, & le laisser faire tandis qu'il amusoit Roxane. Que les Grecs qu'il auoit mandez pour assassiner l'Eunuque, ne pouuoient se rendre à Suse que dans trois jours ; qu'il les auoit choisis exprés assez éloignez, afin d'auoir le temps de se retirer ; & que selon les mesures qu'il auoit prises il ne dépendoit plus que du Prince de rópretoutes celles de ses ennemis. Enfin Seigneur, ajouta-t'il en luy tendant les bras, c'est en fuyant qu'il faut faire auorter les desseins criminels de Roxane ; c'est en fuyant qu'il faut combatre pour la gloire de Rodogune, & pour vostre vie ; & vostre fuite enfin met à couuert toutes chofes. Alons donc Télecle! s'écria le Prince; alons Ariſton! & puis que la vie & la mort d'Atis ſeroient icy également nuiſibles à ma Princeſſe, alons en Syrie reprendre le nom d'Antiocus! Cette réſignation du Prince remit le calme dans nos eſprits, où les diſcours de Télecle auoient mis tant d'éfroy: ſi bien qu'aprés auoir aſſez longtemps raiſonné ſur les moyens les plus ſeurs & les plus prompts pour la retraite, on la conclud pour le lendemain à l'iſſuë de la partie de Chaſſe que le Fils d'Artabane auoit faite.

Cependant mon Maître paſſa la nuit dans vne agitation auſſi fâcheuſe que vous le pouuez imaginer; & pour ſe leuer auant le jour il n'eut pas la peine d'interrompre ſon ſommeil. Il prit ſes armes, ſelon la coûtume des Parthes qui vont à la Chaſſe comme s'ils aloient à la guerre;

& mon Pere & Télecle nous ayāt bien
inſtruits de ce que nous auions à faire
de noſtre côté, nous alâmes au leuer
du Prjnce Pacore, tandis que du leur
ils diſpoſoient les choſes neceſſaires
à noſtre retraite. Mais comme les meſures en eſtoient priſes ſur vne Chaſſe,
& que le mauuais temps en fit remettre la partie au lendemain, nous fûmes auſſi contraints d'y remettre la
noſtre. Nous demeurâmes armez
tout le reſte du jour, à l'exemple de
pluſieurs autres Chaſſeurs, auſquels
la paſſion de la Chaſſe auoit fait eſperer que la pluye ceſſeroit de bonne
heure; & quelque deſordre qu'il y
eût dans l'ame de mon Maître, il eut
aſſez de force pour ne témoigner
qu'autant d'inquiétude qu'il en faloit, pour prendre part à la conſter-
nation generale où tous les amis du
Fils d'Artabane ſe trouuoient. Il ſe
compoſa meſme le viſage à l'imita-

tion de ce Prince ; & ſi Pacore fit tout ce qu'il pût pour luy déguiſer ſa mauuaiſe humeur, mon Maître de ſon côté agiſſant & parlant auec luy ſelon ſa coûtume, le perſuada aſſez qu'il ne connoiſſoit en luy nul changement. Il ne voulut pourtant pas l'acompagner chez la Princeſſe. Nous alâmes à l'apartement de Siſigambis : nous paſſâmes de là en celuy d'Ennoramita : nous viſmes la Princeſſe des Vadaſſes ; & aprés auoir eſté dîner chez Télecle nous reuinſmes au Palais. Mais comme le Prince Pacore ne ſe trouua pas où nous le cherchions, mon Maître qui le croyoit auprés de la Princeſſe ne ſe pút faire la meſme violence qu'il s'eſtoit faite le matin. Son amour alors la plus forte le mena où ſa douleur luy défendoit d'aler ; & quoy qu'en entrant dans la Galerie, qui de l'apartement du Fils d'Artabane ſe ren-

Y iij

doit à celuy de la Fille d'Arſace, quelqu'vn eût dit en paſſant que le Prince Pacore eſtoit alé faire vne viſite à la Princeſſe de Perſe, neantmoins il ſuiuit le mouuement ſecret qui le conduiſoit. Toute la retenuë qu'il eut, fut d'aler d'abord à ſa chambre de Marſione, ſa conſcience, toute innocente qu'elle eſtoit, ne luy permettant pas pour lors de ſe préſenter deuant l'infortunée Princeſſe dont il cauſoit le chagrin. Mais il la trouua lors qu'il ne la cherchoit pas; & ſi l'état dans lequel il la vit ne le fit pas mourir de compaſſion, c'eſt que cette meſme compaſſion dont il fut ſaiſi retint ſon ame qui s'enfuyoit. La Fille d'Arſace eſtoit dans cette chambre de Marſione apuyée ſur vne table : Elle ſe plaignoit auec cette tendreſſe impatiente qui n'eſt propre qu'à l'innocence oprimée: ſon viſage eſtoit tout couuert de

larmes; & la Princeſſe Pariſatis & la
Princeſſe Ennoramita qui ne la pouuoient conſoler, en répandoient
comme elle. Iamais la douleur n'a-
uoit eu tant de beautez en proye
qu'elle en auoit en cette occaſion;
& ces belles afligées faiſoient enſemble vn concert de ſoûpirs ſi tendre & ſi ſenſible, qu'il portoit à l'a-
mour toutes les facultez de l'ame au
milieu de la pitié. Mon Maître, qui
n'eſtoit déja que trop préueñu des
ſentimens de l'vne & de l'autre, ſentit auſſi ces nouuelles ateintes auec
toute la violence & l'éfort dont ces
deux paſſions ſont capables. Il re-
ferma la porte à ce triſte ſpectacle,
auſſi doucement qu'il l'auoit ouuerte; & aprés ie ne ſçay quelle reflexion tumultueuſe que luy-meſme
n'a iamais pû expliquer, il commençoit à retourner ſur ſes pas, lors que
Marſione vint luy dire qu'il entrât.

Y iiij

Il obeït en tremblant, quoy que ce
fut fans répugnance; & la Princeffe
affligée ayant ôté le mouchoir dont
elle effuyoit fes beaux yeux : Que
cherchez - vous, luy dit-elle? & fi
c'eft moy, eft-ce par l'ordre de mes
ennemis que vous me cherchez, ou
fi c'eft de voftre mouuement? A ces
paroles, quoy que prononcées d'vn
ton de voix qui exprimoit trop de
douleur pour auoir rien de rude,
mon Maître demeura quelque temps
interdit; & ne pouuant fe recõnoître
ni dans les paffions, ni mefme dans les
penfées qui le troubloient : Madame,
repliqua-t'il en baiffant les yeux, vous
m'en demandez trop, ou vous ne
m'en demandez pas affez pour vous
pouuoir répondre. Ie n'agis icy ni
par le confeil d'autruy, ni de deffein
prémedité. C'eft vn mouuement
inquiet & confus qui m'y améne; &
dans l'état des chofes, à peine fçay-je

ſi c'eſt vous que ie cherche, quoy que
ie ſçache bien que vous eſtes l'vnique
objet de tous mes reſpects. Il ſoûpira
en acheuant ces mots ; & la Princeſſe
qui voyoit aſſez ſa juſtification dans
ſes regards :   O ! Atis, reprit-elle,
ſeroit-il bien vray que vous n'euſſiez point de part au deſſein de mes
ennemis ? & pourrois-je auoir cette
conſolation de m'en plaindre deuant
vous ? Non non, Madame, repliqua-
t'il, ce n'eſt pas aſſez que de vous
plaindre, il faut vous vanger ; & lors
que l'on ſe ſert de moy pour vous
tirer des larmes, c'eſt à moy à donner
tout mon ſang pour ces larmes que
vous perdez.   Aux Dieux ne plaiſe,
reprit-elle ! & ce n'eſt pas ce que ie
demande. Mais puis que vous en ſçauez aſſez pour m'épargner la honte
que i'aurois à vous dire ce qui m'a-
flige, ô Atis plaignez-moy ! Vous y
eſtes peut-eſtre obligé, puis que ie

ne vous adreſſe pas mon reſſentiment; & que vous ayant toûjours
connu trop vertueux, pour eſtre
complice de l'outrage qu'on me fait,
ie me plains ſeulement à voſtre innocence de l'atentat qu'on fait à la
mienne. Mais Madame, repliqua
mon Maître, il y faut vn remede; &
dans le déplorable état de ma vie,
n'ayant que ma vie à vous ôfrir, ie
vous l'aporte comme la ſeule victime
qui doit expier l'ofence à quoy elle
ſert: Pour voſtre repos, ſacrifiez la
à la rage de vos ennemis: Il faut qu'il
vous en coûte quelque choſe pour
triomfer de leur crime; & vous ne
ſçauriez leur rien abandonner qui
ſoit plus à vous, & qui vous ſoit
peut-eſtre moins cher, ajouta-t'il en
ſoûpirant, que le malheureux Atis.
Il commençoit ainſi à parler d'vne
façon fort touchante; & ne témoignoit que trop la force & la ten-

dreſſe de ſes ſentimens, pour atirer le cœur & l'atention de celles qui l'écoutoient. Outre que ſa vertu eſtoit bien établie auprés d'elles, il n'en faloit pas tant pour la ſoûtenir en cette rencontre; & les preuues qu'elles auoient de la méchanceté de Roxane ſufiſoient ſans doute, pour les empeſcher d'étendre leurs ſoupçons au delà de leur connoiſ-ſance. La Princeſſe Pariſatis & Mar-ſione ſe montroient déja aſſez aten-dries pour luy; & comme l'inno-cence ſe fait des partiſans de toutes les perſonnes vertueuſes, il ſembloit que celles-cy plaignoient la fortune d'Atis d'auſſi bon cœur qu'elles dé-ploroient celle de la Princeſſe. Enno-ramita eſtoit en aparence vn peu plus poſée & plus retenuë, quoy que dans le fonds ſa compaſſion fut égale; & pour la Fille d'Arſace, ſi ie ne me trompe, elle regardoit Atis auec des

fentimens encore plus fauorables que
les autres. Mais comme elle eſtoit
la plus intereſſée, elle auoit auſſi le
plus d'impatience : ſi bien que ne
voulant répondre qu'à ſa propre afliction ; & ſe défendant poſſible auec
quelque dépit de ce qu'elle ſentoit
pour lors en faueur de mon Maître :
Ie vous ay déja témoigné, luy dit-
elle en ſe leuant de la place où elle
eſtoit, que ce n'eſt pas voſtre vie que
ie demande ! & vous deuez croire
que mille vies comme la voſtre ne
me ſatisferoient pas ſi vous eſtiez
criminel ! Ie veux donc que vous
viuiez, reprit-elle d'vne façon aſſez
impatiente : ie veux que vous viuiez;
Eh ! pourſuiuit-elle en abaiſſant ſa
voix auec vn ſoûpir, quand ie ne le
voudrois pas parce que ie vous crois
innocent, ie ſuis tellement engagée
en voſtre fortune, que ie le voudrois
toûjours quand meſme vous ſeriez

coupable. Voſtre ſang rejailliroit ſur ma perſonne ; & dans la conjonĉture des choſes, celle qui me perſecute ne demanderoit pas mieux, que de pou-uoir donner des couleurs à vn crime imaginaire par vn crime éfeĉtif. Mais, ſans aller ſi loin, ie ne veux pas eſtre la cauſe innocente de voſtre mort, comme vous l'eſteꜱ de ma peine ; & ſans vous ſacrifier à mon malheur, i'atendray que le temps y remedie. Ie vous demande pardon, Madame, repliqua doucement mon Maître dont l'ardeur s'eſtoit vn peu moderée par cette petiꞇe fierté que la Princeſſe auoit fait éclater : ie n'a-uois qu'vne vie à vous ofrir ; & ie croyois que la malice de vos perſécu-teurs n'eſtant fondée que ſur la pro-teĉtion que vous m'auez donnée, il vous eſtoit aiſé, en me liurant à la mort, de leur montrer, que vous n'y auiez iamais priꞧ d'intereſt. Mais

Madame, continua-t'il, ſi cette vie
malheureuſe a pû vous nuire en l'é-
tat où ie ſuis, ie vois bien qu'en ce
meſme état ma mort ne vaudroit pas
aſſez pour vous ſeruir.... Par quelque
raiſon que ce ſoit, s'écria la Princeſſe
en l'intérompant, ie veux que vous
viuiez ; & ie n'ay que trop de ſujets
d'afliction, ſans auoir encore voſtre
perte à me reprocher. Ne me parlez
donc plus, ni de ſang, ni de mort,
ni de ſacrifice, ſi vous ne voulez que
ie croye que vous eſtes d'intelligence auec mes ennemis : & plai-
gnez moy ſeulement du mal que l'on
me fait de la façon dont vous me deuez plaindre. Ce n'eſt pas d'aujour-
d'huy que vous eſtes inſtruit de la
Cour de Suſe : vous m'auez auoüé
que vous en connoiſſiez les afaires
auant que d'y eſtre venu ; & depuis
voſtre ariuée vous les auez non ſeulement connuës par vous-meſme,

mais encore vous ay-je dit tout ce
que i'en fçauois. Helas! reprit-elle
en laiffant couler fes larmes qu'elle
ne pouuoit plus retenir, ie vous re-
ceuois dans ma confidence: Ie riois
auec vous des foles penfées de Roxane; & ie ne fçauois pas que cét
innocent plaifir me coûteroit fi cher.
Mais Atis, puis que vous auez feruy
à Roxane contre moy, feruez moy
contre Roxane: par voftre abfence
ôtez à cette ennemie l'auantage que
voftre prefence luy donne; & foyez
moy affez fidelle pour ne pas témoigner en vous en alant, que c'eft à mes
ordres que vous obeiffez. Faites qu'il
paroiffe que c'eft vous qui vous retirez, & que ce n'eft pas moy que
vous l'ordonne: Ie vous en fais le
commandement auec affez de regret
pour vous obliger à cette difcretion;
& dans cette ouuerture de mon cœur
vous voyez affez l'eftime que i'ay

pour vous. O! Madame! ô! Madame!
s'écria mon Maître en se jettant à
ses genoux, s'il ne faut que cela pour
vous satisfaire, que ie suis malheureux d'auoir si longtemps atendu!
& comme la Princesse l'eût fait releuer: Cependant, poursuiuit-il, vous
ne me préuenez que d'vn jour: ma
retraite estoit déja resoluë; & dans
la part que ie prens à vos peines, &
dans les ressentimens que i'ay contre
vos ennemis, ne pouuant rien faire
pour adoucir les vnes; & n'osant rien
entreprendre pour vous vanger des
autres, ie m'en alois sans prendre
congé de vous. Ie vous laissois peut-
estre vne mauuaise opinion de ma
conduite; & vous m'auez non seulement permis de la justifier, vous m'y
auez aidé vous-mesme. Acheuez
donc Madame, ajoûta-t'il, acheuez
de me défendre; & comme ie vous
seray fidelle en m'en alant, faites
s'il

s'il vous plaît que vos propres ennuis, s'il est possible qu'on les ré-
ueille aprés mon départ, ne fassent
iamais naître en vous de soupçons
contre moy. Quoy que ie sois amy
de Télecle, ne croyez pas que i'aye
esté le Ministre de Roxane ; & s'il
vous reste des chagrins contre le
nom d'Atis, n'en écoutez iamais
contre sa personne. Ie ne suis pas ce
que l'on pense : ie ne suis pas le Fils
d'Aristide ; & ie vous dirois peut-
estre, & ma naissance, & mon nom,
si ie ne craignois d'y ajouter quelque
chose de plus. Le secret de mon cœur
m'empesche ainsi de vous aprendre
celuy de ma vie ; & cependant, Madame, ie sens bien que ie vous dirois
l'vn & l'autre, n'estoit que l'ouuerture de l'vn seroit préjudiciable à
l'autre. Hé ! dites Atis, repartit in-
nocemment la belle Princesse qui ne
songeoit pour lors qu'à sa douleur,

Z

expliquez-vous, ſi ce ſont des choſes
qui me touchent. Helas! Madame,
reprit-il, ie ne crois pas que ces choſes vous touchét encore qu'elles vous
regardent: mais l'ocaſion eſt trop
dangereuſe pour vous les découurir;
& il vaut mieux que ie m'en aille
comme Atis doit s'en aler, que de
vous donner des connoiſſances qui
dans la conjonĉture où nous ſommes ſeroient ſans doute mal receuës.
Non Madame, reprit-il aprés quelques momens de ſilence cõme feroit
vn Homme qui eſt tenté de dire ce
qu'il n'oſe, vous n'eſtes pas en état de
les receuoir fauorablemét: vous dou-
teriez des vnes, afin de condamner les
autres auec plus de rigueur; & les
meilleurs ſentimens vous deuenant
ſuſpeĉts, vous me regarderiez plú-
tôt comme le Fils inſolent d'Ariſtide & comme vn impoſteur, que
comme l'ennemy de Roxane. Mon.

Prince balançoit ainsi dans le desir
de declarer tout ce qu'il estoit ; & son
amour, & la confiance qu'il auoit en
la bonté de la Princesse, l'en sollici-
toient puissamment. Mais comme
il sçauoit bien que la persecution
qu'on luy faisoit pour lors , n'estoit
fondée que sur le trop de bonté qu'-
elle auoit euë pour luy, il se retenoit
de peur de luy donner lieu de croire,
qu'il tiroit auantage de ce bruit injurieux qui s'éleuoit contr'elle. Il
craignoit d'ailleurs, qu'en se declarant amoureux d'elle lors qu'on l'a-
cusoit d'estre amoureuse de luy, cette
declaration mal entenduë ne le fit
paroître complice de Roxane; & il
ne vouloit pas exposer la gloire de
son veritable nom, ni la pureté de
son amour, à l'infamie de cét intrigue que joüoient les ennemis de sa
Princesse. Des considérations si délicates, & si dignes d'vne belle ame

Z ij

comme la sienne, s'opoſoient donc
au noble orgueil de ſa naiſſance, &
à l'impétuoſité de ſa paſſion. Mais
comme enfin l'amour eſt toûjours le
Maître de tous les mouuemens du
cœur où il regne: & qu'auec cela la
curieuſe Fille d'Arſace le preſſoit extrémement de parler, ie crois qu'il
n'eût pas eſté en ſon pouuoir de ſe
retenir dauantage, ſi pour l'intérompre on n'eût entendu pluſieurs
perſonnes, qui paſſant dans la Galerie
par laquelle nous eſtions venus, ſembloient âler à l'apartement de la
Princeſſe. Comme il ſe tût à ce bruit,
la deſolée Fille d'Arſace parut toute
interdite; & dans ce trouble ne pouuant retenir ſes larmes lors qu'elle y
faiſoit le plus d'éfort, elle dit adieu
à mon Maître: mais elle prononça
cet adieu d'vne façon ſi douloureuſe,
& l'acompagna d'vn regard ſi doux
& ſi pénetrant tout enſemble, que

mon Maître ne se connoissant plus,
se jetta pour la seconde fois à ses genoux. Madame, luy dit-il, ie ne suis
pas le Fils d'Aristide : ie suis ce que ie
n'ose vous dire ;　& ie vous fais vn
secret de ma naissance, parce que ie
suis contraint de vous en faire vn du
sentiment de mon cœur. Ie m'en vais
comme vous me l'ordonnez, & sans
dire que vous me l'auez ordonné :
mais en quelque endroit que i'aille,
permettez-moy, Madame, de prendre part à tout ce qui vous ariuera,
ie ne cesseray iamais d'estre à vous,
& toute ma vie est à vous. Alez Atis,
répondit elle en soûpirant, & mettant vn mouchoir sur ses yeux ; alez,
ie veux bien que vous vous souue-
niez de moy ; & si vous viuez en reputation parmi les Hommes, comme
ie n'en doute point, croyez que ie
prendray part à vostre gloire. A ces
mots il luy baisa le bas de la robe ;

Z iij

& comme la Princesse la retiroit
afin de s'en aler, il fut si heureux
qu'il rencontra sa belle main, sur
laquelle il apuya ses levres assez fort,
pour luy faire sentir qu'il y déroboit
vn baiser. Elle n'y prit pas garde, ou
elle ne le fit pas connoître ; & sortant
promptement de la Chambre de Marsione, à peine la Princesse Parisatis &
Ennoramita qui la deuoient suiure,
eurent le loisir de faire releuer mon
Maître, & de l'asseurer de leur bien-
ueillance, & de leur souuenir. Il demeura, comme vous le pouuez imaginer, dans vn état pitoyable ; &
Marsione, quelque compassion qu'-
elle en eut, estoit trop atachée aux
déplaisirs de sa Maîtresse, pour pouuoir plaindre ceux d'vn autre. Au
contraire elle acheuoit d'acabler l'esprit d'Atis en luy confiant, auec
moins de circonspection que la Fille
d'Arsace n'en auoit eu, toutes les

chofes fâcheufes dont l'ame de cette
grande Princeffe eftoit preuenuë;
& mon Maître, qui ne vouloit plus
fe juftifier de rien, laiffoit aler deuant
Marfione tous fes foûpirs au gré dè
fon defefpoir. Dans vn fi grand defordre il ne fongeoit guére à fortir
de cette Chambre, où il y auoit tant
à craindre que quelques perfonnes
fufpectés ne nous trouuaffent;   &
fans Bagofe, qui vint fort à propos
pour fauorifer noftre fortie par vn
petit degré dont peu de gens auoient
connoiffance, ie ne fçay ce que nous
euffions fait. Ce fage Eunuque nous
mena par des détours fecrets; & comme en marchant il nous parloit à
cœur ouuert, mon Prince ne fit nulle
dificulté de s'afliger auec luy. Il nous
exhorta à la retraite auec beaucoup
d'efprit & de douceur,& nous pria de
n'y point perdre de temps; & aprés
vne affez longue conference, nous

Z iiij

ayant mis en lieu de seureté, il nous embrassa, & nous dit adieu.

Le dessein de mon Maître estoit de s'en aler au logis de Télecle, & d'y chercher la solitude pour se plaindre à son aise, & laisser digerer à son propre desespoir ces durs transports que l'image de son départ éleuoit déja dans son cœur. Le commandement que la Princesse luy auoit fait ne luy permettoit pas seulement de songer aux moyens de le retarder: il sembloit que toute la passion qu'il auoit pour elle ne fût plus qu'vn desir impatient de la satisfaire; & la Ville de Suse où il laissoit toutes ses esperances, n'estoit plus pour luy qu'vn lieu de douleur & d'affliction. De sorte que si prest de partir, & ayant eu son congé de la seule personne qui le retenoit, il ne vouloit plus se contraindre, & ne pouuoit plus voir ni le Prince Pacore, ni ceux qu'il croyoit de ses amis.

Mais il falut faire bonne mine jufqu'à la fin ; & Ariftide & Télecle que
nous rencontrâmes, le conjurérent
auec tant d'empreffement d'agir felon fa coûtume, & de ne rien témoigner qui pût eftre remarqué, qu'il
fe fit ce dernier éfort d'aller joindre
Pacore à la promenade où il eftoit :
Il fe trouua mefme au coucher de ce
Prince : on y parla de la Chaffe pour
le lendemain ; & fur ce que l'on s'y
préparoit comme à vne Fefte en laquelle la Princeffe Sifigambis vouloit diuertir la Fille d'Arface, nous
écoutâmes auec foin ce que l'on en
difoit, afin d'en rendre conte à Télecle. Mais il le fçauoit mieux que
nous ; & Roxane, à qui l'execution
de fes crimes paroiffoit trop lente,
auoit engagé toute la Cour en cette
partie, dans l'efperance d'y atirer Bagofe, & dans la réfolution de l'y faire
affaffiner. Les ordres eftoient déja

donnez contre la vie de ce fidelle Eunuque, fans la participation de Télecle. Roxane mefme auoit reproché
à cét illuftre Grec, qu'il cherchoit trop
de précautions dans ces fortes d'en-
treprifes qui ne demandoient que de
la hardieffe & de la promptitude ; &
comme il fembloit qu'elle entroit en
défiance de luy, nous trouuâmes que
pour nous fauuer nous auions pris
nos mefures fi juftes, qu'il fut refolu
qu'onpartiroit le lendemain, quelque
temps qu'il fit : & foit que l'on alât
à la Chaffe, ou que l'on n'y alât point.
Aprés quoy Télecle promit d'inf-
truire Bagofe du péril qui le mena-
çoit, & nous exhorta mon Pére & moy
de l'en informer fi nous le pouuions
joindre plutôt que luy ; & mon Prince
de fon côté follicité par fa feule vertu,
fe propofa auffi de l'en auertir. Cependant il eut vne nuit encore plus
cruelle que n'auoit efté la précedente :

il se plaignit tant qu'elle dura : il
plaignit la Fille d'Arsace ; & comme
il n'estoit plus capable que de fâcheuses pensées, il vint jusqu'à se
plaindre de sa propre conduite, & à
se reprocher le peu de courage qu'il
auoit eu de ne pas declarer à la Princesse Rodogune qu'il l'aimoit, & qu'il
estoit Fils du Roy de Syrie. Le jour
parut auant qu'il eût finy ses regrets;
& se leuant tout en colére, tantôt
contre soy-mesme, & tantôt contre
Phráate & contre Aquémene, on eût
dit à levoir en prenant ses armes, qu'il
estoit plus grand que de coûtume, &
que la douleur qui faisoit tant de desordre dans son ame auoit encore
changé toute sa personne. Dans cét
état il ne témoigna pourtant nulle
impatience. Il vit partir nos premiers
Relais qui, sous pretexte de seruir à
la Chasse comme celuy que Barius
menoit, aloient sous la conduite de

Cleon nous atendre au rendez-vous;
& Télecle & mon Pere ayant encore
employé quelque temps à nous
inſtruire de ce qu'ils feroient de leur
côté pour ſe ſauuer; & de ce que
nous deuions faire du noſtre pour les
joindre, enfin aprés vn leger repas
nous montâmes à Cheual.

La Fille d'Arſace eſtoit déja dans
ſon Chariot auec les Princeſſes Arſacides & la Princeſſe de Perſe quand
nous ariuâmes au Palais. Les autres ſe
plaçoient dans les leurs; & les Princes
à cheual eſtoient chacun à la teſte
d'vne belle troupe de Chaſſeurs.
Comme Télecle & Ariſtide ſe mirent
en celle d'Orode, nous nous mélâmes
à noſtre ordinaire en celle du Prince
Pacore, où mon Maître trouua Bagoſe, & l'auertit; & dans vne marche
aſſez reguliére nous vinſmes à la
Foreſt d'Edipne, qui commence à
s'éleuer ſur les bords du Fleuue Coaſ-

pés, à deux parasanges de la Ville de Suse; c'est à dire à soixante stades selon la mesure des Grecs. Mais, Seigneurs, ce n'est pas de la Chasse dont i'ay à vous entretenir; & ie ne prétens vous dire que les choses qui sont necessaires à l'Histoire d'Antiocus. Tous les Veneurs à la teste des Chiens passérent, comme en reueuë, au lieu d'assemblée pour donner plus de plaisir aux Princesses. Aprés cela on vint à l'enceinte où l'on auoit détourné le Cerf que l'on vouloit courre; & comme il fut aussitôt lancé, Pacore mena la Fille d'Arsace dans vne grande route, où l'on jugea qu'il deuoit passer : & dans laquelle il passa éfectiuement à la veuë de toute la Cour. Ensuite dequoy la triste Rodogune qui n'en demandoit pas dauantage, & qui sçauoit la passion que le Fils d'Artabane auoit pour la Chasse, le pria de ne se point

contraindre & de ne plus songer à
elle ; si bien que ce Prince s'en estant
quelque temps défendu de fort bonne grace, receut enfin cette priére
comme vn commandement. Nous
poussâmes aprés luy, sans que mon
Maître osât vne seule fois tourner
ses yeux du côté de la Princesse ; &
Aquémene auec sa troupe s'estant
joint à la nostre, courut assez
longtemps auec Pacore : mais insensiblement prenant des sentiers diferens selon la voix des Chiens & le
son des Cors, ils se séparérent. Cependant nous donnâmes dans le Relais où estoit Barius auec vn Esclaue
de Télecle , qui tenoit pour mon
Maître vn Cheual merueilleux sur lequel il se deuoit sauuer auec vn autre
pour moy qui n'estoit pas moindre ;
de sorte que le Prince Pacore trouuant à propos de relayer celuy qu'il
montoit, nous en fismes de mesme.

Aprés quoy, ayant encore fourny
vne aſſez longue courſe, & tous les
Chaſſeurs eſtant diſperſez, nous nous
trouuâmes auec le Fils d'Artabane, à
qui il ne reſtoit plus de toute ſa ſuite
qu'vn ſeul Eſcuyer & nous. Comme
la Chaſſe eſtoit fort éloignée, & que
pour en juger il faloit ſouuent preſ-
ter l'oreille, ce Prince aſſez échaufé
mit ſon Cheual au pas, & luy laiſſa
reprendre haleine. Il marcha quelque
temps ſans rien dire; & enfin s'areſ-
tant tout court pour laiſſer auancer
mon Maître que le chagrin retenoit
derriére luy : Vous vous en alez, luy
dit-il, à ce que i'ay apris; & vous
auez ſi bien répondu à la priére que
la Princeſſe vous a faite ſur ce ſujet,
que ie me diſpenſe volontiers de vous
en faire vne ſemblable. La peine qu'-
elle ſoufre, & que ie partage auec elle,
ne me coûte guére dauantage que le
remede que vous y alez donner; &

c'eſt auec vn déplaiſir ſenſible que ie perds en vous vn Amy que i'aurois conſerué auprés de moy auec beaucoup de joye. Ah! Seigneur, répondit mon Maître, ce ſont là des éfets de ma mauuaiſe fortune: mais auant que de partir, ne pouuons·nous rien faire pour la ſatisfaction de la Princeſſe & pour la voſtre? Ie connois vos ennemis & les ſiens: les Princes Phráate & Aquémene ſont dans ce Bois, il n'eſt pas malaiſé de les joindre; & s'il faut s'expliquer auec eux, ie porte vne épée dont ie me ſeruiray peut-eſtre heureuſement. Ce deſſein n'eſt pas de ſaiſon, repliqua le Fils d'Artabane; & la ſuite, quelle qu'elle pût eſtre, ſeroit trop éclatante, & nuiroit à la Princeſſe, dont l'intéreſt m'eſt beaucoup plus conſiderable que le mien en cette rencontre. Quoy Seigneur, s'écria mon Prince? eſt ce que ie ſuis indigne de combatre auec vous?

vous? & parce qu'on s'eft feruy du
nom d'Atis pour former vne entreprife criminelle, eft ce que vous ne
voudriez pas employer fa main à la
vengeance que vous en deuez prendre? Non non, Atis, repartit le Prince
Pacore; & s'il ne faloit que tirer l'é-
pée contre mes ennemis, ie m'affeu-
rerois tout à fait en voftre valeur.
Mais auant que d'en venir là, il faut
fonger à la Princeffe: il faut diffiper
ces nuages qui troublent fon repos;
& vous en prenez fi bien le chemin
en vous éloignant de Sufe, qu'aprés
voftre depart il n'en reftera pas la
moindre vapeur. Et moy, Seigneur,
reprit mon Maître auec quelque forte
de dépit, que deuiendray-je aprés ce
depart? & qui me vengera de Phráate
& d'Aquémene? Comme ie fufpens
ma colére, répondit Pacore, ie crois
que vous pouuez aifément moderer
la voftre; & ie fuis plus intereffé que

A a

vous à l'outrage que l'on fait à la
Princeſſe. Ie ne ſçay, répondit Atis,
ſi cette part que vous auez en ſa fortune, tient plus de place dans voſtre
ame, que celle que i'y prens n'en
ocupe dans la mienne. Il eſt des ſentimens de vertu qui nous lient quelquefois auſſi fort que ceux du ſang
& de la nature, & des engagemens
de reſpect qui ne le cedent guére à
ceux du deuoir. l'ay peut-eſtre les
vns & les autres pour la Princeſſe,
ajoûta-t'il; & quoy que ie ne ſois
qu'vn Etranger auprés d'elle, ie ſuis
peut-eſtre d'vne Maiſon aſſez conſidérable dans le Monde, pour les
pouuoir conſeruer ſans luy faire
honte; & quand les Princes Phráate
& Aquémene oſent les expliquer
à ſon deſauantage, ils me font
vne injure qui ne ſe peut lauer que
dans leur ſang, & de laquelle mon
épée me doit faire raiſon. A ces mots

qu'Atis proféroit d'vne façon affez
impétueufe, le Fils d'Artabane fe mit
à le confiderer auec plus d'aplication
qu'il n'auoit fait jufque là ; & prenant
la parole aprés quelques momens de
filence : Vous m'auez toûjours paru
fi fage, luy dit-il, que ie ne foup-
çonne rien au delà de ce que vous
me dites ; & fi i'auois à eftre jaloux,
ce ne feroit que de voftre vertu, & de
voftre generofité. Mais il eft des
temps où l'on ne doit pas écouter
fon cœur, ni croire fon courage.
Quoy que vos reffentimens foient
loüables, nous ne fommes pas en état
de les laiffer paroître : Moy-mefme
ie diffimule les miens tous legitimes
qu'ils font, de peur d'autorifer l'o-
fence que l'on veut faire à la Princeffe ; & dans l'état des chofes vous
ne pourriez faire éclater les voftres,
fans trahir fa caufe & la mienne.
Quand on s'explique l'épée à la

main, Seigneur, repliqua brufquement mon Maître, on décide aifément des chofes les plus cachées:
Tout artifice tombe fous la force;
& nulle raifon ne peut prefcrire aux
innocens le temps de fe défendre.
Que fçay-je, pourfuiuit-il, quand
i'en retrouueray l'ocafion fi ie la
pers aujourd'huy? Et vous-mefme,
Seigneur, que fçauez-vous fi vous
ferez toûjours en état de la choifir? On a déja prononcé l'Arreft contre la vie de l'Eunuque Bagofe: on
pretend ataquer la mienne aprés fa
mort; & vous auez affez d'ennemis
pour ne pas épargner la voftre. Eh!
Seigneur, continua-t'il, la foif
cruelle de ceux qui aiment le fang ne
s'étanche pas à le répandre: plus ils
luy donnent, plus elle leur demande:
Ils s'altérent en s'abreuuant; & la
mort de Bagofe, & la mienne, ne
font peut-eftre que des coups d'effay

pour paruenir à la voftre. Préuenons
donc, Seigneur, reprit-il auec violence; préuenons tous ces deſſeins
deteſtables par vne reſolution digne
de vous, & digne de moy ; & ne regardez point dans cette ardeur où
vous me voyez, ſi vous auez ſujet
d'eſtre jaloux du ſecret de mon ame:
Ie vous tireray de peine, dés que nous
aurons vaincu les Fils de Roxane &
de Siſigambis. Quelques ſentimens
que i'aye pour la Princeſſe Rodogune, ie les ſoûmets à ceux que vous
luy deuez ; & ſi la felicité qui vous
eſt promiſe auec elle, me fait quelquefois faire des reflections impa-
tientes, le murmure de mon cœur eſt
aſſez reſpectueux, pour ne iamais
s'éleuer contre vos eſperances. Enfin
Seigneur, puis qu'il m'échape de vous
le dire, ie ſuis à plaindre, & vous n'a-
uez rien à me reprocher. Le reſpect
que i'ay pour vous étoufe tous les

A a iij

foûpirs que vous me coutez : fi i'ay
des penfées qui m'emportent, ie ne
me flate d'aucune qui vous puiffe
eftre defagreable ; & fi ie partage
auec vous la gloire d'aimer la Fille
d'Arface, ie ne me propofe point
d'auoir part à celle d'en eftre aimé.
Ie mourray peut-eftre de douleur
quand vous l'épouferez : mais ie
mourray fans troubler vos plaifirs ;
& quoy qu'eftant Prince auffi bien
que vous, & d'vne maifon égale à la
voftre, ie pûffe en quelque façon les
trauerfer ; neantmoins, Seigneur, ie
tâcheray à n'eftre iamais voftre ennemy. Le Prince Pacore laiffa parler
mon Maître autant qu'il voulut ; &
ie voyois bien à l'atention qu'il luy
donnoit, qu'il ne fe difpofoit pas à
l'intérompre ; de forte que peu aprés
qu'il eut ceffé, ce Prince reuenant
comme d'vn profond fommeil : On
m'auoit déja apris, luy dit-il, que

vous n'eſtes pas le Fils d'Ariſtide:
mais on ne m'auoit pas découuert
que vous fuſſiez mon Riual. O! Atis,
ajoûta - t'il en s'écriant, ô! Prince,
ô! qui que vous ſoyez, faut-il que
vous me l'annonciez vous meſme?
& cette confiance auec laquelle vous
vous ouurez à moy ne m'eſt-elle
point injurieuſe ? Non Seigneur,
repliqua mon Maître, ie n'en tire
nul auantage que celuy de vous faire
pitié; & ſi ie pouuois eſtre aſſez ingrat pour en prétendre vn autre, ie
ne me croirois pas auſſi malheureux
que ie le ſuis. Helas! Seigneur, il ne
tenoit qu'à moy de lier contre vous
la partie auec le Prince Phráate & le
Prince de Perſe, & ils ne m'en ont
que trop ſollicité. l'euſſe trouué en
les ſecondant, aſſez dequoy me flater
d'vne belle eſperance ; & plus la
paſſion de l'vn & de l'autre eſt temeraire, & mieux pouuois-je pouſ-

A a iiij

ser la mienne sous pretexte de les seruir. La politique de Roxane ne m'estoit que trop fauorable dans ce dessein : ce bruit qu'elle répand vous
faisoit vne menace assez terrible
pour vous étonner, & m'enhardir:
toutes choses se broüilloient à vostre
préjudice, si i'eusse esté capable d'y
donner les mains ; & dans ce grand
desordre, parmy tant de personnes si
puissantes qui n'épargnent rien pour
vous ôter vn bien qui vous est deu,
ie pouuois tout au moins contribuer
à vous en éloigner la possession.
Mais Seigneur, ie suis Prince, &
d'vn sang dont les Dieux ont fait les
premiers Roys dans le Monde : i'ay
quelque connoissance de ce qu'on
apelle vertu ; & l'image d'vne conduite si criminelle & si lâche, n'a
iamais rien eu d'assez doux pour me
tenter. Vous estes l'aîné des Princes
Arsaçides : la Princesse vous est pro-

mife, & vous eſt deuë par des raiſons
& des loix ſur leſquelles le Ciel & la
Terre ſont d'intelligence auec vous;
& quoy qu'auec tant d'auantages
vous me ſoyez plus redoutable que
tout le reſte des Hommes, neantmoins c'eſt auec vous que ie me ſuis
joint. Ie ſuis voſtre Riual ſans vous
haïr: ie regarde vos Riuaux comme
mes ennemis; & toute ma jalouſie
s'animant en voſtre faueur, il ſemble
que ie n'aime la Fille d'Arſace que
pour l'amour de vous. Expliquez
donc, Seigneur, la confiance que i'ay
en vous, comme elle merite peut-
eſtre d'eſtre expliquée. Perſonne ne
vous a pû dire que i'aimois la Princeſſe, puis que ie ne l'ay dit à perſonne; & que, tout éperdu d'amour
auprés d'elle, ſes charmes n'ont pû
m'en aracher le ſecret. C'eſt moy-
meſme qui vous l'annonce, forcé par
la douloureuſe neceſſité de mon dé-

part; & plus pour vous faire pitié,
que pour vous donner de l'inquietude: Mais lors que ie m'en vais tout
brûlant du defir de vous vanger, vous
dis-je qui deuriez eftre le feul objet
de mon emportement, comme vous
eftes la feule caufe de mon defefpoir,
haftez-vous d'eftre heureux pendant
que ie n'en feray pas le témoin. Que
fçay-je, fi ie feray toûjours en état de
vous facrifier tous mes defirs & tous
mes tranfports? Ma paffion peut
deuenir moins traitable: ie puis oublier ce que ie dois à vos bontez: ie
me crains pour vous-mefme; &
quelque vertu qui paroiffe aujour-
d'huy dans mes fentimens, ie m'en
défie: l'amour peut la détruire; &
la jaloufie dans le cœur d'vn Amant
ne s'acorde pas toûjours auec la generofité. Mon Maître parut tout
hors de foy en acheuant ce difcours;
& le Fils d'Artabane le regardant auec

vne fierté douce & magnanime : Qui
que vous foyez, luy répondit-il,
vous eftes vn Riual extrémement à
craindre auec tant de vertu : mais
comme ie crois que vous ne m'ata-
querez qu'auec elle, ie ne confulte-
ray auffi que la mienne pour me défendre. Aimez la Princeffe : i'auray
pour vous les mefmes fentimens que
vous aurez pour moy : fi vous faites
voftre deuoir, ie feray le mien ; &
quelque auantage que les Loix de
l'Empire me donnent, le cœur de la
Princeffe eft vn prix que ie remets à
celuy de nous deux qui aura le plus
de vertu. Il eft à croire que Pacore
en eût dit dauantage, fi le Prince
Vologéfe n'eût paru auec plufieurs
autres Chaffeurs. Il ne laiffoit pâs de
demander à Atis fon veritable nom
& celuy de fon païs, tandis que ce
jeune Fils de Roxane s'auançoit ; &
il le demandoit auec tant d'empref-

femét, qu'à la fin Antiocus eſtoit preſt
de ſe découurir, lors que Vologéſe en
ſe joignant à nous, mit fin à toute la
conuerſation. Preſqu'auſſi-tôt le Cerf
que l'on couroit paſſant à nos yeux
fit pluſieurs tours, & ſe meſla luy-
meſme ; & ſoit que le Fils d'Artabane
ne pût refuſer ſon atention à cette
merueille, ou qu'il voulut cacher au
Prince Vologéſe l'inquietude où
mon Maître l'auoit mis, nous alâmes
tous enſemble briſer à cét endroit du
Taillis où le Cerf ſe venoit de lancer.
Nous y atendiſmes quelque temps la
ſuite des Chiens ; & ceux qui ne ſongeoient qu'à la Chaſſe eurent aſſez
de plaiſir à leur voir démeſler toutes
les voyes. Mais le Prince Pacore qui
auoit d'autres choſes dans l'eſprit, ne
leur donna pas tout le temps qu'il
faloit pour les emporter d'eux-meſmes. Il fit ſonner à veuë ſur ſa briſée ;
& la Meute en ayant repris, chacun

de son côté se mit à l'apuyer comme
auparauant.

Cependant l'heure de nostre retraite aprochoit ; & mon Prince emporté par sa réuerie y songeoit si peu,
que ie fus obligé de pousser à côté de
luy pour l'y faire penser. Comme ie
pris mon temps dans vn faux-fuyant
où il n'y auoit que luy & moy, il s'a-
resta ; & laissant éloigner la Chasse
& les Chasseurs, ie l'amenay au bord
du Coaspés qui nous deuoit seruir de
guide en l'absence de Barius. Là,
considerant atentiuement le cours
de ce Fleuue parce qu'il est fort lent,
nous le suiuîmes quelque espace à
découuert de peur de nous tromper ;
& rentrant ensuite dans le Bois selon
l'ordre que Télecle & mon Pere m'en
auoient donné, ie commençay à be-
nir le Ciel d'vne si heureuse éuasion.
Nous n'alions pourtant que le pas ;
& l'amour & la tristesse ocupoient

tellement l'efprit d'Antiocus, que ie
ne fçauois prefque comment ie pourois l'obliger à marcher plus vifte.
Il foûpiroit fans ceffe en fe tournant
du cofté de Sufe ; & quoy que ie luy
púffe dire qu'en ce moment il deuoit
fufpendre toutes chofes pour ne fonger qu'à fon falut, ie voyois bien à fes
yeux & à fa contenance, qu'il n'é-
coutoit que l'illuftre Princeffe qui
parloit à fon cœur. I'auouë qu'en
cette rencontre il me força à fortir
du refpect que ie luy dois, mais il ne
s'agiffoit pas de luy plaire ; & i'euffe
pour lors mal fait mon deuoir, fi ie
l'euffe confideré comme mon Maître, & le Fils de mon Roy. Ie m'é-
chapay donc contre luy, lors que
i'eus veu que mes priéres eftoient
inutiles ; & luy remontrant, auec
quelque forte de blâme, qu'aprés
auoir eu le loifir de déliberer & de
conclure, il executoit mal ce qu'il

auoit refolu, ce reproche luy fut fi
fenfible qu'il fe mit au galop. I'auois
fans doute beaucoup de joye de luy
voir quelquefois apuyer les éperons:
& ie pouffois legerement aprés luy
pour l'empefcher de fe refroidir; de
forte que noftre courfe eût efté fort
auancée en peu de temps, fi nous
n'euffions entendu le bruit de la
Chaffe deuant nous, & qui reuenoit
à nous. Mon Prince, qui depuis qu'il
s'eftoit ébranlé ne fongeoit plus à
s'arefter, eut du chagrin de s'y voir
obligé. Il fe jetta dans vn Fort pour
laiffer paffer la Chaffe; & comme le
Cerf n'eftoit pas encore fur fes fins,
par bonheur elle paffa fi vifte qu'il
n'eut pas le temps de s'y ennuyer.
Nous reprîmes donc noftre petit
fentier couuert que ie trouuois tout
à fait fauorable à noftre deffein; &
nous y continuions noftre fuite auec
affez de diligence, lors que dans vne

Efplanâde où il aboutiffoit auec plufieurs autres routes, nous rencontrâmes le Prince Aquémene. Il fembloit fe rafraichir en alant au pas:
fon Cheual, quoy qu'il eut aparam-
ment relayé plufieurs fois, ne paroiffoit guére plus vigoureux que les
noftres; & il n'auoit que le jeune
Oronte auec luy.   Dés que mon
Prince l'eut reconnu, le feu luy
monta au vifage; & retenant la bride
à fon Cheual il jetta les yeux fur
moy, comme s'il fe fút preparé au
combat. Il ne témoigna rien de plus;
& continuant d'auancer au Prince de
Perfe qui venoit à luy, quand ils furent affez proches l'vn de l'autre pour
fe pouuoir entendre: La Chaffe eft
loin d'icy, luy dit Aquémene, &
vous y tournez le dos: mais vous ne
pouuiez tomber en de meilleures
mains; & lors que vous eftes égaré,
i'auray plus de foin de vous que vous
n en

n'en auez eu de moy. Vos égaremens
sont plus dangereux que les miens,
repliqua dédaigneusement monMaî-
tre, & du mesme ton dont le Prince
de Perse s'estoit seruy ; & vous suiuez
vn Guide qui vous aprend mal à conduire les autres.   Aquémene parut
comme étourdy de cette repartie ; &
la colere éleuant son orgueil : Si la
faueur du Prince Pacore vous aueugle, reprit-il, vous deuriez du moins
ouurir les yeux quand vous n'estes
pas auec luy, & que vous estes deuant
moy. Ie sçay comment il faut abatre
la vaine fierté d'vn Etranger, & principalement quand elle est inciuile ;
& si le Prince Pacore s'y acoûtume,
& vous soufre, il y a des Princes icy
qui mieux que luy vous apren-
droient vostre deuoir. Hé! qui sont-
ils ces Princes, repartit le mien, qui
feroient mieux que Pacore? Ah!
Persan rebelle & présomptueux,
                                Bb

ajoûta t'il afin de le pouſſer à bout,
s'il eſtoit icy, il vous remettroit bien
vous-meſme dans les termes du reſ-
peĉt que vous luy deuez. Inſolent!
s'écria Aquémene en baiſſant contre
mon Maître la pointe d'vn jauelot
qu'il tenoit, tu te reuoltes & tu m'o-
ſes brauer! Ie ne ſçay qui de nous a
le plus d'inſolence, répondit Antiocus en mettant l'épée à la main;
& tel ne me connoiſſant pas ne ſçait
ce qu'il me doit, lors que moy qui le
connois ie ſçay que ie ne luy dois
rien. Ah! c'en eſt trop, pourſuiuit
Aquémene luy voulant enfoncer le
jauelot dans le corps; & puis que tu
le veux tu mourras de ma main.
Tout-beau, Prince de Perſe, continua le mien en faiſant ſauter vne
partie du jauelot auec le tranchant
de ſon épée, il faut autrement m'a-
taquer, & tu as beſoin de tes meilleures armes pour te défendre. A

cette action, Aquémene tout honteux tira l'épée auec vne précipitation furieuse ; & poussant son Cheual sur mon Maître crût le terrasser
du premier éfort : mais Antiocus,
apuyant les éperons au sien, le receut
auec tant de vigueur, qu'aprés auoir
paré ses premiers coups, il luy en
porta vn qui luy tira du sang. La
blessure estoit à l'épaule & assez legere, mais le choc fut si rude, que le
Prince de Perse sentit bien que cét
Etranger luy feroit de la peine : de
sorte que ne negligeant rien pour le
vaincre, il fournît vne carriére de
trente à quarante pas pour venir
fondre sur luy auec plus d'impétuosité. Comme mon Maître reconnût
son dessein, il en fit de mesme ; si bien
que tournant visage l'vn à l'autre, ils
commençoient à partir auec beaucoup de furie : lors que les Princes
Pacore & Phráate paroissans d'assez

loin, vinrent à toute bride s'o-
poſer à leur rencontre. Nous y alâmes auſſi de noſtre côté Oronte &
moy, au lieu de reuenir aux priſes
l'vn contre l'autre comme nous
auions déja commencé; & les deux
ennemis, bien loin de ſe joindre, ſe
virent ainſi ſeparez. Le Fils d'Artabane s'atachant à mon Maître & l'a-
reſtant, luy demandoit raiſon de ce
combat; & mon Maître, ſans pouuoir répondre rien de poſitif, le
prioit ſeulement auec toute l'ardeur
de ſon courage de le laiſſer acheuer.
Mais Aquémene plus fougueux, &
n'ayant pas la meſme déference pour
Phráate, crioit comme vn Homme
forcené: de ſorte que ſe dégageant
de ce Prince qui le retenoit, il s'ouurit le paſſage ſur mon Maître. A cét
emportement d'Aquémene le Prince
Pacore ſe jetta au deuant de luy; &
luy faiſant briller le fer aux yeux,

faillit à s'expofer à toute fa furie. Il
leua l'épée fur Pacore; & le regardant de trauers: I'auray affez de temps
pour vous donner fatisfaction, luy
dit-il; Et à ces mots fe jettant à l'é-
cart, il pouffa fur mon Maître qui l'a-
tendoit. Phráate d'vn autre côté venoit auffi fondre fur luy: tellement
que Pacore oubliant enfin les confi-
derations qui l'auoient retenu jufque
là, laiffa le champ libre aux combat-
tans, & courut au Fils de Roxane.
Lâche! luy cria-t'il en l'abordant
comme il eftoit preft à donner fur
mon Prince en mefme temps que
celuy de Perfe: tourne à moy, & ne
def-honores point le fang des Arfacides! Il joignit l'éfet à la menace;
& le chargeant de toute fa force luy
fit baiffer la tefte jufque fur l'arçon.
Phráate pâlit fous ce grand coup; &
reuenant à peine du defordre où il
l'auoit mis: C'eft ce que ie fouhaite

Bb iij

il y a long-temps, dit-il au Fils d'Artabane ; & ie vous rens grace de l'o-
cafion, puis que vous le voulez. En
proférant ces paroles la colere dif-
fipa fa pâleur ; & fe couurant du Bouclier qu'il auoit fur le dos, il commença à fe défendre, & à ataquer.
Cependant nous reuinfmes aux
mains Oronte & moy : mais comme
le combat d'Antiocus & d'Aquémene eft plus confiderable que tout
le refte, ie ne vous parleray que de
celuy-là. Ces deux Princes animez
d'vne fureur pareille, & pour dire la
verité, d'vn courage peu diferent, ne
furent pas longtemps à difputer d'a-
dreffe. Aprés s'en eftre donnez des
preuues l'vn à l'autre, leur refiftance
mutuelle les laffant, ils voulurent
vaincre ou mourir ; & dans ce deffein fe feparant pour la feconde fois,
ils fondirent l'vn fur l'autre auec vne
violence de beaucoup au deffus de

leur force. A ce choc ſi terrible,
pour des gens de leur âge ils pliérent
tous deux , mais ils reuinrent à la
charge auec moins d'égalité. Antiocus tourna teſte le premier ; & le
Cheual d'Aquémene mal conduit,
ou mal ſoûtenu à la demie volte, donnant de la croupe en terre, fut quelque temps à ſe remettre ; ſi bien que
mon Maître joignant le Prince de
Perſe en cét état, laiſſa tomber ſi
rudement le bras qu'il auoit leué ſur
luy, que le tranchant de l'épée trouuant le defaut de la Cuiraſſe, luy fit
vne large bleſſure. Le ſang ſortit en
abondance ; & Aquémene qui ne ſe
ſentoit pas encore du coup qu'il
auoit receu, jugeant ſon ennemy à
ſa portée, voulut luy en pouſſer vn
autre en ſe releuant: mais il manqua
d'ateinte ; & comme il vit que mon
Maître aprés auoir paré aloit redoubler ſur luy, ſe dreſſant ſur les étriers

Bb iiij

il étendit le bras pour l'aracher de la selle. Mais ce dernier éfort répondant à sa playe dissipa le reste de ses forces: A peine eut-il celle de l'étreindre; il ne fit que le couurir de son propre sang; & mon Prince luy saisissant l'épée, le renuersa facilement sur le sable. Si bien que le croyant mort, & dans cette pensée courant au Prince Pacore dont le Cheual estoit abatu, & que Phráate aloit fouler aux pieds du sien, il aborda ce Fils de Roxane d'vn air si terrible, qu'auec vn coup qu'il luy déchargea sur la teste, il le mit dans vn état à ne pouuoir retenir le Cheual qui l'emportoit. Comme il le voyoit chancelant dans les arçons & prest à tomber, il le laissa aler; & venant à Oronte que i'auois blessé & qui me pressoit, il luy fit baisser les armes, & l'auertit d'aler au secouts d'Aquémene. Pour luy, il auoit en-uie de reuenir au Prince Pacore, afin

de le releuer de sa chûte & de luy dire
adieu : mais trois Caualiers que ie luy
fis remarquer vers le Fleuue l'en dé-
tournerent ; de sorte qu'aprés cette
victoire ne songeant plus qu'à s'en
aler, ie l'obligeay à s'enfoncer dans le
Bois. Nous y courions fort vîte,
quoy que l'haleine manquât à nos
Cheuaux ; & comme ie voyois bien
que nous estions perdus s'ils venoient à défaillir, les laissant soufler
à leur aise, ie persuaday à mon Prince
de ne se point presser, jusqu'à ce que
nous fussions obligez d'aler à découuert. Cependant le Soleil estoit couché, & nous ne pouuions pas long-
temps marcher dans l'obscurité de la
Forest sans nous égarer ; si bien que
faisant reflection à cela, tandis que
mon Maître ne me parloit que de la
mort d'Aquémene qu'il croyoit asseurée, ie luy fis prendre le premier
chemin que ie trouuay à main gau-

che, & qui vray-semblablement deuoit nous r'aprocher du Fleuue. Et en éfet, comme les Dieux nous conduisoient, nous découurîmes bientôt le riuage, où ces trois Caualiers que nous auions veus commençoient à se mettre au galop. Leur rencontre m'inquiétoit plus que ie ne vous sçaurois dire ; & ne me souuenant point de Barius qui s'estoit separé de nous, leur nombre m'empeschoit de les reconnoître. Mais enfin, à mesure qu'ils auançoient, démeslant parmy eux le Cheual que montoit Ariston, & le Prince le reconnoissant comme moy, nous courûmes à eux sans balancer. Ils estoient déja en grande inquiétude de nostre retraite, quoy qu'ils n'eussent pas encore passé le rendez vous où Cleon nous atendoit ; & la faute que Barius auoit faite de quiter le Prince troubloit toute leur esperance : tellement que son

abord leur donna toute la consolation aprés laquelle ils soûpiroient.
Mais la douleur & la crainte y succe-
dérent bientôt, lors qu'ils le virent
tout ensanglanté comme il estoit.
Ils deuinrent muets les vns & les autres ; & mon Pere n'osant le regarder:
Helas ! Seigneur, luy disoit-il, en
quel état estes-vous ? Ce n'est rien,
repliquoit mon Maître, ce n'est rien :
Aquémene est mort ; & si ie suis couuert de sang, graces aux Dieux ce
n'est que du sien. Aprés quoy, il luy
racontoit son combat ; & mon Pere
touchant à ses armes, & l'examinant
autant que le peu de jour le pouuoit
permettre, auoit bien moins d'atention à son recit qu'à sa personne.
Cependant, comme il n'y auoit point
de temps à perdre, tout cela se faisoit
en marchant ; & Télecle étonné
d'entendre ce nouueau desordre qui
venoit d'ariuer, & qui mettoit peut-

eſtre le deüil dans la Maiſon Royale des Arſacides, haſtoit le pas autant qu'il eſtoit poſſible à des Cheuaux extrémement fatiguez.

Mais, comme ſi ce n'eut pas eſté aſſez d'auoir vangé le Fils d'Artabane d'vne partie de ſes ennemis, & que le Ciel eût réſolu qu'Antiocus rendît vn ſeruice conſiderable à la Fille d'Arſace auant que de ſortir de ſes Etats, nous viſmes vn Caualier ſortant du Bois à toute bride, & pourſuiuy par trois autres qui luy tenoient l'épée dans les reins. Cet Homme que nous reconnûmes auſſi tôt pour l'Eunuque Bagoſe ſe jetta parmy nous, où voyant Télecle: O Dieux! s'écria-t'il, où m'auez-vous conduit? Va, malheureux, ajoûta-t'il en le regardant auec des yeux où la mort eſtoit peinte, tu ne joüira pas long-temps de tes crimes. Ce diſcours ne ſurprit nullement

Télecle ; & auant que de répondre
à Bagose, choisissant vn des assassins
il luy passa son épée au trauers du
corps.   Les deux autres qui estoient
Grecs, & de ceux que Télecle auoit
amenez au Prince Orode, voyant
leur Chef contr'eux, demeurérent
fort éfrayez ;   & Bagose encouragé
par mon Maître qui le couuroit de
son Ecu, se jettant sur celuy qu'il
auoit en teste, luy fendit le visage
d'vn coup d'épée, tandis que Barius
enfonçoit la sienne dans la gorge de
celuy qui restoit.   En suite dequoy,
Télecle s'aprochant de Bagose : Vous
ne me connoissez pas, luy dit-il ; &
par le seruice que ie viens de vous
rendre justifiez moy auprés de la
Princesse Rodogune.   Auertissez le
Roy de prendre garde à Ctesias, à
Maxarte, à Laarsez, & à deux Grecs
nommez Lagon & Critionte, qui
sont auprés de Ctesias : Ils ont ordre

de l'empoifonner, & en cherchent
l'ocafion; & pour voftre feureté par-
ticuliére, fauuez vous comme ie me
vais fauuer. Télecle ne voulut pas
s'arefter dauantage à Bagofe qui luy
demandoit pardon; & mon Prince
eut à peine le loifir de prier cét Eunuque de fe fouuenir de luy auprés
de la Princeffe. Ie ne fçay mefme s'il
l'entendit, ni ce qu'il deuint; & comme la nuit deuenoit fort fombre,
nous continuâmes de marcher auec
toute la diligence poffible. Aprés
auoir efté fouuent agitez par de vai-
nes frayeurs ; & chacun de nous
ayant foufert tout ce que l'inquiétude & l'impatience ont de plus fâcheux, enfin nous ariuâmes heureu-
fément au rendez-vous, où Cleon
nous atendoit auec des Cheuaux
pour relayer les noftres. C'eftoit
vne petite Maifon baftie à l'extremité de la Foreft, dans laquelle lo-

geoit vn Grec nommé Mnefippe
qui depuis neuf à dix ans s'eftoit ha-
bitué dans la Sufiane. L'amour de
fon Païs le r'apelloit; & outre que
l'ocafion eftoit affez fauorable à fon
retour, Télecle l'auoit aifément gagné par fa liberalité. Nous trouuâmes donc chez Mnefippe tout ce qui
nous eftoit neceffaire: Arifton def-
arma le Prince pour le vifiter; & ne
voyant fur luy que quelques legeres
contufions fans aucune playe, on fit
vn grand feu pour le délaffer. Aprés
quoy, chacun ayant pris vn peu de
nourriture, & tout l'équipage eftant
preft, nous remontâmes à Cheual au
nombre de douze. Nous n'auançâmes guére pendant la nuit, à caufe
que le Païs eft fort couuert, mais
dés que le jour parût nous fifmes tant
de diligence, qu'auant qu'il fût finy
nous fortímes de la Prouince de Sufe.
Là, nous trouuâmes encore des Che-

uaux frais que Télecle y tenoit depuis plusieurs jours, auec la meilleure partie de ses trésors sous la conduite d'Anaxidame son Neveu, & de quelques Esclaues; & nous estant trauestis en Marchands Arabes afin de passer le Tigre & la Parapotamie, nous nous separâmes en deux troupes. Télecle & Ariston demeurérent auec le Prince suiuy de Cleon, de Barius, & de quatre Grecs qui menoient des Cheuaux en main en cas qu'ils se sentissent pressez; & pour moy i'acompagnay Anaxidame & Mnesippe, auec l'équipage de Télecle porté sur des Chameaux. Il seroit inutile de vous marquer précisément tous les lieux par où nous passâmes les vns & les autres. Au sortir de la Susiane nous vinsmes dans le Païs des Drépides, & dans celuy des Moséens au trauers de leurs Bois & de leurs Solitudes; & quoy que le

combat

combat d'Antiocus & d'Aquémene, qui auoit atiré celuy de Pacore contre Phráate, eût armé tous les Parthes contre nous ; neantmoins nous paſſâmes heureuſement le Tigre à la Ville de Punde. De là, côtoyant le Lac des Caldéens où nos deux trou- pes ſe raſſemblérent, nous vinſmes à celle d'Addée ſur l'Eufrate ; & pour lors, Télecle & mon Pere ſe voyans en quelque ſorte de ſeureté, nous commençâmes à marcher plus lentement, parce que le Prince pa- roiſſoit fort abatu d'vne courſe ſi longue & ſi violente.

L'atention que Zoroaſte & Theſée auoient au recit de Lépante, les em- peſchoit de ſentir l'incommodité du Soleil, qui en s'éleuant commençoit à donner ſur eux par vne des ouuer- tures de ce Cabinet où ils eſtoient. Le Prince Ariſtobule qui y prit garde le premier, quoy qu'il n'y fut pas

C c

encore exposé, se leua pour leur
faire changer de place ; & chacun
s'estant remis à l'ombre, & plus à
son aise, Lépante reprit ainsi la
parole.

Fin du Second Liure.

RODOGVNE,

HISTOIRE
ASIATIQVE
ET
ROMAINE.

SVITE DE LA PREMIERE PARTIE.

A PARIS,

Chez ESTIENNE LOYSON, au Palais,
à l'entrée de la Galerie des Prisonniers,
au Nom de IESVS.

M. DC. LXVII.

AVEC PRIVILEGE DV ROY.

F. Chauueau in et fecit.
Liure Troisiesme.

RODOGVNE,
HISTOIRE
ASIATIQVE
ET ROMAINE.
PREMIERE PARTIE.

LIVRE TROISIESME.

JE vous ay raconté, Seigneurs, auec assez de précipitation la retraite de mon Prince de chez les Parthes; & la vîtesse de mon discours a possible esté proportionnée à celle de sa course. Il n'en

faloit pas moins pour se sauuer aprés
ce qu'il auoit fait ; & s'il ne nous
ariua rien de fâcheux de la part du
Prince Orode, ce n'est pas qu'il n'eût
dépesché plusieurs Coureurs aprés
nous. Mais, à peine fut-il seulement
informé du veritable chemin que
nous tenions ; & comme ie vous ay
dit, ayant passé l'Eufrate à la Ville
d'Addée, nous vinsmes à Gadirte
repasser ce mesme Fleuue pour entrer
dans la Palmirénie. Ce fut là, où l'on
nous aprit les prémieres nouuelles de
la mort d'Aléxandre : & comme cét
vsurpateur tant de fois vaincu, s'estant joint aux Samaritains, auoit enfin esté enseuely sous les ruines de
Samarie.

Vous sçauez cela mieux que moy,
Seigneur, continua Lépante en s'a-
dressant au Prince Aristobule ; &
c'estoit le Prince Hircane vostre
Pere, auec les deux Princes vos Fre-

res, qui tenoient depuis vn an cette grande Ville assiegée. Il est vray, répondit Aristobule, que tout ce qui restoit de la faction des Aaronites s'y estoit refugié sous le commandement d'Alcime: & que ce Chef desesperé en apella vn autre à son secours, en se seruant d'Aléxandre qui s'enfuyoit aprés la prise de Tyr & la perte de son Armée. Ie sçay, ajoûta ce Prince, qu'ils y moururent tous deux; & que la Syrie & la Iudée se virent deliurées de leurs persecuteurs en vn mesme jour. Mais, poursui-uit-il en regardant Lépante, quoy que ie sçache vne partie des choses que vous auez à nous raconter, ne vous intérompez point. I'estois pour lors assez éloigné des lieux où elles se passoient; & outre que ce n'est pas à moy seul que vous parlez, ie seray bien aise d'en estre mieux instruit que ie ne suis.

Cc iiij

Nous sceûmes donc à Gadirte, reprit Lépante, que la guerre estoit
finie; & nous aprîmes bien dauantage en ariuant à Palmire. Toute la
Prouince retentissoit du bruit que
l'on faisoit pour les préparatifs du
mariage entre Démetrius & la Veuue
d'Aléxandre; & l'on n'y parloit
d'Antiocus, que comme d'vn Prince
mort depuis long-temps, & que l'on
ne regrettoit tantôt plus. Ces deux
choses si surprenantes, nous donnérent aussi beaucoup à penser comme
vous pouuez croire : mais enfin, aprés
plusieurs refléxions inutiles, ne sçachant que dire de cette aliance que le
Roy projettoit auec la Femme de son
ennemy irréconciliable, nous nous
arétâmes à ce qui nous touchoit par-
ticuliérement. Le Prince sur tout en
estoit fort étonné; & ne trouuant
point en tout son voyage d'éuenement assez considerable pour auto-

rifer le bruit de fa mort, il admiroit
l'extrauagance, où la Renommée
porte quelquefois l'opinion des
Hommes. Cependant la reception
qu'on luy fit à Palmire nous la confirma affez. Epigéne, qui y commandoit en qualité de Lieutenant d'O-
dénat, ne pût croire que le Prince de
Syrie fût viuant. Il rebuta d'abord
ceux qui luy annoncérent fon ariuée;
& lors qu'enfin il fe vit obligé de
venir au deuant de luy, il eft certain
qu'il fut encore plus furpris de voir
qu'éfectiuement c'eftoit le Prince,
que le Prince luy-mefme ne l'auoit
efté de ce qu'on difoit de fa fortune.
Epigéne eftoit dans la créance generale, & nous aprit encore des particularitez de cette Fable, plus conuain-
quantes que celles qu'on nous auoit
déja racontées. Il nous dit, que trois
jours aprés noftre départ de Sama-
fate, le bruit ayant couru dans l'Ar-

mée que nous auions tous esté tuez
dans la Forest de Cirte, le Roy épouuanté autant qu'il le deuoit estre
d'vne nouuelle si terrible, auoit détaché deux mille Cheuaux sous la
conduite du Satrape Tiphon, pour
aler s'en informer dans les lieux mesmes d'où elle venoit. Qu'aprés vne
exacte recherche au Païs des Roales,
on auoit déterré, dans les Cauernes
de ces Voleurs, les membres épars de
plusieurs corps nouuellement mis en
pieces; que Tiphon en ayant aporté
vne teste au Roy, tout le monde
auoit crû que c'estoit celle d'Ariston;
que sur cela on auoit jugé du reste,
& auec d'autant plus de certitude,
que Nearque qui auoit conduit la
Princesse Stratonice en-Arménie,
auoit mandé en mesme temps que le
Prince n'y estoit pas ariué. Qu'ainsi,
le Roy au desespoir auoit fait mettre
à feu & à sang tout le Païs des Roa-

les; & que, pour éterniſer ces cruelles funerailles qu'il croyoit deuoir à
la memoire de ſon Fils, il auoit meſme brûlé juſqu'à la Foreſt de Cirte,
où l'on diſoit que ce meurtre s'eſtoit
fait. Que, non content de cela, il
auoit fait paſſer au fil de l'épée tous
les Egyptiens qui eſtoient tombez en
ſa puiſſance; & qu'enfin il auoit
pourſuiuy Aléxandre, plutôt pour
le ſacrifier aux manes de ſon cher Fils,
que pour le chaſſer de la Baſſe Syrie.
Que ce Prince ambitieux auoit ſu-
combé ſous des éforts ſi juſtes; qu'il
eſtoit mort au Sac de Samarie tout
percé de coups auec Alcime de Sa-
bée; & que la vengeance du Roy
s'eſtant aſſouuie dans ſon ſang, la
beauté de Cleopatre auoit touché
ſon cœur. Que ſe voyant ſans Suc-
ceſſeur, & l'intéreſt de ſes Sujets flatant ſon amour, il n'atendoit plus
pour l'épouſer, que le Roy d'Egypte

qui deuoit ariuer à Tyr dans quelques jours pour affifter à la céremo-
nie: & terminer par cette aliance toutes les querelles qu'on auoit veuës
entre la Maifon des Belides Seleucides, & celle des Lagides. Qu'il l'auoit
déja reconnuë Reyne de Tyr, aprés
auoir fi long-temps difputé cette
qualité au Prince Aléxandre; & que
dans fa paffion extréme pour auancer
les chofes, il fe difpofoit luy-mefme
à la couronner fous ce nom. Que
d'ailleurs on publioit que le Roy
d'Arménie n'entreroit iamais dans
ce traité; que ceux qui auoient r'a-
mené la Princeffe Stratonice s'en
eftoient retournez mal contens; &
qu'vne partie des Grands de Syrie
murmuroient auffi de toute la ne-
gociation. Que neantmoins, Cleopatre n'ayant point d'enfans (ce que
l'on affûroit en ce temps là, & ce qui
ne s'eft pas trouué veritable en celuy-

cy, puis que le Prince Seleucus eſt
viuant comme vous l'auez pû voir
en cette Maiſon;) & le mariage de
cette Princeſſe auec le Roy établiſ-
ſant la paix dans le Royaume, les
Peuples s'en réjoüiſſoient : mais
qu'aprés cela le retour du Prince ne
manqueroit pas d'y faire de grands
changemens. Voila quel fut le diſcours d'Epigene, qu'Antiocus écouta
auec toute l'atention qu'il meritoit,
& duquel il ne fut pas touché de la
maniere que Télecle & Ariſton s'eſtoient imaginé qu'il le pouuoit eſtre. Il eſt vray qu'il ne crût pas deuoir
ſurprendre le Roy ſon Pére dans l'é-
tat des choſes; & que nous voyant
tous de meſme ſentiment que luy, il
ſe contenta de luy écrire, & d'atendre
ſes ordres auant que de paſſer outre.
Cleon & Barius l'alérent donc trouuer à Damas où il eſtoit encore auec
ſa Maîtreſſe; & pluſieurs perſonnes

de qualité de Palmire briguérent à l'enuy l'honneur de les acompagner en cette ocasion. Mais Seigneurs, ie ne crois pas qu'il soit nécessaire de vous dire quelle fut la surprise du Roy à l'ariuée de Cleon, & à la lecture de la Lettre du Prince ; & vous jugez bien que la joye qu'il eut d'aprendre qu'il estoit viuant, fut égale à la douleur extréme qu'il auoit euë du bruit de sa mort. Dans l'impatience où il estoit de levoir, il oublia presque toutes choses, & vouloit d'abord le venir trouuer à Palmire : Mais dans l'embarras des afaires, ceux de son Conseil n'en estant pas d'auis, il se rendit à ce qu'ils luy remontrérent ; & ne dépescha au deuant du Prince, que le jeune Odénat qui venoit de succéder à son Oncle au Gouuernement de la Palmirénie. Il est vray que la pluspart des Grands de sa Cour ne se sentant pas obligez à garder tous les

dehors d'vne Politique si délicate,
luy adoucirent beaucoup la violence
qu'il se faisoit.   Comme ils auoient
tous l'honneur d'estre connus d'Antiocus, ils partirent auec Odénat en
assez grand nombre ; & Cleopatre
qui a de l'esprit, & qui pour lors
n'oublioit rien de ce qui pouuoit la
rendre agreable à Démetrius, députa
les principaux de sa Maison sous la
conduite d'Apollonius, pour com-
plimenter le Prince de sa part. De
sorte qu'ayant receu à Palmire cette
espece d'Ambassade comme il le deuoit ; & s'estant rendu aussi admirable à ceux d'Egypte qui ne le connoissoient point, qu'à ceux de Syrie
dont il auoit déja gagné tous les
cœurs dés son enfance, il prit le chemin de Damas auec cette escorte magnifique, & peut-estre la mieux choi-
sie que l'on ait iamais veuë. Le Roy
qui l'y atendoit auec des inquiétu-

des & des tranſports de joye que ie
ne vous ſçaurois exprimer, ſortit de
la Ville, & vint à quelques ſtades au
deuant de luy auec la Reyne de Tyr,
& la Princeſſe Stratonice. Tout préocupé qu'il eſtoit des charmes de
cette adroite Egyptienne, & tout
plein d'amour pour elle, il ne craignit pas de luy déplaire en cette rencontre. Ce Fils bien aimé reprit ſa
place dans ſon cœur. Il répandit des
larmes de joye en le tenant entre ſes
bras, aprés en auoir répandu loin de
luy de ſi améres; & Antiocus luy
rendant tendreſſe pour tendreſſe, fit
paroître de ſon côté tout ce qu'vn
naturel auſſi excellent que le ſien
eſtoit capable de produire. Mais la
Reyne de Tyr continuant comme
elle auoit commencé, agît de la meilleure grace du monde. Les Dieux
vous ont conſerué, dit-elle à mon
Maître en l'embraſſant lors qu'il ſe
préparoit

préparoit à la faluer d'vne façon
plus refpectucufe ; & ie croyois ocuper bientôt la place d'vne Reyne qui,
fi elle eftoit viuante, n'auroit pas plus
de joye de voftre falut que i'en ay.
Madame, luy répondit-il, les Dieux
m'ont conferué, pour venir prendre
part à la réjouiffance publique ; &
aprés le foin qu'ils ont eu de moy,
ie n'auray plus rien à leur demander,
fi dans cette ocafion ie puis vous témoigner, qu'en reuenant au Roy
mon Pére, ie vous améne vn Fils qui
n'auroit pas plus de refpect pour cette
Reyne dont vous parlez, qu'il en
aura pour vous. Ah! Seigneur, repliqua Cleopatre en l'embraffant pour
la feconde fois d'vn air qui exprimoit tout feul les plus doux fentimens que les careffes les plus ingé-
nieufes peuuent exprimer, ce fera
affez de voftre afection ; & comme
ie vous donne toute la mienne, il fera

D d

juſte en quelque façon que i'aye vn
peu de part à la voſtre. Elle n'en dit
pas dauantage ; & ſans atendre la ré-
ponſe de mon Maître, elle fit place
à la Princeſſe Stratonice, qui n'atendoit que l'ocaſion de ſe jetter au col
de ce Frére admirable, & qu'elle aimoit ſi parfaitement. Tandis qu'ils
ſe donnoient l'vn à l'autre tous les
témoignages de tendreſſe, que la Nature & vne afection trés-particu-
liére eſtoient capables d'expliquer
en cette rencontre ; le Roy, qui d'a-
bord s'eſtoit fortement ataché aux
actions & aux diſcours de la Reyne,
de Tyr & du Prince, ſe tourna pour
lors vers Ariſton qui eſtoit à ſes genoux. Comme toutes choſes ſe paſſoient auſſi bien qu'il l'auoit pû ſouhaiter, & que rien ne s'opoſoit à ſa
joye, il ne craignoit pas de la faire
éclater deuant tout le monde ; ſi bien
que faiſant releuer mon Pére auec

vne bonté vrayment Royale: Vous
me l'auiez perdu, luy difoit il, mais
vous me l'auez rendu; & le préfent
que vous m'en faites aujourd'huy,
ô Arifton! repare auec vfuré tous les
maux que i'ay fouferts. A des paroles fi obligeantes, mon Pére, fuiuant l'ordre du Roy que Batius luy
auoit aporté lé matin, ne repartit
que d'vne profonde reuerence; &
pour ne donner rien à penfer à tout
ce monde qui le regardoit, il luy pré-
fenta Telécle qui eftoit derriere luy.
Le Roy auoit autrefois receu de fi
grands feruices de cet illuftre Grec,
que quelque changement que vingt
années euffent fait fur fon vifage, il
n'eut pas de peine à le reconnoître;
de forte que le receüant à bras ouuerts, il rendit à fon merite & à fa
vertu tout ce qu'il y deuoit & par
eftime, & par reconnoiffance. Aprés
quoy, reuenant au Prince fon Fils
Dd ij

qui auoit déja remis la Reyne de Tyr dans son Chariot auec la Princesse Stratonice, ils y monterent ensemble; & ce fut ainsi qu'Antiocus entra dans la Ville de Damas, aux aclamations de tout le Peuple. Ie ne vous diray point quelle fut la foule de ceux à qui il fut obligé de parler ce jour là. Chacun vouloit porter jusqu'à ses oreilles la joye qu'il auoit de son retour; & dans l'embaras de cette alégresse publique, le Roy trouua à peine le moyen de l'entretenir en particulier. Il fut contraint de se retirer dans vn Cabinet, & de l'y mander; & là, aprés auoir renouuellé ses caresses & ses embrassemens en présence de Telécle, d'Ariston & de moy seulement, comme Cleon luy auoit déja rendu conte de toute la fortune du Prince; & que mesme il auoit renuoyé Barius au deuant de nous, pour nous auertir qu'il vou-

loit qu'on la tint secréte, alors il luy
dit les raisons qui l'obligeoient à en
vser ainsi. Que sur le point de declarer la guerre aux Parthes, dont les
Osroëns & les Tinges luy fournissoient vn si beau prétexte, il ne trouuoit pas honneste que l'on sceût que
son Fils auoit esté refugié parmy
eux. Que de plus, aprés ce qui s'estoit passé entre luy & les Princes Arsacides, c'estoit armer contre sa vie
tous les Parthes que l'on aloit ataquer ; & qu'ainsi, fût ou pour son
honneur propre, ou pour la seureté
d'Antiocus, il faloit suprimer cette
connoissance à tout le monde. Mon
Maître, selon l'esprit des Amans qui
aiment le mystere en tout ce qui
concerne leur amour, fut rauy de
voir que le sentiment du Roy se r'a-
portoit au sien. Il l'apuya encore par
des raisons qui luy estoient particulieres ; & Démetrius les goûtant, &

D d iij

flatant la paſſion dont il le voyoit
ateint pour la Princeſſe Rodogune
ſurquoy elles eſtoient fondées, prit
ocaſion de luy parler de la ſienne
pour Cleopatre, & du deſſein qu'il
auoit de l'épouſer. Mais il s'expliqua
de toutes ces choſes auec vne ouuerture de cœur ſi fauorable & ſi penétrante, que le Fils n'eût pas lieu de
craindre qu'vne Belle-Mére prît iamais dans ce cœur la place qu'il y
auoit toûjours ocupée. Ils ſe firent
l'vn à l'autre vne douce & tendre éfu-
ſion de tous leurs ſentimens ſur ce
ſujet ; & ils s'en donnérent mutuel-
lement des aſſurances ſi poſitiues &
ſi puiſſantes, qu'ils en furent également ſatisfaits. En ſuite dequoy, le
Prince luy ayant encore raconté luy-
meſme de quelle façon il auoit vécu
chez les Parthes, & ce qu'il y auoit
fait, il fut areſté que l'on diroit, que
nous reuenions de Medie ; & nous

conuinſmes tous de quelques auantures aſſez conformes à celles que
nous auions courües à Suſe : & que
mon Pére raconta le ſoir dans la
Chambre de la Reyne de Tyr, de la
façon que le Roy vouloit qu'on les
publiât.

Cependant, Seigneurs, la joye
que le retour d'Antiocus cauſoit à
la Cour, deuint bientôt vniuerſelle,
& ſe répandit dans tout le Royaume.
Mais, pour ne vous entretenir que
de ce qui eſt important à l'hiſtoire de
ſa vie, Cleopatre, qui vrayſembla-
blement pouuoit eſtre peu ſatisfaite
de voir viuant ce Prince qu'elle auoit
crû mort, & dont la mort pretenduë
l'auoit éleuée à de ſi belles eſperances,
prit tant de part à cette joye, qu'Antiocus n'eut pas beſoin de toute ſa
vertu pour bien viure auec elle, ni
de toute ſa complaiſance pour eſtre
de ſes amis. Elle n'auoit pour lors

que trente deux à trente-trois ans;
& comme ſa beauté n'eſtoit nullement diminuée de ce qu'elle auoit
paru dans vne plus grande jeuneſſe,
il ne luy eſtoit pas malaiſé de cacher
vne partie de ſon âge, & ſa ſeule préſence le démentoit aſſez. Son tein
eſtoit d'vne blancheur éclatante &
viue: ſes cheueux noirs en rehauſ-
ſoient l'éclat; & ſes yeux de la meſme couleur, auoient le mouuement
ſi plein d'amour, & lançoient des
feux ſi atrayans & ſi doux, qu'on ne
pouuoit preſque la regarder ſans
émotion. Quoy que ſa taille ne fût
pas des plus hautes, elle eſtoit parfaitement bien proportionnée : ſon
embonpoint, bien loin d'eſtre ex-
ceſſif, ne ſeruoit qu'à la rendre plus
acheuée, & à luy embelir la gorge;
& ſes beaux bras & ſes belles mains
faiſoient ſenſiblement juger de toutes les beautez de ſa perſonne. Auec

cela, elle auoit l'esprit délicat & flateur; & sa façon de parler tempéroit
si bien ce qu'elle auoit de redoutable
dans l'ame, que si la pluspart des Syriens ne pouuoient la voir sans la
craindre, peu s'aprochoient d'elle
sans l'aimer. Le Roy n'auoit pû se
defendre de tant de charmes; &
comme au milieu des ruines de Samarie & du desordre de la guerre, il
en estoit deuenu amoureux, il la seruoit pour lors dans la paix auec toute
cette assiduité inquiéte & passionnée
qu'ont ordinairement les Amans
heureux, quand ils n'ont plus de peines à soufrir que celles qui naissent
de l'impatience de posseder le bien
qui leur est promis. Mon Maître
trouuoit déja en elle toute la douceur
qu'il eût pû desirer de la Reyne sa
Mere; & Cleopatre, que quelques-
vns croyoient si dangereuse, & que
la Princesse Stratonice mesme crai-

gnoit, s'eſtoit dépoüillée en faueur
d'Antiocus de tout ce qu'elle pouuoit auoit de fâcheux & d'incommode. Auſſi répondoit-il de bonne
grace aux traitemens fauorables qu'il
en receuoit; & dans vne ame comme
la ſienne il n'eſtoit pas neceſſaire que
Cleopatre promit ſi bien de faire ſon
deuoir, pour le diſpoſer à faire le ſien.
Mais Seigneurs, il ne faut pas que ie
vous faſſe icy vn long myſtere des
deſſeins d'vne Princeſſe qui ne fut pas
long-temps à les découurir elle-
méme.   Comme elle a l'humeur
prompte & l'eſprit vif, elle pouſſa
enfin ſes careſſes ſi loin, qu'elles deuinrent ſuſpectes à mon Maître: &
d'autant plus, que le Roy d'Egypte
eſtant tombé malade à Memphis,
elle ne luy parut pas auſſi touchée
qu'elle le deuoit eſtre de ce retardement à ſon mariage.   De ſorte que
toute la Cour s'eſtant tranſportée à

Tyr à cette nouuelle, tandis que l'a-
moureux Démetrius s'afligeoit de
voir de jour en jour des obftacles qui
s'opofoient à fon bonheur, mon
Prince examinant auec foin la conduite de Cleopatre, vint enfin à reconnoître qu'elle auoit pour luy des
fentimens plus particuliers qu'il ne
les fouhaitoit. Comme il n'eft pourtant guére fufceptible de vanité, d'a-
bord il n'en vouloit pas croire à fes
propres yeux; & toutes les fois que
la penfée luy en reuenoit, il la rejet-
toit autant qu'il luy eftoit poffible:
lorsqu'vn foir la Reyne de Tyr, aprés
vne affez longue conuerfation qu'ils
auoient euë enfemble fur l'état des
afaires, ne luy permit plus d'en douter. Nous auons fait la paix, luy dit-
elle; & dans la creance que vous eftiez perdu, Seigneur, outre la paix,
nous prétendions encore faire bien
des chofes. Mais, ajoûta-t'elle, tous

ces deſſeins ſont aujourd'huy ren-
uerſez; & comme voſtre retour a
ſans doute changé les ſentimens fauorables que le Roy voſtre Pére pouuoit auoir pour moy, peut-eſtre auſſi
que depuis que vous eſtes reuenu,
ceux que i'ay pour luy ne ſont pas
ce qu'ils eſtoient. Ah! Madame, repartit mon Maître, ie ſerois bien
malheureux ſi ma préſence eſtoit capable de produire vn pareil deſordre;
& ie puis vous aſſurer qu'il ſeroit tellement contre mon intention, que
ie retournerois plûtot d'où ie viens,
& conſentirois plutôt à me perdre
vne ſeconde fois, & à me perdre meſme pour toûjours, que de trauerſer
les deſſeins du Roy mon Pére & les
voſtres. Ce changement, reprit
Cleopatre en ſoûriant, n'eſt peut-
eſtre pas ſi fâcheux que vous le penſez. A l'égard du Roy, vous luy
eſtes aſſez cher pour luy tenir lieu de

toutes choſes, & pour le détourner
ſans violence de la penſée qu'il auroit euë d'vn ſecond mariage ; &
pour moy ie me conſole aiſément
de cette eſperance que ie perds, lors
que vous pouuez m'en donner vne
autre à laquelle ie ſerois beaucoup
plus ſenſible.   A ce diſcours mon
Maître parût vn peu ſurpris ; &
Cleopatre pourſuiuant comme elle
auoit commencé: Ne vous étonnez
pas, luy dit-elle; il y a vn peu plus
de raport de mon âge au voſtre, qu'il
n'y en a de celuy du Roy au mien ;
& ſi vous n'auiez point d'auerſion
pour ma perſonne, ce meſme bien
que les Peuples ſe propoſoient de
mon mariage auec le Pére, ſe trouueroit encore mieux étably pour
eux, ſi i'auois épouſé le Fils. Poſſible,
continua-t'elle, que ie vous ouure
mon cœur auec trop de liberté: mais
Seigneur, ie me promets de vous

cette grace, que vous ne m'en ferez
iamais de reproche ; & que seulement
par les sentimens que ie vous explique aujourd'huy, vous jugerez de
ceux que i'aurois eu pour vous, si
i'auois esté vostre Belle-Mére. Ah!
Madame, s'écria le Prince, soyez-la
ie vous en suplie ; & ne me faites pas
cette injure de me soupçonner d'a-
uoir la moindre pensée qui y soit
contraire. Si mon consentement
n'y est pas considerable, il m'est
toûjours permis de méler ma joye
à celle de tout le monde ; & vous
verrez, Madame, que ie n'oublieray
rien de tout ce que ie puis, pour so-
lemniser vne Aliance qui fait la gloire
du Royaume, & la felicité des Peuples. Ne vous repentez donc point
de l'engagement où vous estes auec
le Roy mon Pére : la conclusion vous
en sera peut-estre assez auantageuse.
C'est vn Roy triomphant qui vous

la demande à genoux, & qui meurt
d'amour pour vous : C'eſt ſon Fils
qui vous en ſollicite auec autant de
paſſion que de reſpect ; & ce que
vous donnerez au deſir de l'vn & de
l'autre, ils ſçauront l'vn & l'autre le
r'aporter à voſtre ſatisfaction. Ce
que vous me dites, intérompit Cleopatre, répond ſi peu à ce que i'ay
dans le cœur, qu'il n'eſt pas pour
moy auſſi obligeant que vous le
penſez. Vous y ferez reflexion, reprit elle; & cependant, Seigneur,
ſouuenez vous de la confiance que
i'ay en voſtre diſcretion. Il y va de
voſtre honneur, & poſſible de toute
voſtre vertu, de ne pas trahir vne
Reyne qui vous aime, & qui ſe
voyant vn peu trop jeune pour vous
tenir lieu de Mére, a remis toute ſa
fortune à voſtre choix, auant que de
la conclure ſur le ſien. Le Prince ne
manqua pas de repartie à ces dernie-

res paroles, quoy qu'il y eût encore
plus de jeu que dans les premieres;
& continuant à parler du mariage du
Roy son Pére, comme de la seule
chose qu'il souhaitoit auec passion,
il y méla si à propos tant de sentimens respectueux pour la Reyne de
Tyr, qu'elle n'en pouuoit guére desirer dauantage, ni demander d'autres assurances, pour n'auoir rien à
craindre de luy. Et aprés tout, il
n'estoit pas fort necessaire qu'elle luy
fit promettre de taire vn secret de
cette nature, & qu'il auroit bientôt
oublié, si le chagrin qu'il en eut pour
l'intérest de Démetrius, ne luy en
eût longtemps conserué le souuenir.
Il n'en parla donc ni à Télecle, ni à
Ariston, ni à moy-mesme à qui il
n'auoit iamais rien caché; & quoy
que dans l'humeur où il voyoit Cleopatre, il préuit plusieurs choses fâcheuses qui pouuoient ariuer si elle

y

y perſeueroit aprés auoir épouſé le
Roy, neantmoins il crût deuoir fermer les yeux à toutes ces conſidéra-
tions: & réſolut plûtot de s'expoſer
à des deſordres dont il ſeroit toûjours innocent, que de les préuenir
par des voyes qui pouuoient eſtre
fort ſuſpectes à Démetrius comme
Pére: ou qui ne pouuoient manquer
de luy eſtre fort douloureuſes comme Amant. Ajoutez à cela, que depuis cette déclaration, Cleopatre
parût beaucoup plus retenuë: & que
le Prince, ne receuant plus d'elle que
des ciuilitez qui eſtoient dans les regles, vint à s'imaginer, que tout
ce qu'elle luy auoit dit n'eſtoit qu'-
vne galanterie oficieuſe par laquelle
cette Reyne adroite & careſſante
auoit voulu ſonder ſon eſprit. Cependant le Roy la ſeruoit auec des
ſoins extraordinaires ; & quelque
indigne qu'elle ſe ſentît de ſon afe-

E e

étion, comme elle l'a aſſez montré par les ſuites, elle ne laiſſoit pas de l'entretenir par les plus belles apaᴙences du monde. Elle témoignoit vne impatience égale à la ſienne: elle dépeſchoit en Egypte Couriers ſur Couriers, afin de hâter le voyage du Roy ſon Frére: ou ſi ſa maladie continuoit, diſoit-elle, afin de mettre les affaires en état de pouuoir elle-meſme conclure ſon mariage auec Démetrius. Ce n'eſtoient que négociations de part & d'autre; & l'on s'empreſſoit d'autant plus, que la guerre des Parthes commençoit à faire du bruit. Quelque ouuerture fauorable que les Oſroëns & les Tinges en euſſent faite au Roy, il s'y portoit encore auec plus d'ardeur depuis le retour de mon Maître; & flatant déja ſes reſſentimens & ſon ambition de toutes les eſperances dont l'Amour flatoit le

cœur de son Fils, ils aidoient l'vn à
l'autre à se persuader agreablement
tout ce qu'ils imaginoient. Mais ce
mariage projetté auec Cleopatre, &
si peu auancé quoy que si bien resolu, les retenoit tous deux; & il
estoit presqu'impossible de rien entreprendre dans vn temps, où il faloit terminer vne affaire de cette importance, & de laquelle vne partie
de la basse Syrie dépendoit. Ce n'est
pas que le Satrape Abissare, qui estoit allé de la part du Roy auec six
mille hommes pour soûtenir ces
Peuples qui reuenoient à leur deuoir, n'eût déja donné l'épouuante
à ceux que le Prince Orode auoit
enuoyez pour les châtier. La querelle commençoit à s'échaufer : les
Parthes faisoient des leuées dans la
Mesopotamie; & Abissare mandoit,
que s'il pouuoit former vn Corps de
Caualerie, il les pousseroit jusqu'à

Babilone, auant que leurs forces fuſſent aſſemblées. Quoy que ce fût
beaucoup promettre, le Roy n'a-
uoit pourtant pas balancé ſur cet
auis; & quelque ocupé qu'il fût auprés d'vne Maîtreſſe, la Gloire par-
tageoit ſi bien ſes penſées auec l'A-
mour, qu'il auoit déja ordonné des
troupes pour ſecourir Abiſſare. Mon
Maître, que les commencemens de
cette guerre intéreſſoient autant que
vous le ſçauez, vouloit marcher auec
Pterelle qui les conduiſoit; & tout
le ſoin que prenoit Cleopatre de l'en
détourner, réueillant dans ſon ame
les doutes que le temps auoit aſſou-
pis, ne ſeruoient qu'à l'y animer dauantage. Si bien qu'en l'humeur où
il eſtoit, quoy que pour le retenir le
Roy joignít ſon autorité aux éforts
de cette Princeſſe, il eſt certain qu'il
eût ſuiuy les mouuemens de ſon
cœur, ſi d'autres affaires plus preſ-

santes ne l'euſſent appellé ailleurs.

Le Roy de Capadoce ne vouloit plus eſtre compris dans le Traité de Paix entre la Syrie & l'Egypte: Il ne cherchoit au contraire que l'ocaſion de ſe reuancher ſur nous des pertes qu'il auoit faites à la Bataille contre les Arméniens; & comme il ne ſe ſentoit pas aſſez fort pour s'en van- ger ſur eux; & qu'il auoit apris que le Roy d'Arménie n'eſtoit pas ſatis- fait du deſſein que Démetrius auoit d'épouſer Cleopatre, il ſe promet- toit que le ſecours nous manquant de ce coſté là, il luy ſeroit facile de s'em- parer de la Comagéne. Il venoit donc en perſonne à la conqueſte de cette Prouince. Panétole, qui en eſtoit Satrape, bien loin d'eſtre en état de luy en defendre l'entrée, pouuoit à peine garder les Places les plus im- portantes; & les Capadociens, aprés auoir pris la Ville de Coceuſe, fai-

foient déja le degaft dans la Cataönie.
De forte que ces nouueaux troubles
fe mélans à ceux qui naiffoient tous
les jours entre nous & les Egyptiens;
le mariage de Cleopatre qui les deuoit finir ne fe concluant point, &
les Miniftres du Roy fon Frére com-
mençans à expliquer les intentions
de leur Maître d'vne autre maniére
qu'on ne les auoit propofées d'abord,
les noftres furent tout prefts de rompre auec eux fur ce que les Capadociens rompoient auec nous. Le foupçon qu'ils auoient que l'entreprife
des vns eftoit concertée auec les autres, les y portoit auec affez d'indignation : mais l'amoureux Démetrius n'y pouuoit confentir. Toute
l'ardeur qu'il auoit témoignée pour
la guerre des Parthes eftoit mefme
affez refroidie ; & comme en cette
conjonĉture il voyoit Cleopatre extrémement afligée, il ne prenoit de

ſoins que ceux qui pouuoient la conſoler ; & abandonnoit tout le reſte à
la conduite de ſes Lieutenans. Quelque déplaiſir qu'ils euſſent de cét
aueuglement de leur Roy, ils le virent pourtant auec aſſez de déference
& de reſpect, pour ne luy rien dire de
fâcheux contre le Roy d'Egypte. Ils
ſe contentérent de ſe tenir ſur leurs
gardes de ce côte là ; & ſe préparans
à la guerre de Capadoce, Pterelle au
lieu de paſſer l'Eufrate, fut r'apellé
pour marcher au ſecours de Panétole.
On donna ſeulement ordre à Zeunexis & à Statanor qui eſtoient encore en Iudée, de ſe joindre à Abiſ-
ſaire auec leurs troupes ; & toutes les
autres que nous auions ſur pied, filé-
rent pour ſe rendre à Samoſate.

Vous ne ſçauriez croire, Seigneurs,
auec combien de douleur mon Maître vit ce changement aux afaires.
Quoy que peut eſtre il eût quelque
E e iiij

legére fatisfaction dans l'efprit, de
voir que fans s'opofer au mariage de
Cleopatre, il fe diferoit affez pour
n'eftre iamais terminé : neantmoins,
comme la Princeffe Rodogune ocupoit toûjours fes plus fortes penfées,
& que fouuent il fentoit ce que l'abfence fait foufrir aux Amans, il n'y
auoit que l'image de la guerre contre
les Parthes qui pût adoucir fes peines. Il luy fembloit qu'en repaffant
l'Eufrate il aloit reuoir la Fille d'Arface; & fi quelquesfois les dificultez
qu'il y voyoit ne luy permettoient
pas d'en croire fon defir, il fe figuroit toûjours auec joye celle qu'il
auroit de combattre à la tefte d'vne
Armée ; ou quelqu'vn des enfans
d'Orode, ou Orode luy-mefme, ou
du moins ceux qui eftoient dans les
intérefts de ce Prince. Mais la guerre
de Capadoce luy enleua toutes ces
douces penfées; & il me fouuient

qu'eſtant encore à Tyr, il m'expliqua ainſi le chagrin qu'il en auoit.
Lépante, me dit-il, toutes choſes
m'ariuent au contraire de ce que ie
veux. Ie ſuis allé à Suſe lors que ie n'y
voulois pas aler : i'en ſuis reuenu lors
que ie ne voulois plus en reuenir : aujourd'huy que i'y voudrois retourner, la Fortune m'en éloigne ; & la
guerre de Capadoce va peut-eſtre
conſumer nos forces & nos jours,
pour nous empeſcher d'aller à celle
des Parthes. Comme ie ſçauois bien
auparauant qu'il me l'eût dit, que
c'eſtoit là ce qui l'afligeoit, & que
i'auois auprés de luy toute la liberté
que ie pouuois deſirer pour entreprendre de le diuertir de ſes ennuis:
Quoy, Seigneur, luy dis-je en
ſoûriant, n'eſtes-vous pas bien-aiſe,
que la Fortune s'opoſe au deſſein que
le Roy auoit de faire la guerre à vôtre Maîtreſſe? & vous-meſme oſe-

riez-vous aller porter le fer & le
feu dans ſes Etats? Il prit fort bien
ce que ie luy diſois; & me regardant
à peu prés comme ie l'auois regardé:
Ce que tu me dis en riant, repliqua-
t'il, me fait aſſez de peine; & il y a
déja pluſieurs jours que ie ſonge ſé-
rieuſement à acorder enſemble, & la
guerre contre les Parthes, & ma paſſion pour la Princeſſe des Parthes.
Ces deux choſes ſonnent aſſez mal à
mes oreilles, & me bleſſent quelquefois la veuë; mais toutes opoſées
qu'elles ſont en aparence, tu ſçais
qu'elles s'acordent bien dans mon
cœur. Ie ne cours pas à la ruine des
Parthes, ou à la conqueſte de leurs
Prouinces: ie vais à la vangeance de
ma Princeſſe, & à la conqueſte de ma
Princeſſe. Tu ſçais que toute éleuée &
toute aimable qu'elle eſt, elle eſt dans
la ſoufrance, & qu'elle a des ennemis.
Tu ſçais qu'Orode & Roxane ſont

les enuieux de sa grandeur, & les ennemis de son repos & de sa gloire ; &
aprés la connoissance que i'en ay, ce
me seroit en moy-mesme vn reproche éternel, si ie ne cherchois pas les
moyens de la vanger. Il n'en est
point d'autre pour moy, que celuy
de porter la guerre à Babilone, à Suse,
à Pasagarde, à Hécatompile, & par
toute la Terre, s'il le faut. C'est vn
Arrest du Ciel qui m'y engage par
tout ce que ie puis auoir de vertu ; &
qui pour cette grande afaire sçaura
bien réconcilier en ma personne les
noms d'Ennemy & d'Amant. Pour
sauuer la vie à ce que i'aime, il faut
que i'ataque celle de ses Sujets, & que
i'abate son Empire, afin de le luy
conseruer. Mais, ô Ciel, s'écrioit-il
quelque temps aprés ! S'il eût esté
en mon pouuoir de régler ces choses,
elles ne seroient pourtant pas de
cette sorte ; & ie n'aurois pas choisi

vne voye si terrible pour seruir ma
Princesse! Mais quoy, ajoûtoit-il
dans le mesme transport? C'est peut-
estre vn jeu des Destinées qui ne veulent pas que ie sois Amant de Rodogune, qu'en me declarant son Ennemy. Toutesfois, reprenoit-il plus
doucement, si nous sommes heureux,
le temps & nostre bonheur déuoile-
ront cét Enigme; & si l'Empire des
Parthes deuient pour moy vn Païs
de conqueste, mon cœur en est vn
autre pour ma Princesse, où tout luy
est ouuert, & où il ne luy sera pas
dificile de reconnoître, que pour
remplir tous les deuoirs d'vn Amant,
il a falu que ie me sois armé de tous
les traits d'vn Ennemy. N'examinons donc point, disoit-il en suite,
ce que nous ne sçaurions décider. Ne
cherchons point de couleurs à des
choses qui n'en ont pas besoin. Lais-
sons dire, & penser le monde tout ce

qui luy plaira, puis que le Monde
aussi bien ne peut nous faire raison.
Atendons à la demander à ma Princesse, & à luy rendre conte de nos
actions, & de nos sentimens les plus
secrets. Il me sufit, pour commencer
la guerre, de sçauoir qu'on s'est voulu
seruir de moy pour la détruire; que
ie dois du moins reparer le mal où
i'ay seruy; & quand il ne s'agiroit
pas de la conquerir, il s'agit toûjours
de le venger. Il est vray, Seigneur,
luy répondis-je; & vous ne seriez
pas ce que vous estes, si vous pouuiez
oublier vne injure aussi délicate &
aussi cruelle, que celle que la Fille
d'Arsace a essuyée pour l'amour de
vous. Il est sans doute, que quelques
Victimes qu'Atis luy ait déja sacri-
fiées, il y en a d'autres qu'Antiocus
luy doit immoler : Mais Seigneur,
reprenois-je, vne chose me fait de la
peine dans cette guerre que vous mé-

ditez contre les Parthes. Ie ne sçay
comment vous pourrez de bonne
grace vous declarer l'ennemy du Fils
d'Artabane; & aprés les bontez que
ce Prince a euës pour vous, ie trouue
qu'il y va de vostre gloire à luy disputer vne Maîtresse que le Ciel & la
Terre luy ont destinée. Mais, repliqua-t'il, il y va de ma vie à luy ceder
Rodogune; & ma naissance & mon
rang ne veulent pas que ie luy abandonne ce que i'aimois auparauant
que d'estre son amy. Et puis, continua-t'il, nous nous sommes expliquez sur ce sujet Pacore & moy en
nous separant. Il m'a promis d'en
bien vser, & i'en vseray bien aussi,
quoy que dans l'état où ie suis il ne
soit point de Loix pour moy que
celles que l'Amour m'impose. Toutes les dificultez que i'y vois ne seruent qu'à m'animer; & comme il n'y
a qu'à vaincre pour meriter Rodo-

gune, i'ose quelquesfois me dire que
ie sçauray le meriter. Mes Riuaux
me connoissent déja assez, pour ne
me pas mépriser quand ils me con-
noîtront dauantage ; & aprés ce qui
s'est passé entre nous, lors qu'ils me
verront à la teste d'vne Armée, peut-
estre qu'ils regarderont aussi bien
que moy la Fille d'Arsace comme
vne conqueste que le plus heureux
doit emporter. Possible que déja ie
suis deliuré d'Aquémene : mais, ô
Lepante, reprit-il en soûpirant !
pour te découurir tout le fonds de
mon ame, ie m'aflige quelquefois de
cette premiere victoire ; & il est des
momens où ie ne voudrois pas que le
Prince de Perse fût mort, puis que sa
concurrence pourroit retarder le
bonheur de Pacore, tandis que ie ne
suis pas en état de le luy disputer:
Car pour Phráate il n'en veut qu'à la
Couronne des Parthes, & non à leur

Princeſſe : outre qu'il eſt Fils de Roxane ; & que l'inſolence de ſa Mére
le rend, & dans le cœur de Rodogune,
& dans l'eſprit des Peuples, de beaucoup inferieur au Prince Aquémene.
Ce ſeroit toûjours quelque choſe,
repartis-je, ſi vous eſtiez défait de ces
Riuaux ; & à tout éuenement, Seigneur, ie crois que vous aimeriez
mieux que Pacore à qui vous auez
quelque obligation, fût poſſeſſeur
de la Fille d'Arſace, que le Prince de
Perſe qui ne vous a pas bien traité.
Ni l'vn ni l'autre, repliqua-t'il bruſquement ; & ie ne ſçay point faire
vn choix, dont la ſeule penſée me
feroit également cruelle, quoy que ie
ſçache bien que ie dois quelque choſe
au Fils d'Artabane. Car enfin, ſi
Aquémene eſt mon ennemy & mon
Riual tout enſemble, il ſufit à Pacore
d'eſtre mon Riual pour deuenir mon
ennemy. Ie commence à les regarder
tous

tous deux auec des sentimens peu
diferens ; & si dans ceux que i'ay
contre Aquémene, il y a plus de colere : dans ceux que i'ay pour Pacore,
il y a beaucoup plus de jalousie : &
ma jalousie, en cette rencontre, est
cent fois plus impétueuse que ma
colere. La Princesse Stratonice, qui
suruint à cette conuersation, l'intérompit : mais elle ne la changea pas;
& comme le Prince luy auoit déja
raconté toute son Histoire, & qu'il
se passoit peu de jours qu'il ne luy fit
quelque peinture de l'illustre Fille
d'Arsace, ou qu'il ne luy redît quelque chose des entretiens qu'ils
auoient eus ensemble, il continua
auec cette aimable Sœur, ce qu'il
m'auoit fait l'honneur de commencer auec moy. Cependant quelque
consolation qu'il trouuât aupres
d'elle, sa mélancolie eût bientôt
éclaté aux yeux de tout le monde,

fi cette mefme guerre de Capadoce qui l'irritoit, n'y eût enfin aporté du foulagement. Les progrés d'A-riobarzane commencerent à luy bleffer l'efprit, & à émouuoir dans fon cœur de la colere & de la jaloufie; & fût, ou par reffentiment contre ce Prince qui venoit intérompre fes deffeins, ou par compaffion des Co-magénois oprimez, il fe mit à preffer le Roy d'aller luy mefme à leur fecours. Cleopatre, qui le retenoit par fes charmes, & qui les auoit employez fur fon efprit auec tant de fuccés, tandis qu'elle auoit crû neceffaire de témoigner combien elle craignoit de fe feparer de luy auant que d'eftre fon Epoufe, fembloit alors l'en folliciter de mefme. Parmy ces grands chagrins qu'elle faifoit paroître de la rupture des Capadociens qu'elle acufoit du retardement à fon Mariage, elle y méloit encore de plus grands

reſſentimens contr'eux : elle ne parloit que de vangeance : elle eſtoit d'a-
cord auec tous nos Generaux, lors
qu'ils diſoient qu'il n'y faloit rien
épargner ; & de cette ſorte, en nour-
riſſant la paſſion qu'elle auoit ſi bien
ſceu inſpirer à noſtre grand Roy,
elle réueilloit dans ſon ame celle qu'il
auoit toûjours euë pour la guerre.
Mais en conſentant au départ du
Pere, elle inſiſtoit contre celuy du
Fils. Elle vouloit du moins que l'vn
des deux demeurât en Syrie : elle leur
remontroit à l'vn & à l'autre qu'ils ne
deuoient pas courre vne meſme fortune, & ſur toutes choſes, elle ne
manquoit iamais de raiſons pour
faire craindre au Roy d'expoſer vn
Fils que les Dieux ne luy faiſoient
que de rendre. Demétrius de ſon
côté n'eſtoit pas dificile à ébranler
ſur ce ſujet. Si la neceſſité des afaires
le faiſoit conſentir à s'éloigner de ſa

Maîtreſſe, il n'en trouuoit point qui luy dût faire hazarder vn Fils ſi prétieux : il craignoit éfectiuement de le perdre : il vouloit meſme qu'il ſe conſeruât pour vne guerre de plus grande importance ; & luy remettant la Princeſſe des Parthes deuant les yeux, il eſperoit que cette conſideration alentiroit vne partie de cette ardeur qui l'emportoit contre le Roy de Capadoce.   Mais l'ame d'Antiocus eſtoit d'vne autre trempe ; & outre que les traitemens qu'il receuoit de Cleopatre, & les ſoins oficieux qu'elle prenoit de le diuertir, augmentoient ſon impatience & ſes chagrins, rien ne le pouuoit deſormais empeſcher d'aller aux ocaſions que la gloire luy ofroit.   Il ſongeoit encore à s'aguerrir contre des ennemis qui eſtoient en reputation dans le monde, auant que d'ataquer ceux qui luy deuoient eſtre aſſez redou-

tables; & la guerre contre Ariobarzane luy paroiſſoit alors, comme
l'aprentiſſage du métier auquel il
deſtinoit toute ſa vie. Les éforts de
Cleopatre, & les remontrances de
Demétrius furent donc inutiles; &
dés que la nouuelle fût venuë, que
les Capadociens paſſoient le Mont
Taurus, le Roy pour donner à ſa
Maîtreſſe des aſſeurances de ſon
amour, luy confirma le Royaume de
Tyr par vn ſecond couronnement;
& fit en ſa faueur l'ouuerture des
Etats de la Phénicie qu'elle deuoit
tenir pendant ſon abſence. Il laiſſa
encore auprés d'elle la Princeſſe Stratonice pour gage de ſa foy; & quoy
que la pluſpart du monde trouuât
que par cette conduite il mettoit
toute la baſſe Syrie en danger, neantmoins comme les Satrapes Tiphon
& Achée demeuroient auprés de la
Reyne de Tyr auec de bonnes trou-

pes, & que de plus nous auïons vne grande Armée Nauale qui commandoit à toute la Côte d'Egypte, on ne crût pas qu'il y eût si-tôt à craindre pour l'éuenement. Aprés des témoignages d'amour si éclatans, vous jugez bien, Seigneurs, que les adieux de Demétrius & de Cleopatre deuoient estre extrémement douloureux: aussi ne ménagerent ils point leurs foiblesses en cette separation ; & pour mon Prince il ne se trouua embarassé qu'à dissimuler la joye qu'il en auoit.

Nous joignîmes d'abord dans la Celésirie les troupes de Molon qui nous y atendoit. Ensuite dequoy nous trouuâmes à Apamée les Recruës que Laocoon auoit faites ; & de là passant par Antioche, dont le Roy auoit donné depuis peu la Satrapie ou le Gouuernement à mon Pére, nous l'y laissâmes auec Telécle.

Dés que nous fûmes à Samosate, où
estoit le rendez-vous de l'Armée,
Ptérelle & Panétole auertis de nostre
marche, commencerent à tenir la
campagne pour resserrer l'ennemy
qui faisoit le degast par tout où il
s'étendoit.   De sorte que cela leur
ayant reüssy ; & le Roy de Capadoce
ne trouuant pas à propos de s'engager dauantage dans la Comagéne,
sans y auoir vne place qui luy seruit
de retraite, il met le siége deuant Orsale, où le Satrape Pharamez s'estoit
jetté auec vne poignee de gens.   Le
fameux Cendebée auec ses troupes,
& l'illustre Diodore qui commandoit la Phalange Royale, s'y auancerent aussitôt pour la secourir : mais
ie ne veux pas vous tenir en longueur
sur vne afaire qui a fait tant de bruit
dans le Monde, qu'il est impossible
que vous n'en ayez entendu parler.
Pour moy, intérompit Aristobule,

F f iiij

ie fçay bien que la guerre de Capadoce ne fut pas longue; & qu'Ariobarzane à l'âge de foixante ans, aprés
auoir donné dans tout le cours de fa
vie de belles marqnes, qu'il eſtoit auſſi
grand Capitaine qne grand Roy, fut
tué à la Bataille d'Orſale de la main
du jeune Prince de Syrie. Theſée, qui
fçauoit cela encore mieux que le
Prince Ariſtobule, fe contenta de le
témoigner par quelques regards; &
Zoroaſte, quoy que poſſible il en eût
oüy dire quelque choſe, montroit
aſſez par les fiens qu'il eſtoit tout
diſpoſé à en aprendre le détail : de
forte que Lépante, qui les voyoit dans
vne atention ſi obligeante, continua
de la ſorte.

Il n'y eut point, à proprement
parler, de Bataille à Orſale ; & ie vais
vous raconter la choſe le plus ſuccintement que ie pourray. Le Roy de
Capadoce vſa de toutes ſortes de ſtra-

tagémes pour nous y atirer, parce
qu'il s'estoit saisi de tous les Postes
auantageux; & fit ensuite tout ce
qu'il pût, pour nous empescher de
jetter du secours dans Orsale. Mais
enfin comme la nature du terrain ne
luy permettoit pas de faire de grands
trauaux en peu de temps, Theodat
résolut de se jetter dans la Ville auant
qu'ils fussent acheuez. Tous nos autres Chefs trouuerent cela si à propos, que pour fauoriser l'entreprise,
le Roy feignit de se préparer à la Bataille. Et en éfet, pour couurir le passage de Theodat deuant vne grande
Armée comme celle de Capadoce, il
falut tirer toute la nostre de ses retranchemens. Le Combat commença
assez legerement, parce qu'Ariobarzane ne se doutoit nullement de nostre dessein: mais comme Mistrale &
Tragoas s'en aperçûrent, ces deux
Capitaines détacherent des troupes

pour l'empefcher. Si bien que l'a-
uantage du lieu eftant égal, la mélée
deuint âpre ; & ce fut alors que Déjotare Prince de Galatie s'auançant
pour foûtenir les Capadociens, mon
Prince courut fur luy auec le jeune
Odenat, & plufieurs autres de pareil
âge, & de valeur peu diferente. Cendebée, à qui ce jour là le Roy auoir
confié le foin de la perfonne d'Antiocus, voyant qu'il ne le pouuoit
retenir, le fuiuit auec cinq ou fix
cens Cheuaux ; & mon Maître que
fon courage tranfportoit, les de-
uançant legerement, commença à
charger les troupes de Déjotare qui
venoit fondre fur Theodat. Le hazard voulut qu'il fe joignit d'abord
auec ce Prince qui n'eftoit pas plus
âgé que luy ; & que du premier coup
l'ayant renuerfé jufque fur la croupe
de fon Cheual, il fe fit vne voye affez
large à trauers les plus braues de fa

suite, pour épouuanter tous les autres. De sorte que, poursuiuant sa
fortune où la Victoire le menoit, il
trouue le Roy de Capadoce qui venoit auec ses Rondachers au secours
de Déjotare. Comme il le reconnut
aux marques Royales qu'il auoit sur
la teste, il pousse à luy l'épée haute;
& ce Roy fier & vaillant n'osant pas
le dédaigner en l'état où il le voyoit,
vint de mesme à sa rencontre, & luy
décharge vn coup de toute sa force.
Mais comme le desir d'ataquer n'a-
uoit pas fait oublier à mon Prince
le soin de se defendre, il se seruit si
à propos de son Ecu, qu'en parant
l'épée d'Ariobarzane, il fit tomber
la sienne auec tant d'éfort sur la teste
de ce Roy, qu'il abatit & Timbre &
Panache, & Couronne; & le coup
fut si étrange, que si le Casque tout
entier ne tomba pas à cause des
courroyes qui tinrent bon, il se

tourna de maniere ſur la teſte d'Ariobarzane, qu'en luy couurant les yeux,
il le mit tout à fait hors de combat.
Mon Prince, tout glorieux d'vn ſi
beau commencement, vouloit reuenir ſur luy, ſi la foule des Capadociens ne l'eût porté ailleurs. Il en tua
quelques-vns de ceux qui eurent le
courage de l'aprocher; & cependant
nous viſmes Ariobarzane emporté
par le deſordre des ſiens, qui ne pouuant plus ſoufrir le Caſque qui l'incommodoit, ſe l'aracha luy-meſme
de la teſte. Quoy qu'il parût chancelant & tout étourdy, il tâchoit
neantmoins à retenir ceux qui l'en-
traînoient en fuyant: mais la terreur
s'eſtoit emparée de leurs ames par la
défaillance de leur Roy; & le braue
Cédebée & le hardy Molon qui eſtoit
venu à ſon ſecours, ſecondoient ſi
bien l'ardeur d'Antiocus & celle des
Volontaires qui l'acompagnoient,

que rien ne pût leur reſiſter. Il eſt
vray que Ptérelle, qui auoit eſté
commandé pour fauoriſer l'entrée
de Theodat, aida beaucoup à la déroute des ennemis par celle des Ga-
lates. Il les fit tous plier ſur les
Rondachers d'Ariobarzane dans le
temps que ce Roy fut bleſſé; ſi bien
qu'ils ſe firent perdre courage les vns
aux autres; & comme Demétrius
battoit encore Ariarate Frere de ce
Prince; & que Panétole & Laocoon,
aprés auoir chaſſé les Paphalago-
niens, pilloient juſqu'à leur Camp,
on peut dire que nous remportâmes
vne entiere Victoire, quoy que ce
ne fût pas vne Bataille. Le ſecours
entra non ſeulement dans Orſale:
mais nous nous rendîmes Maîtres
de toutes les auenuës par où il eſtoit
entré; & les Capadociens ſe trouuerent ſi mal-traitez en cette journée,
qu'ils leuerent le ſiege dés le lende-

main. Toute l'Armée reconnut hautement qu'on deuoit cét heureux succés à la valeur du Prince : le Roy le confeſſa de meſme, en luy donnant le nom de Soter qui vaut autant que celuy de Sauueur; & il eût eſté bien malaiſé de luy en diſputer la gloire, puis qu'en éfet l'auantage qu'il auoit eu ſur le Roy de Capadoce auoit ouuert le chemin à tout le reſte. Mais, Seigneurs, pour reuenir à ce que le Prince Ariſtobule vous a déja dit, ce ne fut pas ſeulement vne Ville qu'Antiocus déliura, ni vne ſimple Victoire qu'il gagna: il fit vne Paix pour ſon coup d'eſſay à la guerre; & Ariobarzane eſtant mort deux jours aprés de la bleſſure qu'il auoit receuë de ſa main, comme il n'auoit point d'enfans, le Prince Ariarate qui luy ſuccedoit, enuoya propoſer des conditions ſi auantageuſes, que le Vainqueur les accepta

comme on les luy ofrit. A peine
mesme voulut il receuoir des ôtages; & se contentant de reprendre la
Cataonie qui luy apartenoit, & de
borner le Royaume de Capadoce à
ses anciennes limites, il n'obligea
Ariarate qu'à luy fournir dix mille
Cheuaux au commencement du
Printemps.

Voila comme la guerre de Capadoce fut terminée; & comme nous
laissâmes dans le repos ceux qui estoient venus troubler le nostre. Vn
traitement si doux charma plusieurs
Princes & plusieurs Peuples libres
de l'Asie Mineure; & la Renômée
parlant déja d'Antiocus comme d'vn
Héros, les vns vinrent luy demander
sa protection, & les autres luy ofrir
leur seruice. L'Etat de Rodes & ceux
d'Isaurie luy enuoyerent des Dépu-
tez à Samosate: Le Prince Déjotare,
aprés auoir assisté aux funerailles

d'Ariobarzane, y vint auſſi luy demander ſon amitié auec le Prince
des Tectoſages: Le Roy de Cilicie le
félicita de ſa Victoire par vn Ambaſ-
ſadeur, & renouuella ſon Alliance
auec luy; & le Roy d'Arménie ſon
Oncle, aprés l'auoir ſi amérement
pleuré, le ſçachant Vainqueur de la
Capadoce preſqu'auſſi tôt qu'il le
ſceut viuant, luy fit des préſens magnifiques; & pour l'amour de luy ſe
réconcilia auec Demétrius, dont les
nouueaux deſſeins l'auoient vn peu
aliené. De ſorte, Seigneurs, qu'Antiocus reuint à Antioche tout plein
de gloire & d'eſpérance; & ſi les Satrapes de Syrie & les Soldats parta-
geoient la derniere auec luy, en ſe
preparant à combatre ſous luy, ils
luy laiſſoient l'autre toute entiere,
& ne prétendoient qu'à la gloire de
le ſeruir. La douceur de ſon eſprit &
la generoſité de ſon ame, auoient
déja

déja produit leur éfet en eux, aussi
bien que sa valeur : ils se sentoient
charmez de ses moindres regards,
comme de ses moindres actions : &
du seul plaisir de l'entendre, comme
de celuy de le voir ; & la grandeur de
sa naissance estoit ce qu'ils trouuoient de moins grand en luy. Démetrius l'aimoit trop pour en estre
jaloux : au contraire il se réjoüissoit
de voir que ses Sujets eussent des sentimens si conformes aux siens ; & la
Reyne de Tyr, qui s'estoit renduë à
Antioche, aprés auoir tenu les Etats
de la Phénicie, luy fit vn plaisir extréme, d'auoir fait dresser pour son
entrée dans cette Ville Capitale, des
Arcs de Triomphe qui portoient
conjointement les noms de Démetrius Nicanor & d'Antiocus Soter.
Quoy qu'il en fût déja passionnément amoureux, ces témoignages
d'estime & d'afection qu'en cette
Gg

rencontre elle sceut donner si à propos à vn Fils qui luy estoit si cher,
augmentérent en quelque façon l'a-
mour qu'il auoit pour elle; & non
seulement elle produisit ce nouuel
éfet dans l'ame du Roy : mais comme
alors pour gagner les cœurs de tout
le monde, elle n'oublioit rien de ce
qu'vn Esprit adroit peut imaginer, &
de ce que la bienseance luy pouuoit
permettre pour aquerir celuy du
Prince qui les possedoit tous, il ariua
enfin que ceux qui auoient le plus
murmuré contre son mariage, opi-
noient auec empressement à le conclure. Le Satraphe Tiphon, en qui
le Roy auoit tant de créance, fut des
premiers à luy établir vne haute réputation par le conte qu'il rendit de
sa bonne conduite aux Etats de la
Phénicie, où dans vne puissance souueraine elle n'auoit ménagé les interests du Royaume de Tyr, qu'à l'a-

uantage de celuy de Syrie. La Princesse Stratonice, auec laquelle elle
auoit vécu dans vne complaisance
parfaite, y contribua de son côté
autant qu'elle pût : elle ne regardoit
plus Cleopatre que comme sa Sœur;
& dans la crainte d'en estre separée,
ne desiroit rien auec tant de passion
que de la voir sa Belle-Mére. Tellement que mon Prince desabusé par
le temps, & par les specieux dehors de
cette Reyne artificieuse : & se laissant aler à la voix publique, commençoit aussi à s'interesser en sa fortune de la meilleure grace du monde.
Il vint mesme jusqu'à se reprocher
comme des soupçons injurieux, les
foles pensées qu'il auoit euës d'elle:
il s'en fit la guerre à soy-mesme ; &
s'accusant en cela de vanité ou de foiblesse, il rougissoit quelquesfois en
secret, ainsi qu'il a eu la bonté de me
le dire depuis, d'auoir pû croire qu'-

vne Femme fût amoureuſe de luy.
De ſorte que cette belle vnion de ſes
Enfans & de ſa Maîtreſſe acheuant de
leuer dans l'eſprit de Demétrius quelques legers ſcrupules que les ſentimens de la Nature y auoient con-
ſeruez malgré ceux de ſon amour,
on peut dire que pour eſtre heureux,
il n'auoit plus rien à faire qu'à épouſer Cleopatre. La Capadoce vaincuë,
l'Egypte tremblante, & les Parthes
déja repouſſez loin de l'Eufrate par
ſes Lieutenans, ne luy laiſſoient
preſque plus de matiere à ces grands
& impatiens deſirs pour la gloire;
& quoy qu'il eût fait paſſer ſes troupes victorieuſes dans la Meſopotamie, il ne vouloit pourtant rien entreprendre le reſte de cette année, &
ne ſongeoit qu'à Cleopatre. Mais
Seigneurs, comme ce n'eſt pas ſon
Hiſtoire que i'ay à vous raconter, ie
ne dois vous dire que ſuccintement

ce qui peut auoir du raport auec celle
de mon Maître. Ie prendray dóc garde
à ne m'y pas étendre; & pour vous
marquer seulement l'ordre des choses
& la suite des temps, vous sçaurez qu'-
aprés auoir passé vne bonne partie de
l'Automne au milieu de tous les plaisirs, que dans la prosperité de ses armes & dans sa passion, le Roy & les
Fauoris qui le flatoient, pûrent in-
uenter pour les préparatifs de son
mariage; neantmoins ce mariage ne
s'auançoit que dans l'opinion des
Peuples. Plus on y trauailloit, plus on
y trouuoit de dificultez; & les Agens
du Roy d'Egypte, aprés auoir paru
si traitables pendant qu'on auoit crû
qu'Antiocus estoit mort, auoient
commencé de faire des propositions
si injustes depuis son retour : & s'a-
uisoient pour lors d'en faire de si ex-
trauagantes, que les plus éclairez de
nos Politiques commencerent aussi

G g iij

à juger qu'ils ne vouloient plus d'a-
liance auec nous, parce que ce Prince
estoit viuant. Toutes les aparances
y estoient si positiues, que si l'on eût
pû surprendre la Reyne de Tyr en
quelque intelligence auec eux, il est
sans doute que dés lors on auroit découuert le mystere: mais elle paroissoit si contente de nous, & viuoit si
bien auec le Prince, qu'il estoit impossible de la soupçonner. Elle ne se
plaignoit iamais que du Roy son
Frere qui l'auoit engagée auec le
nostre, & qui pour des prétensions
friuoles la laissoit dans cét engagement, sans songer à ce qu'elle auoit
hazardé par les démarches qu'elle
auoit faites. Peu à peu les larmes
succedoient à ses plaintes, & la mélancolie à ses larmes. Elle fuyoit le
monde: elle cherchoit la solitude:
elle renonçoit à tous les plaisirs dont
la Cour luy estoit redeuable; & son

tein n'ayant plus sa viuacité ordinaire, ni ses yeux leurs brillans acoûtumez, on voyoit assez par cette
langueur que la maladie de son ame
se répandoit sur toute sa personne.
Antiocus, dans les sentimens d'estime qu'il auoit desormais pour elle,
fâché d'entendre dire que son retour
pouuoit estre la source de toutes les
dificultez que Philométor faisoit au
mariage de sa Sœur, tâchoit du moins
de contrebalancer ce mauuais bruit
par sa conduite. Il donnoit presque
tous ses soins au diuertissement de
Cleopatre, tandis que Démetrius y
employoit tous ses éforts : la Princesse Stratonice les secondoit admirablement l'vn & l'autre ; & il sembloit que ces trois illustres Personnes si bien intentionnées pour vne
mesme fin, estoient à la veille d'y
reüssir : lors que pour éloigner cette
grande afaire qui auoit déja consumé

Gg iiij

tant de temps, la guerre ciuile se r'a-
luma entre Philométor & Ptolomée
son jeune Frere, pour l'Etat de Cyrenes qui est vn petit Royaume dé-
pendant de l'Egypte, comme celuy
de Tyr l'est de la Syrie. Les plus considerables de ceux qui négocioient
auprés de nous le mariage de Cleopatre, furent aussi-tôt r'apellez en
Alexandrie : Ils n'eurent point d'ordre de rien conclure auant que de
partir : toutes choses demeurerent
indécises & incertaines; & Démetrius les laissant aler sans se plaindre
de leur Maître, résolut de se marier
aprés leur départ, en quelque état
que fussent les afaires. Il ne tenoit
donc qu'à Cleopatre d'estre Reyne
de Syrie; & nostre grand Roy par vn
emportement d'amour auquel il ne
pouuoit resister, luy en ofrit la Couronne auec tous les auantages particuliers qui pouuoient à son égard en re-

leuer la gloire & le prix. Mais l'infi-
delle qu'elle eſt auoit bien d'autres
deſſeins ; & ſous prétexte de la diui-
ſion de ſes Freres dont elle feignoit
d'eſtre fort alarmée, au lieu de receuoir la main de Démetrius, elle luy
demanda permiſſion de faire vn
voyage en Egypte pour trauailler à
leur réconciliation ; & reſoudre en
meſme temps les dificultez qui ſembloient s'opoſer à ſon mariage. Ce
fut pour lors que cet Amant deſeſperé eut recours à de nouueaux éforts
pour la perſuader & pour la retenir :
mais quoy qu'il pût faire, elle ſe rendit Maîtreſſe de ſon eſprit par ſes
raiſons, comme elle l'eſtoit déja de
ſon cœur par ſes charmes. Il conſen-
tit à ſon départ ſur la promeſſe qu'elle
luy fit de le venir trouuer à Babilone,
auſſitôt que la guerre de Cyrenes ſeroit terminée : Il ſe flata meſme de ce
rendez - vous qu'elle luy donnoit,

comme d'vn préſage aſſeuré de la
conqueſte de la Meſopotamie à laquelle il ſe preparoit ; & quoy que
les choſes qui ſe paſſerent entr'elle &
luy, fuſſent peut-eſtre aſſez dignes
de vous eſtre racontées , toutesfois
Seigneurs, puis que ie vous ay promis
de ne m'y pas areſter, ie me contenteray de vous dire, que le Satrape
Tiphon, qui deuoit acompagner
Cleopatre en Egypte ayant fait équi-
per les Galeres de Laodicée le plus
ſuperbement qu'il eſtoit poſſible, le
Roy la conduiſit luy-meſme à ce
Port de Mer. Leur ſéparation fut
auſſi tendre que vous le pouuez imaginer. Ils ſe quiterent comme de
véritables Amans ; & tout le procedé
de l'artificieuſe Reyne de Tyr parut
ſi grand & ſi eſtimable aux yeux des
plus clair-voyans, qu'aprés qu'elle fût
partie, Demétrius eut cette conſolation de voir toute ſa Cour dans vn

regret peu diferent du sien. Cependant lors que nous fûmes retournez
à Antioche, chaçun se mit en peine
de le diuertir ; & pour vous abreger
ce discours, le temps ayant dissipé
vne partie de sa douleur, & le Prince
son Fils ayant adoucy le reste, cet
Amant afligé aprit insensiblement
à se reposer sur les espérances que sa
Maîtresse luy auoit laissées. Les jeux
& les plaisirs qui sembloient nous
auoir quitez auec elle, se retrouue-
rent parmy nous : Nos Princes & nos
Dames sceurent les entretenir pendant tout l'Hyuer, au milieu des
préparatifs de la guerre : Le Roy prit
part également aux vns & aux autres ;
& pour reuenir à mon Prince, duquel
ie me suis vn peu éloigné, luy qui
dans les grands desseins qui l'ocupoient n'auoit r'appellé ces diuertissemens que pour la consolation du
Roy son Pére, estoit le seul qui ne

s'y preſtoit que par complaiſance.
Ces remedes qu'il auoit trouuez à la
paſſion de Demétrius, eſtoient toûjours trop foibles pour la ſienne : Il
ne prenoit qu'à regret ce qu'il luy
donnoit de ſi bonne grace : Il aimoit
beaucoup mieux ſe faire inſtruire
par les vieux Capitaines dans l'art de
former des Siéges, de defendre des
Places, & de donner des Batailles : il
aprenoit d'eux tout ce qu'ils en
auoient veu : il en conféroit ſouuent
auec Telécle, en qui il auoit toûjours
beaucoup de creance ; & ce n'eſtoit
que dans les ocupations de cette nature qu'il trouuoit dequoy ſe diuertir
des chagrins qui le preſſoient. Car
enfin, Seigneurs, l'image de Rodogune eſtoit toûjours preſente à ſon
eſprit, & regnoit toûjours dans ſon
cœur. Il ſe voyoit auprés du Roy
ſon Pére, & de la Princeſſe ſa Sœur
dont il eſtoit tendrement aimé, &

qu'il aimoit de mesme: Il n'entendoit que vœux que chacun faisoit
pour sa gloire; en vn mot il voyoit
que toute la Syrie n'auoit des yeux
que pour luy: mais il ne voyoit
point ce qu'il aimoit si ardemment,
& d'vne amour si pure & si parfaite;
& parmy les jeux, & parmy les plaisirs, & sous ce bon visage qu'il faisoit à tout le monde, il auoit souuent
l'ame acablée de douleur & d'ennuy.
Mais enfin l'Hyuer finit; & pour ne
rien perdre du Printemps, quoy que
pour lors la Reyne de Tyr par toutes
les Lettres qu'elle écriuoit au Roy,
le conjurât de ne point aler en personne au recouurement de la Mesopotamie: & que le desordre entre ses
Fréres estant presque assoupy, & les
sentimens de Philométor aussi fauorables à son mariage qu'elle les pouuoit souhaiter, elle luy mandât qu'il
faloit remettre à Antioche le rendez-

vous qu'elle luy auoit donné à Babilone : neantmoins comme il y aloit
de toute sa réputation de ne pas laiſ-
ser la conduite de cette guerre à des
Lieutenans ; & qu'à dire la verité,
l'abſence auoit éteint vne partie de
ſes feux, il commença à faire marcher
cher ſes troupes ; & mon Prince à le
preſſer de les ſuiure. Nous voicy
donc, Seigneurs, où Antiocus auoit
tant d'enuie d'eſtre ariué ; & quoy
que parmy de grands Hommes
comme vous, qui non ſeulement ont
veu tout l'apareil de la guerre, mais
qui poſſible l'ont faite eux-meſmes,
ce ſoit pour moy vne entrepriſe aſſez
hardie que d'en parler, trouuez bon
que ie vous raconte celle-cy vn peu
plus exactement que celle de Capadoce. Ie tâcheray à ne vous dire que
les choſes les plus importantes ; & ie
ne m'y étendray meſme qu'autant
que ie les croiray neceſſaires pour
voſtre ſatisfaction.

Le Roy laiſſa Achée, Panétole,
Télécle & mon Pere, pour le Gouuernement du Royaume, auec la
place que Tiphon deuoit remplir
quand il ſeroit reuenu d'Egypte. Il
mit auprés de la Princeſſe Stratonice,
la Princeſſe d'Iſſus auſſi recomman-
dable par ſa vertu que par ſa naiſſance,
Il écriuit en ſuite à la Reyne de Tyr
pour la faire ſouuenir de ſa parole:
il luy manda qu'il aloit préparer à
Babilone le Palais de Belus pour la
receuoir; & aprés auoir donné ces
petits ſoins aux reſtes d'vne paſſion
qui ne luy donnoit plus guére d'inquiétudes: & ſatisfait d'ailleurs à
tout ce qui eſtoit de la prudence &
du deuoir d'vn grand Roy, il partit
d'Antioche auec le Prince; & nous
prîmes le chemin de Calcis, où le
vieux Ponémée Pere du Prince Philippion que vous auez veu icy nous
atendoit auec trois mille Cheuaux.

De là nous entrâmes dans la Cali-
bonie, dont Ardyés estoit Satrape;
& ce fut là où mon Prince commença
à songer par quel moyen il pourroit
aprendre des nouuelles de ce qui se
passoit à Suse. Il y auoit déja quelque temps que cela l'inquiétoit; &
quoy qu'il fût assez content de sçauoir que le Prince Orode commandoit l'Armée des Parthes; & que le
Roy Arsace estant retourné en Hircanie, il n'auroit pas le déplaisir de
combatre le Pére de sa Maîtresse, il
demandoit quelque chose de plus.
Ce n'est pas que cette connoissance
ne luy leuât vn grand scrupule qui
sans doute luy auroit fait de la peine,
s'il ne l'eût pas euë, & si la chose eût
esté autrement: mais elle ne faisoit
rien pour sa curiosité particuliere;
& il desiroit passionnément de sçauoir tout ce qui s'estoit fait à Suse
depuis son départ, & tout ce qui s'y
faisoit

faiſoit alors. Comme la choſe luy
tenoit au cœur, il m'en parla fort
ſouuent dans le peu de jours que
nous fûmes à Calibon;   & il auoit
preſque trouué vn expedient pour
cela, lors que les Dieux qui ne vouloient pas qu'il eût rien à deſirer au
commencement de cette guerre, luy
donnerent toute la ſatisfaction qu'il
cherchoit.   Vous vous ſouuenez
peut-eſtre, Seigneurs, de ce que ie
vous diſois tantoſt de noſtre retraite
de Syrie: lors que le Roy, craignant
de perdre ſon Fils par les lâches pratiques du traître Aléxandre, qui par
deux fois l'auoient mis en ſi grand
danger, ſe fit cette dure violence de
ſe ſeparer de luy; & vous n'auez pas
oublié qu'aprés noſtre départ de
Samoſate, vn Party de Capadociens
nous ayant fait manquer la route
qui nous eſtoit preſcrite: & la perte
qui infectoit tout le Mont Taurus
Hh

ayant acheué de nous en éloigner, nous eftions venus à la Ville de Zegire fur le Tigre. Que mon Pére y auoit rencontré Télecle ; & que s'eftant réfolu à prendre le party que cét illuftre Grec luy ofroit de le mener à Sufe en toute feureté, il auoit dépefché vn des Oficiers du Prince nommé Démate, pour aler en Arménie porter de fes nouuelles, où nous ne pouuions plus aler. Vous fçaurez donc maintenant que ce mefme Homme qui n'auoit rien fait de ce qu'Arifton s'eftoit promis, & que nous croyions mort, fe trouua deuant mon Maître à Calibon. Il eut d'abord quelque peine à le reconnoître : mais enfin s'eftant remis fon vifage abatu de maladie ; & par compaffion ne voulant pas luy reprocher ni fa longue abfence, ni le peu de foin qu'il auoit eu d'executer les ordres d'Arifton : Hé bien ! Démate, luy dit-il, nous ne fuyons pas aujourd'huy ; & il y a peut-estre lieu de croire que nous ne fuyrons plus. Non Seigneur, répondit Démate ; & graces aux Dieux ie vous retrouue dans vn état bien diferent de celuy où ie vous laiſſay à Zégire. Mais, ajouta-t'il en abaiſſant le ton de ſa voix, & prenant garde à n'eſtre entendu de perſonne, aprés auoir manqué à ce que ie vous deuois, Seigneur, ie n'aurois pas eu la hardieſſe de me preſenter à vous, ſi ie ne reuenois de Suſe. De Suſe, repliqua le Prince tout ſurpris ? Oüy Seigneur, reprit Démate, ie reuiens de Suſe ; & ie vous rendray conte de mon voyage quand il vous plaira. A ces mots Antiocus paſſa auec luy dans vne Gallerie, où il n'y auoit perſonne ; & m'ayant commandé d'en fermer la porte, aprés que nous nous en fûmes aſſez éloignez pour n'eſtre pas entendus

de ceux qui pouuoient y prefter l'o-
reille, Démate' raconta en peu de
paroles, comme en paffant les Montagnes des Carduques pour prendre
le chemin d'Arménie, il auoit efté
pris par vne troupe de Grecs & d'A-
lanites : & forcé d'aler auec eux en
Hircanie au feruice du Roy des Parthes.   Que ne pouuant pas mieux
faire, il s'eftoit foûmis à la Fortune;
& qu'aprés auoir plufieurs fois changé de Maître, enfin ayant trouué
vne place au rang des Gardes étrangers d'Arface, il eftoit venu à Sufe
auec ce Prince. Qu'il y auoit deux
mois que nous en eftions partis, lors
qu'il y eftoit ariué. Que le Prince
Phraáte eftoit prefque guery de la
bleffure qu'il auoir receuë de la main
du Prince Pacore;   & que le Prince
Aquémene n'eftoit pas encore hors
du danger où l'auoit mis celle qu'-
Atis luy auoit faite. En fuite dequoy

Démate s'étendant vn peu dauantage,
fit le recit de la consternation où
estoit la Cour de Suse en ce temps là:
comme le Roy auoit assez mal receu
le Prince Orode; & comme il viuoit
encore plus froidement auec la Princesse Roxane. Qu'il s'estoit tres-cu-
rieusement informé de la vie qu'Atis
auoit menée à Suse, & se l'estoit fait
dépeindre par tous ceux qui auoient
eu quelque commerce auec luy.
Qu'ainsi les premiers jours de l'ariuée
d'Arsace s'estoient passez en des re-
cherches secrettes contre ce redoutable Etranger. Qu'enfin Roxane
s'estoit declarée: qu'elle auoit commencé à se plaindre de Rodogune;
& que faisant vn mélange injurieux
des diuertissemens de cette Princesse
auec ceux d'Atis, elle auoit grossy
tout cela par des couleurs si noires,
que la pluspart du monde auoit eu
peine à s'empescher d'en receuoir de

Hh iij

mauuaifes impreffions. Que, pouffant fa méchanceté à bout, elle auoit
dit que le Prince Pacore, qui de fon
chef prétendoit à la Couronne fans
eftre obligé d'époufer Rodogune,
auoit autorifé toute cette infamie;
qu'on fçauoit bien que fon inclination fe portoit ailleurs, & l'atachement qu'il auoit formé auec Epi-
dafné Princeffe de Medie tandis qu'il
eftoit en ôtage à Egbatane. Qu'enfuite elle auoit accommodé le combat des Princes Arfacides à cette criminelle Hiftoire. Qu'elle auoit publié qu'Atis & Aquémene s'eftoient
batus comme deux Riuaux pour la
Princeffe; que Pacore s'eftoit feruy
de l'ocafion pour affaffiner Phraáte;
qu'aprés cela, Atis auoit tué Bagofe,
parce que ce fage Eunuque auoit témoigné qu'il s'opoferoit aux defordres qui fe paffoient entre la Princeffe
& luy; & que ces mefmes defordres

qu'elle auoit tant de fois condamnez, estoient cause de toute l'auersion que la Princesse auoit pour elle.
Que la Fille d'Arsace, acablée sous
vn tel orage, n'auoit eu recours qu'à
ses larmes ; que le Prince Pacore, la
Princesse Parisatis, & la Princesse Sisigambis, auoient inutilement entrepris de la défendre; que Roxane auoit
enuelopé dans cet intrigue la Princesse des Cosséans, celle des Vadasses
& Marsione, auec plusieurs autres qui
auoient osé y contredire; que toute la
Cour y auoit este mélée; & qu'encore
que le Roy ait toûjours douté de cette
calomnie, il s'estoit pourtant veu
dans vn si grand embarras, que l'in-
solente Roxane se flatoit déja de l'espoir de ses crimes, si cet Eunuque
qu'elle auoit publié mort de la main
d'Atis, ne se fût retrouué viuant pour
la confondre. Démate changeant de
ton & de discours en cét endroit,
Hh iiij

nous fit l'Hiſtoire criminelle de Roxane comme Bagoſe l'auoit racontée
au Roy Arſace, & à peu prés comme
nous la ſçauions; & voicy comme il
nous en aprit la ſuite. Que Bagoſe
s'eſtant bien ſouuenu des noms de
Maxarte, Ctéſias, Laarſés, Leandre,
& Critionte, que Télecle luy auoit
découuerts pour les Miniſtres des
cruautez de Roxane, il les auoit declarez au Roy ſon Maître; qu'on les
auoit areſtez auſſitôt, & qu'ils auoient
eſté apliquez à la Queſtion auant
qu'on ſceût qu'ils fuſſent priſonniers. Que les deux Grecs Leandre
& Critionte ne s'eſtoient pas fait
tourmenter pour dire la verité; qu'ils
s'eſtoient déchargez ſur Ctéſias; &
que celuy-cy ne pouuant ſe défendre, auoit imploré la clémence du
Roy. Que Maxarte & Laarſés auoient
auſſi confeſſé qu'ils auoient ordre de
l'empoiſonner: mais qu'aucun d'eux

n'auoit chargé le Prince Orode, &
que tous n'auoient parlé que de la
Princeſſe ſa Femme. Qu'auſſitôt Arſace auoit mandé Orode ; & que ſans
luy reprocher ni le fer ni le poiſon
dont il auoit eſté menacé, il s'eſtoit
contenté de luy témoigner auec plus
de tendreſſe que de colere, le reſſentiment legitime qu'il auoit des injures que Roxane auoit faites à ſa
Fille. Qu'Orode auoit voulu la juſtifier : mais que pour luy impoſer
ſilence, le Roy luy auoit fait con-
fronter les coupables, & entendre
leurs dépoſitions. Qu'alors ce Prince
deſeſperé s'eſtoit jetté aux pieds
d'Arſace ; & que tandis qu'on poi-
gnardoit Maxarte & Laarſés dans la
priſon : & que d'vn autre côté on
faiſoit mourir Ctéſias & les deux
Grecs dans les tourmens, il eſtoit
venu tout furieux à la Chambre de
Roxane. Qu'on ne ſçauoit pas bien

ce qui s'eſtoit paſſé entr'elle & luy; mais que le lendemain on l'auoit trouuée morte. Que toute la Cour s'en eſtoit réjoüie; & qu'il n'y auoit que la ſeule Princeſſe Rodogune qui eût eu aſſez de generoſité pour regreter ſa perte. Que le Roy en auoit auſſi témoigné ſon déplaiſir; & que pour conſoler Orode, il s'eſtoit r'aproché de luy auec la meſme confiance qu'auparauant. Qu'il auoit meſme r'apellé le Prince Phraáte; & que celuy de Perſe commençant à ſe guerir, il les auoit tous deux réconciliez auec le Prince Pacore. Qu'il luy reſtoit toûjours quelque curioſité pour Atis; & d'autant plus, qu'aprés la mort de Roxane, perſonne ne craignant plus de dire la verité: & l'Eunuque Bagoſe ayant publié qu'il luy deuoit la vie, tout le monde parloit à l'auantage de cét illuſtre Etranger. Que vous dirois-je

de plus, Seigneur, ajoûta Démate?
Comme ie n'aprenois plus rien où
vous fuſſiez intereſſé : que ie me doutois bien qu'Aléxandre eſtant défait,
vous eſtiez de retour en Syrie, ie
ſongeois auſſi à y reuenir vous demander pardon, lors que ie tombay
malade, & d'vne maladie ſi fâcheuſe,
que i'ay eſté prés d'vn an ſans m'en
pouuoir releuer. Pendant tout ce
temps-là, on ne parloit à Suſe que de
la guerre de Syrie ; & comme Abiſſare & Zeunexis àuoient déja rem-
porté de grands auantages ſur les
Parthes, le Roy Arſace ſe diſpoſoit
luy-meſme à les venir vanger, en
réſolution de faire aprés cela vn
grand exemple des Oſroëns & des
Tinges qui cauſoient toute la querelle : juſque là qu'il auoit juré de
transferer en Hircanie tous ceux auſquels il ſeroit obligé de faire grace.
Mais quelques nouueaux troubles

suruenus en ce Royaume qu'il a prefque conquis, l'ont obligé d'y retourner. Les Princes Pacore & Vologéfe
font alez auec luy; & comme il fe
promet d'en reuenir bientôt, il a
laiffé fes ordres au Prince Orode pour
vous commencer la guerre. Bardazane, ce fameux Lieutenant à qui il
doit vne partie de fes victoires, conduit toute l'Armée; & de cent quarante mille hommes qui la compo-
fent, il y en a déja les deux tiers en
Mefopotamie. Pour la Princeffe Rodogune, Orode la doit amener à Babilone dés que la faifon fera vn peu
plus douce, afin que fa prefence r'af-
feure les Peuples que la guerre pourra
éfrayer. La Princeffe des Cofféans a
foin de fa perfonne; & par deffus
celle-cy la Princeffe de Perfe tient
auprés d'elle la place de Roxane. La
Princeffe Parifatis, la jeune Roxane,
& fa Sœur Orodias, luy doiuent auffi

obeïr par la volonté d'Arface; &
c'eft ainfi qu'en fon abfence la Mére
d'Aquémene partage en quelque façon auec Orode le Gouuernement
du Royaume. Cependant le Prince
Phraáte & celuy de Perfe marchent
déja auec Bardazane; & tout jeunes
& fans experience comme ils font,
puis que c'eft icy leur premiere campagne, ils ont chacun vn Corps de
dix mille Cheuaux à commander. Ie
les ay quitez au paffage du Tigre à
Ctéfiphonte, où ils doiuent faire
quelque fejour, jufques à ce que toutes les troupes foient affemblées entre la Prouince des Acabéniens, &
celle des Ancoarites, où eft leur rendez-vous; & par la grace des Dieux,
Seigneur, quoy que toute la Mefopotamie foit en armes, i'ay efté affez
heureux pour la trauerfer fans aucun
obftacle; & pour reuenir à vos pieds
vous confacrer le refte de ma vie.

Démate acheua ainſi de parler ; &
Antiocus reuenant de l'atention
profonde où ſon diſcours l'auoit
areſté, luy fit quelques careſſes, & le
remercia du ſoin qu'il auoit eu de
s'inſtruire de toutes les choſes qu'il
luy venoit d'aprendre. Aprés quoy
tombant inſenſiblement dans vne
réuerie auſſi profonde qu'auoit eſté
ſon atention, il ſe mit à les examiner
les vnes aprés les autres. Il en trouuoit qui le ſatisfaiſoient : mais celles
dont il n'eſtoit pas content luy paroiſſoient bien plus importantes ; &
la mort de Roxane, & l'éloignement
d'Arſace & de Pacore, ne rempliſ-
ſoient point aſſez ſon ame, pour la
défendre du chagrin qu'il auoit de
ſçauoir que ſa Princeſſe fût ſous l'autorité de Siſigambis. Qu'Arſace eſt
aueuglé, diſoit-il, de laiſſer encore ſa
Fille ſous la puiſſance d'Orode ! &
que ie ſuis malheureux, ſi elle de-

meure longtemps sous la conduite
de Sisigambis. O Dieux ! s'écrioit-il,
ô Dieux ! que la Mére d'Aquémene
va bien employer auec succés toute
son adresse en faueur de son Fils , &
seconder son amour de tout son pouuoir ! Orode mesme, le traître & cruel
Orode, & l'ambitieux Phráate, la fa-
uoriseront dans ce dessein ; & comme
ils n'en veulent qu'à la Couronne des
Parthes, ils seroient rauis l'vn &
l'autre que Rodogune eût donné les
mains à la passion du Prince de Perse,
afin de l'exclure du Trône, & d'estre
mieux en état de le contester au Fils
d'Artabane. Il s'imaginoit ainsi les
choses les plus fâcheuses : il ne contoit à rien celles qui luy deuoient
estre assez agreables ; & n'eût esté
que sa Princesse s'aprochoit de luy
en venant à Babilone, il eût eu de la
peine à surmonter sa douleur. Mais
il est vray que cette derniere pensée

luy adoucit toutes les autres; & il
s'en laissa flater auec tant de plaisir,
que ce fut la premiere chose qu'il dit
au Roy son Pére, auant que de luy
faire part de ce qu'il venoit d'aprendre. Démetrius s'en réjoüit auec luy,
& sceut bien le consoler du reste; &
les nouuelles que Démate luy aportoit de la marche des ennemis, les
obligeant d'auancer la leur, afin de se
rendre Maîtres de la Mesopotamie le
plutôt qu'ils pourroient, nous passâmes l'Eufrate auec ce que nous
auions de troupes. Toutes les autres
qui étoient éparses entre le Fleuue
& le Ruisseau de Balissus, nous joignirent dans la Prouince des Osroëns.   Agaronça Neveu du Roy
d'Arabie, s'y trouua auec dix mille
Archers à cheual qu'il ofrit au Roy;
& comme ce n'estoit encore qu'vn
jeune Prince dans sa vingt-troisiéme
année, il auoit sous luy deux Lieutenans,

tenans, Siroës & Guraxa, qui conduifoient fes troupes & fa perfonne.
Vous l'auez veu, Seigneur, continua
Lépante en fe tournant vers Zoroafte, en ce dernier combat, où tous
les Riuaux d'Antiocus s'éftant reü-
nis pour le perdre, il eût peut-eftre
couru grand' rifque de fucomber
fous leurs éforts fans voftre fecours.
C'eft vn fort beau Prince & de bonne
mine, & qui pour eftre né fous vn
Ciel où les Hommes font vn peu ba-
zanez, n'a pourtant rien de noir que
les cheueux, qu'il porte fort longs
contre la coûtume de fon Païs. Mais
il eft malaifé que vous ayez remarqué
tout cela dans la chaleur de la mélée;
& lors que le fort des armes vous
l'ofrit à combatre, comme il eft
braue & vaillant, vous fentiftes poffible affez de refiftance en luy, pour
ne fonger qu'à le vaincre, comme en
éfet vous le vainquiftes. Ni fon cou-

rage, ni son desespoir, ne luy four-
niront pas assez de forces pour se défendre long-temps contre vous; & il
ne vous étonna pas auec ces horri-
bles Dragons qu'il porte en ses Armes, & dont il se sert aujourd'huy
contre mon Maître par les raisons
que ie vous diray, aprés les auoir
employez pour son seruice. Zoroaste
ne répondit à ce discours que par vn
regard plein de douceur & de modestie: & Lépante poursuiuit ainsi.
Ce Prince fut receu du Roy, comme
vous pouuez croire, auec tout l'a-
cueil & toute la ciuilité qu'il deuoit
à ses ofres & à sa naissance. On donna
les meilleurs quartiers à ses troupes;
& comme il trouua le Prince de Syrie
fort à son gré, Antiocus le trouua de
mesme tellement au sien, qu'ils lié-
rent ensemble vne amitié qui sembloit deuoir estre inuiolable. Cependant nous descendímes dans le Païs

des Tinges, dont Abiſſare, Statanor
& Zeunexis, auoient déja chaſſé tous
les Parthes juſqu'à la Riuiere de Sauoraſſe ; & auant que de paſſer outre,
le Roy fit la reueuë de toute ſon Armée en cinq jours. Il s'y trouua pres
de ſix-vingts mille Hommes, dont
la pluſpart eſtoient de vieilles troupes ; & s'il m'en ſouuient bien, ie
vais vous en faire le dénombrement,
où vous remarquerez plus de Caualerie que de gens de pied, pour opoſer à celle des Parthes, en quoy con-
ſiſte toute leur force. Vous auez pû
voir icy la pluſpart des Chefs qui y
commandoient : mais afin de ne
faire nulle digreſſion, ie vous parleray d'eux, en parlant de leurs troupes, comme ſi vous ne les auiez iamais veus. L'Infanterie paſſa la premiere en trois jours, quoy qu'elle ne
fut que de quarante-cinq mille Hommes ; & les premieres troupes par où

Ii ij

la reueuë commença, furent celles
des Ofroëns au nombre de trois mille
affez pefamment armez, mais vigoureux, & qui par leur contenance imi-
toient bien celle de Battus, qu'il s'é-
toient eux-mefmes choifi pour Chef
dans le deffein de fecoüer le joug des
Parthes. Ils auoient mefme prié le
Roy de les laiffer fous fa conduite en
cette guerre; & c'eftoit vn Homme
d'vne taille affez feroce & d'vn regard terrible, qui paroiffoit ne refpirer que le combat. Les Tinges venoient aprés eux qui ne faifoient
que quinze cens Hommes armez
comme les autres. Ils auoient auffi
leur Chef particulier, nommé Pfyl-
lon, qui portoit encore au vifage des
marques de fa valeur; & douze cens
Roales, qui font des Voleurs tout à
fait barbares, les fuiuoient auec des
Arcs & des Faux renuerfées, fous le
commandement de trois d'entr'eux

qu'ils auoient tirez au Sort. Ils deuoient pourtant fe méler auec les
Tinges & les Ofroëns ; & tous enfemble prétendoient former vn Bataillon feparé fous les ordres de Battus. Aprés quoy, Storolaüs fit marcher trois mille Iuifs que le Prince
Hircane, Pére du Prince Ariftobule
qui m'entend, auoit donnez à Zeunexis dés le commencement de la
reuolte, lors que le Roy l'enuoya au
fecours d'Abiffare. Ils eftoient armez à la légere ; & quoy qu'en petit
nombre, rendirent de grands feruices
en cette guerre. En fuite, l'Infanterie
Syrienne, dont le Satrape Cendebée
eftoit Capitaine en chef, paffa diui-
fée en trois Corps, chacun de huit
mille Hommes tous Sujets de Démetrius ; & rangez fous les Etendarts de leurs Prouinces, auec vn
Drapeau aux Armes de Syrie à la
tefte du Bataillon. Theodat & Lean-

der commandoient le premier ; Abiſſare & Theagéne conduiſoient le
ſecond, par où commença le ſecond
jour de reueuë ; & Statanor & Neolas
menoient le troiſiéme, par où il finit.
Le lendemain on vit la Phalange du
Roy compoſée de douze mille Hommes ſous le commandement du ſage
Diodore, de ſes quatre Lieutenans,
& d'autant d'Enſeignes. Comme c'é-
toient des troupes peſament armées
de Caſques, de Corcelets, de Braſſars,
de Cuiſſars, & meſme de Gréuieres,
chargées de plus de groſſes Ronda-
ches, & de longs Epieux à trois pointes, l'vne tranchante & droite, & les
autres courbées, leur marche conſu-
ma tout vn jour. La Caualerie commença le quatriéme. Les dix mille
Cheuaux Capadociens furent les premiers qui obeïſſoient à Miſtrale &
à Tragoas, ces deux Chefs à qui nous
auions eu à faire au Siége d'Orſale.

Quatre mille Chipriots les fuiuoient
fous les ordres d'vn braue Homme,
nommé Timante ; & Menedéme,
parent du Roy de Cilicie, menoit fix
mille Ciliciens armez de longues Iauelines. Logonbafis commandoit la
Caualerie d'Egypte au nombre de
cinq mille, que Cleopatre enuoyoit
au Roy, & qui ne faifoient que d'ariuer ; & douze mille Cheuaux d'Arménie fermerent cette journée. C'é-
toient des plus belles & des meilleures
troupes de l'Armée ; & mon Prince
témoigna bien à Tiribafe & à Artaxias qui en eftoient les Chefs, l'eftime qu'il en faifoit. Le cinquiéme
& dernier jour de reueuë s'ouurit par
quinze mille Syriens en trois Efcadrons.   Ardyés & Pharamés marchoient à la tefte du premier : Zeunexis & Laocoon fuiuoient auec le
leur ; & Eunus & Bellepare auoient
la conduite de l'autre. Mais quelque

autorité qu'ils euſſent ſur ces troupes, elle n'eſtoit pas abſoluë ; & Ptérelle & Molon Lieutenans Generaux
de toute la Caualerie Syrienne parurent aprés eux comme les Chefs principaux. Il faiſoit beau voir ces deux
vaillans Hommes à cheual tous deux
ſeuls & détachez, & negligeans dans
vne reueuë le commandement dont
ils s'aquitoient ſi bien dans le combat. La diference qui eſtoit entr'eux
rendoit leur marche d'autant plus
remarquable, & faiſoit vn fort bel
éfet. Molon auoit la taille ramaſſée
& ferme dans les arçons, le regard
ſeuere & l'air du viſage menaçant.
Son Armure n'y répondoit pas mal:
elle eſtoit toute de fer bruny ſans ornement : il portoit vn Caſque à demy ouuert, dont le cimier n'eſtoit
garny que d'vne groſſe queuë de Cheual tortillée ; & celuy ſur lequel il
eſtoit monté, imitant la grauité de

son Maître, n'aloit qu'au pas, mais d'vne aleure orgueilleuse & hardie. Ptérelle au contraire, comme ayant plus de jeuneffe & de feu, menoit le fien à courbettes & par bonds : il eftoit auffi blanc que celuy de Molon eftoit noir : fes Armes brilloient d'or en plufieurs endroits; & le Morion à la Gréque qui luy couuroit la tefte, eftoit tout ombragé d'Aigrettes à la Phénicienne. Sa mine paroiffoit douce & careffante, & fembloit rechercher l'aplaudiffement: mais toute cette douceur deuenoit furie quand il faloit combatre; & il ne connoiffoit point de péril non plus que Molon. Comme celuy-cy portoit à la main vn court Iauelot, Ptérelle tenoit en la fienne vne longue Iaueline, dont le branle s'acordoit fort jufte au mouuement de fon Cheual; & ces deux Hommes enfin tous diférens qu'ils eftoient & de taille, & de mine, & d'action, atiroient la mesme estime, & promettoient la mesme chose. Aprés eux parût le Fils de Ponemée qui conduisoit la Caualerie du Prince son Pére. Elle marchoit fort serrée auec de grands Boucliers d'airain que les Soldats choquoient les vns contre les autres auec vne certaine harmonie belliqueuse ; & l'air mélancolique de Philippion que vous auez pû remarquer icy, ne s'égayoit point à ce bruit. On eût dit à le voir, qu'vne profonde réuerie l'ocupoit : mais il n'en paroissoit pas moins redoutable, & sa froideur auoit son agrément. Les Lanciers de la Garde du Roy passérent ensuite sous la charge du fidele Callimander. Ils estoient huit mille Cheuaux armez de Chanfrein & de Poitrail ; & c'estoit vn Corps de Caualerie impénetrable, aussi bien que la Phalange. Piracmon, Satrape de Tripolis, en commandoit la moitié

qui deuoit estre à la garde de mon
Maître ; & qui pour marque de la joye
qu'ils en auoient, baisserent tous la
Lance en passant deuant luy. Les dix
mille Cheuaux Arabes les suiuoient,
le Roy ayant déferé l'honneur de ce
rang au Prince Agaronca ; & comme
il luy en vouloit témoigner sa reconnoissance, dés qu'ils parûrent il
monta sur vn Cheual qu'on luy tenoit à ce dessein, & s'ala mettre à leur
teste. On croyoit la reueuë acheuée:
mais à mesure que les Arabes défiloient l'Arc bandé & la Fléche dessus,
mon Prince fit monter à Cheual tous
ses Amis & tous les Volontaires : &
auec cette belle suite passa en reueuë
comme les autres. Il est sans doute
qu'il éfaça tout ce qui auoit paru deuant luy. Iamais Homme ne fut
mieux dans les arçons: iamais Prince
n'eut le port si grand, si haut, si noble, si guerrier, ni si plein de majesté;

& tous ceux qui le virent l'admi-
roient, & comme le plus beau de tous
les Hommes, & comme le plus grand
de tous les Princes. Odénat marchoit
quelque trente pas derriere luy, con-
duifant toute fa troupe: elle eftoit
lefte & magnifique; & Xenéte &
Laomedon les deux Fils de Cendebée;
& Ariante & Menécée enfans de
Diodore, tout bien faits qu'ils font,
n'éclatoient guere par deffus les autres que ie ne vous nomme point.
Cinq cens Grecs, couuerts de petits
Ecus & de petits Morions, que Telécle auoit fait venir pour le feruice
particulier de mon Prince, venoient
à la queuë : leur Chef Straton crût
qu'il ne deuoit pas demeurer inutile
en cette rencontre ; & pour commencer à faire fon ofice, il nous fuiuit auec fa troupe par tous les quartiers de l'Armée où le Prince voulut
aler. Il n'y eut point de Chefs à qui

il ne parlât, point de troupes à qui il
ne donnât quelques loüanges particuliéres; & ie puis vous dire qu'il se
fit parmy les Etrangers autant de
nouueaux adorateurs, qu'il y en eut
qui le pûrent considerer & l'entendre. Comme ils estoient tous dans
vne merueilleuse disposition de combatre, le Roy ne voulut pas la laisser
refroidir; & dés qu'il fut jour ayant
sacrifié à la Déesse de Syrie, & à l'Eufrate sur les bords de ce Fleuue, nous
passâmes le Balissus à son embouchure: & l'Armée marcha droit à
Résene, où les Parthes s'auançoient.
Nous y fûmes plutôt qu'eux: mais
parce qu'au delà il y a vne assez
grande étenduë de Deserts où l'eau
est rare, Démetrius résolut d'atendre
l'ennemy à cette Ville.   Il l'assiege
donc sans la vouloir prendre comme
il le pouuoit, afin de hâter la marche
d'Orode dans l'esperance qu'il auroit

de la secourir ; & cela luy ayant reüſſy
de la façon qu'il l'auoit projetté, il
s'en rend Maître à la veuë des Parthes. Il paſſe enſuite la Sauoraſſe,
qui n'eſt à proprement parler qu'vn
large torrent ſans nulle profondeur;
& ſe campant à quelques ſtades de ſes
bords, il y éleue ſes retranchemens.
L'Armée ennemie eſtoit en éfet de
de cent quarante mille Cheuaux,
ainſi que Démate l'auoit r'aporté ; &
comme il y auoit pluſieurs Nations
étrangeres qui n'ont pas acoutumé
de ſe tenir ſerrées, nos Coureurs jugeoient à les voir, qu'ils eſtoient encore en plus grand nombre. Il y eut
d'abord quelques legeres eſcarmou-
ches, cela eſtant vn jeu ordinaire aux
Parthes qui ont des Cheuaux fort
legers & fort vîtes ; & parce qu'ils
auoient eu quelque auantage aux
premieres, ils reuenoient aſſez ſouuent nous harceler : de ſorte que nos

Chefs se lassans de ces petites pertes
qu'ils faisoient, retinrent leurs Caualiers. Aprés quoy s'estant auisez
d'atendre ceux qui se détacheroient
de l'Armée ennemie, & de les laisser
aprocher à la portée du Iauelot, ils les
inuestirent vne fois si à propos, que
la pluspart y estant demeurez morts,
ou prisonniers, Orode fit cesser ces
sortes d'ataques ; & se resoluant comme nous à la Bataille, on ne songea
plus de part & d'autre qu'à la donner.

La Plaine de Résene est égale par
tout ; & il n'y a point à ménager l'a-
uantage des lieux. Tellement que ce
jour si desiré d'Antiocus estant venu,
aprés auoir commencé par les Sacrifices acoûtumez, le Roy fait abatre
ses retranchemens, sort auec ses troupes, & les range. A la droite où il
vouloit combatre, il place ses Lanciers qui faisoient, comme ie vous

ay dit, huit mille Cheuaux fous la
charge de Callimander. Il met Molon à la pointe acompagné de Zeunexis ; & parce que leur Efcadron ne
paroiffoit pas affez, il étend les dix
mille Arabes du Prince Agaronca
fur cette aîle ; & jette derriere eux
cinq mille Capadociens commandez
par Miftrale, qu'il met de côté, afin
de faire face à l'ennemy s'il nous prenoit en flanc. Il difpofe l'aîle gauche
de la mefme forte, dont il donne le
commandement à Cendebée. Il y
range les Ciliciens auec leurs Iauelines, à l'opofite de fes Lanciers ; &
pour les fortifier, il joint à leur Efcadron les trois mille Cheuaux du
Prince Ponémée qu'il met à leur
tefte. Il donne cette pointe à Ptérelle auec cinq mille Cheuaux Syriens, comme il auoit donné l'autre
à Molon auec vn pareil nombre. Il
étend auffi fur cette aîle huit mille
Arméniens

Arméniens conduits par Tiribaze, & pofe aprés eux les Egyptiens pour faire le mefme éfet que ceux de Capadoce. Il garnit le front de la Bataille de huit mille Cheuaux en deux Efcadrons, l'vn commandé par Artaxias auec quatre mille Arméniens, & l'autre par Timante auec autant de Chipriots. Il range derriere eux deux Bataillons chacun de fix mille Hommes, celuy de Battus à la droite affez prés des Lanciers du Roy, & foutenu par vn autre de huit mille Syriens où commandoient Theodat & Leander; & met du côté gauche les trois mille Iuifs de Storolaüs mélez à trois mille Comagénois conduits par Neolas, qu'Abiffare & Theagene deuoient fecourir auec leur Bataillon égal à celuy de Theodat & de Leander. Il laiffe fa Phalange au milieu, & le Bagage derriere gardé par Statañor auec cinq mille Syriens. Il met plus

K k

loin vn Corps de reſerue compoſé de cinq mille Cheuaux de Capadoce dont Tragoas eſtoit le Maître, & de trois mille de Syrie qu'il auoit donnez à Leontius; & afin que ſon Infanterie fût couuerte de tous côtez par la Caualerie, il étend ces troupes de toute la largeur de la Bataille, à laquelle il leur fait tourner le dos: auec ordre aux Chefs de faire volte-face, & d'auancer de part & d'autre où le beſoin les appellera. Comme Cendebée qui conduiſoit l'aîle gauche ſe plaça derriere l'Eſcadron de Ptérelle & d'Ardyés, auec deux mille Cheuaux d'élite, il permit à mon Maître de ſe mettre derriere celuy de Molon & de Zeunexis, auec les Volontaires & les cinq cens Grecs de Straton qui tous enſemble pouuoient former vn petit Eſcadron comme celuy de Cendebée; & quelque inſtante priere que ce Prince in

patient pût luy faire de le laiſſer
combatre auec Molon, il n'obtint
encore cette place que parce que les
Lanciers pouuoient luy aider à la
défendre. Ce fut auec douleur qu'il
ſe ſoûmit aux ſoins que le Roy auoit
de ſa ſeureté : mais la Fortune prit celuy de l'en conſoler ; & il eut ce jour
là toutes les afaires qu'il pouuoit ſouhaiter. Les Parthes ſe rangérent à peu
prés de meſme, comme nous le ſceû-
mes depuis. Bardazane commandoit
à l'auant-garde auec quinze mille
Cheuaux de Médie. Le Prince
Phráate aſſiſté de Réſace menoit à
ſa gauche vn Corps de dix mille Parthes, ſoûtenu par huit mille Hircaniens ; & dix mille Perſes commandez par Hydaſpe & Zoriaſpe volti-
geoient ſur cette aîle. Le Prince
Aquémene menoit la droite auec
Datapherne à la teſte de dix mille
autres, que huit mille Hircaniens

secondoient aussi; & dix mille Parthes faisoient en cette aîle ce que les Perses faisoient en l'autre. Six mille Caualiers choisis & deux mille Grecs joints ensemble, estoient à la garde du Prince Orode, qui menoit le Corps de Bataille composé de vingt mille Cheuaux de la Susiane, & des Nations voisines. Orsine & Gotarzés en tenoient les deux pointes ; & quoy qu'elles parussent fort serrées, ce n'estoit que pour couurir l'espace que, selon la coûtume des Princes Arsacides, on laissoit vuide au milieu de ces troupes pour y receuoir le Roy, ou le General, si l'Ennemy le pressoit. Orsine auoit encore à sa gauche six mille Indiens sous la conduite d'Hyllus ; & Gotarzes autant de Babyloniens à sa droite sous celle de Megistane. Ceux-cy estoient apuyez de la Caualerie des Atropaces, & les Indiens

de celle de Mesopotamie ;   & outre
cela, le Bagage estoit défendu par des
Compagnies détachées de toutes ces
Nations, qui faisoient ensemble vn
Corps fort considerable. Le Combat
commença par cinquante Chariots
de guerre armez de Faux, qui estoient
aux côtez de Bardazane ; & que i'a-
uois oublié de vous marquer ; & dés
que les Parthes eurent répondu à nos
Trompettes & à nos Clairons, par le
bruit de leurs Tymbales, Orode les
poussa tous à la fois contre nous.
Mais comme ils ne vont pas toûjours
où ils veulent , & que dans l'impétuosité auec laquelle ils partent, les
Conducteurs n'en sont pas les Maîtres, ceux qui venoient à Molon ne
firent qu'éfleurer quelques-vns de ses
Caualiers, & donnerent au Bataillon
de Battus. Il est vray qu'ils y firent
d'abord vn assez grand desordre parmy les Osroëns qui estoient aux pre-

miers rangs: mais les Roales qui se
trouuoient aux derniers, les areste-
rent; & alors n'estant plus aussi redoutables que dans leur course, ces
mesmes Roales auec leurs Faux ren-
uersées vangerent bientôt la mort
de leurs Compagnons, tandis que
Battus & Psyllon r'allioient le reste.
Tous ces Chariots demeurerent donc
en leur possession les vns fracassez,
& les autres sans Conducteurs; & si
quelques-vns percérent jusqu'au Bataillon de Theodat, ils estoient en si
mauuais estat; & les Cheuaux qui les
traînoient auoient de si larges blessures, qu'ils n'y firent point de mal,
& nul Soldat ne s'en ébranla. Cependant les Parthes poussans à toute
bride à la suite de leurs Chariots,
pour empescher ceux qui auroient
esté rompus de se remettre, les deux
Armées se joignirent. Le Prince
Phraate & Résare estoient aux mains

auec Molon ; & Hydaſpe & Zoriaſpe
auec leurs dix mille Perſes, char-
geoient les Arabes étendus ſur cette
aîle. Le Prince Agaronca ſoûtenoit
leur premiere furie auec beaucoup
de courage : mais ſes gens ſembloient
reculer ; de ſorte que mon Prince que
Piracmon retenoit par ordre du Roy,
ne pouuant plus atendre, & ne voulant pas choiſir les ocaſions, partit
comme vn éclair à celle-cy, & y entraîna toute ſa ſuite. Il montoit vn
Cheual Alezan brûlé de la plus belle
taille du monde, armé d'vn Chanfrein aſſez leger, & d'vn Poitral de
meſme. Sa Houſſe, d'vn tiſſu d'argent & de ſoye couleur de feu, ne
luy venoit qu'aux flancs & à la moitié
de la croupe : tous ſes crins eſtoient
nattez auec vn cordon du meſme
tiſſu ; & ceux de ſa queuë deſcen-
doient en ondes juſqu'à terre. Pour
luy, il eſtoit couuert d'vn petit Sayon

K k iiij

à la Sicilienne de satin blanc en bro-
derie d'argent ; sa Cotte d'armes par
dessus estoit d'vn fer poly, releuée
aux extremitez par des bandes d'acier
brunies & enrichies de quelques Figures d'or de l'ouurage de Damas ; &
aux endroits où elle s'atachoit, on
y voyoit briller de gros Rubis. Son
Bouclier sans aucune Deuise estoit
fort petit, d'ouurage pareil à celuy
de la Cuirasse & de l'Armet qu'il
auoit en teste ; orné d'ailleurs d'vne
infinité de Plumes blanches & couleur de feu, qui sembloient toutes
sortir d'vne Rose de diamans, dont
le brillant éclatoit bien loin derriere
luy. Son Epée des plus fines de Syrie,
n'estoit ni large ni courbée, mais
toute droite ; & du reste il n'auoit
qu'vne courte Iaueline en main, pareille à deux autres que ie portois
pour son seruice. En cet état où il
estoit si connoissable, il pousse au

secours des Arabes. Piracmon qui le gardoit, luy vouloit frayer le chemin; & Odénat, & Ménécée, & Ariante, & Xénete & Laomedon, auoient la mefme intention : mais il fut toûjours à leur tefte, quelques éforts qu'ils fiffent les vns & les autres pour le deuancer ; & r'échaufant les Arabes, il court à Zoriafpe qui les preffoit. Il n'examina point par où il l'ataqueroit; & luy portant à la gorge la Iaueline qu'il tenoit, il le renuerfe tout roíde mort entre les pieds des Cheuaux. Aprés quoy, mettant l'épée à la main, il donne fur les Perfes auec tant de promptitude & de force, qu'ils ne reconnoiffoient plus la voix de leurs Oficiers. Cette aîle ainfi rétablie, & voyant qu'Hydafpe commençoit à quiter la victoire au Prince Agaronca, il acourt à Molon & à Zeunexis qui la difputoient au Prince Phraáte & à Réface. Son abord en

décida en peu de temps ; & Odénat
& Piracmon auec les Volontaires ;
& Straton auec les Grecs, faisans vne
nouuelle charge sur ceux que Molon
auoit déja dispersez, mon Maître
trouua tout à coup si peu de resistance, qu'il n'eut plus qu'à donner la
chasse à des fuyards. Il les poussa
donc auec encore plus de vîtesse
qu'ils ne vouloient aler ; & pensant
se faire jour parmy eux pour joindre
le Prince Phráate, il donne jusqu'à
l'Escadron des Hircaniens. Mais
ceux-cy se défendirent si mal, que
laissant à Laocoon le soin de les défaire, il ataque les Indiens. Comme
il estoit pour lors bien secondé par
les Lanciers de la Garde que le Roy
luy enuoyoit, toutes les Fléches de
ces Barbares si pénetrantes & si acé-
rées ne leur seruirent de rien. Ils furent presque tous écrasez sous les
pieds des Cheuaux. Hyllus mesme

leur Chef fut tué de la main d'Odénat; si bien qu'Antiocus volant de
victoire en victoire, perce jusqu'aux
troupes de la Susiane, où Orsine &
Gotarzés commandoient. Ce Corps
estoit, comme ie vous ay dit, de vingt
mille Cheuaux : il l'enfonce neantmoins auec ses Lanciers ; & là, s'a-
tachant à Orsine qui faisoit tout deuoir de Soldat & de Capitaine, ils se
chargent tous deux auec assez d'égalité. Ils reuenoient l'vn sur l'autre
aprés s'estre ainsi éprouuez, si vn
coup de Lance perçant Orsine de part
en part, n'eût rauy à mon Maître la
gloire qu'il se promettoit de le vaincre. Le dépit qu'il en eut luy fit jetter
vn regard plein de colere sur celuy
qui auoit tué Orsine : mais tournant
bride aussitôt, il la décharge sur les
premiers qu'il rencontre. Ce fut
pour lors que la mélée deuint furieuse, & qu'il se fit vn grand car-

nage des ennemis ; si bien qu'Orode
qui le voyoit, joignant les huit mille
Cheuaux qui le gardoient aux Babyloniens que Megistane commandoit,
tourne sur nos Lanciers & les fait
charger par Reomitrés. Cela causa
d'abord quelque changement ; & Gotarzés le Compagnon d'Orsine, reprenant haleine, suspendit quelque
temps l'impétuosité des nostres.
Mais Callimander ayant rétably ses
Lanciers, que l'image de la Victoire
rendoit moins soigneux de leurs
rangs, l'ardeur de Reomitrés s'alen-
tit ; de sorte que Molon & Zeunexis
fondans d'vn autre côté sur Gotarzés, & luy tuans beaucoup de monde,
ce genereux Satrape tombé de son
Cheual, & la teste desarmée, aloit perdre la vie, si mon Prince qui le reconnut pour le Pere de Marsione, n'eût
crié à Piracmon de le sauuer. On le
prit tandis que le reste de ses troupes

lâchoit le pied, & qu'Orode n'ayant
plus d'esperance, commençoit luy-
mesme à se sauuer. Ce Corps de Bataille estoit donc non seulement défait par la perte d'vn de ses Chefs, &
par la prise de l'autre : mais plus de la
moitié des troupes qui le compo-
soient nageoient dans leur sang.
L'aîle de Phráate que nous auions ata-
quée fuyoit à vau-de-route, & Antiocus n'estoit pas las de vaincre : lors
que nous aperçeûmes l'Escadron des
Atropaces qui poussoit à nostre aîle
gauche. La résolution auec laquelle
Sisimetrés les menoit, nous fit croire
que nous n'auions pas la Fortune
égale de tous côtez ; de sorte que
mon Prince & tous nos Chefs pre-
nans sur le champ conseil de leur
victoire, détachent vne partie de leurs
troupes. Guraxa demeure auec les
deux tiers des Arabes qui en vouloient au pillage ; Molon en garde

autant des siens ; & Callimander auec
la moitié des Lanciers, s'étend deuant
eux le plus qu'il peut, afin de paroître
dauantage, & d'empescher les fuyards
de reuenir de leur épouuante. Aprés
cela, Antiocus ayant changé de Cheual, comme le Prince d'Arabie, Odenat, Piracmon & plusieurs autres en
changerent, court aux Atropaces
auec le reste, & les charge en queuë,
auant qu'ils fussent au secours de Bardazane qui les apelloit. Les afaires
estoient icy plus douteuses qu'au
lieu d'où nous venions. Les Chariots
y auoient fait vn grand desordre ; le
Bataillon de Neolas & des Iuifs ne
s'en estoit point remis, & ils auoient
mesme ouuert celuy d'Abissare & de
Theagene. Bardazane auoit sceu profiter de ce commencement. Il auoit
poussé la Caualerie d'Artaxias & les
Chipriots de Timante jusque sur la
Phalange. Elle auoit ouuert ses rangs

comme pour y atirer l'ennemy : mais
Bardazane n'auoit u garde d'y donner ; & partageant ses troupes en
deux, il auoit d'vn côté chargé les
Osroëns ; & de l'autre Oxiarte auoit
fait la mesme chose sur les Iuifs encore tous éfrayez du passage des Chariots. Ensuite dequoy ils auoient en-
foncé les Bataillons suiuans. Neolas
estoit mort à l'vn, Theagéne fort
blessé à l'autre ; & Diodore, pour les
secourir, auoit esté contraint de faire
faire le demy tour à la Phalange : de
telle façon qu'vne moitié estoit
adossée contre l'autre. Le Roy qui
s'estoit défait de ses Lanciers pour la
seureté de son Fils, ne sçauoit auec
quoy défendre ses gens. Il ne s'estoit
pas voulu seruir du Corps de reserue
qu'il auoit destiné pour les aîles ; de
sorte que n'ayant guére de temps à
déliberer, il fait signe à Mistrale, &
court auec ses Capadociens au se-

cours d'Abiſſare, tandis que Timante qui auoit r'allié ſes Chipriots venoit à celuy de Battus. Il auoit preſque remis ſa Bataille par ce moyen : mais à l'aîle gauche les afaires y eſtoient plus deſeſperées ; & le Prince Aquéméne s'eſtant fait jour dans l'Eſcadron de Ptérelle aprés vne longue reſiſtance, auoit pouſſé Cendebée juſque ſur les troupes de Neolas & de Storolaüs. Il auoit tué Ardyés & Pharamés à ſes côtez ; & rauageant enſuite les troupes de Calcide & de Cilicie, il auoit encore ôté la vie au Prince Ponémée. Orobate & Cobarés qui conduiſoient les Parthes de ce côté-là, n'auoient guére moins fait contre les Arméniens ; & la mort de Logonbaſis qui les deuoit ſoûtenir ayant diſperſé les Egyptiens, auoit reduit Tiribaſe à combatre fort ſerré. Ce vaillant Homme ſe défendoit comme il auoit acoûtumé d'ataquer

taquer les autres : mais sa défense ne
pouuoit pas estre longue, si Tragoas
auec les Capadociens du Corps de
reserue ne fût venu à luy, tandis que
Leontius soûtenoit Philippion &
Menedéme contre le Prince de Perse.
La mélée estoit donc aussi sanglante
en cét endroit que nous l'auions
faite auec Orode ; & Bardazane, &
Aquémene, & Orobate, aloient à la
Victoire comme à vne chose toute
asseurée : lors que mon Prince, aprés
auoir renuersé les Atropaces, tourne
sur cette partie de la Caualerie Mé-
doise où Oxiarte commandoit. I'a-
uois plus de droict que personne de
suiure Antiocus, puis que i'auois esté
compagnon de la fortune d'Atis : de
sorte, Seigneurs, que ie fus témoin de
toute la gloire qu'il aquit en cette
Iournée. Ie luy vis donc soûtenir la
premiere charge que luy firent les
Médes auec vne fermeté au dessus de

son experiance & de son âge. Il y en
auoit déja plusieurs qui l'enuelo-
poient, & qui aprés auoir écarté Piracmon, Odenat, & les deux Fils de
Diodore, sembloient n'en vouloir
qu'à luy seul; si bien que reconnoissant le péril sans s'étonner, il
apuye les éperons à son Cheual: &
se jettant à main droite, fend la
presse à coups d'Epée. Il trouue là
Ptérelle fort embarrassé : il le dé-
gage de la foule; & du mesme éfort
poussant à Oxiarte qui donnoit les
ordres, quoy que ce Chef fut braue
& fort expérimenté, il ne se pût
garantir de l'Epée mortelle qui
trouuant le défaut de ses armes le
perça de part en part. Antiocus
la retira toute rouge & toute fu-
mante ; & les Médes qui la virent jettérent vn cry douloureux
qui commença d'annoncer leur défaite. Ils voulurent pourtant van-

ger la mort d'Oxiarte : mais mon
Prince, dont le courage & la force
s'éleuoient par le succés de ses armes,
leur fit trouuer de grandes dificultez
dans ce dessein. Il ataqua les vns : il
défia les autres ; & comme il vit qu'ils
plioient de toutes parts, ayant enuie
de combatre Aquémene, il retournoit vers les Perses, si les Ciliciens ne
l'eussent empesché de les joindre. De
sorte que prenant vn autre détour,
& rencontrant les Parthes en son
chemin, il se ruë parmy eux & dé-
liure Tiribase. Ce fut pour lors que
Ptérelle montra bien ce qu'il valoit;
car enfin, soit qu'il fût jaloux du
Prince qui l'auoit dégagé d'entre les
Médes : ou qu'il fût animé par les
grandes choses qu'il luy voyoit exé-
cuter, il joint Cobarés & le tuë. Ensuite dequoy il pousse Orobate juſqu'à la Phalange, où mélant à sa fou-
gue des cris éfroyables, il porte en

Ll ij

éfet tant d'éfroy dans l'ame des Parthes, que malgré eux ils donnent dans
les rangs. Ce n'eſtoit pas ſans raiſon
qu'ils le craignoient, car ils y furent
extrémement mal menez ; & comme
ce Corps eſt vn Bataillon quarré, tou-
jours preſt à faire face à l'ennemy de
quelque côté qu'on l'ataque, autant
de fois qu'ils pliérent ſur luy, autant
de fois il s'ouurit, & nul Parthe ne
s'en retira. Les Soldats eſtoient déja
ſur des monceaux d'Hommes & de
Cheuaux morts d'où ils lançoient
leurs traits , & dardoient leurs
épieux auec beaucoup d'auantage ;
& Bardazane qui voyoit la Fortune
changée, commençoit à ſe tirer des
mains du Roy qui le preſſoit. Mais
Diodore, qui dans la chaleur du combat n'auoit ſongé qu'à donner à la
Phalange les mouuemens neceſſaires,
commençoit auſſi à luy diſputer la
retraite ; tellement qu'aprés luy auoir

tué vn grand nombre des fiens, Timante acheua de le pourfuiure. D'vn
autre côté Datapherne voyant la défaite de fon Party, & que tous les
Vainqueurs aloient fondre fur fon
Prince, joignoit à fes remontrances
tous les éforts poffibles pour l'emmener : mais Aquémene ne fe pouuoit réfoudre à la fuite au milieu de
fa victoire : ou du moins, auant que
de fe retirer, il vouloit encore vne
fois charger les Syriens de Leontius,
qui auoient fauorifé le r'aliement de
ceux de Calcide & de Cilicie. Il auoit
combatu jufque là auec vn courage
extraordinaire, & continuoit pour
lors auec quelque forte de fureur. Le
nombre de fes ennemis fembloit augmenter fa hardieffe ; & le Fils de Pharamés qui l'ataqua pour vanger la
mort de fon Pére, en receut vne dan-
gereufe bleffure.   Ptérelle couroit
déja à fon fecours ; & mon Maître

qui n'auoit rien tant dèsiré que de tirer encore l'épée contre Phráate & contre Aquémene, y vouloit aussi aler, quoy que son Cheual n'estant plus en état de luy rendre vn grand seruice, il falut pour cela qu'il en prît vn autre. Mais Cendebée, Piracmon & tous ses Amis le retinrent: outre que Datapherne lâchant la bride aux Perses, Aquémene fut contraint de les suiure. Ce Prince se retira donc; mais à dire la verité, ce fut en Lyon qu'il se retira, tandis que tous ceux de son Party fuyoient à bride aba-tuë; & s'il n'executa pas autant de choses qu'Antiocus, il est certain qu'il fut victorieux par tout où il combatit. Tout blessé qu'il estoit, il tourna teste contre Ptérelle; & de l'air dont il reuenoit contre luy, ie crois qu'il eût tout seul disputé sa retraite, si Datapherne enfin ne l'eût fait entraîner par la multitude. Tel

fut le succés de la Iournée de Réſene.
Les Parthes y perdirent plus de ſoi-
xante mille Hommes : ils y laiſſérent
tout leur bagage, & toute la Meſopotamie fut reconquiſe. Mais aprés
ce que ie vous ay dit de mon Prince,
jugez s'il vous plaît, Seigneurs, de
quelle maniére le Roy le receut
quand il le vit tout couuert du ſang
des ennemis. Il luy auoit paru admirable auant le combat; & cette mine
ſi haute & ſi heroïque qu'il auoit
ſous le Caſque auoit long-temps
ocupé toute ſon atention. Mais
pour lors il auoit vn nouuel éclat;
& dans ce deſordre victorieux où il
eſtoit, toutes ſes Plumes eſtant bri-
ſées, le timbre de ſon Armet coupé
par la moitié, vn de ſes Braſſarts emporté, ſa Cotte d'armes enfoncée en
pluſieurs endroits, & ſon Bouclier
heriſſé de pointes de Fléches : Dans
cet état, dis-je, où il paroiſſoit bien

Ll iiij

qu'il auoit acheté la Victoire au péril
de sa vie, il n'y auoit rien de si beau,
de si grand, ni de si redoutable que
luy. Le Roy ne sçauoit que luy dire;
& il luy sembloit que cette Campagne couuerte de Parthes, de Perses,
d'Hircaniens, & de Médes, éleuoit
vn si grand trophée à la gloire de son
Fils, que tantôt regardant le Champ
de Bataille, & tantôt jettant les yeux
sur ce Prince, on eût dit à le voir,
qu'il ne pouuoit luy parler que par la
bouche de la Victoire. Enfin estant
reuenu de l'admiration où il estoit,
il le salua le premier des noms de
Soter Nicanor, joignant ainsi celuy
de Victorieux à celuy de Sauueur
qu'il luy auoit déja donné à la guerre
de Capadoce. Ceux qui estoient autour de luy les répéterent auec vn
grand éclat; & tandis que toute l'Armée faisoit retentir l'air de ces noms
glorieux, se laissant emporter à son

amour & à sa joye, il luy jetta les
bras au cou, & s'écria, qu'il prioit les
Dieux de moderer son courage: ou
du moins de luy donner vne fortune
égale à sa valeur. Ie vous laisse à penser ce que luy dirent les Chefs de
l'Armée aprés ce témoignage de l'estime du Roy. Chacun d'eux à l'enuy
parla de sa hardiesse & de sa conduite;
& selon qu'ils auoient esté témoins
de ses belles actions, ils se les remet-
toient deuant les yeux pour le mieux
loüer. Mais Seigneurs, bien loin de
se laisser emporter aux Eloges qu'on
luy donnoit, il les receut non seulement auec modestie, mais mesme
auec quelque sorte de répugnance,
comme si c'eût esté vne pure flaterie;
& se dépoüillant pour lors de toute
la fierté qu'il auoit fait paroître pendant le combat, il nous fit bien voir
que son ame estoit à l'épreuue de la
vanité: & que s'il estoit amoureux

de la gloire, il n'aimoit pas à entendre parler de celle qu'il auoit aquise.

Le lendemain on donna sepulture
aux morts: le Roy créa de nouueaux
Oficiers en la place de ceux qu'il
auoit perdus; & entr'autres reuestit
le jeune Pharamés de toutes les Char-
ges que son Pére auoit possedées. La
journée suiuante il fit dresser vn trophée dans le Camp des ennemis: le
Gouuerneur qu'il mettoit à Réséne
eut ordre de l'acheuer. Il congédia
ensuite tous les blessez de l'Armée,
ausquels il fit bonne part du butin
qu'il distribuoit aux Soldats; & aprés
cela, soit que l'amour se réueillât dans
son cœur au bruit de sa gloire: ou que
par le succés de ses armes il voulût
intimider le Roy d'Egypte qu'il connoissoit jaloux, ayant écrit à la Reyne
de Tyr tout le détail du gain de cette
grande Bataille: & la conjurant de
venir à Babylone prendre part à ses

onqueſtes, nous marchâmes ſur les
pas des vaincus auec encore plus de
cent mille Hommes. Mon Prince
qui n'auoit pas voulu que Gotarzés
fût au rang des priſonniers, & qui le
laiſſoit ſur ſa parole, ſe découurit à
luy en chemin; & comme il luy im-
poſa cette condition de ne témoigner à perſonne que le Prince de Syrie
fût cét Atis qu'il auoit veu à la Cour
de Suſe, Gotarzés vſa ſi bien de ſa
confidence, qu'il gagna toute ſon
amitié en peu de temps. Il luy parût
vn Homme plein d'eſprit & de cœur;
& luy aprenant des choſes qui s'eſtoient paſſées à la mort de Roxane,
& que Démate n'auoit pû ſçauoir, il
luy fit aſſez connoître qu'il n'eſtoit
pas des Amis du Prince Orode. De
ſorte que, goûtant de plus en plus
l'eſprit de ce Satrape : & d'ailleurs
n'ayant rien à ménager auec luy dans
la pureté de ſes deſſeins, il acheua

bientôt de luy ouurir fon cœur , & luy declara toute fa paffion pour la Princeffe des Parthes. Gotarzés eftoit trop habile pour la condamner en la perfonne d'vn jeune Prince victo-rieux, & dont il eftoit le prifonnier: mais il ne pût la flater ; & s'atachant aux fuites fâcheufes qu'il en pré-uoyoit, il fe promit de fa generofité, qu'il ne s'ofenceroit pas s'il luy en témoignoit quelque chofe. Seigneur, luy dit-il, la Princeffe des Parthes eft peut étre digne devous,&vous n'eftes que trop digne d'elle. Vous pouuez tout ofer & tout entreprédre pour la poffeder : mais, fi i'ofois vous le dire, il y a des obftacles qui me paroiffent inuincibles. La Loy fondamentale du Royaume, qui ne permettra ia-mais que delle qui en eft heritiere faffe vn Roy d'vn Prince étranger, y eft abfolument contraire. Par cette mefme Loy, dont tous les Parthes

font si jaloux, tous leurs cœurs y
feront opofez; & vous pourriez auoir
leur Reyne pour Epoufe, que vous
ne les auriez pas pour Sujets. Mais,
Seigneur, ie veux croire que vous
triompherez d'eux comme d'elle, &
de leurs libertez comme de leurs vies:
mais combien de maux nous prepa-
rez-vous dans cette entreprife? &
combien de fang vous faudra-t'il
répandre? Pardonnez-moy, Seigneur, fi ie ne puis refufer ce fenti-
ment de pitié au repos & à la gloire
de mon Païs que vous alez détruire;
& par deffus cela, pardonnez-moy
encore fi i'ofe vous dire, que malgré
l'obligation que ie vous ay du traitement que vous me faites, il faudra
toûjours que ie vous regarde comme
l'ennemy de mon Rôy. Ie vous ay
auoüé, continua-t'il, que ie n'eftois
pas dans les intérefts du Prince
Orode; & n'ayant pas craint de vous

ouurir mon cœur à cet égard, ie ne
craindray pas aussi de vous auoüer
que ie suis dans ceux du Prince Artabane. Oüy, Seigneur, reprit-il,
vous estes trop genereux pour trouuer mauuais que ie vous dise que ie
suis engagé à ce Prince par toutes
sortes de deuoirs, que i'ay part à
son afection, que i'en ay à sa fortune, que ie luy dois sacrifier toute
la mienne, & qu'enfin ie dois tout à
son Fils, comme à vn Prince que
mon Roy a déja declaré son succes-
seur. Dans cet engagement, ajouta-
t'il, que deuiendray-je, Seigneur, si ie
suis libre, quand ie verray que mon
Vainqueur & mon Bienfaiteur tout
ensemble, est le Riual de mon Roy,
& le Persecuteur de son repos & de sa
vie? Vous ferez vostre deuoir, intérompit mon Prince que le zéle de
ce Satrape touchoit assez sensiblement; & vous le ferez tout entier,

puis qu'asseurément vous serez libre:
& que dés aujourd'huy ie vous declare que vous l'estes. Vous combatrez pour la querelle d'Arsace,
vous combatrez pour celle de Pacore, & vous combatrez contre moy.
Non, non, Gotarzés, ie ne vous demande rien. Ie vous feray la guerre,
parce que ie ne puis l'éuiter : mais ie
ne feray pas vostre ennemy, quoy
qu'il vous soit permis d'estre le mien.
Enfin vous satisferez à vostre deuoir
& à vostre honneur ; & de mon côté
satisfaisant à mon amour, ie tâcheray de mesme à satisfaire au respect
que i'ay pour la Princesse Rodogune:
& à ne la point ofencer en la personne de ceux qui sont dans ses intérests comme vous. Mais, reprit-il,
ie ne vous dis pas cela, ô Gotarzés!
afin que vous m'épargniez si nous
venons à nous joindre en quelques
ocasions. Ie les éuiteray autant qu'il

me fera poffible, & vous permets de les chercher autant que vous vou-drez. Nos deuoirs font diferens en cette guerre; & vous pouuez me vaincre fans honte, où ie ne pourrois vous ataquer fans crime. Hé! Seigneur, s'écria Gotarzés, ie fçay bien que tout le danger feroit pour moy, fi la Fortune me mettoit aux mains contre vous. Ie ne fuis pas encore forty des voftres; & quoy que vous ne m'ayez pas fait charger de chaînes, ie n'ay pas oublié que ie fuis voftre prifonnier. Mais Seigneur, reprit-il, veüillent les Dieux ôter de voftre cœur la paffion qui vous anime: & éloigner de nos terres la tempefte que vous y preparez. Nos maux font certains, & poffible que vos efpérances font douteufes; & aprés tout, Seigneur, croyez-vous que ce foit vn moyen de vous faire aimer de noftre Princeffe que de luy faire la guerre?

On

On estime & on respecte son Vainqueur : mais il est assez rare qu'on le
puisse aimer. Autant de Batailles que
vous gagnerez, autant de sujets de
reproche luy fournissez vous ; & ne
pouuant iamais vous regarder que
comme le Persécuteur du Roy son
Pére, & l'Ennemy du Prince qu'elle
doit épouser, tout le sang de ses Sujets dont vous serez couuert, sera
pour elle vn témoin contre vous.
Et les Dieux, repliqua mon Maître,
les Dieux seront les miens contre
toute la Terre ; & le succés de nostre
entreprise en fera la justification.
Cependant, s'ils n'approuuent pas
mon amour, ils sont trop justes pour
condamner mon ressentiment. Le
sejour que i'ay fait à Suse a eu des
suites fâcheuses à la Princesse ; & vous
le sçauez, Gotarzés, & comme ses ennemis ont mal expliqué l'honneur
qu'elle m'a fait. Ces injures ne sont

M m

pas d'vne nature à demeurer impu-
nies : i'en dois vanger la Princeſſe ; &
montrer au Prince Orode, à Phraáte,
& à Aquémene, en me faiſant connoître, que ſi ſous le nom d'Atis i'ay
merité l'honneur de tirer l'Epée
contr'eux par quelque petit auantage que i'y ay eu, i'eſtois digne
ſous ce meſme nom de la bonté auec
laquelle la Princeſſe me ſoufroit auprés d'elle ; que ſous ce nom inconnu
il y auoit en moy vne haute naiſſance
déguiſée ; & qu'il y a vn certain ca-
ractére ſur le viſage des Roys, que
les Roys connoiſſent mieux que les
autres ; & que la Fille d'vn Roy n'a
pas dû s'y tromper en me voyant.
Enfin Cotarzés, ajoûta mon Maître,
s'il m'eſt défendu d'aler à la conqueſte de Rodogune, il m'eſt ordonné d'aler à ſa vangeance, puis que
i'ay eu tant de part à ſon déplaiſir.
I'y cours à la teſte d'vne Armée, &

à la face de tout l'Vniuers ; & du
reſte, les Dieux en auront ſoin. Il
proféra ces dernieres paroles d'vne
façon ſi hautaine, que Gotarzés ne
crût pas pouuoir de bonne grace luy
contredire dauantage. Il ſe tint dans
la meſme retenuë aux autres con-
uerſations qu'il eut auec luy pendant la marche ; & le Prince, ſans le
preſſer de répondre, prit à tâche de
l'entretenir de tous ſes deſſeins & de
toutes ſes penſées, dans la créance
que ce Satrape en rendroit conte à la
Princeſſe, ou à Marſione.

Cependant nous vinſmes à Seleucie que nous trouuâmes abandonnée : & dont les Habitans im-
plorérent la clemence du Roy. Il fut
aſſez étonné de ſe voir Maiſtre de
cette Ville ſi importante, ſans qu'il
luy eut rien coûté pour la reprendre ;
& nos Soldats, en conſidérant ſa ſci-
tuation auantageuſe, auec la hau-

teur de ſes murailles, & la force de ſes Tours, diſoient qu'il faloit que Cteſiphonte fut vne Place imprénable, puis qu'Orode s'y eſtoit plutôt refugié qu'à Seleucie. Ce n'eſtoit pourtant pas par cette raiſon que le Roy balançoit s'il l'y deuoit pourſuiure, ou aler à Babilone, où le Prince Aquémene & Bardazane s'eſtoient retirez auprés de la Fille d'Arſace, pendant que leurs bleſſeures ſe guériſſoient. C'auoit toûjours eſté le deſſein de Demétrius d'ataquer cette ſuperbe Ville. Le deſir de s'y aſſeoir dans le Trône de ſes Péres le flatoit agreablement; & ſi d'vn côté il l'écoutoit comme la plus legitime ambition qu'il pût auoir: d'vn autre il y méloit l'intéreſt particulier de ſon Fils, & ſongeoit pour luy à la conqueſte de Rodogune. Mais mon Maître tout ardant qu'il y fut, ne ſe trouua pas dans ce meſme ſentiment;

& soit que les discours de Gotarzés euflent intimidé son amour, ou qu'en éfet il crût qu'il estoit de son deuoir d'aler à la vangeance de sa Maîtresse auant que de songer à sa conqueste, il y fit consentir le Roy: & l'Armée marcha droit à Crési-phonte. Cette Ville est assise sur le Tigre, à l'endroit où il partage son cours pour venir méler vne partie de ses eaux auec celles de l'Eufrate; & outre cet auantage de la Nature, elle a tous ceux que les Hommes y ont pû aporter. Ajoûtez à cela, que la plufpart des troupes ennemies qui restoient de la défaite de Réfene, y pouuant entrer commodement de l'autre côté du Tigre où elles estoient campées, c'estoit vn continuel ra-fraîchissement pour celles qui la gar-doient. Ctésiphonte estoit donc capable de soûtenir vn long Siége; & neantmoins à peine l'auions nous inueſtie, que le Prince Orode enuoya vn Héraut propoſer au Roy vne entreueuë pour ſçauoir ſes prétenſions, & acommoder les deux Couronnes. Quoy que dans la proſperité de ſes armes Demétrius n'eût nulle enuie d'entendre à vn acommodement; & que tous nos Chefs opinaſſent à le refuſer, toutefois pour ne point donner aux Peuples ſujet de murmurer contre ſon ambition, il accepta l'entreueuë: mais ce fut dans la réſolution de ne conſentir à rien de ce qu'on luy propoſoit, & de continuer la guerre. Il conuint donc pour le lendemain auec le Heraut du Prince Orode, de l'heure, du lieu, de la maniere, & du nombre de ceux qui l'accompagneroient à cette conférence; & dés que les aſſiegez eurent fait ceſſer quelques Trauailleurs qui acheuoient de reparer les defences de la Place, il retira les siens des machines qu'il commençoit. Sur ces entrefaites il s'éleue vn bruit dans noſtre Camp, que la Princeſſe des Parthes venoit à Ctéſiphonte : & qu'Orode ayant crû que nous irions ataquer Babylone où elle eſtoit, n'auoit propoſé de conférence au Roy que pour obtenir vne ſuspenſion d'armes, pendant laquelle il aſ-ſeureroit la marche de cette Princeſſe. Ce diſcours ſe répandoit déja dans tous nos quartiers ; & les Tranſfuges qui ſe rendoient à nous, le confir-moient auec tant de certitude, qu'ils ne nous laiſſoient pas dequoy en pouuoir douter. Mon Prince, qui y eſtoit plus intereſſé que perſonne, eſtoit auſſi aux enqueſtes & aux écou-tes auec plus de ſoin que ceux qu'on y auoit commis ; & comme il con-noiſſoit parfaitement l'eſprit d'O-rode : ou il ſe défioit de la verité de cette nouuelle : ou il y ſoupçonnoit

M m iiij

quelque ſtratagéme. Il ne voyoit pas que la Fille d'Arſace fût vn grand ſecours à Ctéſiphonte; & dans ſon inquiétude il y auoit des momens où ſe ſouuenant des mauuais deſſeins de Roxane contr'elle, il concluoit qu'Orode ne l'apelloit à Ctéſiphonte que pour l'expoſer au danger & la perdre. Gotarzés meſme auoit des penſées peu diférentes de celle-là; & enfin tout le monde s'y trouuant embarraſſé, le Roy aſſembla ceux de ſon Conſeil. Les vns crûrent d'abord qu'il y auoit à deuiner en cette rencontre : mais la pluſpart s'atachans aux regles de la guerre, jugérent qu'Orode ſongeoit à la ſeureté de la Princeſſe, tandis qu'il eſtoit Maître du paſſage du Tigre: parce que Babylone que nous laiſſions derriere, ne pouuoit pas tenir aprés la priſe de Ctéſiphonte. De ſorte que tous les autres ſe rangeans

à cét auis, il fut résolu que puis que
l'Ennemy formoit des desseins contraires aux articles de la suspension
d'armes dont on estoit conuenu, on
détacheroit aussi de la Caualerie legere à la rencontre de la Princesse
des Parthes.   On prit les seuretez
acoûtumées en pareilles ocasions; &
mon Maître, que cette afaire touchoit si sensiblement, quoy qu'il
n'eût pas voulu opiner au Conseil,
se mit pourtant à la teste des troupes
qui deuoient marcher sous la conduite de Ptérelle & de Zeunexis. Tous
les Volontaires furent de la partie,
parce qu'Antiocus y commandoit;
& le Prince Agaronca qui ne pouuoit
plus se separer de luy, en voulut estre
aussi, & s'y prépara des premiers.
Mais tout cela se fit sans bruit; &
comme nous estions campez sur ce
bras du Tigre qui vient joindre l'Eufrate auprés de Seleucie, dés que la

nuit parut affez auancée, nous le
paffâmes fur deux Ponts de Batteaux
que l'on auoit fait remonter pour le
Siége de Ctéfiphonte. Nous marchâmes jufqu'au jour en deux Efcadrons auec des Coureurs de tous côtez; & fi ie ne vous dis pas toutes les
agitations diferentes dont Antiocus
fut trauaillé pendant cette marche,
c'eft que ie ne doute point que vous
ne les conceuiez aifément. Il eftoit
quelquefois rauy d'aler à fa Princeffe; & peu aprés il craignoit de la
trouuer. Cet équipage d'ennemy
où il eftoit, luy faifoit peur pour
elle; & foit que les réflexions de
Gotarzés euffent fait quelque im-
preffion dans fon ame: ou que la
mefme paffion qui feule l'animoit,
fut auffi toute feule capable de le
retenir, il s'inquiétoit également &
dans fes defirs & dans fes craintes,
fans pouuoir juger ni de ce qu'il

deuoit craindre, ni de ce qu'il pouuoit esperer. De ce trouble il tom-
boit aussitôt dans vn autre; & à
mesure que les ombres de la nuit se
dissipoient, présuposant déja que la
Fille d'Arsace estoit en sa puissance,
il ne sçauoit s'il se deuoit présenter
à elle, ou comme Atis, ou comme
Antiocus. Il ne sçauoit pas mesme
ce qu'il pouuoit luy dire en l'vne,
ou en l'autre qualité; & se regardant
comme s'il eût esté tout couuert du
sang qu'il faloit répandre pour
vaincre l'escorte qui l'acompagnoit,
il voyoit que les marques de sa victoire aloit démentir tous ses respects & toutes ses excuses. Ce desordre de son ame estoit donc aussi
grand que vous le pouuez penser,
Seigneurs; & quoy que ie ne vous
raporte pas icy les termes passionnez
auec lesquels il me le découurit, vous
jugez bien que cet endroit de sa vie

n'eſt pas vn de ceux où il a ſoufert
le moins de violance. Mais ie paſſe
legerement par deſſus, parce que i'ay
tant de choſes à vous dire, que de neceſſité il faut que i'en abrege quelques-vnes. Comme il n'y auoit plus
de conſeil à prendre, ie fortifiois ſon
deſir & ſon ardeur autant qu'il m'eſtoit poſſible : mais ſa peine l'emportoit ſur mes raiſons ; & ne s'imaginant rien qu'en tumulte ſur le ſuccés
de cette entrepriſe, il s'afligeoit par
auance de tout ce qui en pouuoit ariuer, comme de tout ce qui la deuan-
çoit. Cependant, comme le jour parut on fit alte pour ſe reconnoître;
& ce fut pour lors que le Prince d'A-
rabie & Ptérelle qui l'auoient veu ſi
reſveur & ſi inquiet pendant la marche, ne pûrent s'empeſcher de luy
témoigner par quelques diſcours
obligeans la part qu'ils prenoient en
ſa peine. Si bien que les ſoins de ce

Prince & de ce Satrape le surprenant comme au dépourueu, il fit vn éfort pour paroître plus gay qu'il n'estoit. Il leur soûrit donc; & soit qu'en ce moment il fut trop plein de sa passion pour en faire vn secret, ou qu'il y cherchât du soulagement, ou du conseil, il leur en rendit conte en peu de paroles, & les surprit autant que vous le pouuez croire. Il continuoit à les entretenir par vn petit recit de la vie qu'il auoit menée à Suse; & tandis qu'il parloit, ie voyois vn certain feu s'alumer dans ses yeux, qui me montroit assez que son inquiétude se dissipoit; lors que nos Coureurs r'aporterent qu'il paroissoit des troupes vers les Marais de Babylone. En mesme temps Zeunexis qui auoit apris la mesme chose des siens nous joignit, & tous ensemble nous marchâmes à leur rencontre. L'Isle des Digbites où nous estions, est d'vne longueur assez considérable : mais sa largeur n'est pas de mé-me, & n'a guére que vingt mille d'étenduë. Elle a vn des bras du Tigre à l'Orient du côté de Digba & de Ctésiphonte : l'autre la borne au Septentrion en tirant vers la Mesopotamie ; & les Canaux que ces Insulaires ont tirez de celuy-cy pour aroser leurs terres, commençant à la fermer du côté de Babylone qu'ils ont au Couchant, continuënt en biaisant jusqu'au Midy : ou par la pente qu'ils y trouuent ils rentrent dans le Tigre. Si cette Isle est vn des plus beaux Païs de la Terre, c'est aussi vn des meilleurs. Elle a de tout, des Plaines, des Cotaux, des Prairies & des Bocages ; & pour ne pas m'amuser icy à vne description inutile de cette Contrée, nous estions assez proches du Canal nommé Varsilis, autrement la Fosse Royale : lorsque nous aperçeûmes les troupes que nous atendions, qui aprés auoir passé ce Canal sur vn Pont qui paroissoit à quelques stades deuant nous, continuoient leur chemin le long d'vne Prairie, que les Habitans du Païs apellent la Valée des Dieux. Et en éfet il y a vn Temple au milieu consacré à tous les Dieux, & où toute la Cour celeste est representée en Figures de Marbre. A la veuë de ces troupes que l'on pouuoit juger de quinze ou seize cens Cheuaux tout au plus, mon Prince s'aresta sur l'éminence où il s'estoit auancé auec le Prince d'Arabie, Ptérelle, Gotarzés & quelques autres ; & commandant aux siennes de ne se pas montrer, il demeura quelque temps incertain de ce qu'il deuoit faire. Mais Ptérelle, qui pour lors connoissoit bien que le sujet de sa retenuë estoit le mesme qui auoit causé sa réuerie, le tira

bientôt de cette irréfolution. Seigneur, luy dit il en pouffant fon
Cheual à côté du fien, l'ocafion eft
trop belle pour balancer ; & quand
vous en ferez le Maître, vous en
vferez comme il vous plaira. Le difcours & l'action de Ptérelle firent
leur éfet ; & Antiocus ne pouuant
plus rien examiner dans le trouble
où il eftoit, nous alâmes aux ennemis. Mais à peine eurent-ils veu paroître la moitié de nos gens, que don-
nans la bride à leurs Cheuaux, ils
s'enfuyrent fur le chemin de Ctéfiphonte. Les Chariots qu'ils acompagnoient demeurérent auec deux cens
Caualiers ; & tandis que par ordre du
Prince, Zeunexis pouffoit aprés les
fuyards auec trois mille Cheuaux,
nous continuâmes de marcher au pas
aprés les Chariots qui s'en aloient au
grand trot vers le Temple dont ie
vous ay parlé. Comme les dehors
n'en

n'en font de nulle défenfe, la Fille
d'Arface s'eftoit déja refugiée dedans au lieu le plus facré ; & la Garde
qui ne l'auoit point quitée fongeoit
à fe retrancher à là porte lors que
nous y ariuâmes. Deux Sacrifica-
teurs vinrent au deuant d'Antiocus ;
& aprés auoir fait ie ne fçay quelles
ceremonies auec des branches d'Ar-
bre qu'ils tenoient à la main, ils commençoient à luy dire d'vn ton de
voix femblable à celuy dont ils fe
feruent pour rendre les Oracles ; que
ce Lieu eftoit faint, & qu'il fe donnât
bien de garde de le profaner. Quoy
qu'il fût bien éloigné d'en auoir feulement la penfée, neantmoins cette
menace jointe aux craintes fecretes
qui l'agitoient, eût poffible efté capable de l'arefter : fi Ptérelle faifant
taire & retirer ces Mages ne luy eût
ouuert le chemin du Temple. Les
Gardes qui en tenoient l'entrée, ne
N n

pouuans pas vray-semblablement se
défendre contre plus de cinq mille
Hommes que nous estions, mirent
bas les armes : mais quelques Eunuques qui estoient les plus proches de
la porte, obligez par le serment de
fidelité fort respecté parmy les Parthes, de mourir plutôt que de trahir
leurs Roys, se prosternerent à terre,
prests à s'enfoncer dans le corps les
poignards qu'ils tenoient. A leur
action mon Maître leur cria paix &
liberté; & le principal d'entr'eux
nommé Tiriotés, le reconnoissant à
sa parole, & venant à luy: Est-ce
vous Atis, luy dit il? est-ce vous
l'Amy de nostre Princesse & du
Prince Pacore? Et mon Maître luy
ayant répondu de mesme, Tiriotés
tout transporté courut dans le Temple en porter la nouuelle à la Fille
d'Arsace. Il reuint auec la mesme
précipitation; & Antiocus qui n'a-

tendoit que ſon retour pour entrer,
le ſuiuit acompagné du Prince d'A-
rabie & de ſes principaux Chefs, &
tenant à ſa main droite le Pére de
Marſione. Comme il n'auoit pris
dans cette ocaſion que de ſimples
armes, il n'y auoit que ſa bonne
mine qui luy donnât de l'auantage
ſur ceux de ſa ſuite; ſi bien que la
Fille d'Arſace ne voyant en luy que
ce qu'elle y auoit remarqué d'autres
fois, ne ſe douta de rien à ce premier abord.   C'eſt donc vous Atis,
luy dit-elle en ſe r'aſſerenant l'air du
viſage, & ne pouuant toutefois ſur-
monter vn reſte de frayeur qui ſembloit donner vn nouuel agrément
au ton de ſa voix; c'eſt vous qui
venez à mon ſecours, lors que tous
les miens m'abandonnent. Oüy Madame, répondit-il aprés luy auoir
baiſé le bas de la robe vn genoüil en
terre, ie viens à voſtre ſecours, puis

Nn ij

que ie viens pour vous vanger; & la
mort de Roxane n'eſt pas aſſez pour
les déplaiſirs que ie vous ay cauſez.
Ie viens Madame, ajoûta t'il, ie viens
vous conſacrer le reſte de ma vie; &
s'il vous eſt reſté quelque ſentiment
de bonté pour moy; aprés la perſécution que vous auez ſouferte, ie ſuis
peut-eſtre dans vn état où vous n'aurez pas à rougir de ce ſentiment. A ce
diſcours la Fille d'Arſace parût vn
peu ſurpriſe; & ſoit qu'ayant reconnu Gotarzés qui s'eſtoit aproché
de Marſione, elle eût fait reflexion à
ce Satrape qu'elle ſçauoit eſtre entre
les mains du Prince de Syrie: ou
qu'elle eût entendu, qu'en parlant à
ſa Fille il auoit mélé le nom d'Atis
à celuy d'Antiocus, elle commença
pour lors à ſe douter de la verité; de
ſorte que r'apellant en tumulte ce
que mon Maître luy auoit dit en partant, auec ce qu'il auoit declaré au

Prince Pacore : Ah! s'écria-t'elle, vous estes le Prince de Syrie. Oüy Madame, repartit modestement Antiocus, ie suis ce que vous dites : mais aprés l'honneur que vous auez fait à Atis, i'aurois esté Atis toute ma vie, si ie n'auois crû mieux meriter cet honneur sous mon veritable nom, que sous celuy que i'auois emprunté. O Ciel! repliqua la Princesse, vous estes le Prince de Syrie? Eh! ie suis donc vostre prisonniere, ajoûta-t'elle ; & ce que vous estes ne me permettant pas de douter de ce que ie suis, vous détruisez toute la joye que i'auois euë de vostre rencontre. Non Madame, repliqua mon Maître, si vous auez eu quelque joye en me voyant, ne perdez rien de cette joye en me connoissant. Vous estes Souueraine par tout où vous estes ; & ie ne suis icy que pour vous conseruer cette Souueraineté. Quoy? Seigneur,

reprit elle, ie suis vostre prisonniere?
& le seul mal que ie craignois au
monde me vient de vous, d'où ie le
craignois le moins? mais puis que les
Dieux l'ont ainsi ordonné, il faut
tâcher à s'y soûmettre. Seulement,
Seigneur, poursuiuit-elle en se pen-
chant sur l'épaule de la Princesse des
Vadasses, acordez-moy quelques momens pour me reconnoître aprés la
chûte que ie fais. Le passage est bien
rude du Trône à l'Esclauage : mes
pleurs l'adouciront peut-estre ; &
toute captiue que ie suis, souuenez-
vous, Seigneur, que ie suis d'vne qualité à laquelle vous ne deuez pas refuser cette grace. Hé ! Madame, s'écria
mon Prince, que me dites-vous ? &
que pensez-vous de moy ? Eh ! Seigneur, intérompit-elle en détour-
nant les yeux de sur luy auec quelques larmes qui tomboient le long
de ses jouës, laissez-moy ce moment

de liberté que ie vous demande ; &
donnez au moins ce ſoulagement à
ma douleur, que ie puiſſe me plaindre
loin de vous. Ie craindrois que le
bruit de mes ſoûpirs ne vous ofençât
ſi vous l'entendiez ; & ie vais icy
m'inſtruire auec les Dieux des reſpects que ie vous dois rendre dans
ma captiuité. A ces paroles, Antiocus
s'eſtoit rejetté à ſes pieds ; & ſoit par
ſes regards ou par ſon action, il ne
luy en diſoit que trop pour la conſoler, ſi elle eût daigné y prendre
garde : mais la Princeſſe impatiente
s'éloigna ſans repliquer dauantage.
De ſorte que craignant de l'aigrir s'il
la preſſoit ; & d'ailleurs ſe ſentant luy-
meſme trop interdit pour l'entreprendre, il la laiſſa aler, & vint à la
porte du Temple comme pour en
ſortir. Mais tout à coup changeant
d'auis, il pria ſeulement le Prince
Agaronca de ſe retirer auec Odénat,

N n iiij

Ptérelle & les autres ; & ne retenant
que Gotarzés & moy , il reuint à la
Princeſſe : Madame, luy dit-il en
s'aprochant d'elle les mains étenduës
vers le Ciel, eſt-il poſſible que vous
vous ſouueniez que ie ſuis Atis, & que
vous vous croyiez priſonniere, & que
vous me regardiez comme voſtre ennemy ? Hé ! qu'ay-je fait, Madame,
ajoûta-t'il en croiſant les bras ſur ſon
eſtomach, qui vous puiſſe perſuader
ce que vous me reprochez , & vous
inſpirer vne penſée ſi cruelle & pour
vous & pour moy ? Vous n'eſtes plus
Atis, repliqua la Princeſſe ; vous eſtes
Antiocus Fils du Roy de Syrie noſtre
ennemy mortel : vous venez à nous
les armes à la main encore toutes
ſoüillées du ſang des Parthes ; & non
content d'eſtre leur vainqueur, vous
venez juſqu'à moy porter voſtre
victoire. Que n'eſtes-vous encore
Atis, pourſuiuit-elle auec plus de

violence, afin que ie puſſe vous reprocher voſtre ingratitude! Aprés
auoir eſté refugié parmy nous, vous
nous faites la guerre : aprés auoir receu de moy tous les bons ofices que
vous n'en pouuiez raiſonnablement
eſperer ſous le nom que vous portiez,
vous vous ataquez à ma propre perſonne ; & lors que ie ſongeois peut-
eſtre que vous viendriez à mon ſecours, & que peut-eſtre ie le ſouhai-
tois, ie vous vois venir à la ruine des
miens, à la deſtruction du Roy mon
Pére ; & couronner voſtre ingratitude par la captiuité d'vne Princeſſe
à qui vous deuiez quelque reconnoiſſance. Dites tout, Madame, repliqua doucement mon Prince, dites
tout ; & ſi mon innocence me donne
aſſez de force pour pouuoir eſſuyer
toute voſtre colere ſans en mourir de
douleur à vos yeux, dites tout, tout
d'vn coup, & ne m'épargnez point.

Ie ſçay que vous eſtes mon Iuge auant que de parler : mais vous ne le ſerez pas moins apres auoir parlé ; & ſi ie ne me juſtifie pas, ou du moins ſi vous n'eſtes pas contente de ma juſtification, ie me juſtifieray par ces meſmes armes teintes du ſang des Parthes que vous me reprochez : Ie les laueray du mien pour vous ſatisfaire ; & vous n'aurez pas longtemps à vous plaindre de moy. I'ay tout dit, Seigneur, repartit la Princeſſe ; & poſſible en eſt ce trop pour vne Captiue. Mais ſi ie ſuis ſortie du reſpect qu'on doit à ſon Vainqueur, il me le faut pardonner, lors que ie ne ſuis pas encore acoûtumée à la ſeruitude. Et puis, Seigneur, continua-t'elle, le Prince de Syrie n'a nulle part à mon emportement : ie l'ay tout adreſſé à Atis ; & comme il n'eſt plus d'Atis, ie n'ay plus rien à dire, & n'ay plus qu'à vous obeïr. A ces mots la Fille d'Arſace ſe tût; & mon Maître ayant demeuré quelque temps dans le ſilence, les yeux baiſſez à terre: Ie ne ſçay Madame, luy dit-il en les releuant, ſi ie dois aujourd'huy préferer le nom d'Atis à celuy d'Antiocus; & s'il ne m'eſt point plus auantageux de répondre à la colére que vous témoignez à l'vn, qu'à celle que vous témoignez à l'autre. Quoy qu'il en ſoit Madame, ie ſuis toûjours Atis encore que ie ſois Antiocus; & cet Antiocus tout coupable qu'il eſt aujourd'huy, puis que ſa préſence vous bleſſe & vous éfraye, n'agit icy que par les ſentimens d'Atis. Ie n'oſay vous les expliquer à Suſe en prenant congé de vous, & la part que i'auois à voſtre douleur m'en empeſcha. Il eſt vray que ie n'eus pas la meſmo retenuë aprés vous auoir quitée, & que i'en découuris quelque choſe au Prince Pacore dans la Foreſt d'Edipne: Mais Madame, s'il vous en a rendu conte, comme il ne me parut pas ofencé de ma hardieffe, ie crois que vous n'auez pas eu lieu de vous en plaindre. Ie n'ay rien à vous dire pour me juftifier que ce que ie luy dis. Cette guerre que vous me reprochez en eft la fuite ; & fi ie ne vous aimois de la plus tendre, de la plus forte, & de la plus refpectueufe amour que l'on puiffe imaginer, vous ne me verriez pas les armes à la main contre le Prince Orode. Car enfin, Madame, c'eft à luy que ie viens declarer la guerre, & ce n'eft pas à vous que ie la viens faire ; c'eft au Prince Phráate, c'eft au Prince Aquémene, c'eft à la memoire de Roxane ; & ie ne puis pas vous aimer auffi parfaitement que ie vous aime, & vous laiffer en proye à tant d'ennemis, comme le Roy voftre Pére vous y laiffe. Ils ont tous voulu vous outrager, & m'ont fait

feruir à cet outrage.   Ils ont tous
voulu def-honorer la bonté que
vous auez euë de me donner voftre
protection comme à vn Etranger;
& ils ont voulu ternir la gloire que
ie tirois du refpect que ie vous ay
rendu. Si les Dieux vous ont vangée
de Roxane, ie ne vous ay vangée qu'à
demy d'Orode & de Phraáte; & lors
que ie viens acheuer le refte, faut-il
Madame, que vous vous croyiez prifonniere, & que vous me regardiez
comme vn ennemy qui vient à la
ruine de vos Sujets, & à la conquefte
de vos Royaumes.   Helas! tous les
Empires du Monde feroient à vous,
s'ils eftoient à moy; & ie n'en voudrois auoir toutes les Couronnes que
pour les mettre à vos pieds. Recon-
noiffez-moy donc, Madame, continua-t'il auec la mefme tendreffe,
reconnoiffez Atis fous le nom d'Antiocus. Croyez que le changement de

sa fortune n'en aporte à la voftre que pour la rendre & meilleure & plus affeurée. Croyez que non feulement vous eftes libre, mais que ie ne le fuis moy-mefme qu'autant que vous le voulez ; que vous regnez fur moy, fur tout ce que ie penfe, fur tout ce que ie puis vouloir, & fur tous ceux qui me fuiuent ; & que vous y regnez plus fouuerainement que fur les Par-thes. Hé bien, Seigneur, repliqua brufquement la Princeffe, nous verrons fi les éfets répondent à vos pa-roles ; & comme la prifon eft le plus grand de tous les maux que ie con-noiffe, ie ne feray pas ingrate fi ie puis à celuy qui m'en aura déliurée ; & ie tâcheray d'oublier la frayeur que vous m'en auez faite. Mais Madame, répondit mon Maître, pour vous laiffer furprendre à cette frayeur dont ie ne fuis pas confolable, il faut que vous ayez bientôt renoncé à l'eftime

que vous auiez eu la bonté de me témoigner à Suse ; & si par le respect
que ie vous dois, & comme Atis, &
comme Antiocus, vous ayant fait
vn secret de celuy de mon cœur pendant que i'estois auprés de vous, vous
n'auez pas voulu croire les soupçons
que vous en pouuiez auoir, est-il
possible que le Prince Pacore ne vous
en ait point assez dit, pour vous empescher du moins de me regarder
comme vostre ennemy, quelque part
que vous me pussiez voir, & en quelque état que la Fortune me présentât
à vous ? Non Seigneur, repliqua
fiérement la Fille d'Arsace, ie
n'ay rien sceu de ce qui s'estoit passé
entre le Prince Pacore & vous, que
vostre combat contre Aquémene &
Phraáte, qui fit assez de bruit, & duquel mes ennemis ont tiré des con-
séquences qui m'ont esté assez douloureuses. Du reste, le Prince Pacore

eſtoit trop voſtre Amy, pour vous
rendre vn ſi mauuais oſice auprés de
moy. Quelque ſujet que i'euſſe de me
repentir de vous auoir ſi bien traité
lors que ie vous croyois innocent,
i'en euſſe eu bien dauantage, s'il
m'eût réuelé ce que vous me dites;
& cette calomnie de mes ennemis à
laquelle vous donniez lieu, ſe trouuant ſi bien fondée en voſtre perſonne, vous m'auriez paru le complice de Roxane, & i'aurois poſſible
déteſté voſtre memoire. Cependant,
reprit-elle, ie m'aperçois bien que
ie ſuis voſtre priſonniere, puis que ie
ſoufre que non ſeulement vous re-
nouuelliez en mon ame le ſouuenir
injurieux de cette perſécution que
l'on m'a faite : mais que par vne
confeſſion auſſi injurieuſe vous l'au-
toriſiez vous-meſme en parlant à
moy. La modération auec laquelle
ie ſuis forcée de vous écouter, eſt bien

la

la marque de ma seruitude; & il n'y a
que le vainqueur des miens qui puisse
exercer sur moy vne tyrannie de cette
nature. Ne prétendez point, continua-t'elle auec quelque sorte de colere, me déguiser mon malheur. La
violance où ie me vois soûmise me le
découure assez; & l'éfort que ie me
fais à la suporter me desabuse. C'est
en vain que vous cherchez des couleurs à vostre ambition; & l'intérest
que vous feignez de prendre en ma
fortune, n'en sçauroit iamais estre le
pretexte specieux. Toute la Mesopotamie est déja inondée du sang des
Parthes; & tous ces malheureux qui
ont perdu la vie, sont les Sujets d'Arsace, si ie ne me trompe, & non pas
ceux d'Orode. C'est donc au Roy
mon Pére, & à moy, que vous faites
la guerre; & vous ne sçauriez pas
desauoüer que ce ne soit à luy que
vous l'ayez declarée. Aussi l'auriez-

vous eu en·teste à la Bataille, si d'autres afaires ne l'euſſent apellé ailleurs.
Il ſe préparoit contre vous, comme
vous vous prépariez contre luy ; & ce
n'eſt qu'à ſon éloignement que vous
eſtes redeuable de la Victoire. Mais
profitez-en comme d'vn pur éfet de
voſtre valeur ſi vous voulez, & ſuiuez
la Fortune qui vous rit. Cependant
ie pleureray de vos Victoires qui me
coûtent ſi cher : i'en demanderay
vangeance aux Dieux qui nous écou-
tent dans ce Temple ; & ſi ie demeure
long temps voſtre priſonniere, ie
crois que vous aurez aſſez de generoſité pour m'épargner le déplaiſir de
vous voir, & de vous entendre dire
que c'eſt pour l'amour de moy que
vous gagnez des Batailles, que c'eſt
pour me vanger que vous ruinez nos
Prouinces, & que ce n'eſt que pour
punir Orode que vous ataquez le
Roy mon Pére. La Princeſſe acheua

de parler d'vn air qui n'exprimoit
que trop son dépit & sa colere ; &
mon Maître, quelque preparé qu'il
y fut, n'auoit pourtant pas crû que
la chose iroit à cette extremité. De
sorte que le desordre de son ame paroissoit autant sur son visage que par
son silence. Il se remit neantmoins
pour luy répondre ; & la regardant
auec des yeux abatus sous le respect
& sous la crainte, & qui n'auoient plus
de feu ni de viuacité qu'autant que
l'amour leur en pouuoit prester dans
cette ocasion : Madame, luy dit-il,
i'auois bien crû que i'aurois de la
peine à me défendre, si vous vous
atachiez aux aparances : mais ie n'a-
uois pas crû que vous renonceriez à
vos propres ressentimens & à vos
propres lumieres pour augmenter ma
peine, en me jugeant sur des aparances si trompeuses. Ie suis à plaindre,
& plus digne de vos plaintes que de

 RODOGVNE,

voſtre courroux. I'en prens à témoin ces Dieux protecteurs des innocens à qui vous criez vangeance
contre moy ; & s'ils me connoiſſent
coupable de cette ambition que vous
me reprochez, puiſſent-ils à vos
yeux punir cette ambition ſi criminelle, & l'areſter par vn coup de ton-
nerre. Il eſt vray Madame, reprit-il
auec plus de modération, mais auſſi
auec plus de fermeté dans le ſon de ſa
parole, que la guerre a eſté declarée
au Roy des Parthes ; & pour vous
montrer que ie ne cherche point auprés de vous des prétextes ſpécieux
pour colerer cette entrepriſe, trouuez bon que ie vous découure icy
mon ame toute nuë ; & que juſqu'aux
moindres ſentimens, & juſqu'aux
moindres penſées, ie vous rende
conte de toutes les craintes & de toutes les inquiétudes qui m'ont tour-
menté auant que de la commencer.

Ie vous aime, Madame; & comme
dans cette amour ſi pure & ſi parfaite
vous eſtes l'vnique objet de mes eſperances, bien loin de receuoir la
declaration que ie vous en fais aujourd'huy, comme vne marque de
voſtre ſujetion, & vn éfet de l'empire
que i'vſurpe ſur vous, écoutez-la
s'il vous plaiſt, comme la ſeule juſtification que ie puis opoſer à vos reproches, & l'vnique fondement de
tous mes deſſeins. Preſſé par cette
amour, pouſſé par cette amour, & ne
reſpirant que cette amour aprés vous
auoir laiſſée en bute à la méchanceté
de Roxane par le commandement
que vous m'en fiſtes, comment pouuois-je reuenir à Suſe prendre part à
vos peines, vous vanger de cette ennemie ; & s'il m'eſt permis d'en parler encore vne fois, comment pouuois-je reuenir vous dire que ie vous
aimois ? Eh ! ie ne conte à rien, pour-

suiuit-il en soûpirant, que i'y eusse couru quelque risque, aprés ce qui s'estoit passé entre le Prince Aqué-mene & moy. Non Madame, ie n'ay des yeux que pour vous, & ie ne regarde que vostre interest en tout ce que ie fais. Si donc ie fusse reuenu comme Atis, reprit-il, à quoy vous seruoit il de m'auoir chassé ? de-quoy vous seruoit-il que ie vous eusse obey ? Ie n'eusse fait qu'auto-riser la calomnie de Roxane par ce retour : ie luy eusse presté de nou-uelles couleurs par ma presente: i'eusse trahy ma Princesse, mon amour, & ma gloire; & bien loin de vous vanger & de vous seruir, ma mort vous auroit esté non seule-ment infructueuse, mais mesme pré-judiciable dans l'état des choses. Mais Madame, continua-t'il, vous n'auiez peut-estre pas enuie de me reuoir ; & quelque permission que

vous m'eussiez donnée en partant, de
prendre part à tout ce qui vous pouuoit ariuer, s'il en faut croire aux
sentimens que vous me témoignez
aujourd'huy, vous m'auiez peut-
estre banny pour iamais. Il seroit
donc inutile de suposer que vous auriez souhaité que ie fusse reuenu sim-
plement comme vn Prince amoureux : outre que le dessein n'en eût
pas esté raisonnable ni pour vous, ni
pour moy ; & que par là ie n'eusse fait
qu'vn vain éclat dont vos ennemis
auroient encore tiré quelque auantage, vous sçauez que quelques re-
cherches que i'eusse pû faire de vostre
aliance, nos deux Maisons ne sont
pas assez vnies pour les faire agréer
à la vostre ; & que vous auez des Loix
qui y sont absolument contraires.
I'ay donc pris, ajoûta-t'il, la seule
voye qui me restoit. Nous auons declaré la guerre au Roy des Parthes ;

mais c'eſtoit pour la faire aux Princes
Orode, Phraáte & Aquémene. Il n'y
auoit pas moyen d'ataquer ceux-cy
ſans faire quelque menace à l'autre;
& vous ne ſçauez pas de combien de
craintes & de combien d'inquiétudes
i'ay eſté trauaillé auant que de m'y ré-
ſoudre. Non Madame, ie ne vous dis
point quelles ont eſté les trances &
les perplexitez mortelles où ie me ſuis
veu en faiſant reflexion à cette
guerre; & aprés tout i'aurois tort de
vous en rendre conte, puis qu'enfin
elles n'ont pas eſté plus fortes que
mon amour; & que dans ma triſte
deſtinée la neceſſité inuincible de
vous aimer, m'a fait accepter celle de
leuer les armes contre Arſace. C'eſt
ainſi que tous ces troubles ſi violans,
tous ces repentirs tumultueux, toutes
ces paſſions ſi confuſes dans mon
ame, ont cedé à cette paſſion ſouueraine que i'ay pour vous; & que tou-

tes ces images sanglantes que ie me
figurois pour venir à vous, & dont ie
tâchois quelquefois à m'éfrayer moy
mesme pour alentir mon ardeur,
m'ont paru moins sanglantes sous ce
charme impérieux qui fait que ie
vous aime. I'en murmurois neantmoins, & i'en murmurois sans cesse
dans le cœur; i'en soûpirois mesme
assez souuent: mais comme tout ce
murmure & tous ces soûpirs reuenoient à vous, ie me flatois quelquefois de ce mesme desordre qui m'é-
pouuantoit. Ie me disois en passant
l'Eufrate, qu'il faloit donner des Batailles pour vous conquerir, & vaincre pour vous meriter. Ie iustifiois la
fatalité qui m'armoit par le prix de
vostre personne; & si le scrupule de
combatre le Roy vostre Pére, méloit
de l'amertume aux douces pensées
qui m'emportoient, ie me disois que
ce Prince acoûtumé à vaincre, sçau-

roit bien mieux se défendre que mon
Pére ne l'ataqueroit. Ie me fiois pour
luy en sa propre valeur : ie m'en con-
solois pour vous ; & s'il ariuoit que
la Fortune nous fut plus fauorable
qu'à luy, ie ne me proposois d'autre
soin que celuy de sa vie, que i'eusse
asseurément conseruée comme la
vostre. Aprés cela i'esperois me dé-
clarer, & faire leuer le masque à tous
vos ennemis. Ie leur voulois montrer cét Atis, cét Etranger, ce fugitif;
& par la connoissance du rang qu'il
tient dans le Monde, leur aprendre
que la Princesse des Parthes n'auoit
rien fait d'indigne du sien, en l'hon-
norant de sa protection. I'eusse par
là confondu l'imposture jusque dans
le cœur d'Orode & de ses Partisans;
& quitte de ce deuoir, tâchant ensuite de contrebalancer les Loix de
vostre Empire par mes Victoires,
i'eusse fait des propositions au Roy

voſtre Pére: mais Madame, ie n'euſſe point contrebalancé voſtre choix. Ie vous euſſe laiſſée libre, & l'Arbitre ſouueraine des vainqueurs comme des vaincus; & ſi voſtre inclination eût eſté pour vn autre, ie vous aurois vangée de ma temerité par mon deſeſpoir. I'aurois eu la gloire de mourir pour vous, ne pouuant auoir celle de viure pour vous : ma mort vous auroit rendu mes conqueſtes : ma mort vous auroit déliurée de mon amour: ma mort vous auroit conſolée de celle de vos Sujets; & ce ſacrifice de ma vie auroit poſſible ſatisfait à tous vos reproches. Voila Madame, pourſuiuit-il, le deſſein auec lequel i'ay leué les armes, & dont les commencemens ont eſté plus heureux que ie ne penſois. Ce n'eſt point le Roy voſtre Pére que i'ay combatu. Les Dieux, en l'éloignant d'icy, m'ont ôté toute ocaſion de vous ofencer;

& comme par ce foin qu'ils prennent de ma conduite, ils vous ôtent
tout fujet de me haïr, peut-eftre que
par ce mefme foin ils témoignent
affez qu'ils aprouuent les fentimens
que i'ay pour vous. Enfin Madame,
la Bataille que nous auons gagnée
eft le commencement de la vangeance que ie vous dois; & fi vous
en exceptez les troupes de Bardazane,
ie penfe que tous les Parthes & les
Perfes qui ont efté tuez, eftoient autant d'ennemis dont ie vous ay défaite. Nous acheuerons fi vous y
confentez; & aprés tout, fi ie n'auois
eu pour guide que cette ambition de
conquerir dont vous m'accufez, ie
n'aurois pas pourfuiuy Orode à Ctéfiphonte. Il eftoit bien plus facile
& plus feur d'aler à Babylone, où ce
cruel Prince vous laiffoit dépour-
ueuë de tout fecours; & vous eftiez
là comme vne proye qui n'apelloit

que trop les vainqueurs. Mais que
i'aye tourné mes regards de ce côté là
autrement que par respect, ah! Madame, ie crains trop de vous déplaire;
& ma propre conscience est vn témoin pour vous que ie n'oserois
auoir ofencé. l'ay préferé en cette
rencontre le desir de vous vanger à
celuy de vous voir, tout extréme
qu'il est; & les Dieux me sont témoins que ie ne suis venu au bruit de
vostre départ de Babylone, que pour
vous éloigner de Ctésiphonte. l'ay
crû que ie deuois forcer toutes choses pour vous détourner des horreurs
d'vne Ville assiegée, où ie ne suis que
trop persuadé que la seule perfidie
des vostres vous atiroit. l'ay crû que
c'estoit à moy à rompre ce mauuais
dessein; & i'ay crû enfin que pour
continuer heureusement vostre vangeance i'auois à vous en demander
vostre aueu. C'est donc au deuant de

vous que ie suis venu, & non pas
contre vous. Ie me range à vostre
secours quand vous n'en auez plus,
& viens vous garder quand ie vous
trouue abandonnée; & s'il vous
plaisoit vous en souuenir, vous
trouueriez peut-estre que ie ne suis
pas venu à vous comme vn ennemy.
Au nom des Dieux! s'écria-t'il en se
jettant à ses genoux; Au nom des
Dieux, ajoûta-t'il encore dans le
mesme transport, ne me dites donc
plus que ie le suis; & ne croyez plus
que vous estes Captiue! Vous irez à
Ctésiphonte, ou vous retournerez
à Babylone si vous voulez; ie vous
escorteray à l'vne ou à l'autre si vous
voulez; & ne vous escorteray point
si vous ne voulez. Enfin ie vous lais-
seray en toute seureté par tout où
vous voudrez; & vous estes si libre
que vous n'auez qu'à choisir, & si
souueraine que vous n'auez qu'à

commander. Mon Prince estoit si
hors de soy, que pour reprendre haleine aprés auoir parlé, il ne pût
s'empescher de soûpirer plusieurs
fois; & la Princesse afectant le silence
où elle estoit : Quoy, Madame, reprit-il, vous ne me dites rien ? & lors
que ie crois auoir satisfait à vos reproches, n'auez-vous rien à repon-
dre à ma justification ? Ie vous ay
écouté autant qu'il vous a plû, luy
dit-elle; & ie sçay que quand on est victorieux on a toûjours raison. A ces
paroles Antiocus fit vn cry mélé de
douleur & d'impatiance, & se disposoit à repartir : mais la Fille d'Arsace l'intérompant d'vn air où il y
auoit quelque sorte de douceur & de
bonté ; Non Seigneur, continua-
t'elle, i'aurois tort de contredire dauantage le vainqueur des miens; &
aprés tout, quoy que vous ayez entrepris contre moy, ie n'ay pas en-

core sujet de me plaindre que vous
m'ayez fait aucune violance. Ie n'ay
donc rien à vous dire, Seigneur : vous
m'ofrez la liberté : vous m'auez r'af-
seurée des frayeurs que i'auois de la
perdre ; & i'espere si bien vous en
remercier quand vous me la rendrez,
que vous n'aurez pas de regret de
m'auoir fait cette grace. Aprés cela
elle n'atendit pas de réponce ; & témoignant à la Princesse des Vadasses
& à Marsione, que la fraîcheur du
Temple l'incommodoit, mon Maître
sans luy rien dire luy tendit la main,
& la mena au logement des Sacrifica-
teurs, où il y auoit des Chambres fort
propres & fort commodes. Il l'y
laissa auec la Garde fidelle qui ne l'a-
uoit point abandonnée ; & renuoya
mesme auprés d'elle le Satrape Gotarzés, à qui il dit qu'il aloit atendre
les ordres de la Princesse. Aprés quoy
faisant retirer tous ceux des siens qui
s'estoient

s'eſtoient emparez des dehors du Temple & de la Maiſon, il vint au Prince Agaronca, qu'il aperçût tout ſeul ſe promenant le long d'vne haute futaye qui couure vne partie du Temple. Ce n'eſt pas qu'il n'eût eſté bien aiſe de ſe retirer à l'écart, pour examiner les dernieres paroles & les dernieres actions de Rodogune, où il auoit ſenty quelque choſe de plus fauorable qu'au commence-ment: mais par ciuilité il ſe contrai-gnit pour venir au Prince d'Arabie; ſi bien qu'Odénat, Ptérelle & pluſieurs autres croyans qu'il les cherchoit, s'auancerent en meſme temps à luy. Comme il eſtoit encore aſſez émeu, & qu'il ne parloit point de l'état des choſes, nul ne trouua à propos de luy en demander des nouuelles. Ptérelle & Piracmon ſe contentérent de luy rendre conte de ce qu'ils auoient fait répaiſtre les troupes; & Odénat

luy propofant enfuite de prendre
auffi quelque nourriture, toute la
conuerfation tourna fur ce fujet de
telle forte, qu'encore qu'il ne fût
guére en état de manger, neantmoins
il n'ofa pas refifter à ce que vouloient
fes Amis. Il paffa donc auec eux fous
vne Tente qu'on auoit dreffée au
bord du Bois à cet éfet : mais quoy
qu'il ne dit rien de l'agitation de fon
ame, il ne put la cacher toute entiere:
il parut toûjours inquiet & penfif;
& il n'eût pas efté en fa puiffance de
fe tenir longtemps dans cette referue
où il eftoit, fi de nouuelles afaires, en
changeant la face de celles qui nous
tenoient en fufpens, n'euffent acheué
le defordre de fon cœur. A peine ce
petit repas eftoit-il fait, qu'on cria
aux armes à la Garde auancée, & qu'vn
Trompette fonna à cheual; & comme
le Prince & fes Chefs auffi furpris que
luy en demandoient la raifon, nous

découurîmes plufieurs Efcadrons qui venoient à nous du mefme côté d'où nous eftions venus. Quelques Coureurs fe détracherent auffitôt pour les reconnoître, tandis que nos troupes fe rangeoient à leurs Enfeignes; & chacun fe fiant en la valeur d'Antiocus fe préparoit déja au combat, quoy que le nombre parut fort inégal: lors que nous vîmes que c'eftoient des noftres; & que le Satrape Laocoon qui les auoit deuancez aborda le Prince, mais auec vn vifage fi trifte & d'vn air fi afligé, qu'on ne connut que trop qu'il aportoit vne mauuaife nouuelle. Qu'eft-ce Laocoon, luy dit-il d'vne façon auffi étonnée que s'il eût deuiné ce que c'eftoit, & que m'alez-vous dire? Le Roy eft prifonnier, répondit Laocoon; & tous ceux qui les púrent entendre ayant repeté ces paroles terribles, & fait faire filence au cry

que fit Antiocus en les prononçant:
Oüy Seigneur, reprit Laocoon, le
Roy est prisonnier; & la conférence
qu'Orode luy auoit proposée n'estoit que pour le surprendre. Il s'est
trouué ce matin au rendez-vous
auec cent Cheuaux: le reste de ses
Lanciers estant demeuré deux stades
derriere luy, comme il en estoit conuenu auec le Heraut de ce traître; &
ils s'auançoient tous deux au Ruisseau de Cerés d'vn pas égal, & auec
chacun dix Officiers seulement; lors
que tout d'vn coup & sur le poinct
de se rendre les ciuilitez qu'ils se deuoient l'vn à l'autre auant que de
parler, deux Parthes feignant de mettre pied à terre auprés du Roy, luy
coupent les resnes de la bride de son
Cheual. En mesme temps ils luy
gagnent la croupe & le poussent à
leurs Compagnons qui l'entraînent
en fuyant, & qui nous chargent de

Traits. Nous donnons aussitôt l'E-
pée à la main; & les cent Lanciers
proches de nous, nous secondoient
déja aprés auoir apellé le gros qui
n'estoit pas loin : mais le Roy emporté par son Cheual dont il ne pouuoit estre le Maître, couroit malgré
luy au milieu des traîtres qui l'enle-
uoient. Nous les auons suiuis l'Epée
dans les reins jusqu'aux Portes de
Ctésiphonte; les Parthes, comme
vous sçauez, sçachans bien mieux
combatre en fuyant que de pied ferme, Ils ont abatu Dioxéne & Zebés
de Gortyne dans la poursuite,& tué le
Cheual de Cendebée & le mien entre
nos jambes. Il n'y a eu que Callimander & Molon qui ont esté jusqu'au bout. Callimander mesme a
toûjours tenu les ennemis de si prés,
qu'il s'est jetté auec eux dans la Ville,
où nous croyons qu'il va acompagner le Roy dans sa captiuité; & les

Portes ayant esté fermées à l'ariuée
de Molon, tout ce qu'il a pú faire a
esté de décharger sa douleur sur les
Parthes qu'Orode abandonnoit à
son ressentiment.   De deux mille
qu'ils estoient il n'en est pas resté vn
seul : mais toute cette défaite est peu
considérable , puis qu'enfin le Roy
est prisonnier.   I'ay laissé l'Armée
dans la résolution d'ataquer la Place
dés aujourd'huy. Cendebée & Diodore prétendent l'emporter d'assaut.
Molon, Tiribase & Mistrale qui n'en
doutent nullement,   se préparent
auec vingt mille Cheuaux à poursuiure Orode s'il s'enfuit auec le Roy;
& ie vous en améne autant, Seigneur,
pour faire ce que vous jugerez à propos.   Tel fut le triste recit de Laocoon ; & chacun atentif & troublé
à cette nouuelle, atendoit ce que le
Prince en diroit. Mais il parút maître
de sa douleur ; si bien que regardant

Laocoon & les Chefs qui eſtoient venus auec luy, ſans rien témoigner que de grand & de réſolu: Qu'on ſe tienne preſt, leur dit-il, ie reuiens à vous; & à ces mots ſe tournant vers le Prince d'Arabie, Odénat, Ptérelle, Piracmon & les Fils de Diodore & de Cendebée, il entra auec eux dans vne alée du Bois. Ce qu'il auoit caché deuant tout le monde éclata pour lors deuant ſes Amis. Où en ſommes-nous, s'écria-t'il en ſoûpirant? & qu'auons-nous gagné en gagnant la Bataille & la Méſopotamie? On me l'auoit bien dit, continua-t'il, qu'Orode eſtoit plus redoutable par ſon adreſſe, que par ſon courage; & ie me doutois bien hyer, que ſous cette conférence qu'il demandoit, & ſous le voyage de la Princeſſe des Parthes à Cteſiphonte dont le bruit courut auſſitôt parmi nous, il méditoit quelque choſe. Mais ie l'auouë, i'ay ne-

P p iiij

gligé les connoiſſances que i'auois;
& mes ſoupçons & mes doutes ne
ſont pas alez auſſi loin que la perfidie
d'Orode. Qu'il ſçait bien le traître,
ajoûta-t'il, ſe récompenſer de ſes
pertes! & que tout lâche qu'il eſt, il
eſt pourtant capable de faire de grandes choſes! Mais, reprit-il, ne per-
dős point de temps ; la carriere qu'on
nous ouure eſt peut-eſtre aſſez lőgue;
mais ſi les Dieux permettent qu'on
viole en nous toutes les Regles &
toutes les Loix du Monde, ils aug-
menteront nos forces pour repouſſer
ces injures & punir ces violences. Il
ſembloit à ce diſcours qu'il n'eut pas
beſoin de conſolation : mais ſon viſage en cette rencontre démentoit
vn peu ſa fierté, & découuroit aſſez
le deſordre de ſon cœur. De ſorte
que Ptérelle qui parloit aſſez hardiment : Oüy Seigneur, luy dit-il,
nous en viendrons à bout, & vous

vangerez le Roy. Quoy que sa
prise soit le plus grand malheur qui
nous pût ariuer, nous sommes
toûjours en état de le déliurer; &
vous auez en vos mains vn ôtage qui
vous répond assez de sa personne. Le
Prince Agaronca luy dit à peu prés
la mesme chose; aussi bien qu'A-
riante, Menecée, Xénete, Laomedon
& Piracmon. Tellement que tandis
qu'ils parloient tour à tour, & que
chacun disoit ses raisons sur ce sujet,
mon Maître qui en auoit d'autres
dans le cœur, tirant Odénat & moy
à l'écart, & s'éloignant de quelques
pas : Que ferons-nous Odénat, dit-il?
que ferons - nous Lepante ? irons-
nous aprés le Roy? laisserons-nous
icy Rodogune? luy donnerons-nous
la liberté que nous luy deuons, &
que nous luy auons promise ? & n'a-
uons-nous rien à ménager dans vne
ocasion où nos ennemis & les siens

n'ont rien ménagé. Car enfin, poursuiuit il en soûpirant, ie ne me connois pas dans l'état où ie suis; & i'ay
tant de choses oposées à satisfaire,
que ie ne fais que les sentir, & ne
puis les résoudre. Encore que nous
ne fussions pas préuenus comme luy,
nous estions pourtant aussi emba-
rassez à luy répondre qu'il le paroissoit à s'expliquer, & bien plus en
état de suiure le conseil qu'il eût pris,
quelque bizarre ou quelque violant
qu'il pût estre, que de luy donner le
nostre. Nous ne sçauions donc que
luy dire Odénat & moy, pour adoucir sa peine dont nous ne connois-
sions que trop toute l'étenduë; &
comme tous les mouuemens en estoient également délicats & sensi-
bles, nous eussions bien voulu qu'il
se fût vn peu déterminé de soy-
mesme, & montré ce qu'il aimoit le
mieux. Tantôt il n'écoutoit que la

voix de la Nature qui l'apelloit au
secours du Roy son Pére; & il y
auoit des instans où l'honneur & la
gloire se joignant auec elle, il luy
vouloit sacrifier toutes choses. Peu
aprés il ne sentoit que son amour
pour la Fille d'Arsace; & vn autre
honneur le flatant dans cette amour,
il y sucomboit tout entier comme
sous vne douce foiblesse dont la douceur fait toute la raison. Alors il ne
parloit que de Rodogune, & ne faisoit de réflexions que celles qui s'a-
dressoient à elle. S'il la vouloit rendre parce qu'il l'aimoit, il vouloit
aussi la garder parce qu'il l'aimoit;
& l'intérest du Roy son Pére s'acor-
dant tout à fait à ce dernier dessein,
il se justifioit à soy mesme la captiuité de sa Maîtresse. Il s'imaginoit
quelquesfois qu'il la luy proposoit,
& qu'elle en conuenoit auec luy; &
comme si éfectiuement il eût esté

deuant elle , & qu'elle luy eût parlé
& répondu, il luy parloit & répondoit à son tour, comme si c'eût esté
sa derniere résolution. C'estoit sans
doute la plus agreable qu'il pouuoit
former ; & c'estoit aussi la plus juste
qu'il pouuoit suiure ; & comme elle
me parut telle à moy mesme, rom-
pant enfin le silence que i'auois gardé
jusque là, ie me mis à l'apuyer de
toute ma force, de crainte qu'vne
autre n'y succedât. Odénat s'y ran-
gea aussi bien que moy, & ne manquoit pas de raisons pour luy persuader qu'il n'y auoit point d'autre
party à prendre ; puis qu'en éfet le
plaisir d'auoir Rodogune en sa puissance se joignoit à l'interest de Démetrius, dont il s'asseuroit le retour
par l'échange qu'il en pouuoit faire.
Mais comme par les éforts qu'il auoit
souferts ce jour là, & par ceux qu'il
se faisoit encore en ce moment, tout

estoit déreglé dans son cœur, dés qu'il nous vit de cet auis il en changea. Quoy, nous dit-il, ie feray cette violence à ce que i'aime; & ie la tiendray captiue aprés la parole que ie luy ay donnée du contraire? & si le hazard ne l'auoit mise en nos mains, est-ce qu'il n'y auroit point d'esperance de déliurer le Roy? Non, non, ajoûta-t'il, ie ne deuiendray point traître à Rodogune pour reparer la trahison d'Orode. Ie ne soûmettray point ma Maîtresse à la fortune du Roy mon Pére, comme ie n'oublieray point la fortune du Roy pour me donner à ma Maîtresse. Ie ne trahiray ni mon deuoir, ni mon amour; ie rendray tout ce que ie dois à l'vn, & donneray tout ce que ie pourray à l'autre; & afin que mon respect me soit toûjours garand du cœur de la Princesse, les ôtages de la liberté de Démetrius seront seulement à la

pointe de nos Epées. Ce fut là sa résolution ; & reuenant au gros de l'Armée, il fit partir Laocoon auec ses
Troupes, & luy dit qu'il l'alloit joindre auec les siennes sur le chemin de
Ctésiphonte, dés qu'il auroit pris
congé de la Princesse des Parthes.
Comme la nouuelle de la prise du
Roy de Syrie estoit venuë à sa connoissance, elle n'estoit guére moins
embarassée que mon Maître. Ce
qu'elle auoit esperé de sa generosité
ne l'entretenoit plus ; & elle le trouuoit mesme assez dispensé de luy tenir la promesse qu'il luy en auoit
faite. De sorte que dés qu'elle le vit:
Enfin Seigneur, luy dit elle, la Fortune
veut que ie sois vostre prisonniere.
Non Madame, intérompit-il, vous
ne l'estes point: la Fortune n'aura
iamais de droicts sur vous tandis
qu'elle se seruira de moy : vous estes
toújours libre ; & la perfidie d'Orode

ne m'aprend point à vous tromper.
Vous ne me tromperez point Seigneur, repliqua la Princesse; & vous
estes quite de la parole que vous
m'auez donnée depuis que vous auez
vn Pére à déliurer. Ie veux croire
maintenant que le Prince Orode est
la seule cause de ma captiuité; &
quelque chagrin que i'en aye, les
choses sont d'vne maniere que ie
n'ay pas à me plaindre de luy non
plus que de vous : Il n'a pas dú croire
que vous me donneriez la liberté,
quand il a sceu que i'estois tombée
entre vos mains, & qu'il estoit en
vostre pouuoir de ne me la pas rendre ; & dans cette pensée que ie
trouue assez raisonnable, s'il a fait
vne supercherie au Roy vostre Pére,
c'est possible qu'il n'a connu que
cette seule voye d'asseurée pour me
déliurer. Mon malheur donc ne
justifie que trop la conduite de ce

Prince; & il n'y a que le deſſein genereux que vous auiez de me laiſſer
libre qui puiſſe la rendre criminelle.
Elle le ſera donc toûjours, repartit
bruſquement Antiocus ; & nous
l'alons pourſuiure non ſeulement
comme vn traître qui deſ-honnore
toute la majeſté de voſtre Empire ;
mais comme vn lâche & cruel ambitieux qui ne ſonge qu'à vous ôter
la vie pour vſurper cet Empire. Et
ne vous y trompez point Madame,
ajoûta-t'il, cét Orode que vous juſ-
tifiez, n'en vouloit peut-eſtre qu'à
vous ſeule en tout ce qu'il a fait contre nous ; & la priſe de Démetrius
n'eſt qu'vn ſecret atentat contre
voſtre perſonne. Dans le moment
où il aloit outrager tous ſes vainqueurs en la perſonne de leur Roy,
il vous atire à Ctéſiphonte. Il n'eſt
pas content de nous aprendre le jour
& l'heure que vous partez de Babylone,

lone, il nous informe du chemin que vous tenez. Il semble qu'il nous donne conseil, & qu'il nous mette les armes à la main, tant il a peur que vous n'échapiez à ceux qu'il croit vos ennemis; & il ne vous apelle enfin que pour nous estre responsable de l'enleuement du Roy de Syrie. Mais le temps, ajoûta-t'il auec quelque sorte de fureur, le temps nous déuoilera ce mystere; & si le temps ne le fait aussitôt que ie l'imagine, nous le découurirons à coups d'Epée; nous en percerons les dernieres ombres & le dernier secret jusqu'au cœur d'Orode, & nous étalerons au jour tous ses crimes, Pardonnez-moy cét emportement, Madame, reprit-il d'vn ton de voix plus moderé: i'alois auec assez d'ardeur à vostre vangeance; & vostre intérest tout caché qu'il estoit, m'animoit assez contre Orode, sans qu'il ajoûtat rien à mon

Qq

reſſentiment legitime. Aujourd'huy
qu'il ſe declare tout à fait contre
vous; que pour vous perdre il viole
toutes choſes parmy les Etrangers,
comme parmy les ſiens ; qu'il eſt
auſſi traître que cruel; qu'il l'eſt à la
guerre comme dans la paix ; & qu'il
vnit la cauſe de Démetrius à la voſtre, il n'y a plus de conſeil à prendre,
il n'y a que le chemin de la vangeance
à ſuiure. Il en coûtera peut-eſtre
beaucoup de ſang auant que d'y ariuer, continua-t'il : il y aura des
Combats & des Batailles, des embra-
ſemens de Villes, & des Prouinces
rauagées; & peut-eſtre meſme qu'il
y aura pluſieurs Victimes innocentes
qui y ſeront ſacrifiées. Mais Madame,
les Roys ne vont à leur vangeance
qu'aux dépés des Nations entieres ; &
il n'y a rien de trop grand, ni de trop
précieux pour employer à la voſtre.
Ie ne puis rien condamner, Sei-

gneur, repliqua la Princesse, dans le resentiment legitime où vous estes; & ie n'ay que des larmes à donner aux maux que vous nous preparez. Les Dieux auront possible le soin de les abréger: le Roy mon Pére s'aproche: il vous demandera justice afin de vous la faire; & comme ie demeure vostre Captiue, Démetrius ne sera pas long-temps celuy d'Orode. Non Madame, reprit Antiocus, ne regardez point vostre liberté comme le prix de celle du Roy mon Pére. Vous n'estes point Captiue; & nous sçaurons le deliurer auec ces mesmes armes acoûtumées à faire trembler Orode. Nous payerons sa rançon à la pointe de l'Epée: il ne deura sa liberté qu'à la valeur de ses Sujets & au ressentiment de son Fils; & ce Fils ne paroîtra point dans le Monde le Tyran de ce qu'il aime, pour rendre à son Pére ce qu'il luy deuoit. Enfin

Madame, pourſuiuit-il, vous eſtes libre; & aprés auoir eſté aſſez mal-heureux que de vous éfrayer par ma préſence, & de vous ofenſer en ſuite par la déclaration du pouuoir que vous auez ſur moy, ie n'aurois pas eu l'audace de me préſenter encore vne fois deuant vous, ſi ie n'auois crû eſtre obligé par reſpect à venir rece-uoir vos ordres auant que de vous quiter. Commandez Madame: tous les chemins vous ſont ouuerts; & ſoit que vous ayez deſſein d'aler à Suſe, ou de retourner à Babylone, voyez quel ſeruice ie puis vous ren-dre de l'vn ou de l'autre côté. Ie n'ay point à choiſir, répondit la Prin-ceſſe; & pour l'honneur & le ſalut des miens ie ſeray voſtre Captiue, & me hâteray auec vous de joindre le Roy mon Pére, afin de vous rendre le voſtre & de pacifier toutes choſes. Hé! Madame, s'écria doucement mon

Maître, mais pourtant d'vne façon
impatiante : n'irritez point les peines
que ie ſoufre ; & ne tentez point le
cœur d'vn Prince qui vous aime, &
duquel vous n'auez nulle pitié. Ie
vous quite auec aſſez de regret, ſans
que vous en augmentiez l'amertume
& la rigueur. Ie ſçay que l'intéreſt
du Roy voudroit que ie vous gar-
daſſe ; & ie ne ſens que trop que la
paſſion que i'ay pour vous ſe flate-
roit aſſez doucement de la ſeuerité de
mon deuoir. Ie vous verrois, ie vous
parlerois, ie trauaillerois pour luy
en vous adorant ; & tous les mouuemens de mon cœur qui ſont aujour-
d'huy ſi cruels & ſi confus, ſe démé-
leroient peut-eſtre comme ie le ſouhaite, ſi ie pouuois conſentir à vous
voir priſonniere en aparence. Mais
parce que ie vous aime plus que moy-
meſme, ie me refuſe ce prétexte ſpécieux de vous garder : ie vous ſacrifie

le Pére & le Fils par vn mefme éfort;
& mon amour mefme fe facrifie pour
vous à toute mon amour. C'eftoit
ainfi que ce Prince paffionné s'expliquoit; & cependant la fiere Princeffe
n'en fut nullement touchée. Au plus
fort des tranfports où elle le voyoit,
elle commanda que l'on tint fes Chariots prefts pour le fuiure; de forte
que la trouuant fi inexorable : Hé!
quoy Madame, s'écria-t'il, eft-ce
que vous voulez eftre en droit de me
reprocher vne prifon; & que vous
cherchez ce fujet de me haïr? Non
Seigneur, luy repliqua-t'elle, ie n'auray rien à vous reprocher tandis que
le Roy voftre Pére fera au pouuoir
du Prince Orode; & vous me paroif-
fez fi genereux, que ie fuporteray
mon malheur auec plus de conftance
que ie ne m'en promettois de ma
foibleffe. Il me femble déja que voftre vertu m'adoucit cette terrible

image que ie m'eſtois faite d'vne
priſon ; & dans l'état où ie ſuis ie me
rendrois indigne du traitement fauorable que ie reçois de vous, ſi i'a-
uois aſſez peu de courage pour en
vouloir profiter aux dépens de toute
voſtre gloire. Ie dois auoir ſoin
d'elle comme vous en auez de
mon repos : ie me dois faire pour
voſtre honneur le meſme éfort que
vous vous faites pour mon intéreſt;
& c'eſt aſſez que vous ſoyez le vainqueur des miens par le bonheur de
vos armes, il n'eſt pas juſte que vous
triomphiez encore de moy par voſtre
generoſité. En acheuant ces paroles
d'vn air dans lequel malgré toute ſa
réſolution on découuroit aſſez le
dépit qu'elle auoit d'eſtre obligée de
la prendre, & la violance qu'elle ſe
faiſoit pour la ſuiure, elle fit ſigne
aux deux Princeſſes qui l'acompagnoient, & ſortit auec elles pour

Qq iiij

monter dans fon Chariot. Antiocus
defefperé la fuiuit en s'opofant toûjours à fon deffein : il la prioit, il la
preffoit, il luy donnoit tout à la fois
mille marques de fa foûmiffion, de
fa douleur, & de fon amour ; & aprés
luy auoir dit tout ce qu'il eftoit capable de luy dire pour la fléchir, il
prioit la Princeffe des Cofféans d'a-
puyer fes raifons : il faifoit la mefme
priere à celle des Vadaffes : il la faifoit
encore à Marfione : il conjuroit enfuite le Pére de cette aimable Fille de
joindre fes éforts aux fiens ; & enfin
la paffion le portoit à des chofes qui
poffible euffent paru contraires à la
bienfeance dans vne autre ocafion.
Mais quoy qu'il pût dire, & quoy
qu'il pût faire, la Fille d'Arface demeura ferme dans fa réfolution. Elle
monta dans fon Chariot auec les
deux Princeffes & Marfione : les
Dames de fa fuite prirent leurs places

dans les autres; & toutes nos troupes & tous nos Chefs estant à cheual, on n'atendoit plus que le Prince pour partir: mais il ne put encore s'y ré-soudre sans faire vn dernier éfort sur l'esprit de Rodogune. Enfin Ma-dame, luy dit-il à la portiere de son Chariot, puis que vous ne voulez pas demeurer icy, où vous plaît-il que ie vous méne? Où l'intérest du Roy de Syrie vous l'ordonne, repliqua-t'elle. Eh! Madame, reprit il, il ne s'agit point du Roy de Syrie où vous estes; & quand i'auray satisfait à ce que ie vous dois, ie tâcheray de luy rendre tout ce qui luy est dû. Nous perdons le temps, intérompit la Princesse; & puis que les Dieux veulent que vous soyez aujourd'huy le Maître de ma fortune, ie n'ay plus qu'à vous sui-ure. Quoy donc, ajoûta le Prince, quelque joye que i'aye de vous voir; & quoy que le desir extréme que

i'en ay renferme tous mes autres defirs, vous voulez me forcer à vous
fuyr & à vous abandonner comme
les voftres vous ont abandonnée?
Vous voulez que ie vous laiffe errante à la mercy de la Fortune & de
la Nuit? Et dans la penfée que vous
auez de vouloir eftre prifonniere
malgré moy, vous me reduifez à
cette étrange neceffité, que quand
il iroit du falut de voftre perfonne,
ie n'oferois plus en prendre foin?
Si vous m'abandonnez, repartit froidement Rodogune, ie tâcheray de
me rendre au Camp des Syriens deuant Ctéfiphonte : voftre Armée
victorieufe y fait affez de bruit pour
la pouuoir trouuer malgré les tenebres; & aprés tout, Seigneur, fi
l'embarras de mon équipage retarde
tant foit peu la courfe que vous auez
à faire, ie ne vous demande qu'autant
de Gardes qu'il m'en faut pour m'y

conduire. Enfin Madame, repliqua mon Maître, vous estes inexorable; & vous voulez auoir vn sujet de vous plaindre de moy, & de me haïr. Qu'il soit ainsi puis que vous le voulez, s'écria-t'il en leuant les yeux au Ciel, i'en prens les Dieux à témoin! Mais qu'il vous souuienne que vous estes le Iuge de ce que vous faites, & que ie n'en ay point d'autre que vous de ce que ie fais! Aussitôt il monta à cheual, mais si troublé & si combatu, qu'il ne sçauoit guere ce qu'il faisoit. Tant que dura le chemin il ne parla iamais à personne; & comme il a vne vertu extrémement délicate, soit qu'il craignit de faire voir à la Princesse qu'il profitoit de sa résolution, ou que les sentimens de la Nature agissans successiuement dans son cœur aprés ceux de son amour, il ne voulut pas auoir lieu de se reprocher qu'en alant au secours

du Roy ſon Pére, il eût cherché auprés d'vne Maîtreſſe quelque adou-
ciſſement à la douleur qu'il auoit de
ſa priſon, il ne tourna iamais la teſte
du côté de Rodogune: elle ne vit
iamais que Gotarzés à la portiere de
ſon Chariot; & Piracmon pour la
ſeruir ſelon l'humeur du Prince, ne
laiſſa iamais autour d'elle que les
deux cens Parthes qui luy eſtòient
reſtez.

Nous marchâmes ainſi vers Ctéſiphonte; & par les ordres de la Princeſſe, qui faiſoit tellement preſſer ſes
Cheuaux qu'à peine nos troupes
pouuoient garder leurs rangs, nous
marchâmes auec tant de diligence,
que nous ateignîmes Laocoon auant
qu'il eût paſſé le Tigre. Zeunexis
s'eſtoit joint auec luy, aprés auoir
défait vne partie des fuyards, & pouſſé l'autre juſque dans les portes de
Cteſiphonte; & ce fut de luy que

nous fceûmes que cette Place venoit
de fe rendre entre les mains de Cen-
debéc & de Diodore ; que quelques
éforts que le Gouuerneur eût pû faire
pour obliger les Habitans à fe défendre, fuiuant le commandement
exprés qu'Orode luy en auoit fait en
s'enfuyant auec Démetrius , ils
auoient ouuert les portes aux Syriens dés que ce lâche Prince eftoit
party ; ne voulans pas s'expofer à la
furie des vainqueurs aprés vne tra-
hifon fi déteftable. Que Molon y
eftoit entré le premier ; que durant
que fes troupes défiloient au trauers
de la Ville, il s'eftoit mis aux trouffes
du Rauiffeur auec deux mille Cheuaux de Syrie ; & que les Arméniens
& les Capadociens le fuiuoient de
fort prés fous la conduite d'Artaxias
& de Tragoas. Zeunexis nous dit de
plus, que le bruit eftoit grand de la
marche du Roy des Parthes auec

ne Armée confidérable; qu'on le croyoit déja au deça des Montagnes; & qu'Orode aloit à fa rencontre luy préfenter le Roy de Syrie; & Antiocus ayant rendu à la Princeffe vn conte exact de toutes ces chofes, luy propofa enfuite de prendre le chemin de Digba pour fe retirer dans la Sufiane. Mais cette magnanime Princeffe prenant vn nouueau courage à l'aproche d'Arface, n'écouta nullement cette propofition. Elle luy fit remarquer par la diligence qu'elle auoit déja faite au commencement de cette courfe, qu'elle pouuoit aler auffi vîte que fes troupes; & elle luy remontra encore, qu'eftant fi proche du Roy fon Pére, il luy rendroit le fien auec d'autant plus de joye, qu'il auroit en mefme temps vne Fille à luy rendre. De forte que n'ayant plus d'efpérance de la pouuoir perfuader, com-

me il reſtoit encore deux ou trois
heures de jour, la pluſpart de ſes troupes alérent paſſer le Tigre ſur les
Ponts de Cteſiphonte ; & nous le
paſſâmes auec la Princeſſe ſur celuy
que les Calonites entretiennent à
Biblé pour le commerce de Babylone. Nous auançames dans leur
Païs autant que le jour nous le pût
permettre : nous continuâmes le
lendemain auec la meſme vîteſſe ; &
pour ne vous pas retenir icy ſur l'é-
tat miſerable où ſe voyoit Antiocus
courant aprés ſon deuoir, & n'oſant
s'areſter à ſa paſſion dont il auoit à
toute heure le bel objet deuant les
yeux, enfin aprés auoir marché quatre jours ſur les traces de Molon qui
ſuiuoit celles d'Orode, nous aprîmes
qu'il le tenoit de ſi prés, que ce perfide n'oſant deuant luy hazarder le
paſſage du Mont Zagrus, ſe r'abatoit
auec ſa proye dans les Foreſts des A

rapachites. En mefme temps Scopas
qui commandoit nos Coureurs, nous
donne auis de la marche de Phraáte
qui pour fauorifer celle de fon Pére
croifoit la noftre auec vn grand
Corps de Caualerie ; fi bien que mon
Prince laiffant à Molon qu'il voyoit
plus auancé que luy le foin de pourfuiure Orode, prend celuy de charger
Phraáte. Il laiffe donc la Princeffe
Rodogune à Calane ; & quoy qu'elle
eût bien enuie d'aler au deuant d'Arface jufque dans la Sittacéne, le trauail du chemin auoit efté fi rude, que
ne fe fentant pas affez forte pour en
faire dauantage fans fe repofer, elle
fut obligée d'y confentir. Mais il y
eut grande conteftation entr'elle &
Antiocus fur la garde qu'il luy laif-
feroit ; & elle fe montra fi entiere, &
parut enfin fi abfoluë, que quelque
deffein qu'il eût de la remettre entre
les mains de Gotarzés afin de luy
témoigner

témoigner en éfet combien elle estoit libre, il falut pourtant que par
obeïſſance au commandement qu'-
elle luy en fit, il luy laiſſât deux mille
Syriens ſous le commandement d'Eunus & de Bellepare, auec vne partie
des Arabes & des Ciliciens qui ſe
trouuoient à l'arriere-garde. Il s'en
plaignit à elle-meſme auec autant de
violance qu'elle luy en faiſoit, ſans
toutefois s'éloigner en aucune façon
du profond reſpect qu'il auoit pour
elle : mais il eſt vray qu'au trauers de
tout ſon reſpect on voyoit ſortir
quelque choſe de ſi paſſionné, que
ni ſes regards, ni le ton de ſa voix, ni
meſme ſon action, n'auoient pas
toute leur douceur acoûtumée.
Comme tout ce qu'il luy diſoit eſtoit
fort entrecoupé, ie ne l'ay pas bien
retenu ; & il me ſouuient ſeulement
qu'aprés auoir aſſez longtemps parlé
l'vn & l'autre : Enfin Madame, luy

R r

dit-il, vous auez vaincu; & il faut que ie me repente d'estre venu à voſtre rencontre, où ie venois auec tant d'amour & tant de joye. Vous ne voulez pas que pour ma conſo-lation ie puiſſe me dire à moy-meſ-me que i'ay tout ſacrifié à la voſtre; & par vne cruauté toute nouuelle vous vous vangez ſur vous-meſme, afin de vous vanger de moy. C'eſt là, acheua t'il, auoir trouué le ſecret de me faire trembler au milieu de la victoire; & ce ſeroit peut-eſtre auoir trouué celuy de me précipi-ter de la victoire dans le deſeſpoir, ſi cherchant dans mon amour ſeule dequoy m'en défendre, cette amour ſeule ne m'aprenoit à reſpecter la dure épreuue où vous me mettez. Ce fut ainſi qu'il la quitta, en priant Gotarzés de la mener à Suſe dés que ſa ſanté le permettroit; & ordonnant à Eunus & à Bellepare de luy ſeruir

d'escorte jusqu'où il luy plairoit.
Mais la Princesse, soit qu'elle ne voulut rien démentir de cette grandeur
de courage dont elle luy donnoit vn
témoignage si éclatant ; ou qu'elle
prit plaisir en cette rencontre à le
pousser à bout, comme ce pauure
Prince le luy auoit reproché, fit
courir aprés luy , & luy manda qu'-
elle atendroit ses ordres à Calanne.
Comme il n'auoit plus rien à dire
sur ce sujet, aussi ne répondit-il rien
à ce message ; & s'abandonnant à
toutes les douleurs diferentes dont
il estoit si viuement ateint & si cruellement combattu, il pousse aprés les
Coureurs que Scopas luy auoit enuoyez ; & passe le Pigrite, qui tout
enflé qu'il est à son embouchure,
n'est pourtant qu'vn médiocre ruisseau vers sa source.

L'état violant de son ame se faisoit assez remarquer par l'impétuo-
R r ij

sité de sa course ; & il estoit mal-aisé qu'elle continuât long-temps dans cette vîtesse extraordinaire, sans mettre vn grand desordre dans nos troupes : mais la rencontre de Scopas la luy fit moderer. De sorte qu'a-prenant de luy que les ennemis n'es-toient pas loin & qu'ils marchoient en bataille, il y met ses troupes, & les anime au combat par toutes les paroles les plus passionnées & les plus heroïques, que la prison d'vn Pére & vn grand ressentiment, pouuoient mettre à la bouche d'vn Fils vertueux & d'vn Prince irrité. Quoy que le Soleil fut prest à se coucher, & que sur le raport de Scopas ces troupes ennemies fussent en plus grand nom-bre que les siennes, il ne considera point l'auantage qu'elles pouuoient encore auoir de la connoissance du Païs, ni que l'heure estoit dange-reuse ; & profitant de l'ardeur que sa courſe auoit émeuë dans le cœur des Syriens, il marche droit aux Parthes, & leur preſente le combat. Ils le receurent auec beaucoup de réſolution, & le ſoûtinrent de meſme aſſez long-temps: mais enfin mon Prince ſuiuy d'Odénat, d'Ariante, de Menecée, de Xénete, de Laomedon & des Grecs, ayant rompu leur auant-garde, & cherchant Phraáte & l'apellant à haute voix, enfonça tout le reſte auec tant de furie, que Ptérelle & Laocoon en firent vn carnage d'autant plus horrible, que les tenebres de la nuit ne permettoient pas que l'on fit grace à ceux qui ſe rendoient. Peu ſe ſauuerent à la faueur des Montagnes de la Sittacéne, & nous n'y perdîmes que cinq ou ſix cens des noſtres: mais il eſt vray qu'il y eut quantité de bleſſez; & entr'autres Piracmon, Xénete & Ariante le furent aſſez dangereuſe-

ment. On crût d'abord que le Prince
Agaronca auoit esté tué dés le commencement de la mélée, parce qu'on
ne le vit point combatre ; & quelque
soin qu'eut mon Maître de le faire
chercher parmy les morts, comme
on n'y trouua que deux ou trois des
siens, & que Guraxa qui conduisoit
ses troupes ne reuenoit point auec
les autres qui s'estoient emportez
aprés les fuyards, on s'imagina ensuite qu'il estoit prisonnier. Mon
Prince le regretta autant qu'il y estoit obligé par l'estime particuliere
& l'afection qu'il auoit pour luy ; &
la part qu'il prit à sa mauuaise fortune, comme à celle de ses amis qu'il
voyoit fort blessez, détruisit toute la
joye qu'il auoit euë d'auoir battu son
ennemy. Il passa vne partie de la nuit
visitant jusqu'aux moindres Soldats ;
& si aprés cela il chercha vn peu de
repos pour soy-mesme, la triste pen-

sée de la captiuité de Démetrius ne luy permit guere d'en trouuer. L'esperance qu'il auoit euë de joindre le Fils d'Orode, & l'ardeur auec laquelle il estoit alé contre ces troupes qu'il venoit de défaire, auoient assez flaté pendant le combat ce juste ressentiment qu'il auoit contre Orode : mais alors rien ne le flatoit. Il ne sentoit plus dans le repos de la nuit ce qu'il auoit senty dans le desordre de la mélée; & l'ame toute atendrie dans l'imagination des soufrances où le Roy son Pére gémissoit, il ne voyoit pas que cette derniere victoire eût rien auancé pour sa liberté. D'ailleurs l'illustre Princesse pour laquelle il auoit tant d'amour, & qu'il auoit pourtant esté obligé de quiter par amour, aussi bien que par necessité & par raison, ne luy inspiroit guére de pensées plus douces. Il la voyoit toute armée de reproches contre luy:

R r iiij

il voyoit mesme que le sang des Parthes qu'il venoit encore de répandre,
luy fournissoit vn nouueau sujet de
luy en faire; & s'affligeant ainsi de
toutes choses, il ne se souuenoit de
celles qu'elles luy auoit dites, que
pour s'arester aux plus redoutables.
Il la trouuoit quelquesfois trop magnanime, & ne pouuoit aprouuer
cette fermeté d'ame qu'elle auoit témoignée à vouloir estre prisonniere:
il l'eut vouluë vn peu moins gene-
reuse, afin de la voir vn peu moins
fiere & moins éleuée: tant de grandeur auoit intimidé son amour; &
ne démélant tout au plus qu'vne extréme indiférence pour luy dans
l'admirable procedé de cette grande
Princesse, toute la tendresse qu'il
sentoit pour elle ne seruoit qu'à la
luy montrer la plus insensible Personne du monde. Mais à quelque
douleur qu'il s'abandonnât, lors

qu'il la confidéroit fi indiférente, fi
fiére, & mefme fi redoutable, il ne la
fentoit que d'autant plus digne d'eftre aimée. Quoy qu'il fe plaignit
d'elle, il fe trouuoit toûjours qu'elle
parloit fouuerainement à fon cœur.
Tous ces nüages qui troubloient fon
efperance, animoient fes defirs: s'il
ne les diffipoit, il les perçoit du moins
par la violance de fa paffion. Par cét
éfort il découuroit des lumieres, il
fe faifoit briller des rayons qui l'é-
bloüiffoient à la verité, & qui s'étei-
gnoient enfuite dans la confufion
des chofes, mais qui ne laiffoient pas
de l'atirer auec force & de le charmer;
& pour fe reconnoître fous vn charme fi doux, & pour fe détourner d'vn
atrait fi puiffant, il ne luy faloit pas
moins que la voix d'vn Pére prifonnier. Ce fut donc cette voix fi lugu-
bre & fi penétrante, qui l'aracha de la
belle image de fa Princeffe. Le bruit

des chaînes de Démetrius réueilla dans son cœur la Nature que l'Amour y faisoit sommeiller. Elle commença à y reprendre cette place que rien ne luy pouuoit ôter. Mais ce changement d'objet ne fut qu'vn changement de peine ; & les tendresses du sang plongeant ce Prince infortuné dans vn nouueau desordre qui n'estoit pas moins cruel que celuy dont elles venoient de le retirer, il se trouua soufrant dans son afection pour vn Pére, comme dans son amour pour vne Maîtresse. Il est vray qu'aprés y auoir assez long-temps gémy & soûpiré, son grand courage luy fit trouuer des remedes dans cette soufrance, que tous ses respects & toute sa vertu ne luy pouuoient promettre dans l'autre. Il se sentit les armes à la main tout prest à combatre, & acoûtumé à vaincre ; & sous ce vif éclat de sa gloire, la déli-

urance de Démetrius & la punition
d'Orode luy paroiſſant ou plus faci-
les, ou plus legitimes que la conqueſte & la poſſeſſion de Rodogune,
il ſe donna tout entier à ſon deuoir,
& ne ſongea plus qu'à la neceſſité la
plus preſſante. Dans cette noble ardeur auec laquelle il y couroit, il
auoit déja pluſieurs fois regardé s'il
faiſoit jour; & comme ſes troupes
s'eſtoient bien r'afraichies dans le
pillage du Camp ennemy, il n'atendoit qu'vn peu de clarté pour entrer
dans la Sittacéne. Si bien que pour
ne point perdre de temps, employant
ce qui reſtoit de la nuit à donner ſes
ordres pour la retraite des bleſſez &
de ceux qui n'eſtoient plus en état de
le ſuiure, il ſe trouua preſt à partir au
Soleil leuant auec quinze mille Cheuaux.

Toute la Prouince éfrayée de noſtre victoire, trembloit au bruit de

noſtre marché; & quoy que le Roy
des Parthes fût ariué le ſoir précedent il
à Sitta qui en eſt la Capitale, les Peuples en eſtoient ſi peu r'aſſeurez, que
ſi quelques-vns ſe fortifioient dans
les Montagnes, la pluſpart venoient
par troupes ſe ſoûmettre à la diſcré-
tion du vainqueur. Mais helas! ce
n'eſtoit pas l'Armée des Syriens qui
cauſoit toute leur épouuante; &
parmy ceux qui ſe venoient jetter
entre nos bras, trois Caualiers nous
areſtérent par le recit d'vn crime qui
fit pâlir d'horreur tout l'Orient, &
dont la nouuelle eſt ſans doute alée
juſqu'à vous, en quelques lieux de
l'Aſie que vous puſſiez eſtre. Arimaze, Orobate & Reomitrés, Satrapes
de l'Empire des Arſacides, fuyoient
de Sitta tout couuerts des bleſſures
qu'ils auoient receuës en voulant
vanger la mort d'Arſace, que le dé-
teſtable Orode venoit de poignarder

cette nuit. L'extréme foiblesse où ils estoient par tant de sang qu'ils auoient perdu & qu'ils perdoient encore, ne les empeschoit pas de raconter ce parricide, & d'en crier vangeance auec tout l'éfort dont peuuent estre capables des Sujets tres-fidelles; & Antiocus aussi épouuanté de leurs discours & de leurs cris, que s'il eút esté frapé de la foudre, estoit demeuré pâle & immobile comme vn Homme mort, & ne parut estre viuant que lors que le feu de sa douleur commença à étinceler dans ses yeux & à luy colorer le visage. Mais presqu'aussi-tôt ce feu s'éteignit, & cette viue couleur se dissipa sous la terrible crainte dont il fut glacé; & dans le cruel état de son ame n'employant le peu de raison qui luy restoit, que pour se demander à soy-mesme pourquoy ces Parthes venoient luy demander vangeance

plutôt qu'à vn autre, il croyoit déja
qu'ils luy aloient aprendre combien
il y estoit luy-mesme intéressé. Il
les laissoit parler dans l'atente de ce
coup mortel, auquel les horreurs secrettes dont il se sentoit saisi, sembloient le préparer; & on eût dit à
le voir ataché comme il estoit aux
paroles & aux visages de ces Hommes, auec des yeux égarez qui ne
marquoient que trop son impatiance
& sa crainte, que cherchant dans les
leurs ce qu'il apréhendoit d'y trouuer, il estoit à son dernier soúpir,
Mais comme ces trois Satrapes ayant
quelque temps parlé tout à la fois,
laissérent la parole à Reomitrés, celuy-cy recommença plus distincte-
ment à raconter ce qu'il n'auoit dit
qu'en desordre auec les deux autres.
Nostre Roy est mort, reprit-il; &
c'est vn Frére dénaturé qui le vient
d'égorger entre les bras du Sommeil.

Il ne s'eſt éueillé qu'au premier coup de poignard qu'il receuoit; & déja tout en ſang de cette bleſſure, il auoit non ſeulement areſté la main qui l'auoit frapé, mais il eſtoit maître du poignard, & l'auoit plongé deux fois dans l'eſtomach du meurtrier; lors que le cruel Orode pour encourager ſes complices luy enfonce dans le corps l'épée qu'il tenoit. A ce coup tous ſe jettent ſur Arſace: nul ne refuſe d'acheuer ſon Roy quand le Frére du Roy y met la main; & aprés l'auoir défiguré de mille playes ils le laiſſent au milieu de tout ſon ſang. Nous entendons le bruit Orobate & moy: nous nous leuons, & nous y venons; & comme nous n'auons pas la marque des conjurez, dés qu'on nous reconnoiſt à la clarté de quelques feux qu'on alumoit, on nous charge, & nous ſommes con-traints de nous défendre. Arimaze

Capitaine des Gardes d'Arſace eſt auſſi ataqué d vn autre côté : on nous pouſſe juſque ſur luy, nous nous r'a-lions enſemble ; & nous n'en pou-uions plus ni luy, ni nous, ni tous les ſiens, ſi les aſſaſſins qui nous preſ-ſoient n'euſſent abandonné le com-bat, pour ſuiure Orode qui s'enfuyoit par le chemin des Montagnes auec le Roy de Syrie. Reomitrés parla ainſi auec vne infinité de ſanglots qui l'empeſchérent d'en dire dauantage ; & quoy que cét afreux détail de la mort d'Arſace ne fit que mieux éta-blir dans l'ame de mon Prince la dou-leur qu'il en auoit euë dés la premiere connoiſſance, neantmoins comme s'il eút eſté trop heureux d'eſtre dé-liuré de la mortelle crainte ſous la-quelle il s'en faloit peu qu'il n'eút expiré, il reſpira aux dernieres paro-les de ce Satrape ; & l'aſſeurance du ſalut de Démetrius le conſola en

quelque

quelque façon de la fuite d'Orode.
Ce n'est pas que dés que ses sens se
furent remis autant qu'ils le pouuoient estre aprés vne nouuelle si
épouuantable, il ne vit auec vn ressentiment bien douloureux que le
meurtrier d'Arsace pouuoit luy échaper. De sorte que comme il aloit
toûjours aux choses les plus pressan-
tes, il crut ne pouuoit pas mieux répondre à la juste vangeance que ces
Parthes imploroient, qu'en leur témoignant qu'il y couroit. Arsace est
mort, leur dit-il, & c'est de la main
d'vn Frére qu'il a perdu la vie. Alons
mes Amis, poursuiuit-il auec vn
grand soûpir! alons à sa vangeance!
& pour le vanger autant que nous le
pouuons, & pour punir Orode autant que des Hommes peuuent punir
vn cruel & vn barbare, deuenons
aussi barbares & aussi cruels qu'O-
rode. Alons donc mes Compagnons,

Sf

ajoûta-t'il en se tournant vers nous;
ie suis certain qu'il ne faut pas vous
animer dans l'état des choses: la mort
d'Arsace vous anime assez; & vostre
Roy que le meurtrier d'Arsace tient
en ses mains ne vous apelle que trop.
Ne le laissez pas plus long-temps en
ces cruelles mains : craignez tout
comme moy d'vn Monstre qui s'est
saoulé du sang de son Frére & de son
Roy; & que les Montagnes de la
Medie & les Rochers de la Parthiéne
ne vous étonnent point, l'honneur
& le deuoir les aplaniront sous mes
pas, & mon exemple les aplanira
sous les vostres. A ces mots, tous
ceux qui l'enuironnoient touchez
d'vne compassion peu diferente de
la sienne, & brûlans déja de l'ardeur
qu'il leur inspiroit, s'écrierent vangeance & qu'il faloit marcher; &
comme si cette nouuelle ardeur eût
passé dans l'ame de chaque Soldat,

outes les troupes leur répondant par
vn cry de guerre firent lõgtemps retentir les Vallons les plus éloignez de
la Sittacéne. En suite dequoy chacun
s'intéressát au mauuais état où étoiét
ces Satrapes, on leur ofrit toute sorte
d'assilláce, & on visita leurs blessures.
Antiocus les vit panser ; & aprés leur
auoir fait toutes les caresses qui luy
estoient possibles alors, & qu'il sçait
si bien faire quand il luy plaist qu'il
n'y a point d'ame ni si farouche ni si
sauuage qui s'en puisse défendre, il
auoit déja ordonné des Caualiers
pour les conduire à Calane, & faisoit sonner à cheual pour continuer
sa course, lors qu'il eut auis que Molon reuenoit le jõindre. Ptérelle &
Laocoon luy auoient déja témoigné
plusieurs fois, que plus il auançoit
dans le Païs ennemy, & plus cette
poursuite estoit dangereuse & la
marche incommode pour ses trou-

pes. Mais son grand courage s'estoit
tellement éleué par ses ressentimens
qu'il ne connoissoit point de péril
en alant contre Orode; si bien que
ce ne fut pas sans beaucoup de peine,
qu'on luy persuada d'atendre Molon
qui pouuoit auoir des choses consi-
dérables à luy dire, & sur lesquelles il
faudroit prendre ses mesures. Il dé-
tacha donc quelques Coureurs à sa
rencontre pour luy faire hâter sa
marche, & descendit de Cheual pour
moderer son impatiance; & cependant comme les mouuemens diuers
dont son ame estoit trauaillée, ne
luy permettoient pas de demeurer en
repos, il se mit à resver à la mort d'Arface; & nous tirant à l'écart Odénat,
Prérelle, Laocoon & moy, il y fit
toutes les reflexions douloureuses
qu'il vous est aisé de conceuoir. Ce
fut pour lors qu'il repassa dans sa memoire le souuenir des criminelles

pratiques d'Orode & de Roxane que Télecle luy auoit si bien reuelées. Il en parcourut la suite éfroyable. Il en vit le terrible éfet dont Arsace n'auoit esté que trop menacé pour l'éuiter, s'il eût aprofondy dauantage la conspiration que ce mesme Télecle auoit découuerte à Bagose; & il reconnut enfin que la mort de Roxane n'auoit esté qu'vn sacrifice criminel dont Orode auoit abusé la clemence de ce grand Roy. De sorte qu'aprés ces premieres pensées tombant sur l'intérest de Rodogune, il n'eut pas besoin d'vn long raisonnement pour trouuer la verité des soupçons qu'il auoit tâché d'insinuer dans l'esprit de cette infortunée Princesse. Il déplora la credulité d'Arsace qui auoit confié cette Fille vnique & si prétieuse à la garde du traître qui le venoit d'égorger. Il ne douta plus que ce traître ne l'eût ex-

poſée ſur le chemin de Créſiphonte
pour la perdre, & que la priſe de Démetrius n'eût etté dans l'eſprit de ce
Monſtre vn des moyens qu'il auoit
imaginez pour rendre ſa perte irré-
parable. Mais Seigneurs, quoy que
tant de crimes concertez les vns pour
les autres fuſſent pour mon Prince
vne juſtification poſitiue à tous les
reproches que Rodogune luy auoit
faits, neantmoins il ne pouuoit y
fonder ſon innocence, & meſme il
n'y penſoit pas ſans en frémir d'horreur. Auſſi ne s'y areſtoit-il nullement; & dans vne ame comme la
ſienne, des crimes de cette nature ne
pouuoient iamais y eſtre receus, ſous
quelque couleur qu'ils oſaſſent s'y
preſenter. La captiuité de Démetrius
ne luy en eſtoit pas moins ſenſible:
la mort d'Arſace ne luy en paroiſſoit
pas moins cruelle: il y donnoit des
ſoûpirs & des larmes; & ne ſe faiſoit

aucun éfort, ni pour arester les vnes,
ni pour apaiser les autres. Voila Seigneurs, comme le desordre des choses
estoit veritablement vn grand desordre dans le cœur d'Antiocus. Il
en esperoit beaucoup moins : il en
craignoit beaucoup plus ; & Odénat
& Ptérelle & Laocoon aussi afligez
que luy, ne le consoloient qu'en prenant part à sa douleur. Mais toute
extréme qu'elle estoit, elle ne laissa
pas d'augmenter encore par là connoissance qu'il eut d'auoir luy mesme
en quelque façon contribué à la mort
du Roy des Parthes ; & ce fut à force
de s'afliger qu'il trouua cette nouuelle matiere d'afliction. Reomitrés
qui estoit le moins blessé de ses Compagnons, s'estoit aproché de nous
aprés auoir esté pansé ; & comme
mon Maître n'auoit l'imagination
remplie que de la cruelle mort d'Arface, & qu'il ne pouuoit pas raison-

Sſ iiij

nablement parler d'autre chose à ce
Satrape, il le pria de la luy raconter
plus au long qu'il n'auoit fait. Si
bien que Reomitrés sentant luy-
mesme quelque espece de consolation à se plaindre, recommença cette
funeste Histoire en la prenant dés
la fuite d'Orode aprés la Bataille de
Résene.

Il nous dit que ce Prince cruel
auoit dés lors témoigné son mauuais
dessein en abandonnant Seleucie, &
préferant pour sa retraite la Ville de
Ctésiphonte à celle de Babylone, où
il auoit amené la Princesse des Parthes. Que neantmoins il auoit sceu
palier la chose sous le pretexte spé-
cieux de faire faire diuersion des forces de Syrie : mais qu'ensuite apellant cette Princesse à son secours, &
l'exposant à vn danger si manifeste
d'estre prise par les Syriens, tous ceux
qui osoient parler, entrans dans de

noũueaux ſoupçons, auoient blâmé
cette conduite. Qu'on eſtoit pourtant demeuré en ſuſpens ſur ce que
produiroit la conférence qu'il auoit
demandée au Roy de Syrie ; & qu'enfin aprés la ſupercherie honteuſe qu'il
luy auoit faite, toutes les choſes s'eſtoient tellement broüillées, & tout
le monde auoit eſté ſi étourdy de ce
procedé, que chacun oubliant la
Fille d'Arſace n'auoit ſongé qu'à ſe
ſauuer de Créſiphonte auec luy. Que
pendant ſa fuite il auoit tâché de ſe
juſtifier à ceux qui l'acõpagnoient de
la priſe de Démetrius par celle de Rodogune, en leur diſant que contre la
foy promiſe pour la ſuſpenſion d'armes, les Syriens l'ayant enleuée la
nuit au ſortir de Babylone, il n'auoit
pas dû eſtre fidelle à des ennemis
infracteurs de la tréue. Que cependant il auoit crû que la Ville de Ctéſiphonte tenant bon quelques jours,

il feroit impoſſible aux Syriens de
paſſer le Tigre & de le pourſuiure;
que c'eſtoit dans cette créance qu'il
auoit fait gagner les deuans à la meilleure partie de ſes troupes ſous la
conduite de ſon Fils & de Réface,
afin de ſe fortifier dans la haute Sittacéne, où il vouloit ſe refugier
comme dans vn Païs inacceſſible, &
dont il eſt le Maître ſouuerain. Mais
que tout éperdu d'entendre à ſes
trouſſes vn gros de Syriens, il auoit
eſté forcé de ſe jetter dans les Foreſts
des Arrapachites. Que là, partageant
ſon eſcorte en pluſieurs troupes, afin
d'embaraſſer ceux qui le pourſui-
uoient, il auoit pris tous les détours
qui s'eſtoient rencontrez; & qu'enfin ne ſe voyant plus guére éloigné
de Sitta, il s'eſtoit hazardé au chemin
découuert pour regagner ce paſſage.
Qu'il n'auoit pas eſté peu ſurpris de
voir que le Roy ſon Frére y ariuoit

en mesme temps que luy : mais qu'a-
prenant aussitôt que ce grand Roy
n'estoit acompagné que de trois cens
de ses Gardes ;   qu'vne partie de ses
troupes marchoit vne bonne journée deuant luy le long des Montagnes sous la conduite de Bacaasis ; &
que l'autre commandée par le Prince
Pacore & Tisapherne auoit pris son
chemin par la Medie, il auoit paru
plus résolu. Qu'il estoit venu trouuer Arsace auec peu de monde comme par respect ; qu'il luy auoit rendu
conte de la guerre de Syrie ; & comme
la Princesse sa Fille estant prisonniere,
il luy amenoit en échange le Roy de
Syrie prisonnier; Qu'Arsace à ce discours auoit paru sensiblement touché; que la prise de Démetrius ne
l'auoit nullement consolé de celle
de Rodogune ; qu'il auoit soûpiré,
murmuré, & témoigné pour le moins
autant de colere que de douleur.

Qu'aprés cela il auoit assez long-
temps entretenu Orode en particulier; qu'ils s'estoient separez fort
mal satisfaits l'vn de l'autre; & qu'O-
rode s'étoit retiré tout furieux au lieu
où il faisoit garder le Roy de Syrie.
Mais que jusque là il n'y auoit pourtant pas d'aparence qu'il se dût porter
à la derniere extremité contre Arsace,
si la nouuelle ne fût ariuée de la défaite de cette partie des troupes de ce
malheureux Prince, que nous auions
ataquées le soir. A ces mots le Prince
intérompit Reomitrés; & le regardant d'vne façon toute étonnée : Hé
quoy, s'écria-t'il, ces troupes que
nous combatîmes hyer n'estoient-
elles pas conduites par le Fils d'O-
rode? Non Seigneur, reprit Reomitrés, c'estoient des troupes d'Arsace;
& Bacaasis qui les commandoit
aporta luy-mesme à Sitta la nouuelle
de sa défaite. Ce fut par malheur au

quartier d'Orode qu'il ariua tout blessé. Ce cruel en prend ses auan- tages : il voit le Roy son Frére sans secours & sans espérance d'en auoir : il se voit exposé à sa colere, & menacé de sa disgrace à cause de la captiuité de Rodogune, dont il sent bien que l'Histoire ne luy peut estre que tres-suspecte : Il joint possible à ce res- sentiment celuy qu'il a toûjours eu dans le cœur de la mort de sa Femme, quoy qu'il en ait esté luy-mesme le Bourreau ; & le desir de la vanger se mélant à celuy de regner, il trouue enfin l'ocasion si fauorable, qu'em- porté par le dernier des crimes il vient, comme ie vous l'ay dit, sacri- fier nostre Roy à tous ses crimes. Reomitrés vouloit acheuer & nous aprendre comment il s'estoit sauué de Sitta, mais le Prince ne l'écouta plus ; & s'estant éloigné de quelques pas, & se regardant d'vne façon deses-

perée, comme s'il eût esté éfectiuement coupable de la mort d'Arsace,
il se laiſſoit déuorer à la douleur particuliere qu'il en auoit ſans ſe pouuoir plaindre, ſi l'ariuée de Molon
ne l'en eût détourné. Ce vaillât Hom-
mé amenoit encore pluſieurs Parthes
qui s'eſtoient jettez entre ſes bras
tout éfrayez de la mort de leur Roy,
& beaucoup d'autres qu'il auoit pris
en pourſuiuant Orode. Il s'eſtoit
auancé juſqu'à Sitta, où il auoit veu
les reſtes ſanglans de la cruelle deſtinée d'Arſace; & d'où les Habitans
fuyoient auec des cris & des hurle-
mens ſi lugubres, que tout intrépide
qu'il eſt de ſa nature, il en reuenoit
luy meſme aſſez épouuanté : de ſorte
qu'il ne nous aprit rien que ce que
Reomitrés nous venoit d'aprendre.
Mais il ne laiſſa pas de nous changer
la face des choſes, en s'opoſant à la
réſolution qu'Antiocus auoit faite

de pousser aprés Orode en quelque
endroit du Monde qu'il dût aler. Il
luy remontra qu'il estoit impossible
de le joindre par le chemin qu'il auoit
pris; & que si on entreprenoit de le
suiure en desordre, on se mettoit
non seulement au hazard de ne l'a-
teindre iamais, mais que l'on estoit
en danger de perdre cette juste vangeance & de se perdre soy-mesme. Si
bien que Ptérelle qui auoit reconnu
cette impossibilité aussi bien que
Molon, pour obliger nostre Prince
à s'y rendre, se seruit de sa passion
pour la Princesse des Parthes, & la
luy remit adroitement deuant les
yeux. Arsace est mort, luy dit-il;
& Orode ne l'a tué que pour se faire
Roy: mais tandis que la Princesse
des Parthes est viuante, il ne sçauroit
estre que mal asseuré dans le Trône
des Parthes. De sorte que, comme ie
crois qu'aprés s'estre défait du Pére

il y va de toute ſa fortune à ſe déliurer de la Fille, ie crois auſſi, Seigneur, qu'il y va de toute voſtre
gloire à la garder non plus comme
vne priſonniere, mais comme vne
Princeſſe abandonnée à la fureur des
ſiens, & que les Dieux remettent ſous
voſtre protection. Cependant, reprit-il, vous l'auez laiſſée à Calane,
ou plutôt vous auez pris congé d'elle
à Calane; & ſi elle s'eſt ſeruie de
cette liberté que vous luy auez laiſſée, elle va peut-eſtre tomber entre
les mains d'Orode ou de Phráate.
Tout le monde entra dans le ſentiment de Ptérelle, & il n'en falut pas
dauantage pour perſuader au Prince
de retourner ſur ſes pas. Cette nouuelle crainte ſuſpendit toutes ſes
autres paſſions; & il ſe repreſenta
tant de fois que le cruel Orode pouuoit s'armer contre la vie de ſa Princeſſe de la meſme épée qu'il auoit
plongée

plongée dans le corps d'Arface, qu'à
encore que nous fussions venus auec
vne extréme diligence, toutesfois
noftre retour à Calane fut beaucoup
plus precipité.

Le Prince Ariftobule & les deux
Etrangers à qui Lépante parloit,
auoient efté fi atachez & fi touchez
au recit qu'il leur venoit de faire de
la mort d'Arface, qu'alors ils furent
contraints de reprendre haleine,
comme l'on fait ordinairement lors
qu'on a efté dans vne profonde atention qui fufpend les Efprits & qui ne
permet pas de refpirer; & comme
Lépante s'arefta tout court pour leur
en donner le loifir, Zoroafte luy en
fit auffi-tôt fes excufes. Ce fage
Ecuyer n'y répondit qu'en luy faifant les fiennes de ce que peut-eftre
la longueur de fon difcours les en-
nuyoit; & Ariftobule & Thefée
prenant à cette ciuilité toute la part

qu'ils y auoient, luy témoignerent
fort obligeâment que luy seul en
pouuoit receuoir de l'incommodité, puis que pour eux s'ils auoient
à se lasser, ce n'estoit que dans
l'admiration continuelle des grandes choses qu'il leur racontoit.
Cependant cette interruption leur
ayant donné lieu de se dire les vns
aux autres vne partie de ce qu'ils
pensoient, ils furent quelques momens à se témoigner les sentimens
d'horreur & de pitié qu'ils auoient
de la cruelle mort d'Arsace. Aprés
quoy, reuenans à l'inquiétude où ils
estoient demeurez sur le retour
d'Antiocus à Calane ; & s'expli-
quans ensemble de l'impatiance qu'-
ils auoient de sçauoir s'il y auoit retrouué la Princesse Rodogune, ils
priérent Lépante de continuer & de
pardonner la peine qu'ils luy cau-
soient, à l'extréme curiosité qu'il leur

auoit infpirée, & de laquelle ils ne
pouuoient eftre les Maiftres. De
forte que Lépante ne trouuant pas
qu'il pût auoir bonne grace à combatre dauantage de ciuilité auec ces
grands Hommes, & voulant leur
rendre tout le refpect qu'il croyoit
leur deuoir, il reprit ainfi la parole.

Fin du Troifiéme Liure.

Livre quatrieme.

RODOGVNE,

HISTOIRE
ASIATIQVE
ET ROMAINE.
PREMIERE PARTIE.

LIVRE QVATRIESME.

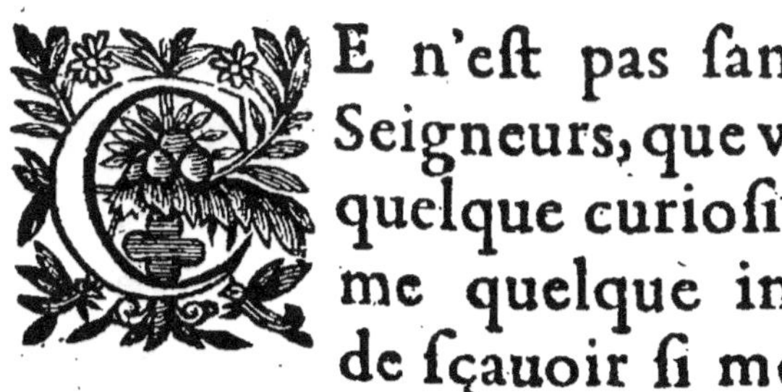

C E n'est pas sans raison, Seigneurs, que vous auez quelque curiosité, & mé-me quelque inquiétude de sçauoir si mon Prince retrouua la Princesse Rodogune à

T t iij

Calane; & l'on peut aifément juger
des fuites de fa vie par les triftes com-
mençemens que ie viens de vous
aprendre. Mais il ne faut plus dire
la Princeffe Rodogune; & la mort
violente du Roy fon Pére l'ayant
éleuée fur le Trône, & trop toft
pour les fiens, & trop toft pour elle-
mefme, & poffible auant qu'elle eût
eu le temps de l'efperer, vous voyez
bien que dans le refte de mon difcours ie ne dois plus vous la nommer
que la Reyne des Parthes.

Ie vous difois, ce me femble, que
dans l'apréhenfion qu'auoit mon
Prince, que dans l'état des chofes
elle ne tombât entre les mains d'O-
rode ou de Phráate, il reuenoit à
Calane auec toute la diligence qui
luy eftoit poffible. Mais Seigneurs,
quoy que, pour ainfi dire, cette con-
fidération luy donnât des aîles en
ce retour, ce n'eftoit pourtant pas

elle toute seule qui l'entretenoit
pendant sa course ; & quelques
frayeurs que la mort d'Arsace eût
jettées dans son ame, elles ne l'ocupoient pas à ce poinct, qu'il n'y eût
encore place à d'autres mouuemens.
La pensée de reuoir Rodogune y éleuoit quelquesfois des transports de
joye ; & malgré ceux de sa douleur
qui s'y oposoient sans cesse auec tout
l'empire que des ressentimens trop
legitimes leur auoient étably, il s'en
seroit peut-estre flaté pendant tout
le chemin, si aprés auoir ateint Piracmon, Xénete, Ariante & les autres blessez que l'on emmenoit, vne
nouuelle crainte n'eût entierement
dissipé ces petits rayons de douceur,
qui parmy les afreux nuages dont il
estoit enuelopé, sembloient luy
prester vne foible lumiere pour se
conduire à Calane.   Il s'aresta tout
court au passage du Pigrite ; & sur le

T t iiij

poinct de reuoir ſa Princeſſe, ne ſçachant comment ſe préſenter à elle
dans vn temps où il ne pouuoit luy
parler que de la mort du Roy ſon
Pére, & où il ſe voyoit le premier à
la luy annoncer, il ſe trouua dans vne
perplexité qu'il n'auoit pas préueuë,
& qui ne luy permit pas de continuer
ſa courſe auec la meſme ardeur qu'il
l'auoit commencée. Ceux auſquels
il la communiqua n'en furent guére
moins embaraſſez que luy ; & comme
en ſe reprochant ſon combat contre
Bacaaſis qu'il auoit défait en penſant
défaire Phráate, il exageroit ſur cela
la part qu'il auoit à la mort d'Arſace,
il les mettoit tous dans vn état à ne
luy pouuoir guére donner de conſeil.
Le Soleil eſtoit couché qu'il eſtoit
encore en cette peine ; & quoy que
ſur la fin il eût marché fort lentement, il ariua meſme à Calane qu'il
n'en eſtoit pas ſorty. Mais c'eſtoit

bien inutilement qu'il se tourmen-
toit sur ce sujet ; & ie regarde, Seigneurs, l'impatience & la curiosité
que vous me témoignez de sçauoir
ce qui luy estoit ariué, comme vn
pressentiment que vous auez déja de
son malheur. En éfet au lieu de trouuer à Calane les troupes qu'il y auoit
laissées, il vit vn Champ de Bataille
tout couuert de morts ; & comme
pour se recueillir dans l'extréme
étonnement qu'il eut à cette veuë,
il en détourna ses regars, à peine
eût-il consulté son cœur là-dessus,
qu'il s'écria que la Princesse estoit
perduë. Mais ce qu'il y eut de plus
cruel pour luy en ce premier abord,
c'est qu'il crût qu'elle estoit au pouuoir du Fils d'Orode ; & le carnage
qu'on auoit fait des Syriens, & que
malgré les ténebres qui sembloient
luy vouloir cacher son malheur, il
auoit assez reconnus à leurs armes,

ne luy permettant pas seulement de douter sur cette pensée, ni de se figurer que peut-estre elle s'estoit seruie de la liberté qu'il luy auoit laissée, ce fut pour lors que toute la fermeté de son ame ploya sous le poids qui l'acabloit, & que ce courage qui auoit paru inuincible jusque là fut presque vaincu par la douleur. Cependant cette douleur trop viue l'auoit aueuglé en cette rencontre; & outre que le mal ne pouuoit pas estre tel qu'il le craignoit, puis que le Fils d'Orode estoit bien loin derriere nous dans la haute Sittacéne, nous ne fûmes pas long-temps sans aprendre que le Prince d'Arabie estoit l'autheur de celuy cy. Mais il est vray que cette connoissance nous fut vne nouuelle surprise, & qui pour estre moins terrible que la premiere, ne vous paroîtra possible pas moins étrange qu'elle nous parut, si comme nous vous auez

peine à conceuoir cõment vn Prince
que nous croyions prifonnier des
Parthes, put eftre le Rauiffeur de
Rodogune dans le temps que nous
acheuions vn Combat qu'il auoit
commencé auec nous. Ce fut neantmoins ce perfide Arabe, qui n'ayant
veu qu'vn moment la Fille du malheureux Arface, deuint le Riual de
mon Maître ; & la paffion dont il fut
ateint en ce moment deuint fi puif-
fante, qu'elle luy infpira toute l'a-
dreffe & toute la réfolution qu'il faloit pour executer cette entreprife.
Il nous quita au plus fort de la mélée
contre Bacaafis ; & les ténebres qui
nous cachoient la face du Combat,
luy aidant à fe dérober de nous, il
reuint à Calane : où comme nous
l'auons fceu depuis, il auoit laiffé de
deffein prémedité la meilleure partie
de fes troupes fous le commandement
de Siroës. Comme la Princeffe auoit

refusé d'entrer dans la Ville, & voulu camper au mesme endroit où le Prince auoit pris congé d'elle, il y auoit trouué les choses aussi bien disposées qu'il se l'estoit promis du soin de Siroës: de sorte que n'ayant rien eu à forcer pour venir jusqu'à elle; & criant à son ariuée au Camp qu'Antiocus estoit mort, afin d'épouuanter les Syriens qui la gardoient, il les auoit si brusquement chargez dans l'éfroy de la nuit & de cette nouuelle, qu'aprés la mort de leurs Chefs Eunus & Bellépare, il les auoit taillez en pieces, & emmené la Princesse auec les Ciliciens qui s'estoient rangez à son party. Quelques Soldats que l'on trouua blessez dans Calane nous racontérent la chose de cette sorte, & ne pûrent nous l'expliquer plus particulierement. Mais tandis que Ptérelle, Molon, Zeunexis, Tiribase, Mistrale & les autres s'éton-

...oient de ce que les troupes de Cilicie
que Menédeme commandoit en personne, s'estoient jointes aux Arabes
contre les Syriens, mon Maître plus
affligé & plus abatu que iamais, ne
s'étonnoit que de la trahison d'Aga-
onca. Il ne pouuoit juger par quel
motif il s'y estoit porté : il ne sçauoit
si c'estoit par amour ou par quelque
autre interest ; & quoy qu'il ne sçeut
que trop ce que pouuoit la beauté de
Rodogune, & qu'il crût mesme qu'il
n'y auoit point de cœur assez insen-
ble pour s'en defendre, neantmoins
prés auoir examiné toute la conduite de ce Prince depuis le commencement de la guerre à laquelle il s'estoit venu interesser sans qu'on l'y eût
appellé, comme vne ame desesperée
s'atache toûjours aux opinions les
plus dures, il y auoit des momens où
vouloit croire qu'il estoit d'intel-
gence auec le meurtrier d'Arsace;

& qu'ayant concerté tous leurs crimes ensemble, ce traître Arabe n'auoit enleué sa Princesse que pour la liurer au cruel Orode. Aprés cela il repassoit en sa memoire toutes les circonstances de la mort d'Arsace. Il retomboit ensuite sur celles de la prise de Démetrius; & tous ces maux passez s'irritans à la veuë de ce dernier, il se sentoit tellement acablé sous vne charge si pesante, & se trouuoit si plein de sa douleur, qu'il n'auoit ni la force d'en parler, ni celle de s'en plaindre. Il se laissoit donc aler en secret à tous les mouuemens de desespoir que la perte de Rodogune éleuoit dans son ame; & tandis que pour visiter les morts & tâcher d'aprendre d'autres nouuelles, on alumoit des feux dans le Champ de Bataille, s'éloignant aux endroits où ils ne pouuoient pas porter leur lumiere, & ne regardant iamais ceux

qui le fuiuoient, on ne voyoit que
trop que le torrent de fes maux l'emportoit ; & qu'il ne cherchoit les ténebres & le filence que pour s'y donner en proye. Il y auoit déja long-
temps qu'il eftoit en ce cruel état ; &
les principaux de fa fuite compatif-
fans à fon malheur & à fa peine autant qu'ils y eftoient obligez, il ne
fe trouuoit perfonne en état de le
confoler : lors qu'enfin Odénat, foit
qu'il fut plus libre auprés d'Antiocus,
ou qu'il fut encore plus tendrement
touché que les autres, s'aprocha de
luy. Eh! quoy Seigneur, luy dit-il
auec vne action conforme à fa douleur, n'y a-t'il pas affez long-temps
que vous foufrez ; & faut-il que nous
foyons feulement les témoins de
voftre mal, & que perfonne ne tâche à l'adoucir ? Ah! Odénat, luy
répondit-il en foûpirant, que me
pouuez-vous dire pour me confo-

ler? Rien fans doute, repliqua Odénat: mais pouruen que nous puiſſions vous éueiller de ce mortel aſ-
ſoupiſſement où vous eſtes, voſtre
vertu fera le reſte. Nous ſçauons
bien qu'aux maux de la nature des
voſtres, il n'y a qu'vne ame comme
la voſtre qui puiſſe reſiſter, & que
voſtre douleur ne ſçauroit aler trop
loin. Mais Seigneur, reprit-il, trouuez bon que nous la partagions auec
vous, & faites cét honneur à nos ſoûpirs de les méler auec les voſtres. Le
Prince ne fit que branler la teſte à
ces dernieres paroles d'Odénat; &
quoy qu'aprés cela, pour intérompre
du moins le cours de ſa douleur, les
vns luy propoſaſſent d'entrer dans
Calane, & les autres luy demandaſ-
ſent les ordres qu'on a acoûtumé de
demander au General en pareilles
occaſions, il n'écoutoit perſonne, &
ne répondoit rien. Tout ce qu'il pût

faire

faire pour cacher sa foiblesse, ce fut de ne plus fuir le monde, & de reuenir auec ses Amis dans ses Tentes qu'on auoit dréssées; & cependant Molon dont la seuerité naturelle ne se relâchoit iamais, prit le soin des troupes, & les mettant au large le long du Pigrite, les fit camper en corps separez : afin qu'elles fussent plus à leur aise dans les Villages qui sont sur les bords de ce Fleuue; & qu'aprés tant de courses, elles eussent au moins vne bonne nuit pour se r'afraichir dans l'abondance d'vn Païs où il n'y auoit rien à desirer. Aprés quoy, jugeant bien que pour l'intérest de Démetrius il faloit courir dés le lendemain aprés la nouuelle Reyne des Parthes, & tâcher de la reprendre à quelque prix que ce fût, il choisit parmy ces troupes fatiguées celles qui l'estoient le moins; il leur donna les meilleurs quartiers auprés

Vu

de Calane; & laiſſant les autres ſoins à leurs Chefs particuliers, il reuint au Prince luy rendre conte de ce qu'il auoit fait. Mais Seigneurs, ie craindrois de vous ennuyer, ſi ie continuois ce recit auec la meſme exactitude que ie l'ay commencé; & pour couper court ſur cet endroit où ie me trouue, ie crois qu'il vous ſufira de ſçauoir, que la penſée que Molon auoit euë de pourſuiure le Rauiſſeur de la Princeſſe, ayant eſté aprouuée de tout le monde; & Antiocus quelque deſeſperé qu'il fût l'ayant goûtée comme les autres, dés qu'il fut jour les troupes choiſies ſe trouuérent preſtes au nombre de huit mille Hommes, & nous montâmes à Cheual. Arimaze, Orobate & Reomitrés que l'on croyoit laiſſer à Calane, voulurent aler à Ctéſiphonte auec Piracmon, Xenéte, Ariante & tous les bleſſez que l'on y conduiſoit. On groſſit encore leur eſcorte de quatre mille Caualiers qui eſtoient en mauuais état; & par l'auis de Ptérelle & de Molon, le gros de l'Armée eut ordre de nous ſuiure à petites journées ſous le commandement de Zeunexis, d'Artaxias, de Tragoas & de Laocoon. Tout cela ſe fit ſans la participation de mon Maître, tant il eſtoit profondement enſeuely dans ſes cruelles penſées. Mais enfin ſoit que le deſordre de ſon ame fût trop violant pour eſtre de durée, ou que le jour eût diſſipé vne partie des maux qu'il auoit ſouferts pendant la nuit, il parut vn peu plus tranquille à la veuë de ſes troupes. De ſorte qu'aprés s'eſtre montré à celles qui ſe diſpoſoient à le ſuiure, & leur auoir fait quelques careſſes en paſſant, il ſe mit à la teſte de huit mille Cheuaux qui le deuoient acompagner; & nous paſſâmes le Pigrite au meſme endroit où Agaronca l'auoit paſſé.

La marche de ce déloyal eſtoit encore toute fraîche deuant nous; & comme on remarquoit quelques-fois les traces des Chariots qu'il em-menoit, cette veuë commençoit ſi bien à réchaufer le courage de mon Prince, que nous ſentîmes bientôt qu'il nous menoit plus vîte qu'il n'eſ-toit party. Ie ne m'amuſeray point à vous dire quels eſtoient ſes ſenti-mens dans cette pourſuite, ni à vous nommer tous les lieux par où nous paſſâmes; & vous auez aſſez de con-noiſſance de ſa mauuaiſe fortune & des paſſions violantes qui l'agitoient en courant aprés le Rauiſſeur de ſa Princeſſe, pour juger de l'état de ſon ame. Ie vous diray ſeulement qu'en deux jours ayant trauerſé toute la baſſe Sittacéne & le Païs des Aſpes, nous entrâmes dans celuy des Rhom-bes, ayant toûjours pour guide le

train des Chariots dont la voye ne
paroiſſoit que trop ſur des terres ſa-
blonneuſes. Outre cela, nos Coureurs aprenoient par tout des nouuelles ſi poſitiues de la marche du
Rauiſſeur, que nous n'auions iamais
ſujet de craindre que nous en fuſſions
écartez. Nous pouſſions donc aprés
luy auec toute l'ardeur qui acompagne vne eſpérance preſque certaine, & d'ailleurs auſſi auec tout le
deſordre qui eſt inéuitable parmy
des troupes qui marchent auec précipitation. Mais aprés auoir paſſé le
Païs des Rhombes, & quité le Mont
Zagrus que nous auions toûjours
côtoyé, il falut vn peu tenir bride
en main, & nous remettre en meilleur ordre dans la Prouince des
Agranes, où l'on nous aprit que pluſieurs troupes défiloient de la Parapotamie. Comme cela retardoit de
beaucoup la marche des noſtres, &
V u iij

que le Prince fuiuy de quelques Volontaires & de quelques Grecs, aloit
toûjours felon fon impatiance, il fe
trouuoit fouuent fort éloigné de
Ptérelle & de Molon. De forte qu'.
eftant ariué deuant eux à la Riuiere
d'Elge; & ne voyant plus ces traces
de Chariots qui le conduifoient
parce que le terrain eft affez dur en
cette Contrée, il fut contraint de
s'arefter dans la crainte d'auoir manqué fa route. Il auoit déja enuoyé
Straton pour tâcher de fe reconnoître : lors que s'auançant à la
fource de l'Elge pour étancher fa
foif, nous oüîmes tout d'vn coup,
au delà d'vn petit Bois qui s'éleuoit
fur vne Colline à noftre main gauche, vn grand cliquetis d'armes mélé
à des cris femblables à ceux que font
ordinairement des Hommes qui fe
batent. Ce bruit augmentoit tellement à mefure que nous y preftions

l'oreille; & dans l'humeur où eſtoit mon Prince, il luy faloit ſi peu de choſe pour émouuoir ſa curioſité, que montant auſſitôt ſur cette Colline, & pouſſant le long du Bois juſqu'à l'autre Vallon où ce bruit ſe faiſoit, nous y découurîmes vn gros d'Indiens qui en ataquoient vn autre de Perſes beaucoup plus foible que le leur. Ce fut à la diference des armes que nous reconnûmes les vns & les autres. Mais comme il y auoit à la teſte de ceux-cy quatre ou cinq vaillans Hommes, & que parmy eux il en paroiſſoit vn monté ſur vn Cheual blanc & couuert d'armes aſſez riches dont la valeur n'eſtoit pas commune, ce plus petit nombre ne laiſſoit pas de diſputer la victoire au plus grand. L'égalité qu'on remarquoit entr'eux fit quelque temps balancer mon Maître ſur le party qu'il auoit à prendre en ce rencontre;

mais enfin, quoy qu'il ne regardât ces Perses & ces Indiens que comme ses ennemis, & que cette considération le dispensât assez de secourir les vns au préjudice des autres, sa vertu ne luy permit pas de les voir aux mains sans les séparer. Il courut donc à eux l'épée haute ; & quoy que le Chef des Perses se fût déja fait vn rempart des Indiens qu'il auoit terrassez, néantmoins comme dix ou douze des plus hardis aprés l'auoir écarté de sa troupe, commençoient à le charger de tous côtez, il n'y auoit pour luy guére d'aparance de salut, si mon Prince changeant la premiere résolution qu'il auoit faite de ne venir à ces combatans que pour les séparer, n'eût pris celle de secourir celuy-cy. Ce fut le danger où il le voyoit qui le fit declarer en sa faueur ; & quelque soupçon qu'il eut, en considérant l'air de sa taille & la beauté de ses armes, que

ce pouuoit eſtre le Prince Aquémene, il ſceut bien en cette ocaſion
ſuſpendre le reſſentiment qu'il auoit
contre ce ſuperbe Riual. De ſorte
que donnant d'abord ſur ceux qui
l'ataquoient par derriere, & fendant
la teſte au premier qui ſe trouua ſous
ſa main, il épouuanta tellement les
autres par des coups peu diferens, que
les Indiens ſongérent à ſe r'allier pour
faire vn nouuel éfort contre cette
nouuelle reſiſtance. Comme leur
troupe eſtoit encore beaucoup plus
groſſe que celle des Perſes & la noſtre jointes enſemble, ils ne voyoient
pas en éfet qu'il y eût rien à deſeſperer pour eux. Mais les choſes ne demeurerent pas long-temps en cet
état; & mon Prince ſe rangeant à
côté du Chef des Perſes la viſiére
baiſſée auſſi bien que luy, & ſans luy
rien dire dans le ſoupçon qu'il auoit,
ils reçeurent les ennemis auec tant de

vigueur l'vn & l'autre, que ceux qui croyoient ataquer furent contraints de songer à se défendre. Ils se virent arestez & repoussez en mesme temps; & pour les vaincre il n'estoit pas fort necessaire qu'Odénat, Menecée, Laomedon, Leontius & Straton, fissent leur deuoir en cette rencontre, comme ils auoient acoûtumé de le faire par tout.   Antiocus & le Chef des Perses estoient assez forts tout seuls pour acheuer cette défaite; & quoy que mon Maître ne combatit pas auec autant de colere que luy, les déplaisirs dont son ame estoit préuenuë, auoient mis par leur amertume ie ne sçay quoy de si fier dans son courage, qu'il ne faisoit que des blessures mortelles. Il auoit mesme haussé la visiere de son Casque, dédaignant pour lors de la porter abatuë contre des ennemis qu'il voyoit en déroute; & aprés auoir satisfait à son honneur

il vouloit en quelque façon satisfaire
à sa jalousie, en combatant à visage
découuert le plus prés qu'il luy estoit
possible de celuy pour lequel il combatoit. Mais soit que ce Perse l'eût
assez reconnu, & que pour luy il n'eût
pas dessein de se faire connoître en
cette occasion: ou que d'ailleurs sa
fureur l'emportât contre ces assassins,
il sembloit ne songer qu'à sa vangeance, & s'immoloit autant de Victimes qu'il rencontroit d'Indiens à
son passage. Mon Prince ne luy ai-
doit plus que dans l'enuie de découurir s'il estoit le Prince de Perse ; &
comme tout fuyoit deuant eux, il se
disposoit enfin à luy parler, si Ptérelle qui tout hors d'haleine venoit à
son secours auec deux cens Cheuaux,
ne l'en eût empesché. De sorte que
tandis que ce Satrape aprés s'estre informé de ce Combat, luy disoit que
sur le poinct de joindre les Rauis-

seurs il auoit manqué le chemin
qu'ils tenoient, les Perses s'estans
r'alliez auec leur Chef poussérent si
viuement les Indiens au trauers des
Bois dont cette Prouince est toute
couuerte, qu'en vn moment nous ne
vímes plus ni les vns ni les autres.
Mon Prince afligé de l'égarement de
sa marche, & de ce que son impatiance
luy succedoit si mal, negligea donc
le dessein qu'il auoit eu; & se contentant d'aprendre de quelques Indiens qui estoient demeurez blessez
sur la place, que c'estoit en éfet le
Prince Aquémene qu'il auoit se-
couru, il se remit aussitôt sous la
conduite de Ptérelle qui le remena
en peu de temps à la teste de ses troupes, & sur la trace des Chariots de la
route desquels il s'estoit détourné.
Cependant la rencontre d'Aquémene luy donna beaucoup à penser;
& voyant que le chemin où il estoit,

s'aloit rendre à celuy que ce Prince auoit pris en poussant aprés les Indiens, il en sentoit déja vne nouuelle inquiétude, & commençoit à craindre que sa Princesse ne tombât entre les mains de cét ennemy. Ces troupes qui de la Parapotamie défiloient par le Païs des Agranes, & sur lesquelles d'abord il auoit fait si peu de réflexion, luy fournissoient alors assez de matiere pour en faire de tres-fâcheuses. Il conjecturoit aisément que c'estoient les Perses qui se retiroient de Babylone; & comme dans le temps qu'il auoit esté à Suse, il auoit toûjours veu leur Prince dans les intérests du cruel Orode, il s'atachoit si fortement à ce souuenir, qu'oubliant qu'il fút son Riual, il souhaitoit quelquesfois de bon cœur que le Prince d'Arabie pût éuiter sa rencontre. Il aimoit mieux qu'il se sauuât auec sa proye, que d'aprendre que cette proye qui lui eſtoit ſi chere, fût deuenuë celle d'Aquémene. La crainte qu'il auoit pour le ſalut de Rodogune étoufoit ainſi toute ſa jalouſie. L'image de la mort d'Arſace luy changeoit l'objet de ſa haine & de ſon reſſentiment. Ce Voleur qu'il pourſuiuoit n'y auoit plus tant de part : il faiſoit des vœux pour ſa fuite; & le Prince à qui il venoit de ſauuer la vie, luy paroiſſoit tellement redoutable par ſes liaiſons auec Orode, que l'on peut dire que pour lors il couroit moins aprês Agaronca pour retirer ſa Princeſſe de ſes mains, que pour empeſcher Aquémene de s'en ſaiſir. Mais helas! ſes craintes n'eſtoient que trop bien fondées; & au milieu de la Prouince des Agranes il vit ſa courſe finie, & que ce qu'il craignoit eſtoit ariué. Bardazane auoit rencontré le Prince Arabe. Aquémene venoit d'ariuer à la fin

de leur combat : il auoit repris Rodogune ; & elle eſtoit déja dans
Agranime auec la Princeſſe Siſigambis, la Sœur du Prince Pacore & les
Filles d'Orode que l'on r'amenoit
à Suſe auec vne eſcorte de quinze
mille Perſes. C'eſtoient là ſes troupes dont on nous auoit parlé ; &
comme Agaronca s'eſtoit trouué le
plus foible, quelques éforts qu'il eût
pû faire, il auoit eſté contraint de
ceder & de ſe rendre tout percé de
coups à la diſcretion du Vainqueur.
Ce fut ce que nous aprit Menedéme
qui reuenoit à nous apres s'eſtre retiré de la mélée auec les Ciliciens. Il
n'auoit contribué à l'enleuement de
la Reyne que dans la créance de ſeruir
à la liberté de Démetrius. Agaronca
l'auoit abuſé en cette nuit fatale qui
nous cacha ſon retour à Calane ; &
aprés luy auoir dit d'vne façon toute
éfrayée qu'Antiocus eſtoit mort, &

fait voir par vne Lettre écrite à Eunus
& à Bellépare au nom de Phráate, que
ces deux Chefs eſtoient d'intelligence
auec ce Prince pour remettre en ſes
mains la Princeſſe des Parthes, il l'a-
uoit ſi bien perſuadé, qu'il auoit crû
que dans le changement des choſes il
deuoit ſuiure ſon conſeil. Il n'auoit
pourtant pas long-temps marché
auec ce traître ſans entrer en quelque
ſoupçon; & par le recit fidelle de cette
auanture, il eſperoit ſe juſtifier de
tout ce qu'on luy pouuoit reprocher. Mais mon Maître luy donna
peu d'atention pour cela; & quand
il eût apris que la Reyne eſtoit au
pouuoir d'Aquémene, n'ayant plus
rien à perdre, il crût qu'il n'auoit
plus rien à ménager auec Menedéme,
quelque déference qu'il eût toújours
euë pour le rang de Prince qu'il tenoit à la Cour de Cilicie. Il ne tomba
pas neantmoins dans vn deſordre
égal

égal à celuy où il estoit tombé en
ariuant à Calane; & comme si la Fortune eût comblé la mesure des maux
qu'elle luy pouuoit faire, afectant vn
visage plus résolu que de coûtume:
O Fortune! s'écria-t'il seulement en
mettant pied à terre, que tu te joüés
cruellement de moy, & que ie te re-
connois bien pour mon ennemie!
Odénat, Ptérelle, Molon, Leontius
& les autres qui estoient descendus
de Cheual aprés luy, ne sçauoient que
répondre à des paroles si veritables;
& le danger où estoit leur Roy aprés
la déliurance de Rodogune qui leur
tenoit lieu d'ôtages, se representant
pour lors à leur imagination dans
cette veuë terrible que la cruauté
d'Orode leur découuroit, ils suiuoient le Prince dans vne consternation beaucoup plus aparante que la
sienne. D'ailleurs, comme ils ne
connoissoient ni les sentimens du

Prince de Perſe pout la Fille d'Arſace, ni ceux de Bardazane ſur la mort de ſon Roy, ils ne ſçauoient que penſer de la deſtinée de la jeune Reyne: ni ſi elle eſtoit auec des amis ou des ennemis. Ils jugeoient de la puiſſance du meurtrier d'Arſace par l'audace qu'il auoit euë à commettre le parricide qu'il auoit commis; & cette puiſſance ſi fatale au Pére ne leur paroiſſoit pas moins dangereuſe pour la Fille. Il leur ſembloit déja que celuy qui auoit pû aſſaſſiner ſon Fére n'auroit pas de peine à ſe défaire de ſa Niéce; & qu'aprés auoir ôté l'Empire & la vie à vn Roy triomphant & formidable à tout l'Orient, il n'auoit pas beſoin d'vn ſi grand éfort pour ôter l'vne & l'autre à vne jeune Reyne qui n'auoit peut-eſtre que ſa qualité pour toute défence. Ce ſecond crime leur paroiſ-ſoit comme vne ſuite ineuitable, &

mesme neceſſaire au premier. Ils penſoient déja qu'Orode auoit ſes meſures toutes preſtes pour cette nouuelle execution ; & de cette penſée
reuenans à leur intéreſt particulier,
ils s'imaginoient que ce dénaturé
acheuant de monter au Trône des
Parthes ſur la teſte de Demétrius,
croiroit lauer par le ſang d'vn ennemy tout celuy du Pére & de la Fille
dont il l'auroit ſoüillé.   Des refléxions ſi terribles eſtoient donc bien
capables d'épouuanter les plus braues
Hommes du Monde. Molon luy-
meſme en eſtoit tout interdit ; &
comme ni luy, ni Ptérelle, ni Odénat,
ni Menecée, ni Laomedon, ni Leontius, n'auoient garde d'autoriſer par
leurs craintes celles d'vn Prince qui
comme Fils & comme Amant tout
enſemble auoit encore plus à ſoufrir
qu'ils ne ſoufroient, ils paroiſſoient
comme ie vous ay dit beaucoup plus
X x ij

abatus que luy. Mais quelque foin
qu'ils aportaſſent à diſſimuler le
trouble de leur eſprit, ce Prince
afligé le remarqua bientoſt dans leur
contenance ; & faiſant vertu de ſon
deſeſpoir, lors que le deſeſpoir auoit
abatu toute celle des Syriens : Hé
bien, mes Amis, leur dit-il, quelle
condition eſt la noſtre ; & pour ne
pas ſucomber ſous la Fortune qui
nous acable, penſez-vous que nous
puiſſions long-temps conſeruer tout
le courage dont nous auons beſoin?
Ils ſe regardoient les vns & les autres au lieu de répondre à ce diſcours;
& leur ſilence & leur triſteſſe l'obligeant à continuer l'éfort qu'il faiſoit
ſur ſa peine pour leur aprendre à en
faire ſur leur afliction : Cependant,
pourſuiuit-il, il ne faut pas donner
les mains à cette Fortune impitoya-
ble; & puis qu'elle eſt noſtre ſeule
ennemie, il faut vaincre ſa malignité

ou mourir. Pour les Hommes, reprit-il d'vn ton de voix plus ferme
& plus résolu, jusques icy nous n'a-
uons pas sujèt de les redouter ; & nos
armes ont eu quelque auantage sur
tous ceux que nous auons eus à combatre. Mais il est vray que nous fommes des vainqueurs miserables, & que
la Fortune sçait tirer de nos propres
victoires les moyens de nous perdre.
Toûjours victorieux depuis le commencement de la guerre, & toûjours
afligez dans la suite de la guerre. Il
semble que nous n'ayons gagné la
Bataille de Résene que pour perdre
le Roy. C'est au trauers de ses conquestes qu'il est fait prisonnier ; &
nous ne reconnoissons nos fautes
que quand il n'y a plus de remede.
Si nous croyons ataquer Phraáte, il
se trouue que c'est Bacaasis que nous
auons défait : Par cette victoire nous
donnons à Orode la hardiesse de poi-
X x iij

gnarder Arſace qu'il n'auroit pas euë
tandis que Bacaaſis eût ſubſiſté auec
ſes troupes : par cette victoire nous
nous rendons complices de ſon crime ; & le mettant en état de n'auoit
à en répondre qu'à ſoy meſme, nous
redoublons les fers de Demétrius.
O ! mes amis, s'écrioit-il, que nos
victoires ſont criminelles, & que ma
conduite eſt déplorable ! I'execute
tous les mauuais deſſeins ſans déliberer ; & s'il m'ariue d'en prendre de
bons il n'eſt plus temps de les prendre, & c'eſt lors qu'il n'y a plus rien
à faire. Ie ne ſçay iamais ni ce que ie
veux, ni ce que ie fais : mes penſées
& mes actions ſont également mal-
heureuſes : la Fortune s'en jouë ; &
ſoit du cœur ou de la main i'agis toûjours contre moy-meſme. Ie viens à
la Princeſſe des Parthes lors que ie
n'y deuois pas venir : ie la quite lors
que ie la deuois garder ; & lors que ie

reuiens à elle ie ne la retrouue plus;
mes propres amis me l'enléuent; &
pour acheuer mon malheur, si ie
pense courir aprés elle, la Fortune
m'amene au secours d'Aquémene. Ie
retarde pour ce Prince vne course
que nulle consideration ne me deuoit faire retarder : ie luy sauue la
vie pour perdre ma Princesse ; & ceux
qui ont eu la force de me la rauir
n'ont pas celle de la défendre contre
luy. O Dieux ! s'écrioit-il encore,
serois-je coupable de sa mort par le
salut d'Aquémene, comme ie le suis
de celle d'Arsace par la défaite de Bacaasis ? & verray-je toûjours le bonheur de mes armes suiuy de quelque
coup funeste ? Mais, reprit-il en soûpirant, n'examinons point des maux
dont nous ne sentons que trop le
poids & la violence ; & quoy que nos
ennemis soient changez, puis que
nostre course n'a pas changé d'objet

pourſuiuons le Prince de Perſe auec
la meſme ardeur que nous pourſui-
uions le Prince d'Arabie. A ces paroles il ſembloit éfectiuement s'y
diſpoſer: mais comme ſes troupes
eſtoient extrémement fatiguées, &
que non ſeulement par leur deſordre,
mais encore par leur petit nombre
elles n'eſtoient pas capables d'vne ſi
grande entrepriſe, Molon à qui Menedéme auoit rendu conte des forces
de Bardazane combatit cette réſolution. Si bien que, pour ne vous pas
retenir icy plus long-temps, Ptérelle,
Odénat, Leontius & les plus conſidé-
rables qui l'enuironnoient, apuyans
la reſiſtance de Molon, & tous adroitement tombans d'acord qu'en éfet
on auoit eu vn peu trop d'ardeur
dans toutes les courſes qu'on auoit
faites, ainſi que le Prince l'auoit luy-
meſme remarqué, enfin on luy perſuada de ne rien hazarder, & d'aten-

dre le gros de l'Armée qui suiuoit
sous le commandement de Zeunexis.
Il enuoya seulement Epiméte & Demate sur le chemin d'Agranime pour
sçauoir ce que l'on y faisoit : auec
quelques instructions particulieres
pour les choses qui luy tenoient au
cœur; & par l'auis des Chefs qui
songeoient à la subsistance des troupes, & qui ne voyoient pas qu'il y eût
rien à entreprendre, on se retira jusqu'à la Riuiere d'Elge : où nous cam-
pâmes auec toutes les précautions
necessaires dans vn Païs ennemy.
Epiméte, après auoir fait vne diligence incroyable, r'aporta dés le
lendemain que la Reyne auoit passé
le Mont Zagrus pour aler à Suse : que
la nouuelle de la mort d'Arsace estoit
déja répanduë dans Agranime; &
que le Prince de Perse & Bardazane y
ayant laissé des ordres pour leuer des
troupes, tout se préparoit à la guerre

contre le parricide. Pour le reste des commissions que le Prince leur auoit données, Epiméte en auoit laissé le soin à Demate; & celuy cy continuoit son chemin vers Suse pour y satisfaire. Si bien que quelque consolation qu'eût mon Maître d'aprendre que la Reyne n'estoit pas en des mains ennemies, puis qu'Aquémene & Bardazane se déclaroient contre Orode, elle ne sufisoit pas à tous les déplaisirs dont il estoit trauaillé. Il les dissimuloit neantmoins autant qu'il luy estoit possible; & ayant eu le loisir de se reconnoître sous leur violance, plus il sentoit qu'ils le pressoient, & plus il se roidissoit contre leurs ateintes; & se contraignoit de telle sorte, que si l'on pouuoit luy marquer des foiblesses dans sa vie, on ne pût pas luy reprocher qu'il auoit eu de la peine à s'en releuer. Il s'abandonna donc

à la conduite de Molon & de Ptérelle; & quelque defir qu'il eût de
paffer le Mont Zagrus auec les troupes de Zeunexis qui aprpchoient, il
confentit à retourner à Ctéfiphonte,
pour y rétablir fa Caualerie, & fe
mettre en état de continuer la guerre
auec tout le refte de fes forces. Ainfi
la prudence de fes Chefs préualut fur
toute fa paffion: mais il eft vray qu'il
fe fit de fi grands éforts pour s'y foû-
mettre, qu'auec ceux qu'il foufroit
d'ailleurs il tomba dans vne telle
langueur, que fi tous ceux qui le
voyoient craignirent pour fa fanté,
en mon particulier ie craignis quelquefois pour fa vie. Combien de fois
en ce retour tourna-t'il les yeux du
côté de Sufe; combien de fois les
leua-t'il au Ciel en foûpirant; &
combien de fois acablé fous la pefanteur de fes maux s'arefta-t'il en
chemin? Ce n'eftoit plus ce Prince

impatiant & emporté par ſa douleur
qui couroit à la déliurance d'vn Pére
priſonnier, & au ſecours d'vne Maîtreſſe enleuée. Si par la vîteſſe de ſa
courſe il auoit tant de fois mis ſes
troupes dans l'impoſſibilité de le ſuiure, elles le deuançoient pour lors;
il faloit pour lors qu'elles l'aten-
diſſent; & il aloit aprés elles comme
vn Homme que l'on entraîne, & de
qui ce voyage faiſoit le ſuplice le plus
cruel. Ni le gain d'vne grande Bataille, ni la conqueſte de deux ou
trois Prouinces, ni la défaite de cent
mille de ſes ennemis, n'eſtoient plus
pour luy des ſouuenirs agreables:
à peine ſeulement luy en eſtoit-il
reſté vn leger ſouuenir ; & tous ces
témoignages de ſa gloire ſembloient
eſtre tombez auec ſes eſpérances. La
priſe de Demétrius, la mort d'Arſace,
le rauiſſement de Rodogune, eſtoient
des images terribles qui auoient éfacé

toutes les autres; & lors qu'ayant vn Pére à déliurer, vne Maîtresse à secourir, & le Pére de cette Maîtresse à vanger, il se voyoit si éloigné de satisfaire à tous ces deuoirs, & tournant le dos à l'ennemy qu'il estoit obligé de poursuiure jusqu'à la mort, sa retraite luy paroissoit si honteuse, & il s'en faisoit à soy-mesme des reproches si fiers & si durs, que la veuë de ceux qui la luy auoient conseillée ne luy estoit pas suportable. Il s'abandonnoit donc aux remors qu'il en auoit & qui le deuoroient; & par vn excés de chagrin renonçant à la consolation qu'il eût pû tirer de l'entretien de ses amis, il n'en cherchoit qu'en donnant à sa douleur tout ce que sa douleur luy demandoit. C'estoit à elle qu'il parloit, ne voulant parler à personne: comme elle remplissoit tout son cœur, elle luy tenoit aussi lieu de toutes choses: c'estoit

& sa cruelle ennemie & sa compagne
la plus fidelle; & le soir que nous
ariuâmes au bord du Tigre, se promenant à pied le long de ce Fleuue
tandis que nos Chefs auoient soin de
l'Armée, Odénat & moy qui le sui-
uions d'assez prés pour voir tout ce
qu'il feroit, & d'assez loin pour ne le
pas intérompre, nous l'entendîmes
qui soúpiroit de cette sorte. Non ma
douleur, disoit-il, il ne faut pas vous
resister dauantage, & vous estes trop
legitime pour estre combatuë. Mais
quand ie cesse de me défendre ne ces-
sez pas de m'ataquer, & triomphez de
ma foiblesse comme vous auez triomphé de ma resistance. Vous m'auez
terrassé dans toute ma force & malgré
toute ma fierté, & vous n'auez plus
qu'vn coup à donner lors que ie suis
abatu. Vous me deuez par vn dernier
éfort le repos que vous m'ôtez par
tant d'éforts; & comme vous estes

le tyran de ma vie, vous pouuez eſtre
la conſolation de ma mort. Peut-
eſtre meſme qu'en m'ôtant du monde
aujourd'huy vous mettrez à couuert
ce peu de gloire que ie croyois auoir
aquiſe. Ie puis encore mourir ſans
honte ſi ie ne puis plus viure ſans
honte; & il eſt temps enfin que vous
executiez les menaces que vous me
faites. Irritez-vous donc ma douleur, continuoit-il : n'atendez pas
que le ſecours de ma main vous en-
leue vne Victime qui vous eſt deuë,
acheuez l'ouurage que vous auez
commencé, & ne le laiſſez pas acheuer à mon deſeſpoir. Faites qu'on
croye qu'Antiocus mourut parce
qu'il aima ſon Pére & ſa Maîtreſſe,
& non parce qu'il deſeſpera de les
pouuoir ſeruir; cachez ma honte
ſous voſtre violance, & ſauuez ma
gloire quand ie vous abandonne ma
vie. Dans l'état où ie ſuis il me feroit

bien plus doux de choisir ma mort
que de l'atendre ; & dans vn état pareil à celuy où ie me trouue, si du
moins il s'en peut trouuer vn pareil,
il est peu d'Hommes qui n'aimassent
mieux se la donner, & qui n'en fussent plus capables, que de porter la
vie aux conditions cruelles que ie la
porte. Ah ! malheureux Antiocus,
reprenoit-il peu aprés : malheureux
Prince, malheureux Fils, malheureux
Ennemy, & plus malheureux Amant,
qu'esperes-tu parmy les Hommes, &
n'as-tu pas assez vécu parmy eux pour
y établir la triste memoire que tu leur
laisses ? Est-il necessaire que de longs
jours, d'aussi longs ennuis, & de
plus longs remors consacrent ta
honte à la Posterité ; & ne vaut-il
pas mieux, & pour l'honneur du sang
dont tu es sorty, & pour celuy du
nom que tu portes, mourir au commencement d'vne carriere infortu-
néc,

...ée, que de te traîner jusqu'au bout ...hargé de honte & d'infamie? Si dans ...'état des choses ta fin est précipitée, ...a fortune seule en sera responsable ...ux Hommes; & si dans ce mesme ...état tu peux aimer vne longue vie, & ta vie & ton amour pour elle font vne suite de crimes qui ne pourront estre imputez qu'à la bassesse de ton courage. Qu'est deuenu, ajoûtoit-il, ce desir de gloire dont tu voulois paroître si passionné, & mesme si jaloux? Quoy? prétens-tu ressembler à ce Conquérant, à ce Héros que tu croyois pouuoir imiter; & le vit-on iamais faire ce que tu fais, & sçauoit-il seulement ce que c'estoit qu'vne retraite? Comme il sceut tout entreprendre, il sceut aussi tout oser malgré les Hommes & malgré la Fortune. Il fut vn Torrent qui ne trouua point de Digue capable de l'arester: Rien ne pût abaisser l'or-

gueil auec lequel il eſtoit party ; & il
ne reuit iamais les bords du Granique
aprés en auoir franchy le paſſage. Le
bruit de ſes menaces ne fut rien à
l'égal de ſes exploits : quelques pertes
qu'il fit, quelques obſtacles qu'il
rencontrât, quelque reuolte qu'il
vît parmy les ſiens, il ne ſe démentit
point ; & le Ciel & la Terre eurent
beau s'en mutiner, & armer contre
luy toutes les rigueurs des Saiſons les
plus dures, il ſuiuit ſon cœur, il
pouſſa ſa fortune quelle qu'elle fût,
il entraîna les Hommes, il renuerſa
les obſtacles, il deuint plus grand
par ſes pertes, il força pour ainſi dire
les Dieux meſmes, & ne regarda iamais derriere luy. Et pourquoy fai-
ſoit-il tant de choſes, reprenoit-il ?
& quel eſtoit ſon but en de ſi vaſtes
penſées, ô malheureux Antiocus !
Auoit-il comme nous vn Pére à déliurer ; auoit-il la cauſe de tous les

Roys à soûtenir ; & auoit-il vne Maîtresse à conquerir & à défendre ?
Hélas ! non, se répondoit-il à soy-
mesme en soûpirant ! & que n'eût il
point fait s'il eût eu des raisons comme les nostres, puis qu'il étonna tout
l'Vniuers pour satisfaire seulement
à sa gloire ? La Gloire estoit son Pére
& sa Maîtresse ; & la Gloire enfin
toute seule estoit l'ame de tous ses
desseins. Pour nous qui pensions
auoir droit de la chercher aussi bien
que luy, que faisons-nous pour y
prétendre ; & bien loin de l'imiter,
prenons-nous seulement le chemin
de satisfaire à nostre deuoir ? Don-
nons-nous à la Nature, donnons-
nous à nostre honneur ; & pour tout
dire puis que nous aimons, donnons
à l'Amour ce qu'il donnoit si libera-
lement à sa seule ambition. Au lieu
de pousser Orode jusqu'au Gange &
jusqu'au fonds des Indes, nous ve-

nons repaſſer le Tigre ; & nous alons peut-eſtre repaſſer l'Eufrate pour y chercher le courage qui nous manque. Et cependant, qui nous a dit que le Meurtrier d'Arſace ne ſera point le Bourreau de Demétrius ; & qui nous a aſſeurez que ce cruel épargnera la vie de Rodogune, tandis que nous alons r'établir nos forces pour tirer l'vn & l'autre de ſes mains? O! Nature, s'écrioit-il! ô Honneur! ô Amour! que le Prince de Syrie & tous les Syriens ſçauent peu ſoûtenir vos droits! ô Demetrius que vous auez vn Fils qui a peu de ſoin de vous conſeruer ce qu'il tient de vous! ô Arſace que vous auiez en moy vn ennemy peu genereux! & vous ma Princeſſe que vous auez vn Amant qui vous donne d'indignes marques de ſa paſſion! Ie ſçay vous nuire, vous éfrayer, rauager vos Etats, ré-pandre le ſang de vos Sujets, & con-

tribuer à la mort de celuy qui vous a
donné la vie, & ie ne sçay point vous
seruir ; & lors que ie déurois estre à
Suse prest à vous défendre & à mour ir
pour vous, ie me vois sur le bord d u
Tigre ; & viens vous chercher du secours, comme si pour vous secourir
i'auois besoin d'autre chose que de
mon courage & de mon amour. Ingrat Antiocus, disoit-il ensuite, lâche
Antiocus, cruel Antiocus, voy les
beaux commencemens de ta vie ; &
aspire à la gloire aprés auoir abandonné ton Pére & ta Maîtresse. Il
proféra ces dernieres paroles d'vne
façon toute desolée ; & comme en
se retournant il nous aperçût Odénat
& moy, il tâcha de se remettre & n'en
dit pas dauantage. Il reuint mesme
au Camp sans nous parler, quoy que
pour lors nous nous tinssions fort
proches de sa Personne ; & il continua cette sorte de vie jusques au Fort

Y y iij

de Digba, où il aprit que pour empefcher que pendant fon abfence
l'Armée ne fe ruinât par l'oifiueté,
Cendebée & Diodore eftoient alez
affiéger Babylone.

Pharnabaze Frére de la défunte
Roxane y commandoit ; & outre
que cette Ville eft de fa nature &
par le fecours de l'art, la plus forte
comme la plus fuperbe de toute
l'Afie, il l'auoit fi bien munie de
toutes chofes, que par des Ma-
nifeftes fort infolens qu'il faifoit femer parmy nos troupes, il
fe promettoit hardiment de la défendre. De forte que les menaces
que ce Beau-frere odieux du cruel
Orode joignoit à fa vanité, infpirant
à mon Prince le defir de le vaincre,
& r'animant toute fa haine, ces nouueaux mouuemens fufpendirent fi
bien ceux de fa douleur, que quitant
le chemin de Ctéfiphonte où nous

penſions aler nous rafraîchir, il nous
mena au Siege de Babylone. Son ariuée y cauſa vne extréme alegreſſe
parmy les ſiens : les Soldats en ſenti-
rent augmenter leurs courages; &
les Chefs en receurent vne grande
conſolation. Il en trouua luy-meſme
auec eux ; & Diodore & Cendebée,
ces deux ſages & fidelles Lieutenans
auſquels il ouurit ſon cœur qu'il
auoit tenu ſi long-temps fermé aux
autres dans le chagrin qu'il auoit de
ſa retraite, luy perſuadérent par tant
de raiſons, qu'il auoit fait au dela de
ce qui ſe pouuoit entreprendre ſoit
dans ſa pourſuite contre Orode, ſoit
dans celle contre Agaronca, que ſes
regrets ceſſérent, & qu'il deuint plus
ſociable qu'il n'eſtoit. Ce fut auec le
meſme ſuccés qu'ils combatirent
toutes les penſées qui le deſeſpe-
roient ; & Reomitrés, Arimaze &
Orobate s'eſtans rendus au Camp
Y y iiij

acheuerent de les diſſiper. Ils en-
trerent en conférence auec luy: ils
luy firent part de tout ce qu'ils pré-
ſumoient d'Orode: ils luy découuri-
rent d'vn côté ſes factions & ſa puiſſance, & de l'autre luy expliquérent
les endroits où il eſtoit foible. Ils
l'aſſurérent que Bardazane ſeroit ſon
ennemy, & qu'il ſe ligueroit auec
le Prince de Perſe; & ils conclu-
rent enfin, que ſi le Prince Pacore
pouuoit ſe rendre Maître des troupes de Tiſſapherne, & les joindre à
celles que le Prince Artabane ſon
Pére auroit leuées dans le changement des choſes, Orode ſe verroit
oprimé en peu de temps, ſans que
pour le punir il fût neceſſaire d'employer des armes étrangeres. Toutes
ces connoiſſances remirent donc
quelque ſorte de tranquillité dans
l'ame d'Antiocus; & quoy qu'il en-
uiât au Prince Pacore & au Prince

Aquémene la gloire de secourir
Rodogune & de vanger la mort
d'Arsace, il n'écouta pas assez ce
fier sentiment de sa jalousie, pour
en estre fortement inquieté. Aprés
auoir esté si souuent ingénieux à se
faire de la peine, il sçeut pour lors se
refuser à ce qui luy en pouuoit cau-
ser : Il ne voulut pas rejetter vne consolation dans laquelle il voyoit re-
naître toutes ses espérances ; & pour
reuenir au Siege de Babylone, à mesure qu'il les sentoit se releuer, celles
des assiegez s'abaissoient. Pharnabaze étonné du retour d'Antiocus,
commençoit à douter qu'il fût en
son pouuoir de venir à bout de tout
ce qu'il s'estoit promis. L'ardeur de
ses ennemis croissoit de jour en jour,
& la hardiesse de ses Soldats & des Habitans diminuoit tellement, qu'aprés
les auoir extrémement fatiguez par
des sorties qui luy auoient toûjours

fort mal reüſſy, n'oſant plus en faire,
il ſe trouuoit renfermé dans l'enceinte de ſes murailles. Mais Seigneurs, il ne faut pas que ie vous raconte en détail tout ce qui ſe paſſa
au Siege de Babylone ; & quoy que
cette Place ſoit, comme ie vous l'ay
déja dit, la force & l'ornement de
l'Aſie, & de quelque importance que
nous fût ſa priſe, vous jugez bien
que i'ay à vous aprendre des choſes
plus importantes que la maniere
dont nous la prîmes. Vous ſçaurez
donc ſeulement que vingt - deux
jours aprés ſon ariuée mon Prince
l'emporta d'aſſaut ; & qu'aprés y
auoir fait des actions qui paſſent
toute créance humaine, il ne tenoit
qu'à luy d'aler ſe repoſer ſur le Trône
de Belus, ſi pour remporter vne entiere victoire il n'eût voulu forcer
ce meſme jour le Chaſteau de Semiramis où Pharnabaſe s'eſtoit retran-

ché. Comme il estoit des premiers en cette ataque, à la teste du Bataillon d'Abissare, exposé à toutes les Bateries des Machines de l'ennemy, il receut vn coup de pierre à la jambe & fut porté par terre. Il est vray qu'il se releua aussitôt comme si le coup eût esté peu considerable; & que s'apuyant sur son Bouclier il donna toûjours les ordres du Combat, jusques à ce que Pharnabase s'estant rendu, il eût ordonné de sa prison & de ceux qui le deuoient garder. Mais aprés cela, ne pouuant plus durer du mal qu'il soufroit, ni se soûtenir, il falut l'emporter au Palais de Belus, où pour ne pas démentir son origine il vouloit loger plutôt qu'en celuy de Cyrus. Ce fut là, qu'aprés vne si grande victoire il eut quelque sorte de honte de se voir dans vn lit, lors qu'il auoit tant d'afaires sur les bras; & sa blessure que dans cette pensée

chagrine il oſa d'abord negliger, deuint ſi fâcheuſe & ſi incommode,
qu'il y demeura prés d'vn mois ſans
pouuoir marcher. Cependant, comme il auoit l'eſprit libre, il employa
tous ſes ſoins aux préparatifs neceſſaires pour la guerre. Il congedia
Arimaze, Orobate & Reomitrés malgré qu'ils en euſſent; & lors que ces
trois genereux Parthes, charmez de
ſa preſence & de ſa vertu, ſe propoſoient de ſeruir ſous luy à la vangeance d'Arſace, il ſçeut ſi bien leur
perſuader qu'ils y ſeroient plus vtiles
en retournant à Suſe, qu'ils partirent
comblez d'admiration, auſſi bien que
de ſes careſſes & de ſes preſens. Enſuite dequoy, changeant la priſon de
Pharnabaze, & le faiſant transferer
au Fort d'Addée, il enuoya le Prince
Philippion & Leontius en Syrie pour
trauailler à des Recruës. Il en dépeſ-
cha encore d'autres en Iudée, en Ca-

padoce & chez les Arméniens pour
en faire ; & dans l'étenduë des trauaux qu'il préuoyoit, il n'y eut aucun Prince de ses Aliez à qui il ne
demandât du secours par ses Lettres.

Aprés auoir ordonné de toutes ces
choses, il se trouua presque guery ;
& quoy que Demate n'estant point
reuenu de Suse, il ne sçeut rien de
l'état des afaires des Parthes, son Armée estoit si bien rétablie, qu'il ne
songeoit plus qu'à marcher contre
Orode : lors que la Reyne de Tyr
ariua à Babylone auec six mille Cheuaux. Outre que ce renfort estoit
tres-considérable, cette Princesse
s'estoit si bien mise dans l'esprit des
Syriens, qu'il n'y en eût pas-vn qui
ne s'éforçât de contribuer à la magnificence de sa reception. Le Prince
de son côté, dans le respect qu'il auoit
pour les sentimens du Roy son Pére,
songea aussi à bien faire son deuoir en

cette ocasion; & parce que la debi-
lité qui luy restoit à la jambe ne luy
permettoit pas encore de sortir, les
Grands de l'Armée supleérent si bien
à son defaut; & par son ordre ils receurent Cleopatre auec tant de pompe, que si elle ne fût venuë que pour
prendre part à la conqueste de Babylone (comme d'abord on le présu-
moit de son esprit ambitieux) elle
eût pù s'en retourner auec vne entiere satisfaction. Elle y entra auec
toutes les marques du Triomphe:
Antiocus luy en remit tous les honneurs qu'elle receut auec beaucoup
de modération; & leur premiere entreueuë s'estant passée en soûpirs &
en larmes qu'ils donnérent l'vn &
l'autre à la captiuité du Roy, ceux
qui en furent témoins se trouuérent
si satisfaits de la Reyne de Tyr, qu'on
ne raisonna plus sur son voyage au
dela de ce qu'elle témoignoit. Le

Prince mesme en conçeut pour elle vne estime peu diferente. Il sentit en quelque façon diminuer le déplaisir qu'il auoit de la prison du Roy son Pére, par la part qu'elle y prenoit ; & comme aux sentimens qu'elle fit paroître alors, il la trouua tres-digne d'estre vn jour sa Belle-Mere, il crût luy deuoir ceder par auance tout ce qu'elle pouuoit meriter en cette qualité. De sorte que, dés le lendemain, sur ce qu'il faloit acheuer de regler les afaires des Païs reconquis, & commettre quelqu'vn au Gouuernement de Babylone, il se fit porter à son apartement : où aprés les premieres ciuilitez, luy ayant rendu conte de ce qu'il auoit fait & de ce qui restoit à faire, il luy proposa de monter au Trône de Belus pour y ordonner de toutes choses. Elle répondit d'abord assez haut à cette respectueuse déference,

& s'en défendit d'vne maniere si ju-
dicieuse & si spirituelle, qu'à l'entendre seulement parler, on pouuoit
bien juger qu'elle estoit fort capable
de faire ce qu'elle refusoit. Mais
comme il est assez dificile de vaincre
Antiocus de quelque façon qu'on
l'entreprenne, il continuoit de mesme à luy vouloir persuader de se
montrer aussi Souueraine à Babylone qu'à Tyr & à Sidon; & d'y
tenir les Etats, comme elle les auoit
déja tenus en Phénicie. Si bien que
Cléopatre, pour finir vn Combat
dans lequel elle ne vouloit rien gagner de ce qu'on luy ofroit, auançant vn peu sa chaise au deuant du
Prince, & mettant le jour derriere
soy: Quoy? Seigneur, luy dit-elle,
auez-vous crû que ie venois à Babylone pour vous enleuer le fruit de vos
conquestes; & quand ie serois aussi
ambitieuse que quelques-vns l'ont
publié

publié, penſez-vous que toute mon
ambition ne ſeroit pas bien ſatisfaite,
ſi ie pouuois ſeulement meriter
l'honneur d'y prendre part auec vous?
Ah! Prince, ajoûta-t'elle d'vn air qui
malgré l'indiference qu'elle vouloit
afecter, fit briller dans ſes yeux vn
certain feu qui s'y aluma tout à coup:
Que vous me connoiſſez mal, ſi vous
jugez de moy ſur la foy publique ; &
que le public eſt mal inſtruit des ſentimens que i'ay dans le cœur! Lors que
toutes ces Conqueſtes que vous auez
faites pour le Roy ſont voſtre heri-
tage, & qu'apres ſa perte tout ce qu'il
laiſſe eſt à vous, i'auouëqu'il me ſeroit
bien glorieux de m'aſſeoir au Trône
de Belus : Mais cette place toute belle
qu'elle eſt, auroit peu de charmes
pour moy, s'il faloit que ie fuſſe ſeule
à la remplir. Il me faut pour me la
faire aimer, vn Prince du ſang des
Belides qui m'y acompagne, & qui

m'y foûtienne ; & ce feroit en vain
que vous auriez la bonté de m'y faire
monter, lors que ie ne vois icy perfonne qui voulût y demeurer auec
moy. Ce difcours tout ingenieux
qu'il eftoit, n'eût peut-eftre pas em-
baraffé mon Maître autant qu'il le
parut, s'il n'eût découuert dans les
regards de Cleopatre, ce qu'autrefois
il auoit crú y reconnoître. Il fe remit
neantmoins auec affez de facilité ; &
fans s'arrefter à ce qu'il auoit veu, fe
contentant de répondre à ce qu'il
auoit oüy : Madame, luy dit-il, il
eft vray que vous ne verrez icy que
des Sujets affligez , qui ne s'éleuent
qu'auec refpect jufqu'à ce Trône
qu'ils ont reconquis pour leur Roy.
Ils fçauent bien que pendant fon
abfence il n'appartient qu'à vous de
l'ocuper : pas-vn d'eux n'a oublié le
droit que vous y auez par l'afection
de ce malheureux Prince : Ils fçau-

font auſſi vous y maintenir aux dépens de leurs vies ; & comme vous
eſtes acoûtumée à regner, ils ſont
bien perſuadez que vous le remplirez
dignement. Si ie n'y dois prétendre
que par cette afection, repliqua la
Reyne de Tyr, mes pretenſions ſont
mal fondées : Ie ſçay qu'il n'eſt plus
de Demétrius, & qu'il eſt vn nouueau
Roy des Syriens, duquel dépend
toute ma gloire & ma fortune. Ah!
Madame, s'écria le Prince, aux Dieux
ne plaiſe que les choſes ſoient en cét
état ! le Roy eſt viuant ; & tout priſonnier qu'il eſt, c'eſt luy qui regne
à Babylone, & c'eſt par luy que vous
y deuez regner. Non, non, Seigneur,
intérompit Cleopatre, ie ne me flate
pas de cette penſée ; & vous ſeriez
peut-eſtre vn bon témoin, comme
il y a long-temps que ie ne m'en flate
plus. Il en eſt vne autre, & plus belle,
& plus legitime, & qui m'eſt cent fois

Zz ij

plus chere, qui y a fuccedé dans mon
ame: Elle l'ocupe toute entiere: Il
y va de tout mon repos de l'y établir,
fi ie puis; & vous pourriez fans doute
m'y aider auec tout le fuccez que ie
defire, fi vous auiez la bonté de me
donner la main en montant à ce
Trône que vous m'ofrez. Que ne
ferois-je point pour voftre feruice,
repartit mon Maître qui commençoit à rapeller les idées du paffé? Ie
ferois bien glorieux de vous mener
au Trône de Belus en l'abfence du
Roy mon Pére, & i'aurois préferé cét
auantage à celuy de noftre Victoire:
Mais, Madame, ajoúta-t'il brufquement comme s'il n'eût entendu aucun myftére en toute cette conuerfation, la prife de Babylone m'ayant
coûté vne petite bleffure, ie ne me
vois guére en état de vous acompagner dans vne Ceremonie fi éclatante, où ie ne puis faire encore au-

cune démarche que de fort mauuaise grace. Ah! Seigneur, intérompit la Reyne de Tyr, plût au Ciel que pour estre heureuse, il n'y eust que vostre guerison à atendre! & quelque lente qu'elle pút estre, s'il m'estoit permis d'esperer la mienne auec la vostre, que ie sçaurois bien joüir dans mon mal d'vne esperance si douce que vous m'auriez donnée! Mais, reprit-elle auec vn soúpir, que me seruiroit-il d'atendre à partager vostre gloire, si ie ne puis pretendre à vostre afection?   Pour regner icy, c'est par vostre cœur que ie voudrois commencer; & sans vostre cœur, Prince, comme vous n'auez rien qui me puisse toucher, ne m'ofrez, ni ne me proposez rien.   A ces dernieres paroles, la Reyne de Tyr jugeant que ç'en estoit assez pour se faire entendre, & voulant voir ce que produiroit cette premiere ouuerture, remit

Zz iij

infenfiblement fa Chaife comme elle eftoit d'abord, & changea de difcours. De tout le refte du jour, foit qu'elle n'en eût pas l'ocafion affez fauorable, ou qu'elle n'ofât rien précipiter apres ce qu'elle croyoit auoir auancé, elle ne témoigna nul empreffement. On ne la vit, ni émeuë, ni agitée : Il ne parut nulle affectation dans les ciuilitez qu'elle rendit au Prince; & fi quelquefois elle ne pût s'empefcher de luy faire des careffes, elle les fceut fi bien concerter auec les loüanges qui eftoient deuës aux grandes chofes qu'il auoit faites, que comme il eftoit adoré de tous les Syriens, nul de ceux qui l'écoutoient n'y démela rien de particulier; & ce fut plutôt à Cleopatre vn moyen de s'infinuër auantageufement dans leur efprit, que de leur donner aucun ombrage. Mais Antiocus qui la connoiffoit mieux que perfonne : luy qui

n'auoit pas perdu le souuenir de toutes les choses qu'elle luy auoit dites si
librement dans vn temps où toute la
Syrie & l'Egypte estant ocupées aux
préparatifs de son Mariage auec Demétrius, elle ne deuoit auoir de sentimens que pour ce grand Roy : Luy,
dis-je, qui venoit de receuoir cette
nouuelle ateinte que ie viens de vous
dire, ne trouua en cette Princesse que
trop de sujets de se confirmer dans les
soupçons qu'il auoit eus. Il découurit en elle ces mesmes mouuemens
qu'il y auoit remarquez l'année pre-
cedente : Il y vit ces mesmes yeux, &
cette mesme complaisance qui luy
auoit déja donné tant d'inquietude;
& enfin, lors que le soir il se fút retiré,
il se trouua dans la mesme peine où il
s'estoit déja trouué, lors qu'à son retour de Suse il auoit commencé de la
connoître. Cependant, il n'auoit pas
besoin de ce surcroist à ses maux pour

Zz iiij

eſtre infiniment à plaindre. La captiuité de Demétrius, l'enleuement de
Rodogune, & le danger où eſtoient
ces deux Perſonnes ſi prétieuſes & ſi
chéres, de périr par la cruauté d'Orode apres le parricide épouuantable
qu'il venoit de commettre en celle
d'Arſace, ne luy cauſoient que trop
ſouuent des penſées douloureuſes.
Ces folles afections de Cleopatre ne
faiſoient que les irriter en les venant
intérompre ; & dans l'emportement
où il la voyoit, il regardoit déja ſon
ariuée à Babylone, comme vne per-
ſecution domeſtique que la Fortune
aloit joindre à toutes ces grandes
afaires qu'il auoit ſur les bras. Il ne
voulut pourtant pas découurir ce
nouueau chagrin à aucun de ſes Amis;
& fut, ou que la politique de la Reyne
de Tyr agiſſant ſous le honteux apas
d'vne feinte paſſion, elle cherchât vn
moyen de le rendre ſuſpect dans l'eſ-

prit du Roy son Pére: ou qu'elle
ressentît en éfet ce qu'elle auoit osé
luy témoigner, il crut toûjours par
vn principe de vertu estre obligé d'en
faire vn grand secret. Il est vray qu'il
s'en trouua extrémement embarassé,
ainsi qu'il me l'auoüa quelque temps
apres; & comme dans le cours des
afaires qu'il faloit terminer, il vouloit continuër auec elle dans la mesme
déference qu'il auoit commencé, ce
n'estoit pas sans peine qu'il trouuoit
les moyens de luy en parler sans se
commettre à son emportement. Mais
cette Princesse, en qui l'Amour auoit
encore subtilisé l'esprit qu'elle a naturellement tres-vif & tres-pene-
trant, reconnut bien-tôt que toutes
les difficultez qu'il y auoit à joindre
Antiocus, ne venoient pas du hazard;
& le procedé de ce Prince, dont elle
deuoit peut-estre auoir assez de honte
pour deuenir sage, ou du moins assez

de dépit pour y tâcher, ne fit que l'a-
nimer dauantage à fa pourfuite.   Elle
feignit d'eftre indifpofée, afin d'exclure de fon Apartement tout ce
grand Monde qui luy nuifoit, & d'y
atirer en mefme temps mon Maître,
à qui la ciuilité ordônnoit ce que le
refpect ne permettoit pas aux autres;
& en éfet de quelque précaution dont
il fe pût feruir en y alant, comme il
ne s'ouurit à perfonne, ce qu'il craignoit luy ariua.   De tous ceux qui
l'acompagnoient en cette vifite, les
Femmes de la Chambre n'y laifferent
entrer qu'Odenat, Menecée & moy;
& les chofes y eftoient mefme difpo-
fées de telle maniere, que nous ne
pûmes pas demeurer long temps en
préfence de Cleopatre.   Nous n'eûmes que celuy de la voir couchée fur
fon lit , & de reconnoître qu'elle y
eftoit dans vn def-habillé dont la ne-
gligence paroiffoit fi amoureufement

recherchée, qu'il n'y auoit point de
parure reguliére qui fût comparable
à ce beau desordre. La chaleur extréme de la Saison autorisoit en quelque façon l'étalage qu'elle faisoit
d'vne partie de ses beautez. Elle n'a-
uoit qu'vne simple jupe de gaze qui
ne cachoit rien de sa taille, & au trauers de laquelle des yeux vn peu curieux eussent facilement découuert le
tour & les proportions de toute sa
personne ; & ses bras nuds jusqu'au
dessus du coude, dont l'vn estoit
étendu sur la cuisse, & l'autre courbé
vers la teste auec la mesme nonchalance, s'acordoient également à la
posture où elle estoit. Elle tâchoit
de temps en temps à se cacher le sein
qu'elle auoit presque tout ouuert ; &
comme si elle n'y eût pas songé, n'en
couurant iamais vn côté sans découurir l'autre, on peut dire qu'elle le
montroit tout entier en voulant per-

suader qu'elle craignoit fort d'en
laisser voir vne partie. C'estoit ainsi
qu'en exposant à la veuë d'vn
Homme toutes les beautez d'vne
Femme où la veuë peut prétendre,
elle faisoit semblant d'en estre fort
auare. Le jour mesme qui les éclairoit en estoit adroitement ménagé;
& des rideaux tirez sur les fenestres,
dont les vnes estoient fermées & les
autres entr'ouuertes, en tempéroient
si bien la trop viue clarté, qu'il n'en
venoit sur Cleopatre qu'autant qu'il
en faloit pour former ces douces
ombres qui prestent à la blancheur
l'éclat qui la releue. Ce n'est pas qu'à
dire le vray, elle en eût besoin; & ses
cheueux noirs comme de l'ébene
formant sur son front quelques le-
géres ondes, & deux ou trois grosses
boucles le long de la jouë & de l'é-
paule qu'elle auoit découuertes, rendoient assez à l'yuoire de son tein

l'office qu'ils receuoient de luy. Mais par deſſus cela, ſes yeux dont elle tâchoit inutilement d'éteindre le feu par vne langueur afectée, brilloient de tant d'amour qu'il eſtoit bien malaiſé de les craindre. Comme le mouuement en eſtoit plus doux, leurs regards en eſtoient auſſi plus ſuportables; & l'éfort qu'elle ſe faiſoit, abaiſſant toute leur fierté naturelle, les rendoit plus beaux & plus charmans que de coûtume. Enfin, Seigneurs, pour ne pas entreprendre icy quelque choſe au deſſus d'vn recit, Cleopatre eſtoit, & plus belle, & plus atrayante que ie ne puis vous le repreſenter; & dans l'état où nous la vîmes, il faloit eſtre ou le Fils de Demétrius, ou l'Amant de Rodogune, ou poſſible faloit-il eſtre tous les deux enſemble pour reſiſter à des charmes ſi puiſſans. Nous ne pûmes nous empeſcher d'en parler, Odenat,

Menecée & moy, en nous retirant
par respect à l'autre bout de la Chambre où quelques Filles s'estoient
arestées à dessein de nous y atirer ; &
le trop de discretion du Prince fut
ainsi cause du déplaisir que nous luy
fismes de nous éloigner de luy dans
vn temps, où il eût bien souhaité que
nous y fussions demeurez.   Cleopatre, qui l'auoit laissé parler pendant que nous estions deuant elle, ne
tarda pas à se seruir de l'ocasion que
nous luy donnions par nostre éloignement ; & comme elle ne manque
iamais d'adresse pour faire reuenir
les choses à son dessein, répondant
aux ciuilitez qu'il luy auoit faites sur
son indisposition : Ie suis malade,
luy dit-elle, pour me déliurer des
visites de ceux qui ne me font point
de mal ; & ie ne le suis pas pour refuser les vostres, ô ! Prince qui cau-
sez tous mes maux.   Quoy que vostre

veuë les enuenime, & qu'elle ne me
flate qu'en me blessant, ie ne laisse pas
de la desirer ; & dans l'état où ie suis,
ie trouue toûjours quelque sorte de
consolation à vous entendre me demander des nouuelles d'vne santé
dont vous faites tout le desordre. La
Reyne de Tyr apres auoir commencé
ce discours en soûpirant, l'acheua de
mesme ; & mon Maître qui s'y estoit
assez preparé, feignant pourtant d'en
estre tout surpris, afin d'y pouuoir
répondre comme s'il ne l'eût pas entendu : Quoy, Madame, luy dit-il,
ie serois cause de voftre indispofi-
tion ? & ce seroit à moy à qui vous
auriez à reprocher le mal que vous
soufrez ? Oüy, Prince, repliqua-
t'elle, c'est pour vous que ie soufre :
mais ie n'ay garde de vous reprocher
ni ma soufrance, ni mes peines, lors
que vous pouuez les finir. Con-
fultez-vous, Seigneur, aîouta-t'elle

en rougiſſant ou d'amour ou de
honte, & ne mettant vne de ſes mains
ſur ſon viſage qu'apres qu'il eût eu
le temps de remarquer cette rougeur;
& ne me forcez pas à vous expliquer
dauantage ce que mes yeux vous ont
dit tant de fois; ce que mes ſoins
vous ont ſi ſouuent confirmé; & ce
que mon départ d'Antioche vous a
dû faire connoître, auec toutes les
autres choſes qui précederent cette
courſe que ie fis en Egypte, ſous pretexte d'aler trauailler à la reconciliation de mes Freres. Enfin, Seigneur,
ne m'obligez pas à vous declarer
moy-meſme ce que mon Voyage en
ce Pays ne vous aprend que trop; &
ce que l'état où vous me voyez vous
dit ſi bien, lors que ie n'oſe vous le
dire autrement. Iugez de tout cela,
pourſuiuit-elle comme elle vit qu'il
ne répondoit rien; & ſi ie ſuis ſi malheureuſe que vous n'ayez iamais fait
de

de reflexion, ni fur mes deſſeins, ni
fur ma conduite: & que vous fermiez
les yeux à ce que les miens vous mon-
trent aujourd'huy, quelle gloire
aurez-vous de me reduire à cette extremité de vous declarer que ie vous
aime, ſi vous ne m'aimez point? A
ces mots qui ne laiſſoient plus rien à
deuiner, Antiocus ceſſa de faire l'é-
tonné; & comme il ſe poſſede parfaitement, changeant de contenance,
& s'abaiſſant deuant la Reyne de Tyr
d'vne façon fort ſoûmiſe: Ie ne
croyois pas, Madame, luy dit-il, auoir
juſqu'icy manqué à ce que ie vous
dois; & apres tout, ie ſerois au deſeſpoir ſi par quelqu'vne de mes
actions i'auois pû vous faire douter
de mon reſpect. Ie ſçay que vous
auez toûjours eû pour moy des bontez au delà de ce que ie pouuois atcn-
dre; & ſi ie ne les ay pas meritées, ie
penſois du moins auoir fait tout mon

possible pour y égaler ma reconnoiſſance, & vous témoigner que ie les
voulois meriter. Ni celles du Roy
mon Pére ne m'ont pas eſté plus
chéres que les voſtres, ni celles de la
Reyne ma Mére ne m'auroient pas
eſté plus prétieuſes. Il m'a ſemblé que
les Dieux aloient me la rendre en voſtre perſonne; & vous auez ſi bien he-
rité des ſentimens que ie luy deuois,
qu'en vous voyant toute preſte à
remplir ſa place, ie vous ay cruë ma
Mere, & me ſuis crû voſtre Fils. Il
apuya aſſez fort ſur ces derniéres paroles, dans la penſée qu'elles pouroient faire rentrer Cleopatre en elle-
meſme. Mais cette Femme emportée
par ſa paſſion, & n'écoutant plus que
ſon cœur: Ah! Prince, luy dit-elle,
ie ne veux rien de vous en cette qualité; & ie n'y voudray iamais rien.
Vous ſçauez peut-eſtre tout ce que
i'ay fait pour la refuſer & pour

m'en defendre; & vous me faites
mourir en me représentant que i'ay
pû estre Femme de Demétrius. Ou-
bliez-le aujourd'huy comme ie l'ou-
bliay dés que vous parustes à mes
yeux, & ne remettez iamais dans ma
memoire ce que vous auez araché de
mon cœur. Ce discours de Cleopatre
prononcé d'vn air où l'impatience &
l'amour formoient vn dépit éclatant
qui eût possible imposé silence à tout
autre qu'à mon Prince, ne l'obligea
qu'à prendre vn autre détour; si bien
que rapellant vne partie de sa douceur pour pallier vn artifice auquel il
se voyoit contraint de recourir:
Madame, luy dit il, il est bien necessaire que ie me souuienne de ce que
vous me deuez estre, afin de ne pas
oublier ce que ie vous dois; & sans
cela, peut-estre, des beautez comme
les vostres ne me laisseroient guére
en état de resister à l'épreuue où vous

me mettez. Ah! Seigneur, reprit aussi-tost Cleopatre à qui il n'en faloit pas tant pour se flater, seroit-il bien vray qu'il y eut quelque chose en ma personne qui ne vous fût pas desagreable? & ce peu de beauté qui fait quelque bruit dans le Monde, auroit-il fait quelque impression dans vostre ame? Pour mon repos, repartit en se leuant le Prince qui n'en vouloit pas sçauoir dauantage, il ne faut pas que ie m'y arreste; & si ie m'estois bien examiné, ie trouuerois possible dans ce cœur que vous éprouuez, & beaucoup plus que ie n'en ose dire, & beaucoup plus que vous n'en voudriez sçauoir. Il s'estoit leué, comme ie vous ay dit, & profera ces mots auec assez de peine & de chagrin: & toute cette douleur secrete qu'il auoit de se voir l'objet de la folie d'vne Princesse que toute la Terre regardoit comme sa Belle-

Mére, imitant affez vne véritable tendreffe, Cleopatre fe laiffa telle-ment ébloüir à cette apparence trompeufe, que dans le plaifir qu'elle y prenoit, le voulant arefter par le bras: Eh! Prince, luy dit-elle, ne vous en alez pas fi-toft..... Mais comme au bruit qu'il auoit fait en fe leuant, Odénat jugea qu'il fe vouloit retirer, nous nous auançâmes fi à propos à la rüelle du lit, qu'il n'eút pas la peine de répondre à cette priere. De forte que fe trouuant l'efprit plus libre par noftre prefence; & tâchant, en quitant Cleopatre, ou de luy faire honte par vn témoignage de fa pudeur, ou d'éloigner de nous le foupçon que nous pouuions auoir de fon entretien auec elle : Madame, dit-il en luy faifant la reuerence, il faut fonger à voftre fanté, préfera-blement aux afaires: C'eft la plus confidérable de toutes, puis que les

A aa iij

autres en dépendent ; & dans l'interest que i'y prens, trouuez bon que ie vous suplie de trauailler à son rétablissement. Quoy que ce discours ne fut qu'vne simple ciuilité ; & que mesme, à le bien examiner, il fut conçeu en des termes qui dans vn sens n'estoient pas plus fauorables à la Reyne de Tyr, qu'ils y pouuoient estre contraires dans vn autre, neantmoins comme elle auoit l'esprit égaré, & qu'elle aimoit à se trómper, il est à croire qu'elle n'entendit que celuy qu'elle souhaitoit ; qu'elle y chercha vn mystere qui n'y estoit point ; & que ne pouuant retenir le Prince, elle s'en fit du moins vne consolation quand elle ne le vit plus. Ce n'estoit pas sans regret qu'il la luy laissoit ; & il s'est assez souuent reproché toute cette honnesteté de son procedé, qui contre son dessein n'auoit seruy que d'aiguillon à l'empor-

tement de Cleopatre. Mais Seigneurs,
il ne faut pas le juger aussi rigoureu-
sement qu'il s'est jugé luy-mesme sur
ce sujet. Il ne flatoit cette Princesse
que pour l'apaiser, & non pas pour
l'enhardir, ni pour voir jusqu'où elle
se pouuoit oublier. Il esperoit qu'a-
uec vn peu de temps la douceur de sa
resistance la rameneroit, & que d'elle-
mesme elle entreroit en confusion
sans estre obligé de l'y pousser par
force. Il respectoit en elle, & la qualité du Sexe, & la dignité de Reyne,
& celle d'Epouse désignée du Roy son
Pere. Enfin il auoit honte de faire le
cruel auec vne Femme : il ne pouuoit
se resoudre à combatre tant de foiblesse par la violance : sa propre pudeur y répugnoit : son humeur obligeante & douce y estoit naturellement oposée ; & dans les sentimens
d'vne vertu peu commune il ne vouloit pas insulter à la folie d'vne
Aaa iiij

Amante qu'il croyoit amuſer auec
vn peu d'adreſſe, & de laquelle il
n'auoit à ſoufrir que juſqu'au jour
de ſon départ. Cependant, comme aprés s'eſtre aſſez bien retenu de
luy dire des choſes fâcheuſes, il craignoit enfin d'en laiſſer échaper de
trop agreables, il reſolut de ne ſe plus
trouuer ſeul auprés d'elle ; & ne luy
fit plus de viſites qu'il n'eut des afaires à luy communiquer pour leſquelles il faloit neceſſairement aſſembler
ceux du Conſeil de Guerre. L'amoureuſe Cleopatre ſe trouua donc aſſez
embaraſſée, quoy qu'à la fin de toutes
ces conferences elle eut toûjours
quelques petits momens aſſez particuliers pour luy pouuoir dire quelques douceurs. Tantoſt elle admiroit
la viuacité de ſon eſprit & ſon jugement dans les afaires : tantoſt elle y
loüoit ſa bonne conduite : tantoſt
elle s'étonnoit de l'y voir ſi ataché

dans vn âge où il ne deuoit l'eſtre
qu'aux plaiſirs ; & de là prenant quelquesfois ocaſion de le plaindre des
peines qu'il ſe donnoit, elle luy parloit adroitement de ſon retour en
Syrie, & trouuoit des raiſons pour
luy montrer que ſa préſence y pouuoit eſtre auſſi neceſſaire qu'à Babylone, ou à l'Armée. Vne autre
fois elle s'étendoit ſur le ſoin qu'il
deuoit auoir de la conſeruation d'vne
vie auſſi conſiderable que la ſienne ;
& comme la bleſſure qu'il auoit receuë à la jambe n'eſtoit pas encore
tout à fait guerie, elle vouloit qu'il
ſe ménageât mieux qu'il ne faiſoit,
& tâchoit ſouuent à luy perſuader
qu'il ne ſeroit de longtemps en état
de monter à Cheual : ou que s'il s'y
hazardoit, les ſuites en pouuoient
eſtre fâcheuſes ; & que luy qui ſçauoit ſi bien mener des troupes au
combat, auoit peut-eſtre beſoin pour

fa conduite particuliere d'vne Perfonne qui luy fûc afectionnée, & qui
craignit pour luy les dangers que fon
grand courage ne luy permettoit pas
de craindre. Mais ce n'eſtoit que de
ces choſes generales qu'elle le pouuoit entretenir; & comme il n'y
auoit pas aſſez de temps pour pouf-
fer la conuerſation plus auant, elle
faiſoit dire le reſte à ſes yeux, dont
le Prince entendoit aſſez le langage
s'il eûc voulu l'écouter. A tout ce
qu'elle pouuoit dire il ne répondoit
iamais rien qui n'eûc quelque raport
au Rôy ſon Pére; & il prenoit à tâche
de ne parler que de luy & de ce qu'il
aloit faire pour luy rendre la liberté.
C'eſtoit toûjours dans ces ſentimens
qu'il finiſſoit auéc elle : tellement que
cette Princeſſe voyant qu'il eſtoit
encore fort éloigné de ce qu'elle
penſoit, & qu'auéc toute cette cir-
conſpection qu'elle aportoit auéc

luy, elle ne faifoit que perdre du temps, elle refolut de luy parler d'autant plus hardiment qu'elle auoit le moins d'ocafions de luy parler.   De forte que commençant à viure comme vne Perfonne conualefcente qui n'eftoit plus obligée de garder la Chambre, & fe promenant tantôt dans vne Galerie qui eftoit de fon appartement, tantôt fur vne Terraffe qui y touchoit, elle y atendoit tous les jours l'heure que le Prince auoit acoûtumé de la venir voir. Mais comme il n'employoit pas moins de foins à éuiter ces ocafions dangereufes qu'elle fe donnoit de peine à les chercher, il rompoit affez fes mefures, & elle ne pouuoit rompre les fiennes.   Il luy ariua pourtant vn foir fauorable aprés l'auoir manqué plufieurs fois : mais Seigneurs, quand ie dis qu'il luy ariua vn foir fauorable, c'eft que Cleopatre

n'estant plus maîtresse de sa passion,
le rendit tel par sa hardiesse. Il s'é-
mût vne contestation entre quelques
Oficiers subalternes qu'on auoit
apellez au Conseil pour estre oüis sur
des faits particuliers; & comme nos
Generaux se trouuerent partagez en
cette rencontre, la chose estant de
peu de consequence, Cleopatre fut
d'auis de laisser aux Satrapes Diodore
& Cendebée l'authorité d'en décider.
Si bien que se leuant de sa place, &
s'apuyant de la main sur le bras de
mon Maître comme si elle eût eu
quelque secret à luy dire dans l'afaire
dont il s'agissoit, elle l'obligea à passer dans la Galerie sans qu'il s'en pût
défendre, ou pour mieux dire elle l'y
poussa en quelque façon; & quand
elle se crût assez loin du monde, luy
serrant la main : Songerez-vous toûjours aux afaires d'autruy, luy dit-
elle, & ne songerez-vous point aux

voſtres ? ou bien ne ſongerez-vous iamais qu'à la guerre, & ne ſongerez-vous point à moy ? Que pretendez-vousfaire, continua-t'elle, auec cette grande Armée & tous ces grands apreſts où ie vous vois chaque jour ſi ocupé ? Alez - vous expoſer toutes vos forces à la conqueſte incertaine d'vn nouueau Royaume, & abandonner la poſſeſſion de celuy qui vous eſt tout aquis ? Que penſez-vous qu'on vous prepare en Syrie tandis que vous vous preparez contre les Parthes ? Eſtes-vous bien aſſuré que les Capadociens ſoient vos amis; croyez-vous qu'ils le puiſſent eſtre aprés la mort d'Ariobarzane; ne jugez-vous point d'Ariarate par vous-meſme; & s'il vous eſtoit auſſi facile qu'à luy de vanger la mort d'vn Frere, en laiſſeriez-vous paſſer vne auſſi belle ocaſion que celle que vous luy donnez par voſtre abſence ? Mais

quand vos Etats seroient en seureté
de ce côté là, ce que vous ne sçauriez
croire raisonnablement si vous vous
souuenez de la Bataille d'Orsale & du
premier coup de vostre épée, ne vous
a-t'on iamais raconté ces factions &
ces partialitez cruelles dont ils ont
esté si longtemps trauaillez sous le
Regne de vos Peres ; & pouuez-vous
dans l'état des choses vous persuader
que la Paix y soit bien établie ? Ah!
Prince, poursuiuit-elle, que vostre
ambition me paroist aueugle! & que
vous faites peu de reflection sur la
conduite de ces Roys qui pour vouloir s'emparer de la Couronne d'vn
autre, ont si souuent perdu la leur!
Ie ne vous les conte point : il y en a
a eu dans tous les Siécles ; & sans
sortir du nostre, vous voyez Persée
Roy de Macédoine, Sapore Roy des
Médes, & plus prés de nous encore,
& plus cruellement pour moy, helas!

le malheureux Alexâdre mon Epoux. Tous les autres comme luy ne se sont rendus fameux que par leurs disgraces & par leur chûte ; & à peine en tombant ont - ils trouué assez de terre pour se faire vn tombeau. La Reyne de Tyr s'anima ainsi tout d'vn coup par ce discours qu'elle auoit aparâment prémedité ; & mon Maître l'eut bien laissé parler plus longtemps si elle eût voulu : mais lors que d'elle-mesme elle eût cessé, prenant la parole d'vn air plus tranquille & d'vn ton de voix plus posé que le sien : Ie vous auouë, Madame, luy dit-il, que ie n'aurois peut-estre iamais songé à ce que vous me dites ; & quoy qu'il me soit assez dificile d'en faire mon profit, ie ne laisse pas de vous en estre également obligé. Mais, reprit-il, l'interest d'vn Royaume à conseruer ne me sçauroit estre fort considérable, lors que i'ay vn Pére

prifonnier qui m'apelle à fon fecours.
Entre ces deux extrémitez , ou de
laiffer le Roy dans les fers, ou de laiffer
périr tous les Syriens auec toute la
Syrie, ie cours à la neceffité que la
Nature me fait voir la plus preffante;
& ie ne doute pas, Madame, que vous
n'aprouuiez ma réfolution, puis qu'il
y va de la liberté d'vn Prince qui vous
aime paffionnément; & qui dans fa
captiuité n'a peut-eftre point de regret plus fenfible que celuy de vòir
retardé ce mariage qu'il a conclu
auec vous. S'il l'a conclu, repliqua
dédaigneufement Cleopatre, ie n'y
ay pas foufcrit; & aprés ce que ie
vous ay témoigné, Prince, vous auez
peut eftre mauuaife grace de me parler de ce mariage. Vous fçauez que
c'eft moy qui ay fait naître tous les
obftacles & toutes les dificultez qui
l'ont empefché: vous fçauez enfin
que c'eft moy qui l'ay rompu dans le
deffein

deſſein de vous plaire; & aprés tout ce que i'ay fait pour vous, & tout ce que ie vous ay dit, vous ſeriez vn ingrat & vous m'ofenceriez mortellement, ſi vous continuyez à me repreſenter vne choſe à laquelle i'ay renoncé pour l'amour de vous. Quoy Madame, reprit mon Maître, vous auriez refuſé la Couronne de Syrie? Oüy Seigneur, intérompit-elle, ie l'ay refuſée : Mais quoy que vous poſſediez aujourd'huy cette Couronne, ce n'eſt pas par elle que vous m'eſtes conſiderable. Ie vous aimerois dépoüillé de toutes ſortes de biens comme ie vous aime; & ni vos Sceptres, ni vos grandeurs, n'ont point de part à mon afection. Mais Madame, pourſuiuit mon Prince, ſongez-vous bien à ce que vous me dites, & que vous me faites le Riual du Roy mon Pere? & ſi i'eſtois aſſez dénaturé pour y conſentir, quelle

Bbb

deſtinée ſeroit comparable à celle de ce Prince infortuné, qui verroit acheuer par la perfidie de ſon propre Fils l'ouurage de ſes maux que la Fortune n'a fait que commencer par la trahiſon de ſes ennemis declarez? O Madame! s'écria-t'il, il n'eſt pas poſſible que vous y vouluſſiez conſentir vous-meſme : vous en deſauoüeriez vos propres charmes; & vous vous opoſeriez de toutes vos forces à ce malheureux éfet de voſtre beauté. Auſſi, continua-t'il, ſçay-je bien que tout ce que vous me dites n'eſt que pour m'éprouuer : mais n'alez pas plus loin s'il eſt vray que vous m'aimiez. Ayez pitié de ma foibleſſe, épargnez vous le regret que vous auriez d'en auoir abuſé ; & dans vn temps où vous mettez en ſi grand danger tout le reſpect que ie dois au Roy mon Pere, laiſſez-moy aler pour la reparation que ie luy dois trauail-

ler à sa liberté. Il voulut éfectiuement se retirer en acheuant ces paroles, & il les auoit proferées tout
exprés d'vn air assez passionné, afin
qu'en satisfaisant la Reyne de Tyr,
elles luy donnassent en mesme temps
le moyen de la quiter.   Mais elles
firent trop d'éfet d'vne façon pour
en pouuoir faire de l'autre. Elles por-
térent auec elles comme vn nouueau
poison, qui pénetrant jusqu'au fonds
du cœur de Cleopatre y assoupit toutes ses craintes & y réueilla tous ses
desirs. Elle le sentit enfin trop aimable aprés ces paroles pour le laisser
partir. Elle crut qu'il estoit vaincu ;
que cette action brusque par laquelle
il auoit témoigné se vouloir retirer,
estoit le dernier éfort d'vne ame qui
chanceloit & qui ne cherchoit qu'à
se rendre ; & dans cette pensée, toute
embrazée d'amour, arestant mon
Maître, & luy serrant encore vne
Bbb ij

fois la main entre les deux siennes :
Prince, luy dit-elle, ne songeons
plus à Demétrius ni vous ni moi ; &
si nous sommes l'vn pour l'autre, ne
nous déguisons rien & parlons à cœur
œuuert. La guerre des Parthes m'a
deliurée d'vn Amant, dont la vie s'o-
posoit à la felicité de la mienne ; &
vous d'vn Pere dont la vertu eût pû
obscurcir tout l'éclat de la vostre.
Qu'il ne reuienne iamais pour vostre
intérest & pour mon repos, & ne me
dites plus que vous alez combatre
pour sa liberté. Si vous eussiez eu
dessein de le déliurer, il ne faloit que
retenir la Fille d'Arsace qui estoit
tombée en vostre puissance ; & sans
leuer des Armées, ni donner des Batailles, l'écharge de cette Princesse
auroit facilement payé sa rançon.
Mais ie vous sçay bon gré, soit que
vous l'ayez renduë comme quelques-
vns le croyent, ou que vous l'ayez

laiſſée échaper comme d'autres le diſent. Sa priſon pour peu qu'elle eût duré, eût bientôt finy celle de Demétrius : il ſeroit maintenant de retour : il ocuperoit vn Trône où vous regnerez mieux que luy : il joüiroit du fruit de vos trauaux & de vos victoires; & l'ombre de ſes vieux jours troublant la ſerenité des miens, ofuſqueroit encore toute la gloire qui doit acompagner les voſ-tres. Aujourd'huy que les Dieux l'ont puny de ſon ambition, ne vous reuoltez point contre cette juſtice qu'ils font aux Hommes. Deuenez ſage par le malheur du Roy, & laiſſez les choſes dans l'état où il les a miſes par ſa faute. Nous ne ſom-mes ni vous ni moy reſponſables à perſonne de ſa captiuité : vous n'a-uez déja que trop hazardé pour luy; & aprés les dangers que vous auez courus en alant à ſon ſecours, vous

B bb iij

estes quite de tout ce que vous luy
deuiez, comme au moment que ie
vous vis, ie le fus de ce que ie luy
pouuois deuoir. Alons donc, Antiocus, reprit-elle : retournons ensemble à Antioche pour nous y dé-
lasser parmy les plaisirs, vous des
fatigues de la guerre, & moy des
peines que ie souffre depuis deux
ans pour l'amour de vous. Que si
aprés cela le desir de la gloire échaufe
encore vostre courage, & si malgré
moy vous estes ambitieux, vous n'y
manquerez pas d'ocasions de vous
signaler & de vous agrandir. I'y con-
tribuëray de toutes mes forces & de
toute mon adresse. Ie sçay déja les
moyens de joindre sur vostre teste
la Couronne de Capadoce à celle de
vos Péres : i'en sçay encore d'autres
pour y ajouter celle d'Egypte; &
vous ne deuez pas douter que vous
sentant regner dans mon cœur, ie ne

reüssisse aisément dans le dessein que
i'ay de vous faire regner dans ma Patrie. Mais, poursuiuit elle, ne songez
plus à passer le Tigre, ni à la guerre
des Parthes. Outre que leurs armes
ont toûjours esté fatales aux Seleucides, on dit que leur Princesse est
assez belle ; & toute ennemie qu'elle
est de vostre Maison, aprés ce que
vous auez fait pour elle on diroit
peut-estre que vous l'aimez, & que
vous n'alez au secours de Demétrius
que pour la seruir contre ceux qui
luy disputent l'Empire. Iusque là
mon Prince auoit écouté Cleopatre
auec assez de patiance ; & comme il
commençoit à auoir du mépris pour
elle ; qu'insensiblement il se persua-
doit que l'honneur du Roy son Pere
n'estoit plus interessé en la conduite
d'vne si indigne Princesse ; & que par
hazard il estoit moins chagrin ce jour
là que les autres, peut-estre que si elle

B bb iiij

n'eût point meflé Rodogune en cette
conuerfation , il auroit veu auec
quelque forte de plaifir les inutiles
éforts qu'elle faifoit pour luy toucher le cœur. Mais dés qu'elle eût
parlé de cette grande Reyne , & du
foupçon qu'on pourroit auoir qu'il
l'aimoit, il fe trouua comme tous les
vrais Amans ont acoûtumé de l'eftre
au feul nom de la Perfonne aimée,
fi fenfible à ce difcours, que la rougeur luy en monta au vifage. Il eut
mefme affez de peine quoy que la
nuit aprochât, à dérober cette marque de fa foibleffe à la connoiffance
de Cleopatre. Il fe retourna brufquement & plutôt qu'il n'auoit fait au
premier tour de Galerie , afin de fe
mettre à l'ombre du peu de jour qui
reftoit : mais auffitôt fe repentant
d'auoir voulu cacher ce témoignage
de fa pudeur à vne Femme qui en
auoit fi peu ; & ne voulant defauoüer

en aucune façon les sentimens qu'il
auoit pour son illustre Maîtresse, il
s'aresta tout court & s'exposa tout
entier à la veuë de Cleopatre. Il se
laissa mesme examiner autant qu'-
elle le voulut sans rien dire; & lors
qu'elle aloit reprendre la parole, la
prenant sur elle d'vn ton plus haut:
Madame, luy dit-il, aprés auoir eu
la Reyne des Parthes en ma puissance
& luy auoir rendu la liberté, ie ne
doute pas qu'il ne se trouue aujour-
d'huy assez de gens qui raisonneront
sur cela à leur fantaisie. Mais si ces
commencemens font douter de ma
conduite, le succés justifiera mes
desseins; & quoy que la Reyne des
Parthes soit éfectiuement si belle,
qu'il est peu de Princes au Monde
qui ne voulussent de bon cœur employer toute leur vie à son seruice,
neantmoins elle ne m'empeschera
point de faire mon deuoir. Ce n'est

pas, reprit-il, que ie ne fuſſe moins
coupable de negliger les intereſts du
Roy mon Pere pour l'amour d'elle,
que de les abandonner pour l'amour
de vous. On trouueroit peut-eſtre
des excuſes à ma nonchalance & à
mon peu de ſoin; & ie ſuis dans vn
âge où les paſſions legitimes ne font
que des deſordres pardonnables.
Mais pour vous, Madame, il n'en eſt
pas de meſme; & lors que ie conſi-
dere que vous eſtes tantôt l'Epouſe
de celuy dont ie tiens la vie, il ne
m'eſt pas ſeulement permis de connoître que vous ſoyez auſſi aimable
que vous eſtes. Vous ne deuez auoir
pour moy que des beautez & des
bontez d'vne Mere: ie ne dois auoir
pour vous que les tendreſſes d'vn Fils
reſpectueux; & tous les-charmes de
voſtre Perſonne qui pouroient ſeruir
d'excuſe à vn autre, ne me ſçauroient
faire commettre que des crimes qui

feroient trembler la Nature, & que
les Dieux ne me pouroient iamais
pardonner. La vehemence auec laquelle il acheua ce difcours abaiffa
beaucoup celle que Cleopatre auoit
employée dans le fien. Elle demeura
quelque temps interdite ; & enfin vne
partie de fa confufion eftant diffipée:
Comme ie ne veux pas que vous con-
damniez les fentimens que i'ay pour
vous, luy dit-elle, vous deuez croire
auffi que ie ne condamnerois pas
ceux que vous pouriez auoir pour la
Princeffe des Parthes. Tout eft permis à voftre âge, Seigneur; & les
Héros comme vous ne doiuent point
aprendre à borner leurs conqueftes.
Mais lors que vous confiderez que ie
fuis tantôt l'Epoufe de Demétrius,
ce tantôt n'eft plus qu'vne erreur &
vn fonge dont il ne me fouuient plus,
& qui ne fubfifte que dans voftre
opinion. Ainfi ie ne vois pas que ce

que ie vous propofe foit vn fi grand
crime; & ie m'étonne fort, pourfui-
uit-elle auec vn regard qui marquoit
affez le dépit qu'elle auoit dans le
cœur, de vous voir des fcrupules fi
vains, lors qu'on a veu dans voftre
Maifon vn Prince de mefme nom
que vous, qui ayant fon Pere viuant
& regnant, fut éfectiuement l'Epoux
de fa Belle-Mere. Ce Prince, repliqua brufquement le mien, fit vn
mauuais exemple que nul autre n'a
fuiuy. Il prit tant de part aux plaifirs
qu'il n'en eut point à la gloire. Son
mariage criminel ne laiffa rien de luy
à la Pofterité: fa memoire finit auec
fa vie; & comme ie n'ay pas le malheur d'eftre defcendu de luy, ie n'auray pas la honte de luy reffembler.
Mon Maître commençoit ainfi à
n'auoir plus de complaifance pour
Cleopatre; & peut-eftre que dés ce
foir mefme il eût tout à fait rompu

auec elle, fi les Satrapes Diodore &
Cendebée fuiuis de ces Officiers qu'ils
venoient de mettre d'acord, ne fuf-
fent venus intérompre la conuerfation. Ils luy rendirent conte de l'état
de la chofe, & des raifons fur lefquel-
les ils en auoient jugé; & comme la
Reyne de Tyr ne témoignoit pas
prendre autant de part en ces fortes
d'afaires qu'elle en auoit témoigné
d'abord, aprés qu'il luy eût demandé
ce qu'elle en penfoit auec toute fa
ciuilité ordinaire, & qu'elle y eût
répondu auec beaucoup d'indiférence, il l'obligea à rentrer dans fa
Chambre, & prit congé d'elle en luy
donnant le bon foir. Il vit bien qu'il
la laiffoit mal fatisfaite, mais il n'y
voyoit point de remede. Elle auoit
épuifé toute fon adreffe : il auoit fait
tout ce qu'il auoit pû pour fe défendre honneftement; & ce n'eftoit qu'à
l'extremité qu'il auoit leué le

masque. Encore n'estoit-il pas sorty
des termes du respect. Il auoit sçeu
épargner la personne de Cleopatre
en toutes ses paroles: il ne luy auoit
fait nulle injure; & il s'estoit si bien
ménagé dans ses raisons, que mesme
il auoit meslé quelques douceurs à
leur seuerité. Mais enfin la Reyne
de Tyr s'estoit trop fortement declarée: il n'y auoit pas moyen de ne le
pas entendre; & comme il m'a fait
l'honneur de me le dire depuis, elle
l'auoit poussé si loin, que quelque
déplaisir & quelque compassion qu'il
eût de sa folie il n'osoit plus écouter
les mouuemens de son cœur qui luy
disoient quelquesfois en secret, qu'-
encore que ce fût vn crime de flater
Cleopatre dans son égarement, il
estoit pourtant obligé de le voir
auec quelque sorte d'indulgence. Il
sembloit qu'il craignît la beauté de
cette Princesse quoy qu'il n'eût plus

d'eſtime pour elle, & qu'il ſe défiât
luy-meſme de ſa propre vertu, lors
qu'elle auoit perdu toute honte &
toute pudeur. De ſorte que pour ſe
déliurer d'vne perſécution ſi fâcheuſe, il réſolut de faire marcher
ſes troupes, & de les ſuiure auſſitôt,
ſans atendre celles que le Prince Souuerain de Iudée luy amenoit.

La Reyne de Tyr de ſon côté ou-
trée de dépit & de douleur, ſongea
auſſi à ſe retirer. Mais tandis qu'elle
donnoit aſſez hautement les ordres
pour ſon départ, ſa réſolution de
partir eſtoit fort incertaine. Toute
ſon ame demeuroit ſuſpenduë entre
ſon reſſentiment & ſes deſirs; &
quelques-vns pénetrans dans ſon
cœur, commençoient à reconnoître
qu'elle preſſoit en aparance ce qu'elle
n'auoit en éfet nulle enuie d'executer. On la trouuoit quelquesfois dans
les Iardins de Semiramis, n'eſtant

acompagnée que d'vne de ſes Femmes. Elle afeſtoit d'y chercher la
ſolitude & les promenades les plus
éloignées du Monde. Elle auoit alors
les yeux triſtes & abatus, & le viſage
terny ; & en vn mot elle eſtoit peu
ſemblable à elle-meſme. Et d'autres
fois paſſant de la langueur à l'emportement, on la voyoit auec ie ne
ſçay quoy de furieux dans les regars
cherchant le Prince par tout où elle
jugeoit qu'il pouuoit eſtre, & où il
auoit acoûtumé d'aler. Mais c'eſtoit
deſormais en vain qu'elle ſe donnoit
tant de peine. Il fuyoit ouuertement
ces ocaſions dangereuſes qu'elle cherchoit auec tant d'adreſſe. Il eſtoit
preſque toûjours au Camp : il y paſſoit meſme quelques nuits ; & il prenoit bien garde à ne rentrer dans Babylone qu'à des heures, où le con-
cours du monde eſtant le plus grand,
la Reyne de Tyr ne pouuoit iamais

trouuer

trouuer de momens fauorables. Elle vit cinq ou six jours écoulez de cette sorte depuis leur derniere conférence, sans l'auoir pû joindre, & sans auoir reçeu de sa part que des ciuilitez ordinaires qu'il luy faisoit rendre exactement par les Principaux de sa suite, afin de garder les dehors auec elle : quoy que l'embarras de ses afaires ne luy fournît que trop d'excuses pour estre dispensé de luy en rendre luy-mesme. Cependant il estoit à la veille de son départ; & ses troupes victorieuses s'estoient si bien rétablies, que dans l'impatience qu'elles auoient de marcher contre Orode, non seulement il pouuoit s'asseurer de tirer bientôt le Roy son Pere des mains de ce cruel, mais mesme il auoit tout sujet de se promettre de nouuelles conquestes. Tellement que le jour que Diodore deuoit partir auec l'Infanterie, Cleopatre desef-

perée voyant bien qu'Antiocus luy
aloit échaper; & dans son desespoir
n'estant plus capable de rien ménager, s'oublia jusqu'à le venir trouuer
en son apartement. L'ocasion estoit
tout à fait fauorable. Il y auoit ce
matin là fort peu de monde dans le
Palais; & mesme la pluspart de ceux
qui ont acoûtumé de se tenir auprés
de la personne du Prince, se trouuoient pour lors diferemment ocu-
pez aux préparatifs de son départ.
D'ailleurs, comme outre les soins
qu'il employoit à éuiter la persécu-
tion de Cleopatre, & ceux qu'il estoit
obligé de donner à la marche de l'Armée, il en auoit encore d'autres assez
capables de l'ocuper tout entier, il
estoit pour lors tout seul retiré dans
vn Cabinet. Il y songeoit aux afaires
des Parthes, & à la Ligue que le Prince
Artabane & son Fils pouuoient faire
auec le Prince de Perse contre le

cruel Orode. Il refvoit à ce que l'infortunée Rodogune pouuoit deuenir dans ces commencemens. Il tâchoit à deuiner si elle penfoit à luy de la maniere qu'il le defiroit, & qu'il le croyoit meriter; & si d'vn côté la voyant aussi interessée que luy en la punition d'Orode, il fe perfuadoit que cet objet commun de leur vangeance luy pouuoit faire auoir quelque part en fes penfées, de l'autre il doutoit affez, que les reffentimens de cette grande Princeffe eftant foûtenus par tant de Princes, & par celuy-là mefme qu'elle deuoit faire Roy, elle daignât feulement fouhaiter le fecours des Syriens. Il auoit crû aprendre quelques nouuelles de toutes ces chofes par le retour de Démate; mais comme cét Homme ne reuenoit point, fes inquiétudes augmentoient; & n'ayant prefque plus d'efpérance en luy, il auoit déja

jetté les yeux fur vn autre pour en-
uoyer à Sufe. La Reyne de Tyr le
furprit comme il déliberoit encore
à qui il y deuoit écrire, ne fçachant
fi l'affiftance de la Princeffe des Cofféans qu'il eftimoit beaucoup, luy
feroit plus fauorable en cette rencontre, que celle du Satrape Gotarzés
qui luy eftoit particulierement obligé: ou s'il valoit mieux qu'il s'adref-
fât à Marfione qui auoit toûjours
efté fon intime amie, & auec laquelle
il en pouuoit vfer plus librement.
De forte que, Cleopatre eftant entrée
fort brufquement dans ce Cabinet,
à peine s'eftoit-il leué de fon fiége
pour la receuoir, qu'elle eftoit déja
auprés de luy. Vous me fuyez, luy
dit-elle d'vn ton de voix affez fier
& pourtant mal affeuré; & aprés
m'auoir outragée par vos fuites con-
tinuelles, vous m'alez mettre au defefpoir par voftre éloignement. Qu'il

y a d'inhumanité dans ce procedé! pourſuiuit-elle en le regardant auec des yeux où l'Amour tout en colere qu'il y eſtoit, ne laiſſoit pas d'eſtre encore Amour; & que ces marques que vous me donnez de voſtre auer-ſion ſont bien éloignées d'en eſtre de voſtre vertu! Il ſied toûjours mal à voſtre Sexe de brauer le noſtre; & les Hommes ont tant d'auantages ſur les Femmes, qu'ils ne ſçauroient ia-mais de bonne grace employer con-tr'elles ni la fierté ni le mépris. Eh! Madame, repliqua doucement mon Prince en luy quittant le Fauteüil où il eſtoit, par quel crime ay-je merité la perſécution que vous me faites; & par quel malheur faut-il que ie me voye expoſé à voſtre indignation? Eh! pourquoy me fuyez-vous, re-prit-elle auec vn ſoûpir qui n'en di-ſoit pas moins que ſes regars paſſion-nez? Pourquoy rendez-vous mes

C c c iij

ſoins auſſi inutiles que mes deſirs?
Pourquoy ſçachant que ie vous aime,
me traitez-vous en ennemie ; &
quelle gloire eſt la voſtre de vouloir
triompher de toute ma foibleſſe,
quand ie vous ay ſoûmis de ſi bon
cœur toute ma fierté? Apellez-vous
mes bontez vn malheur pour vous?
apellez-vous vne perſécution le deſir
que i'ay de vous plaire ; & lors que
vous répondez ſi mal aux témoignages de mon amour, n'eſt-ce pas vn
mépris & vne cruauté ſans exemple
qui merite toute ma haine & toute
mon indignation? Mais Madame,
repartit mon Prince d'vn air aſſez
impatiant, comment puis-je aujour-
d'huy m'en défendre ; & lors que
vous ne ſongez plus au malheureux
Demétrius, penſez-vous que ie le
puiſſe oublier? Que voulez-vous
que ie vous réponde aprés ce que
vous m'auez forcé de vous dire la

derniere fois? est-il besoin que ie m'explique dauantage? faut il que ie vous remette deuant les yeux ce que vous deuez à vostre Rang, à vostre Sexe, à vous-mesme? faut-il enfin que ie perde le respect que ie dois à vne Princesse que le Roy mon Pere honore de son afection? ou bien faut-il, Madame, que ie vous flate & que ie vous amuse, comme ie croyois au commencement que la bienseance me l'ordonnoit si vous eussiez pû vous en contenter; & que ie conti-nuë à vous dire, que plus vous estes aimable & plus ie vous crains; que vos bontez m'acablent quand vos beautez m'ébloüissent; & que vous deuriez du moins me laisser vn peu de temps pour me reconnoître sous les faueurs que vous me faites, & sous les biens que vous m'ofrez. Non non, cruel, s'écria Cleopatre, ie ne demande pas que vous me trompiez,

C cc iiij

ni que vous me montriez icy tout voſtre eſprit, lors que ie vous ouure tout mon cœur. Mais puis que ie ne dois pas atendre de vous ce que ie m'en promettois, vous ne rirez pas long-temps du mal que vous me fai-tes; & s'il y a quelque tendreſſe ou quelque generoſité dans vne ame, où ie vois à ma honte tant de rigueur & tant de dureté, vous donnerez peut-eſtre à ma mort les ſoûpirs que vous n'auez pû dóner à mon amour. Oüy Prince, ajoûta-t'elle d'vn ton furieux, il faut punir mon cœur du mauuais choix qu'il a fait de vous. Il faut vous déliurer de cette Amante qui vous importune; & il faut enfin chercher dans vos propres armes le repos que ie n'ay pû trouuer dans voſtre afection. A ces mots elle mit la main ſur quelques jauelots à la façon des Scythes Maſſagetes, dont on auoit fait vn préſent à mon Maî-

tre par rareté, & qu'on auoit laiſſez
par hazard ſur la table où il aloit
écrire. Mais comme aprés en auoir
choiſy vn auec vne certaine précaution qui trahiſſoit aſſez ſon deſeſpoir; & qu'en ſuite elle n'en tourna
la pointe vers ſon eſtomach, que
d'vne maniere qui répondoit encore
de ſa modération, le Prince ſans s'é-
toner de toute cette aparence tragi-
que, s'aprocha d'elle plus qu'il n'eſtoit; & la regardant peut-eſtre auec
cette mine altiere & dédaigneuſe par
laquelle il ſçait ſi bien expliquer le
ſentiment qu'il a des Perſonnes mé-
priſables: O! Madame, luy dit-il, ie
ſuis le coupable qu'il faut punir:
tournez contre moy toutes ces armes qui ne doiuent eſtre employées
qu'à voſtre ſeruice; & qui pour voſtre
gloire en m'oſtant du Monde, pouroient auiourd'huy vous en rendre
vn ſi conſidérable. Ie le deurois peut-

eftre, repartit la defefperée Reyne de Tyr fans pénetrer le fens de ces paroles, & fe fentant affez outragée du peu d'éfroy qu'Antiocus auoit eu de fon defefpoir : Mais inhumain, ajoûta-t'elle en jettant à fes pieds le jauelot qu'elle tenoit, ni ie ne fuis affez forte pour t'ôter la vie, ni ie ne dois pas eftre affez lâche que de me donner la mort pour l'amour de toy, lors que tu crains fi peu de me voir mourir. Va, porte où tu voudras les fpecieux dehors fous lefquels tu caches vne ame fi traîtreffe & fi cruelle. Va donner ton cœur & tes afections à ta Rodogune ; & fous pretexte de feruir le Roy ton Pére, va facrifier les Armées, que fa captiuité laiffe en ton pouuoir, au feruice de cette ennemie dont tu fais ta Maîtreffe. Ie t'ay ofert mon afection, & tu ne merites que ma haine apres l'auoir refufée ; & tu l'auras auffi ingrat & perfide ; & tu

sçauras ce que peut Cleopatre irritée,
puis que tu n'as pas voulu éprouuer
ce que valoit son amitié. Voila comme la fureur succeda à l'amour dans le
cœur de cette Amante ; & mon Maître apres cette rupture ne luy voulant
pas laisser dequoy en reuenir, ni mesme dequoy se flater : Ie verray , luy
dit-il, les éforts de vostre haine auec
plus de tranquilité que ie n'ay veu
ceux de vostre amour.   I'ay fait au
delà de mes forces, & peut estre au
delà de ce que ie deuois, pour tâcher
à vous aprendre ce que vous vous
deuez.   Toute mon adresse & toute
ma retenuë n'ont pû rapeler vostre
pudeur : Vous auez lassé la mienne :
vous l'auez poussée jusqu'au bout ; &
apres cela, Madame, quoy que vous
fassiez, ie n'ay plus rien à ménager
auec vous ; & vos emportemens de
quelque nature qu'ils soient, me don-
neront desormais peu d'inquietude.

Achéue, achéue, luy cria-t'elle en
s'en alant d'vne démarche toute fu-
rieuſe! Tu me craindras ſi tu ne
m'aimes; & ma haine ne ſera pas ſi
mépriſable que mon amour! Mon
Prince ne ſongea pas ſeulement à repartir à cette menace. Il balança peut
eſtre quelque temps incertain s'il deuoit reconduire Cleopatre: mais elle
ſortit ſi viſte, que ne pouuant rien reſoudre, il la laiſſa aler & demeura où
il eſtoit. Cependant, comme le deſordre dans lequel elle ſe retiroit fut
remarqué des Gardes qui ſe trouuoient ſur ſon paſſage, le bruit en
courut auſſi-tôt par tout le Palais; &
ceux qui auoient le plus d'accez aupres d'Antiocus le vinrent trouuer.
Mais il eut encore cette diſcretion de
ne leur rien découurir; & pour détourner leur curioſité, montant à
cheual auec eux, il ala au Camp voir
défiler l'Infanterie qui commençoit

à partir sous le commandement de Diodore. Il n'y fut pas long-temps sans aprendre des nouuelles de Cleopatre. Il vint vn ordre de la part de cette Princesse irritée aux six mille Cheuaux qu'elle auoit amenez, de décamper & de la suiure; & ils se trouuerent si-tost en état de luy obeïr, qu'il parut bien qu'on les y auoit preparez, & qu'ils s'y atédoient. Cela se fit auec tout l'éclat ordinaire au son des Hauts-bois, & au bruit des Clairons : & quoy que la Reyne de Tyr eût assez parlé de son départ quelques jours auparauant ; neantmoins, comme elle emmenoit des Troupes qu'on croyoit qui deuoient demeurer ; qu'elle auoit eu le matin vne longue conference auec le Prince ; que contre sa coûtume elle estoit venuë le voir en son apartement ; & qu'en retournant au sien on auoit remarqué beaucoup d'émotion en

toute ſa perſonne, le monde commençoit à s'étonner de ce procedé:
chacun s'en demandoit raiſon l'vn à
l'autre; & quelques-vns déja ſe ha-
zardoient à la demander au Prince.
Mais peut-eſtre qu'il n'en eút encore
rien dit, ſi on ne luy eút aporté vne
Lettre où eſtoient ces paroles.

CLEOPATRE
REYNE DE TYR,
A V
PRINCE ANTIOCVS.

Es ſentimens que vous m'auez témoi-
L*gnez ne me permettent pas de faire vn*
plus long ſeiour à Babylone; & quoy que ma
préſence y fûſt peut-eſtre neceſſaire, pour auan-
cer la liberté d'vn Roy qui doit eſtre mon

Epoux ; Neantmoins, i'aime mieux la voir vn peu retardée, que de m'expoſer dauantage à des ſollicitations auſſi criminelles que les voſtres. Rendez à la Reyne des Parthes ce cœur que vous luy vouliez ôter en me voyant. Il vous ſera moins honteux d'abandonner le Roy voſtre Pére pour l'amour d'elle, que de l'oublier pour l'amour de moy. En cela, du moins, vous ne ſerez coupable que d'vn ſeul crime ; & vos feux pour Rodogune en pourront eſtre l'excuſe, où ceux dont vous croyiez brûler pour Cleopatre, l'auroient rendu plus horrible. Alez donc, Prince, alez acheter voſtre ſatisfaction au prix de celuy dont vous tenez la vie. Tâchez de vous repentir d'auoir oſé la chercher aux dépens de ſon honneur ; & tandis qu'il gémit dans les fers, employez ſes Armées au ſeruice d'vne Maîtreſſe ennemie, nous tâcherons pour le deliurer d'en leuer d'autres ſous les ordres de CLEOPATRE REYNE DE TYR.

A peine auoit-il acheué cette lec-

ture, que Zeunexis, Theodat, Abiſſare, Laocoon, Artaxias & Miſtrale
luy aporterent des Billets qui ſe trouuoient ſemez dans leurs quartiers, &
dans leſquels ces mots eſtoient écrits.

*Vous Chefs & Soldats du Roy de Syrie,
ſoit que vous ſoyez ſes Sujets ou ſes Aliez,
ſongez à ſa liberté. Ce n'eſt pas pour la luy
rendre que vous alez combatre. On vous
trompe, on vous abuſe; & l'on ne vous
méne à la guerre que pour ſecourir les Ennemis que vous auez vaincus.*

Ces Billets ſeditieux ne firent
guére plus d'éfet dans l'amé d'Antiocus, que la Lettre de Cleopatre. Il
connût aiſément que tout cela venoit
de la meſme cauſe; & que, comme elle
l'en auoit menacé, elle cherchoit à ſe
faire craindre, n'ayant pú ſe faire aimer. Cependant, comme il ne faut
rien negliger parmy des Troupes
composées

composées de Nations diferentes, il
crût deuoir declarer à ses Amis particuliers le secret qu'il leur auoit caché
jusque là: ce qu'il fit auec tant de sagesse & de modestie, que la seule maniere dont il en parla, aprit à ceux qui
l'écoutoient à bien vser de cette confidence; de sorte qu'auec les soupçons
que la plusart auoient déja conçeus,
il ne luy fut pas mal aisé de preuenir
les mauuais desseins de la Reyne de
Tyr. Tout le mal qui en arriua, c'est
que la Caualerie d'Egypte qui estoit
venuë auec nous au commencement
de la Guerre, demanda son congé dés
le lendemain. Mais le mépris auec lequel le Prince y consentit, fut si bien
secondé par celuy que tous les autres
Estrangers témoignerent à ces Deser-
teurs en les voyant partir, qu'il n'eut
pas sujet de craindre qu'il prît enuie à
ceux de Chypre, d'Armenie & de Capadoce de les imiter. Les Archers de

Cilicie dont on doutoit vn peu, parce
qu'ayant seruy au Prince Agaronca
pour enleuer Rodogune, Antiocus
auoit toûjours eu pour eux quelque
froideur depuis ce temps-là, parurent
alors des plus zelez pour l'honneur de
l'Armée. Menedéme qui les commandoit se mocqua hautement des
Billets qui se trouuerent en son quartier, & les ayant luy-mesme aportez
à Babylone, il prit si bien dans cette
ocasion celle de se justifier de la trom-
perie que les Arabes luy auoient faite
à Calane, qu'il ventra dans les bonnes
graces du Prince. Tellement que
l'entreprise de Cleopatre pour débau-
cher l'Armée ne reüssit qu'auprés des
Egyptiens. Encore ne perdit-on
rien à leur départ qui ne fut bien rem-
placé le mesme jour; & pour trois
mille Caualiers qui se retiroient, &
qui estoient demeurés sans Chef aprés
la Bataille de Reséne, le Prince Sou-

uerain de Iudée acompagné de deux
de ſes Fils amena ſix mille Hommes
de pied, & quatre mille Cheuaux. Le
Quartier des Deſerteurs ſe trouua
ainſi beaucoup mieux remply qu'il
n'eſtoit, ſoit que l'on conſiderât le
nombre des Iuifs, ou leur valeur.
Mais Seigneur, continua Lépante en
adreſſant la parole au Prince Ariſtobule, puis que ie ſuis en cét endroit
permettez-moy de vous dire, que
nous fûmes aſſez ſurpris en vous
voyant icy porter le meſme nom
qu'vn de ces Princes portoit; &
que d'abord le Roy mon Maître ſur
l'idée qu'il en a pû conſeruer, ſe
trouua en peine, & douta pendant
quelque temps, ſi vous n'eſtiez point
l'aîné des deux Princes de Iudée qui
eſtoient venus auec luy ataquer
Orode dans les Montagnes des Cer-
brénes & des Corques. Ie ne ſçay,
répondit Ariſtobule, ſi i'auray quel-
Ddd ij

que jour le malheur de faire vne
action auſſi lâche & auſſi honteuſe
que celle que fit le Prince dont vous
parlez à la guerre des Parthes, parce
que i'ay celuy d'auoir quelques traits
de viſage qui ont quelque raport à
ceux qu'on voit dans le ſien. Ceux
qui ne nous ont guére veus l'vn auec
l'autre, s'y ſont quelquefois trompez : mais l'opiniâtreté qu'il a toûjours euë à vouloir porter mon nom,
autoriſée par l'ordre de mon Pére qui
le vouloit de meſme, a beaucoup plus
contribué à cette erreur que la legere
reſſemblance qui peut eſtre entre luy
& moy. C'a eſté vne aſſez grande afaire
dans noſtre Maiſon, & qui m'a cauſé
bien des trauerſes ; & poſſible qu'vn
de ces jours ie me verray obligé à les
aprendre au Roy de Syrie. Si ce n'eſtoit que pour le deſabuſer, repartit
Lépante, vous pouriez, Seigneur,
vous exempter de cette peine. Aprés

vous auoir decouuert le doute où il
se trouua en vous voyant icy la premiere fois, ie puis vous dire auec la
mesme sincerité, qu'il n'y demeura
pas long-temps; & qu'outre qu'il ne se
remettoit pas dans voftre visage tout
ce qu'il auoit remarqué dans celuy
de voftre Frere aîné, il reconnut bientôt à vous entendre seulement parler,
qu'il s'estoit trompé, & que vous
n'eussiez pas esté capable de luy rendre d'aussi mauuais ofices que ce
Prince luy en a rendus.

Le veritable Aristobule estoit pour
lors dans des sentimens qui le pressoient assez de répondre, & d'en dire
dauantage sur ce sujet; si la considera-
ration de Zoroaste & de Thesée, qui
auoient toûjours esté fort atentifs au
recit de la vie du grand Antiocus, ne
l'eût obligé à laisser la parole à Lépante. Mais lors que ce sage Ecüyer
se disposoit à la reprendre & à conti-

nuer, on le vint auertir que le Roy estoit éueillé, & qu'on aloit le panser. De sorte que, comme son zéle auoit rendu ses soins & ses seruices aussi agreables que necessai-res à son illustre Maître, il pria les grands Hommes qui l'auoient si obli-geamment écouté, de trouuer bon qu'il retournât auprés de sa Personne pour y satisfaire à son deuoir ; & leur témoigna ensuite auec beaucoup de respect, que dés qu'ils le voudroient, il seroit toûjours tout prest de reprendre son discours où il en estoit demeuré.

FIN.

Extrait du Priuilege du Roy.

PAr Grace & Priuilege du Roy, donné à Fontainebleau, le dix-huitiéme jour d'Aouſt 1666. Signé, Par le Roy en ſon Conſeil, GVITONNEAV. Il eſt permis à Eſtienne Loyſon, Marchand Libraire à Paris, de faire imprimer, vendre & debiter par tous les Lieux & Terres de noſtre obeïſſance, vn Roman intitulé *RODOGVNE, Hiſtoire Aſiatique & Romaine*, & ce en tant de Volumes, & autant de fois que bon luy ſemblera, durant le temps & eſpace de ſept années, à compter du jour que chaque Volume ſera acheué d'imprimer pour la premiere fois : Et defenſes ſont faites à toutes perſonnes, de quelque qualité & condition qu'elles ſoient, d'extraire, d'imiter, ou contrefaire ledit Liute, en quelque façon & maniere que ce ſoit, durant ledit temps, ſans la permiſſion dudit Expoſant, à peine de confiſcation des Exemplaires contrefaits, & de cinq cens Liures d'amende, & de tous deſpens, dommages & intereſts, ainſi qu'il eſt plus au long mentionné eſdites Lettres, qui ſont tenuës pour bien & deüement ſignifiées en vertu du preſent Extrait.

Acheué d'imprimer pour la premiere fois le 13. Avril 1667.

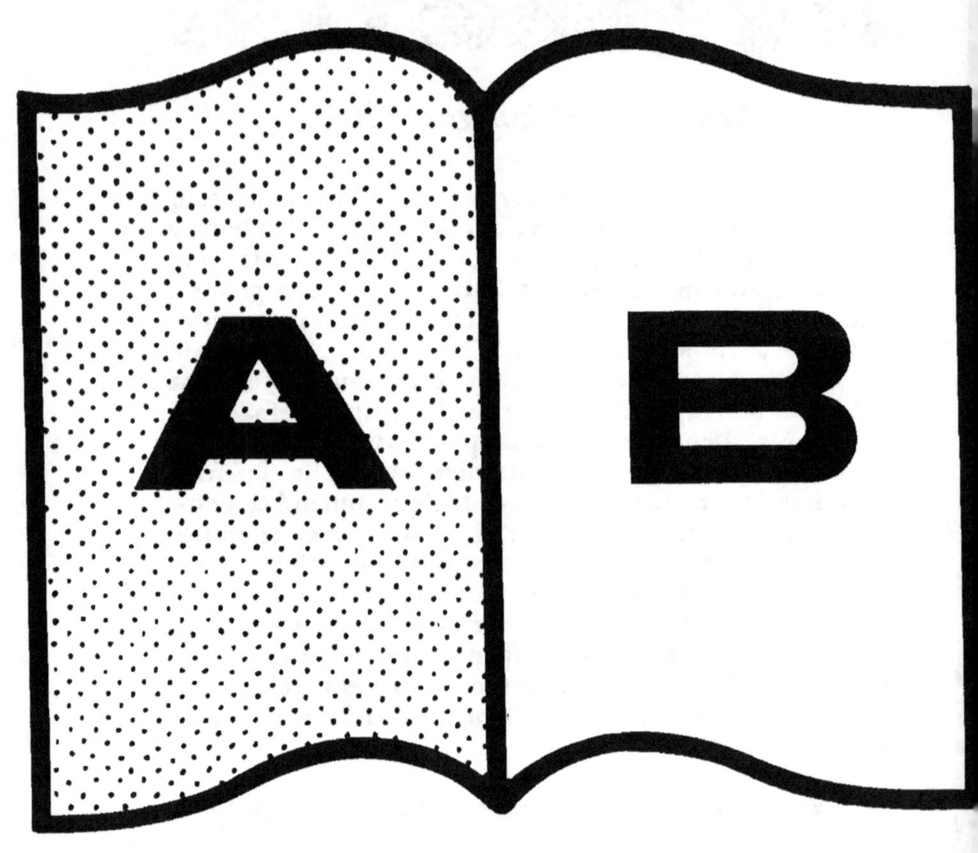

Contraste insuffisant

NF Z 43-120-14

www.ingramcontent.com/pod-product-compliance
Lightning Source LLC
Chambersburg PA
CBHW070700100726
47907CB00001B/9